講談社文庫

悲業伝

西尾維新

JN051446

講談社

HIGODEN

NISIOISIN

DENSETSU SERIES
∅5

悲業伝

DENSETSU SERIES
∅5

HIGODEN
NISIOISIN

第1話「えぇー? 私が魔法少女!? 手袋鵬喜の場合」

0

悪法は法ではない。

悪だ。

1

「——だったらきみはこう考えればいい。世界規模の災害が起こったとき、生き残るのは彼らではなく私なのだ、と」

それはたぶん、ただの慰《なぐさ》めだったのだろう。

その場限りの言葉であり、深い意味もなければ、含蓄《がんちく》に富んだ発言でもなく、ただただ当たり障りなく、会話を無難にまとめるために言っただけに違いない。

六歳のときの手袋鵬喜《てぶくろほうき》はそう思ったし、十三歳になった今でも、そう思っている

――しかし裏を返せば、六年以上に亘《わた》り忘れられないほどに、あの『お医者さん』のそんな物言いは、印象的だったということでもある。

不思議なものだ。

大した示唆《しさ》も、教訓もないと思いながら、それでも忘れられず、どころかことあるごとに思い出して、時には励みにしているというのだから――あんな、人生という尺度で見れば、ただすれ違っただけに過ぎない大人との会話が、自分の人生にここまで大きな影響を与えているというのだから。

生きる規準にしているというのだから。

笑える。

きっと『お医者さん』のほうは、手袋にそんなことを言ったなんて、すっかり忘れているに違いないのに――いや、どうだろう？

『どうしてこの子はそんなたわいのないやりとりを、いちいち覚えているのだろう？』

と、疑問に思いはするかもしれないけれど、向こうはこちらを覚えているはずがないというのも、実は結構な暴論かもしれない――基本無価値だと思っているあちらの言い分を、こうしてこちらが覚えているよう、やはり同様に無価値だとしか思えないこちらの言い分も、あちらは覚えていて、しかもひょっとしたら、強い影響を与えてしまっているかもしれない。

子供の、当時六歳児の意見だからと言って、大人になんにも衝撃を与えないとは限らない──案外大人は、子供からの無邪気《むじゃき》な悪口にこそ、大きく傷つくとも言う。

そう考えると、怖い。

たとえば小学六年生のとき、新入生から浴びた心ない言葉の棘《とげ》が、今も手袋の心に突き刺さって抜けないように──当時小学一年生だった手袋の言葉が、あの『お医者さん』の心に突き刺さっていないとは限らない。

いずれにしても──果たして『お医者さん』が覚えているかどうかはともかくとしても、手袋はそんな彼に、

「せかいきぼのさいがい？」

と、問い返したのだった。

「ちきゅうおんだんかとか、こーるどあーすとか、いんせきらっかとか、そういうのですか？」

テレビで聞きかじったような単語を羅列《られつ》した──大人の人を前に、見栄を張ったのだ。

そういう子供だった。

「地球温暖化。コールドアース。隕石落下。そうだね。そういう惑星規模の何か──

我々を取り巻く環境が激変してしまうような何かが起きたとき、人類の大半は生き残れない」

『お医者さん』は、そんな風に、さりげなく手袋の言葉の、発音を訂正しながら言う——口調はともかく、彼がどんな表情でそれを語っていたかは、うまく思い出せない。

おそらく、こまっしゃくれた問題児をあやすような表情だったのだとは思うが——ひょっとすると違ったかもしれない。

ぼんやりしている。

「未知のウィルスの蔓延《まんえん》や、もっとSFめいて言うならば、宇宙人の来襲でもいいんだけどね。宇宙人、好きかい？」

ふるふる。

と、首を振った——その頃の手袋には『うちゅうじん』という語彙《ごい》がなかった。今ならば『好きでも嫌いでもない』と答えるだろう——いや、『地球人よりは好き』と答えるだろうか？

わからない。

「どうして」

と、手袋は訊《き》く。

「どうしてそういうさいがいがおきたときに、わたしはいきのこれるの？」

「きみが選ばれし戦士だからさ」

冗談めかして答える『お医者さん』。

これについては子供心にも、ふざけて言っているのだとわかったが、しかし『選ばれし』という響きには、悪い気はしなかった。

普段、彼女はそんなことを言われることはまったくなかったから――選ばれることなんて、絶対になかったから。

「手袋鵬喜ちゃん。きみはどうやら、自分のことを『人とは違う』と感じているらしい――だからクラスメイトと、どうしてもなじめないと言う。はっきり言っておくけれども、これは、きみくらいの年齢で持つ自意識としては、とても高い――六歳やそこらで、そこまで己《おのれ》と他者との区別をはっきりつける人間はそうはいない」

世界と自分を明確にわけて、明確に考えている。

そういう意味では、きみは確かに『特別』だ――と、『お医者さん』は言う。

「その『特別』は、概《おおむ》ね現代社会では『異常』と呼ばれかねないものだがね。だからきみはここから先、その性格を、隠して生きなければならないだろう――おどおどと、おっかなびっくり、控えめに生きていく羽目《はめ》になるだろう。かわいそうに」

変な調子で喋る大人だな、と思ったことを覚えているけれど――今から思えば、

『かわいそうに』というそのときかけられた言葉は、単純な同情とは違う、憐憫《れんびん》だったのだとわかる。

手袋鵬喜は。

そのとき、哀れまれたのだ。

……だから思い出すと、悔しくなる。

あのときどうして反論できなかったのか——私はかわいそうなんかじゃない、私は選ばれているんだ、そこらの連中とは違うんだ、と。

『異常』はもちろん、『特別』の一言でも、片づけて欲しくなかった——そんな簡単に分析できる私じゃないんだ、と、言いたかった。

反論の語彙もなかったけれど、言いたかった。

言えなかったけれど。

だって、実際のところ彼女は、ただの、入学した小学校のクラスメイトと、そして担任教師と、うまくやれない、ひとりぼっちの子供でしかなかったのだから。

もろに『かわいそう』な子供だったのだから。

……当時はどうして自分がそんな立場に追いやられていたのか、まったくわからなかったものだけれど、強過ぎる自意識が周囲を遠ざけていたのだと、今ならわかる。

いや、こんな言い方も少し違う。

全然違う。

どんなつらつらと理屈を並べても、結局、『お医者さん』が言った、次の一言が、事実を如実《にょじつ》に表している。

「きみは嫌われ者だ」

胸にずどんと来る言葉だった。

同時に、腹にすとんと落ちる言葉でもあった。

「きみが彼らを嫌っているように――彼らもきみを嫌っている。ただの対立構造であり、ただの戦争なんだよ。仲違《なかたが》いとか、喧嘩とか、いじめとか、ハブリとか、そういう解釈で片付けると、ことはややこしくなる一方だ――きみと彼らは生き残り戦争を演じているに過ぎないんだよ」

きみが彼らに染まるか、彼らがきみに染まるか、どちらかだ――と、『お医者さん』は説き伏せるように言った。

「わたしは、いじめられっこじゃ、ないの？」

訊いた。

そもそも、そう思われていたから、こんな風に、『お医者さん』と話す場が設けられたのではなかったか――いや、今から思い出してみても、正直、どうして小学一年生のとき、自分に『お医者さん』の診断を受けるような機会が設けられたのかは、定かではない。

あの両親が、あんな両親が、そんな計らいをしてくれるとは思えないが——いや、あの二人も、昔からああだったわけでもないのだから、六歳の子供の精神状態を心配して、カウンセリングを受けさせたとしても、不思議ではないのか。

ただ、経緯こそよく覚えてはいないけれど、これが正式な診断や、医療行為でなかったということは確かだと思う。

ではなんだったのだろう？

「今のところは違うだろうね。しかし将来的にそうなるリスクはとても高い。だから今のうちに、そうならないように、手を打つべきだと言っておこう——戦争を、生存競争を生き残るために」

「…………」

「学校というストレスに満ち満ちた空間では、いじめは絶対になくならない——なんて、簡単に言われることも多いけれど、ちなみに私はそうは思わない。なぜなら、いじめがあるクラスがあるのと同様に、いじめがないクラスというものも、確実に存在するからだ——存在するなら、それをモデルに一般化できる」

いじめを避けるためのメソッドも、つまり存在する——と、『お医者さん』は言った。

『いじめは恥ずべき行為だ』と教える、これは当然の教育だ。一人で抱え込むべきじゃあない、すぐに大人に相談する、いじめられた証拠をきちんと残しておく、と言った『いじめられたときの対処』を教えることも、もちろん必要だ。しかし、それらと同じくらいに、子供達に教えるべきは、『いじめられないためにはどうすればいいのか』という、予防策だ——私が現状、きみに言うべきことがあるとするなら、そういうことだろうね」

「よぼうさく……」

「犯罪は災害と一緒だ。起こってから対処しても、もう遅い——なるほど、人間が集団行動を取るとき、ヒエラルキーが生じる以上、いじめや、それに類似した行為の発生そのものは避《さ》けられないかもしれない——だが、避けられなくとも、避《よ》けることはできる」

ある程度はね、と言う。

「だからきみのような『異常』な子供は、かけ算やわり算を覚えるよりも先に——つまり、二年生にあがる前に、そういうシラバスをしっかり学ぶべきだろう。でないと、肉食獣の餌食《えじき》になってしまう少数派だ」

「よく、わかんないけど」

子供なりに『お医者さん』の言わんとすることを理解しようと努力して、やっぱり理解できず、それでも理解できていないということが相手に露見するのを恐れ、六歳の手袋は『わかったふり』をして答える。

「そうしなければならないのは、わたしが、よわいから？」

「『弱い』からじゃない――『違う』からだ」

『お医者さん』は笑って言う。

笑って言うから、どこまで本気なのかがわからない――それを言い出したら、このダイアローグ全体が、どこか笑劇めいている。

笑いごとで済まされそうな思い出だ。

「強弱なんて、相対的なものでしかない――強いほうが、生き残りにくい世界だってある。今の地球環境はたまたま、強いほうが有利だというだけに過ぎない――それがいつひっくり返るかもわからない。強さの象徴である恐竜が滅び、弱き哺乳類が幅を利かせたように。『強いだけ』というのは難しい。どこかに不備は生じてしまう。突き詰めれば結局、強弱も、優劣も、美醜《びしゅう》も、上下も、ただの『違い』でしかない――左右の違いみたいなものだ」

「さゆうの――ちがい」

「さっき宇宙人の話が出たけれども、遠く離れた星にいる知的生命体と、言葉のやりとりだけで『左右』の『違い』を説明しえるかどうかという、思考実験があってね

――いや、これはまだきみには早いか。いつか字だけの本が読めるようになったときにでも、調べてみるといい――要は『左右に絶対性はない』というような話だ」

「ない……」

ない。

「厳密には、あるけど、あっても、簡単にひっくり返る――かな。長期的に見れば、巨視的に見れば。きみが今、『弱さ』だと思っているものは、百年後には『強さ』と言われているかもしれないし、そして千年後にはやっぱり『弱さ』に戻っているかもしれない」

「……ひとのこころのもんだい？」

「いや、人を取り巻く環境の問題」

だ、と『お医者さん』は言う。

心なんて、世界には大した影響を与えないと言わんばかりでもあった。

そんな風に切り離されると、『お医者さん』の言葉に一喜一憂、振り回されて、あるいはいちいち身構えている自分の『こころ』について、どうでもいいと言われたようで――逆にすっきりしたのを覚えている。

「とは言え、だからと言って、きみも百年後を待ってはいられないだろうから――きみが持つその感覚を大切にしたいのならば、きみの周囲の環境から、身を守るすべを学習すべきだろう。二、三だけは、そのための方法を私がここで教えてあげるけれど、手取り足取り張り付いてとはいかないから、その先は自分で積極的に学んでいくことだ——能ある鷹《たか》が爪《つめ》を隠すように、異能ある鷹も、やはり爪を隠すべきだ。爪を隠して、頭も尻も隠して、草薮《くさやぶ》に潜《ひそ》んで、身を伏せるべき」

少なくとも己のエキセントリックさを周囲にアピールするような真似《まね》は避けなければならない——と言う。

「きみは決して『弱者』ではないけれど、ありのままの自分でいれば『弱者』扱いされる運命にある——悲しい誤解だが、それがきみを取り巻く環境だ。その環境に、無防備で挑むのは愚かだよ。無為無策で臨むなんて愚か者の所業だ。普通にできないと言うのなら、普通の振りをする方法を覚えなくてはならない。でないと、厳しい環境から生き残れない」

「……かんきょう」

多用されるその言葉が、妙に気に入った。

少し微笑した。

『お医者さん』が言うほどの発達した自意識が、実際のところ、当時の自分にあったかどうかは相当怪しい——この記憶だって、きっと都合よく、細部が改竄《かいざん》されていることだろう。

だけれど、小学一年生にして一丁前に悩んでいた、クラスメイトとの関係、人間関係のお話を、シンプルに『環境』の問題だとまとめてくれたのは、とても救われたような気持ちだった。

そうか、『彼ら』は。

私が敵と思っている『あいつら』は。

ただの『環境』でしかないんだ——暑いとか寒いとか、朝とか夜とか、その程度の問題でしかないんだ。

そう思うと。

たぶん、そのまま順調に育てば『憎しみ』に、あるいは『殺意』にすら、なっていたであろう感情の芽が——静かに枯《か》れていくのを感じた。

くだらない。

環境に対して怒りを覚えるなんて——そんなの、まるで地球を相手に戦争をするようなものじゃないか。

「地球を相手に戦争をするようなものだ」

と、それはたまたまなのだろうけれど、『お医者さん』は、ちょうど手袋が考えていたのと、同じようなことを言った。

「勝てる勝てないじゃなくて、意味がない——スケールが違い過ぎて、勝ち負けの定義が一致しない。こっちが勝ちだと思っていることが向こうの負けじゃない。それでも無理に定義するなら、『滅ぼす』ことが地球の『勝ち』で、『進化する』ことが人類の勝利だろうな――きみは進化論って、聞いたことがあるかい？」

言われて、首を振る。

進化という単語だけならおぼろげに知らないでもなかったが、見栄を張れるレベルの知識があるとは言い難かった――猿《さる》が人になる、みたいな話だったっけ？

論？

「生き物の進化――もっとも、進化というのは実は誤訳で、正しくは単に変化と言うべきなんだけれどね。そう、進んだわけではなく、変わっただけ――もっと言うなら違っただけ。猿が人になったからと言って、それが前進とは言いにくい」

変な奴が増えたってだけなんだ。

それは独り言のようだったが、強く記憶に残る言葉だった――『変な奴が増えたってだけ』。

それが進化。

進化論。

「キリンの長い首は、わかりやすい『進化』ではある――だけどそもそも、高いところの葉を食べられることで生存競争を有利に戦える彼らも、元をただせば、キリンの大本は『なんか首の長い変な奴』でしかなかったはずだ。その首の長さに見合う環境が、たまたま周囲に整えられたことで、『変な奴』の血統が、脈々と続いたというだけで——進んでいたわけでも、正しかったわけでもない。つまりは『適していた』だけだ」

「てきして——」

さっきの会話に引っ張られて、『てきして』を、『敵して』と変換してしまった手袋だったが、それを見て取ったらしい『お医者さん』は、フォローするように、

「適者生存」

と付け足した。

「環境に適応した者が生き残る——適応できなければ絶滅する。環境に対して函蓋《かんがい》できる遺伝子が、つまりは『強い』ということになるのだろうけれど——しかし、環境なんて簡単に変わる。ころころ変わる。さながらクラス替えのようにね」

「くらすがえ……」

自分が浮いているクラスのことを、『環境』として思い出しながら、その言葉を反復する。確かに、たとえあの場に、極めて居心地の悪いあの場に、苦労して、努力に努力を重ねて、頑張ってなじんだとしても、二年生になってしまえば、その環境そのものがくるっと変化してしまうのだ。

生物の変化が進化なら。

環境の変化は何と呼ぶべきなのだ？

初期化――か？

「ま、かくいう私も小学生だった頃には、クラス替えにいちいちどきどきしたものだったけれど……、ただあれはよく考えてみれば、先生達が職員室で、意図的に生徒を『選別』してグループ分けしているんだよね。都合よく並べているだけで全然ランダムじゃない。そう思うと、そんなものに振り回されるのは馬鹿みたいだ。……きみは、どうだい？　むしろ笑うかな？　意図ある環境に、自分自身が作り替えられていくという現実を――人間は環境によって変化すると仮定するなら、社会という、作られた環境で育てられることは、己を失うことじゃあないのかな？　ただ漫然《まんぜん》と、ぼんやり学校に通っていたら――きみはきみの特異性を失うことになるだろう」

そのほうが幸せかもしれない。

ずっとずっと幸せかもしれない。

そう言って『お医者さん』は肩をすくめる。

「だが、きみがきみでなくなることは、一つの生態系の絶滅を意味する――絶滅危惧種の保護を名目とするならば、きみのような『変人』候補は、何をおいても守るべきだと、私は個人的には思うんだけどね。きみの両親が、そしてきみ自身が、どのように思っているかは定かではないけれども」

「……おとうさんと、おかあさんは、わたしなんて、しんじゃえばいいとおもってるよ」

こんなことを言ったか？

記憶の捏造《ねつぞう》じゃあないか？

小学一年生の発言とは思えない。

私はここまで思い詰めていたか？

数年後の『思い出』と、あるいは混同しているのかもしれない——だが、この頃の両親は、まだきっと優しかったはず、自分達の愛娘《まなむすめ》のことを慈《いつく》しんでいたはず、と考えるのも、なんだか、やっぱり恣意的《しいてき》という気がする。

それに、あるのだ。

この架空《かくう》の発言に対して、『お医者さん』からあったレスポンスの記憶が。

刻み込まれたようにはっきりと。

「死んじゃえばいいと思われている——仮にそれが真実だとして、ならばきみは、両親から『殺されない』ように、対策を練《ね》るべきだろう。『死んじゃえばいい』と思われている数倍の強度で、『死んじゃったら駄目だ』と、願う必要がある——生き残るための策を講じる必要がある。戦わなくてはならない。戦わなくては」

「…………」

その言葉が、どれほど深く染み入ったのかははっきりしないけれども――しかし、その言葉があったからこそ、その後、手袋は両親に『絶滅』させられずに済んだのだと、そう言ってしまっても、そんなに酷い嘘《うそ》にはならないように思う。

「『きみはきみのままでいいんだよ』なんて言葉は、気休めとして語られることが多いけれど――実際には、これほど難しいことはない。『きみ』なんてものは、『自分』なんてものは、簡単に揺らぐし、簡単に消える――簡単に死ぬ。かくいう私だって、既に何度、『己の死』を経験してきたか、数え切れたものじゃあない。人間は生きている間に、いったい何回死ぬんだろうね？」

まるで、これまで死んできたという数々の己の死を悼《いた》むかのように、目を閉じる『お医者さん』に、手袋はなんだか、どろっとした気持ち悪さを感じたものだったけれど――これも、今から思えば、わからなくもない。

生きることは、たくさん死ぬこと。

そんな理屈も、十三歳の今ならわかる。

……後に出会うことになる手袋の『仲間』達と、こんな会話をすることはほとんどなかったけれども、しかしきっと、あの子達もまた、わかると言うだろう。

できるだけ死なずに生きていけたら。

幸せだと言うだろう。

「手袋鵬喜ちゃん。きみは変わり者で、変人で、生きていくのがとても難しい——きみがこれからもっとも多く口にする言葉は『なんで私がこんな目に』だ。多くの死を、自分自身達の死を経験しなければ、逆説的に、きみは絶滅を避けられないだろう。だからサバイバルを生き抜くための労苦を厭《いと》わないことだ——あるいは『変わりたい』と願うこともあるかもしれないけれども、『変わる』なんてのはいつでもできる。本当に難しいのは、変わらずに変わったまま、変にならずに変なまま、己自身でいることなんだから」

「……だけど、つまり、じぶんでいつづけることは、とてもむつかしいんじゃないの？　ううん、わたしがわたしでありつづけることは、むつかしいぜんに、つらいことなんじゃないの？」

たどたどしい言葉でそう反論した。

今ならこんな風に言うだろう——環境に、つまりは世間に、狭く言うならクラスのみんなに、迎合することは、『いつでもできる』以前に、手袋にとってとても楽で、どちらかと言えば楽しいことなんじゃないのか、と。

『お医者さん』もさっき、そのほうがずっと幸せだと認めていたじゃあないか。

その一般論を、どうして個人的には否定する？

どうして、大して得もないのに、ただ『特別』で『異常』だというだけで、自分を守らなくてはならないのだろう――大して、こんな気に入ってもいない自分を。

「ふむ。確かに少数派で浮き上がるより、多数派に埋没《まいぼつ》したほうが楽で、楽しく、快適だというのは偽《いつわ》りようもない確かな真理だ。私だって、そんな風に自分の死を眺めてきた――と言うより、他人事のように言っているが、私は私を殺してきたと、本当ははっきり言うべきなんだろうな。自ら自分を殺してきた――もちろん、それ以上に多数の他人を殺してきているんだろうから、偉そうなことも、自虐的なことも、言えるわけがないんだけれど」

ならばこんなことをきみに言うのも、きっと、罪滅ぼしみたいなものなのかもしれないな――現状のままのきみに生存し続けて欲しいと願うのは、ただのエゴなのかも。

『お医者さん』はそう言って、じっと手袋を見つめた――そんな風に見られると、なんだか責められているみたいな気分になって、つい、目を逸《そ》らしてしまった。

人に見られるのは苦手だ。

この性格は、当時も今も変わらない。

言うなら、六年間、『生き残った』自分の部分のひとつなのだろう――彼の『罪滅ぼし』の一環が、効を奏《そう》したのか？

ならばどうして自分は、『お医者さん』の、そういった『罪滅ぼし』を呑《の》んだのか

――自分が自分のままでいることが、『きみはきみのままでいいんだよ』と強《し》いられることが、どれほど辛いかまではわからずとも、茨《いばら》の道であることはわかっていたはずなのに。

そうだ。

それはきっと、こう言われたからだ。

「確かに、環境に迎合したほうが、生きやすいのは間違いない――けれども、現在の環境に適応することは、所詮は現状の適者にしかなりえず、つまりは環境の激変に耐えうる自身ではない。もしも、大きな天変地異が起こったとき――生き残るのは、彼らではなく、きみらだ」

きみだ。

そう言われたからだ――思い返せば、最初からそう言われていたのだ。

どこまで本気で、気持ちを込めて、心を込めて言ったのかはわからない――と言うか、だから適当に思いつきで言われただけのことに過ぎないのだと思うけれども。

なんだか。

ぐっときたのだった。

生き残るという、その言葉に――手袋鵬喜はぐっときた。

地球温暖化でも、コールドアースでも、なんでもいい――もしも世界がひっくり返ったとき、『彼ら』が絶滅して、そしてこの『私』が生き残れば、それはどれだけ痛快なことだろう。

そのとき、私は。

心から笑える気がした。

ただ自分が生き残ることではなく、周囲の相容《あいい》れないみんなが死んだときに自分が生きているという展開が、幸せな気がした。

何よりも幸せな気がした。

肯定される気分になるのだ。

……歪《ゆが》んでいると、もちろん思わなくもないけれど、しかしだったら、この歪みもまた、自分のうちなのだろうし――多かれ少なかれ、これは誰の心にもある気持ちなのだとも思う。

お互い様の一般論だ。

手袋のような人間が『滅んで』いくことが、そうでない一般的な人間の救いであることは確かなのだ――そこにあるのは多数派か少数派かという違いであって、両者にあるのは『違い』なのだ。

それを差し引いても。

イレギュラーがレギュラーになることを望んで――妄想して、それで責められるというのも、自責の念にかられるというのも、おかしな話じゃあないのか？

夢くらい見たっていいじゃないか。

人類が絶滅する――夢くらい。

「さすがに今じゃあ私も社会的な立場のある人間だからね、そんなことを大っぴらに言ったりはしないけれど――若い頃の私の夢は、墜落《ついらく》した飛行機の中で、たった一人だけ生き残ることだったよ。飛行機に乗るたびに、常にそんな妄想をしていたものだ――もちろん、すっかり凡人《ぼんじん》と化した私なんかじゃあ、飛行機が墜落したら、普通に死ぬだけだろうけどね。『ああ、やっぱり』とか思いながら死ぬだろう。だけど、隕石が落下するような大災害が起こったときに、周囲の環境が根こそぎ作り替えられたときに、一人だけ生き残れたら、きっと快感だろうなあと思うのは、生物の性《さが》だと言える――それは究極の自己肯定だから」

まるでギャンブルだけどね、と『お医者さん』。

そしてギャンブル依存症。

「射幸心を煽《あお》られると言うか……、いや、だからもう私は、そんな私ではありえない、ただの一般的な私でしかないんだけれど、だからこそ、きみのような子供には、ついつい期待したくなる。きみのような人間が、きみのままで成長し、爪を隠して牙《きば》を研《と》ぎ、いつしか世界がひっくり返ったときに――常識に縛られ、一般化を繰り返して数だけが増えた我々普通人類に対して『ざまあみろ』と、言ってくれる展開を」

……無茶苦茶なことを言われたものだし、無茶苦茶なことを期待されたものだ。こうして思い返してみれば、やっぱり彼は、適当に、子供に話を合わせていただけに違いない——付き合ってくれていただけで、たぶんこのあと、どこかで控えていたであろう手袋の両親と、真面目《まじめ》な会話をしたに違いない。手袋鵬喜という問題児の診断結果を父と母に伝えて、父と母は、その対策を講じたに違いない——だけど、そんなのは六歳の手袋鵬喜にとっては、それこそ『環境』の話でしかなかった。

『お医者さん』が、『両親』が、どういうつもりで、どうしたかったかなんて、彼女には関与できない『環境』であり——だからこそ、唯一、子供であろうと幼児であろうと関与できる——関わり知る、与《あずか》り知るところの、自分自身のことだけを、手袋鵬喜のことだけを、身勝手に考え始めた。

適応できない『環境』の下でも、生き延びられる、生き続けることができるメソッドを——独自に考え始めた。

その独学が、どれほど効を奏したのかは定かではないけれども、少なくとも結果として——手袋鵬喜はそのまま、ありのまま、『変わった子』のままで小学校を卒業し。

十二歳になり。

そして中学校へと入学したのだった。

成長すれども、変化することなく。

変化すれども、一般化することなく。

『変わった子』で、『変な奴』であり続けた——生き続けた。

世界がひっくり返るような天変地異——呼ぶ者は『大いなる悲鳴』と呼んでいるその大災害が起こり、期待されていたように、彼女がそれを生き残るのは、この十月のことである。

2

『変な奴ほど生き残る』。

果たして、名も知らぬ『お医者さん』が語った、そんな偏《かたよ》った進化論が、どれほど正鵠《せいこく》を射ているのかどうかはともかくとして——手袋鵬喜という少女の半生を紹介すれば、大抵の聞き手は、同情的になるだろう。それこそ、かの『お医者さん』のように、憐憫さえ覚えるかもしれない——『かわいそうに』が、彼女を表現するもっともシンプルな言葉かもしれない。ただし一方で手袋は、変わり者ではあったけれど、愚か者ではなかった。

周囲の環境には適応できなくとも、己の不遇に適応することはできた——あまり気付かれることはなかったけれども、彼女はそれくらいの聡《さと》さは持っていた。愚か者の振りをすることで生き延びる術《すべ》を知っていた——否、学んでいたと言ってもいいかもしれない。

もっとも、手袋のそんな聡さが、彼女を幸せにしたかと言えば、きっとそんなことはなく——逆に言えば、それこそが手袋鵬喜の異常性であり、根本的に周囲に適応できない大きな理由のひとつでもあったのだろうが。

手袋鵬喜の、本当に育ちの不幸だったのは、現代を生きる子供としてはいささか賢《さか》し過ぎたことで——しかもその賢《かしこ》しさが、学業成績や知識獲得といったような、目に見える形で現れる種類の賢さではなかった点かもしれない。

賢くても褒められない。

これは子供には結構辛い。

『お医者さん』との対話を曲がりなりにも実践できるような子供離れしたところもありながら、やっぱり年相応の子供だったとも言えるが——ゆえに、手袋鵬喜は、あろうことか六歳児の精神のまま、経年変化することなく成長を遂《と》げてしまったという風に言うこともできる。

なじめないゆえに、なじむ振りを。

友達になれないゆえに、友達の振りを。

優しくできないゆえに、優しい振りを。

普通じゃないゆえに、普通の振りを。

徹底して、『生き残るための戦い』を——生存競争というゲリラ戦を、たった一人で行い続けた小学六年間だった——むろんそれでも幼少期の話であり、彼女自身に、どこまでそんな意識があったのかは、今となってはわからない。

そんな振る舞いが、いつしか彼女にとっては当然になってしまって——むしろ、『振り』じゃない自分を見失ってたのも、また確かだろうから。

本当の自分と嘘の自分。

しかし嘘もそもそも自分のうちだった。

総合するなら、手袋鵬喜はやっぱり生きるのが不自由な子供で、語れば語るほど、その不器用さばかりが際立つが——しかし、幸運にまったく恵まれなかったわけでもない。

教育熱心とは言い難かった両親が『お医者さん』に相談を持ちかけるほどの問題児で、問題行動が多かった小学一年生時代の『生活』——『生存』の結果として、手袋家がその後、四国の香川《かがわ》県へと引っ越すことになったのは、短期的な視点では、ラッキーだったと言える。

たとえ問題が先送りされただけだとしても——もしもそのまま、手袋が現住所に住み続けていたならば、彼女の『特異さ』の報告を受けた地球撲滅軍が、近々『スカウト活動』を始めていたかもしれなかったから。

引っ越した先が四国で——地球撲滅軍にとっての競合組織のテリトリーであったがゆえに、幼き手袋はスカウティングを逃れ得たのだ。

『お医者さん』の診断の影響を受けたまま、一般的な社会生活を送れた手袋鵬喜は、ならば幸運だったのだ——もちろん、それも遅いか早いかの違いだ。

どんなに演技を重ね、戦略を持って生きていたところで、そんな異質な生きかたは、見る者が見れば不自然であり、異常なそれとして映るのだから——だから中学校入学を機会に一旦リセットしなくちゃと、手袋は気持ちを新たに、学校に向かったのだった。

変な奴とは思われない。

変な奴であり続けなくちゃ。

矛盾《むじゅん》しているようだが、しかしそれが彼女が保つ、これから過ごす中学三年間に向けてのふたつの抱負だった。

彼女の両輪だった——その通学路で。

初めての通学路で、手袋鵬喜は杵槻鋼矢《きねつきこうや》に出会ったのだった。

「あなたが……手袋ちゃん？」

手元のタブレットを見ながら話しかけてくる、背の高い高校生は、妙に親しげに、そんな風に話しかけてきた。

脇を通り抜けようとしていたところに声掛けをされ、手袋の身体《からだ》は『びくっ』と震える——何か悪事を働いているわけでもないのだが、『ばれた！』というような危機感に襲われる。

ばれた、逃げなきゃ、と。

逃げなければ、絶滅してしまう。

「ああ、逃げないで、逃げないで——ちょっとお話させて欲しいだけだから」

そんな彼女の偏った心中を見透《みす》かすように、高校生はさりげなく、手袋の進路を塞《ふさ》いだ。立ちはだかられたことで、相手の姿がよく見えたけれど——なんだか制服が真新しい。

奇妙に真新しい。

高校生は高校生でも、入学したばかりの新一年生なのだろうか？　それとも——それとも、高校生じゃないのに、慣れない高校生の制服を着ているだけなのだろうか。

普通に考えれば前者で、後者の可能性を考慮《こうりょ》するのは、いささか発想が飛躍し過ぎているというものだが、なぜか手袋は、そんな風に直感した。

むしろ前者をほとんど考慮しもしなかった。

己の特異性を守るために、演技ばかり、偽装《ぎそう》ばかりをしている彼女だから、何かにつけそんな風に思うのかもしれない――嘘つきや悪党ほど他人を信用できなくなる理屈で、手袋鵬喜は他者の第一印象というものを信用しない。

疑ってかかる。

誰とどんな風に出会っても、『こいつは実は、もっと変な奴なんじゃないのか？』と疑うところから這入《はい》る――案外それは、仲間を求める。

同族を求める、少数派の儚《はかな》い希望なのかもしれないが――

「くふふ」

と。

高校生（？）は微笑《ほほえ》んで、

「私は鋼矢という――高野《こうや》豆腐《どうふ》じゃないほうの鋼矢だよ」

と名乗った。

ほとんど名乗るつもりも、名乗る意味もない名乗りだった。

「これから学校？　手袋ちゃん」

「は、はい……」

絡《から》まれているのだろうか、と身構える。

単純にそういうわけでもなさそうだけれど、状況だけ見れば、まさにそんな感じだ

——中学生になったばかりの女子を狙って、高校生が絡んできたというシチュエーション。

こういう状況に陥《おちい》らないように最善の努力を払うべきだったのに、失敗した、と手袋は悔いたけれども、しかしまだ取り戻せないわけでもない。

絶滅が決まったわけじゃない。

初日からこんな目に遭《あ》うなんて不都合極まるが、それでも結果、被害を最小限に抑えて、後腐れなく入学式に間に合えば、それで生存競争には十分勝利したと言える——はず。

だから、なるべく相手を刺激しないように、手袋は、

「これから学校……です」

と、おどおど答えた。

この『おどおど』は、別に演技ではない——演技というにはあまりに堂に入っている。これは生き物としての、彼女の生態と言っても過言ではない。こういう態度を、相手が、『なんだか面倒そうだな、こんなテンションの低い奴と話してたらこっちのテンションも落ちるな』と思ってくれれば、めっけものだ。

「いやいや、そうビビらないでよ——別に喝上《かつあ》げしようってわけじゃないんだからさ。そんな不良少女に見える？　私はただ——えっと、そうそう。道を訊こうと思っ

たんだ」

鋼矢は立ちはだかり、手袋の進路を遮《さえぎ》ったままでそう言った。

道を訊く？

話をさせてほしいというのはそういう意味だったのか――別にこのあたりは、道に迷うような作りにはなっていないと思うのだけれど。

しかし、道を訊かれてしまうとは。

それはそれで手袋にとっては『失敗』だった――普段から、町中で『道を訊かれない』ように、頼りなく見える自分を心がけていると言うのに――いや、実際に頼りないのだ、手袋鵬喜は。

道を訊かれて、ちゃんと答えられる自信なんてない。

「あ、あの、私……」

口ごもる。半《なか》ば意図的に。

「今日から中学生で……、だから、えっと、この辺に来るの初めてで、道とか、あんまり、わからないです」

「ふうん――」

じろじろと無遠慮に、まるで値踏みするように手袋を見る鋼矢――これまであまり浴びたことのない視線だ。

品定め。

さかのぼれば、そう、遠い記憶の中にいる『お医者さん』くらいだったんじゃあないのか、こんな不躾《ぶしつけ》な――『診断』するような目を、手袋の身体に、あるいは心に、向けるのは。

「――そう、それは残念。私としては、手袋ちゃん、あなたがどんな道を歩いているのか、是非《ぜひ》訊きたかったんだけど。それが私の仕事だったんだけど――いや」

それもそもそも、あなたが道を歩いているんだったらだけれどね――と、鋼矢は意味のわからないことを言った。

「？」

と、首を傾《かし》げる。

これは素の動作である。

「ああ、いいのよ、別に緊張しなくって。なんとなく私にはわかるから――あなたが考えているようなことは」

鋼矢は言った。

「そういう意味じゃ、私はあなたの先輩なんだけれど……、でもまあ、ここまで表社会で育ったあなたを、今更こっち側に引き入れるというのも、やっぱり筋が通らない話よねえ」

表社会？　こっち側？

いったい何を言っているのだろう。

会話していながら、会話になっていない。

「普通の子供として生きるために、あなたはどうやら『そんな風』に、並々ならぬ努力をしているみたいだし……、だから私は上には適当な報告をして、あなたを見逃してあげようと思っているんだけれど――それでも、一応、質問すべきは質問しておこうか。これも手続きだし。手袋鵬喜ちゃん、あなたは地球をどう思う？」

「ち……地球、ですか？」

わけがわからないことを言い続ける彼女の台詞《せりふ》の中の、かろうじて理解できた部分に反応する――しかし、それだって、随分と漠然とした問いかけだった。

地球をどう思う？

どう思うもこう思うも。

「ち……地球は地球じゃあないんですか？　えっと……」

これでは答になっていないと思い、手袋は自分の中に答を探る――これに答えれば、きっと解放してもらえるだろうと当たりをつけて。

「宇宙船地球号とか、母なる地球とか……」

「母なる地球――ねえ？　ま、母親が必ずしも、子を慈しむとは限らないと言う観点では、それは正解ね」

「…………」

「事実、歴史上で、人類は何度も滅亡している——地球という母親からネグレクトを受け、虐待されている。今だってその最中——すさまじい暴力に見舞われている。だから私達は、こんなにひねくれちゃったのかもしれないわね」

「…………」

オッケー、と彼女は笑う。

「その適当な答で、いいにしておきましょう。見逃してあげるわ、行っていいわよ」

そう言って鋼矢は道を空けた。

手袋の通学路から脇に避けて、手で促《うなが》す。

ただ、そうされても、果たして通っていいものかどうか、判断に迷う——なんだかからかわれている風もあり、通ろうとしたら、その瞬間、足をかけられそうな不安もあった。

手袋鵬喜の処世術的には、ここで不用心に動き出すことはできない——絶滅しないために、相手が高校生であろうと、それ以外の何であろうと、立ち向かわねばならない。

戦わねばならない。

「あ……、あ、あなたにとっては」

「ん？」

「あなたにとっては——なんなんですか。地球は。あなたは地球を何だと思うんですか？」

まるで地球の正体を問うているかのような、しているほうがわけのわからない質問になってしまったが、それでもはっきりと、相手を見て訊いた。

見るのも見られるのも苦手だったが。

生きるために訊かねばならないと思った。

「敵」

と、短く。

端的に鋼矢は答えた。

「倒すべき敵。恨むべき敵。憎むべき敵——だいっきらいな不倶戴天《ふぐたいてん》。だからこうやって、常に足蹴《あしげ》にしているのよ」

そう言って、殊更《ことさら》強く足音を立てるようにしながら——杵槻鋼矢は、手袋鵬喜の視界から去っていった。

端的な答の意味は、やっぱりわからなかったけれども、追いすがってまで訊くようなこととは思えなかったし、初日から中学校に遅刻するわけにもいかなかった——ここで手袋は、軌道修正をするしかなかった。

まあ、生きていれば、生きながらえていれば、たまにはこういうアクシデントもある——きっとあの人も、生きていくために大変なんだろう、と、的外れな割に、存外正しいことを思いながら、そこからは小走りで、手袋鵬喜は中学校に向かった——事実として。

事実として、この日、もしも手袋鵬喜の『様子を見に来た』人物が、杵槻鋼矢以外の誰かだったならば、この時点で彼女は、絶対平和リーグに引き入れられていただろう——それも遅いか早いかの違いでしかないとは、しかし、言いにくい。

大差がある。

どうせ後の宿命が決まっているのならば、早いうちに組織に組み入れられていたほうが、少なくとも手袋自身にとってはよかったかもしれない。

生きる上の選択で、『どっちのほうがよかった』なんて、対照実験が不可能である以上、水掛け論にしかならないのだが——しかし、杵槻鋼矢の気まぐれによって見逃された彼女は、六ヵ月ほどの間、普通の中学生としての生活を、生存を、続けることになる。

ちなみに杵槻鋼矢にとって、この手の気まぐれは珍しいものではなく、多くの『資格者』を、彼女はこのように見逃していた——見ようによってはそれは優しさとも取れるかもしれなかったけれど、少なくとも鋼矢自身の語るところによれば、これらの

見逃しはそんないいものではなく、

「なんで自分からわざわざ、ライバルを増やさなきゃいけないのよ——」

とのことである。

ならば奇《く》しくも手袋がそう感じたように、それはそれで、組織内における、鋼矢の生存競争の一環だったのかもしれない。

だから彼女らしい気まぐれと言って片付けるのが一番簡単ではあるけれど、しかし鋼矢とて、決して気まぐれだけでできてるわけでもないのだ——ともあれ、そんな流れで。

相容れないクラスメイト、適応できない環境の中で、健気《けなげ》にもたくましく、教室の隅っこでしたたかに、手袋鵬喜は生き抜いて——そして。

そして迎えることになる。

二〇一二年十月二十五日を迎え。

『大いなる悲鳴』を——聞くことになる。

3

人類の三分の一を虐殺した『大いなる悲鳴』。

それは二十三秒間続いた――こんな風に。

「――――――――――――――――――――――――――――――――――――
――――――――――――――――――――――――――――――――――――
――――――――――――――――――――――――――――――――――――
――――――――――――――――――――――――――――――――――――
――――――――――――――――――――――――――――――――――――
――――――――――――――――――――――――――――――――――――
――――――――――――――――――――――――――――――――――――
――――――――――――――――――――――――――――――――――――
――――――――――――――――――――――――――――――――――――
――――――――――――――――――――――――――――――――――――
―――――――――――――――――――――――――――――――――――」

たった二十三秒で、約二十億人を殺した。

二十億個の心臓を止めた。

それを聞いたとき――そんな悲鳴のただ中にあったときの手袋鵬喜の心境は、『何が起きているの？』ではなく、『どういうこと？』でもなく、『ついに来た』だった。

ついに来た。

待ちわびていたものが。

待ちわびていた環境がついに来た——と。

いや、待ちわびていたというのは言い過ぎである——どんな想像力豊かな思春期の中学生であっても、まさかある日あるとき、正体不明の『悲鳴』が地球全土に響きわたり、人類が激減するなんて未来を、予想できるわけもない。

だが、人類の激減は予想できなくとも。

環境の激変は——期待していた。

天変地異を求めていた。

未来を。

『変な奴』ほど生き残れる世界の到来を、手袋は明に暗に望んでいて——『大いなる悲鳴』は、その期待に十分に応《こた》えてくれるものだった。

理想的な展望だった。

爆音に包まれながら、手袋は、

『これで少しは生きやすくなる』

と思い——嬉しくなった。

もっとも、だからと言ってこの二十三秒間、苦しくなかったわけではない——地獄のような二十三秒間だったという点においては、他の人類達と彼女は何も変わらない。

ただ、地獄のような二十三秒の間に、苦しみ、もだえながらも、一方で手袋は、

『これまでの人生に比べたら』

と思っていた。

『これまでの人生に比べたら、こんな天変地異は、まったく天国のようなものだ——』

と。

つまるところ、限界は限界だったのだろう——彼女が彼女のままで生き続ける限界を、中学一年生の二学期あたりで、手袋鵬喜は迎えようとしていたのだろう。

要は早熟な思春期の終わり。

仮にの話をしても仕方がないけれど、しかし仮に、ここで『大いなる悲鳴』がなく、彼女の人生がそのままのコースで続いていたならば——年の暮れあたりには彼女の生命力は尽き、一般社会との生存競争に敗れ、滅び、絶滅し、手袋鵬喜は『どこにでもいる普通の女の子』になったのでは。

なれたのではないだろうか。

そのほうがよっぽどよかったはずだ——とは、しかし、きっと無責任な第三者の意見でしかないだろうし、『お医者さん』に促されたとは言え、手を尽くして策を弄《ろう》し

て、彼女であり続けようとしたのは他ならぬ彼女なのだから。

『大いなる悲鳴』の大音声を喜んだのは他ならぬ彼女なのだから――その結果、どういう未来が訪れようと、その責任くらいは、彼女が負うべきものなのだ。

彼女の責任者は、彼女だ。

ともかく――生き延びた。

手袋鵬喜という個性は、二十三秒の『大いなる悲鳴』を生き延びた――気が付けば『悲鳴』は聞こえなくなっていて、さっきまで寝床で悶《もだ》えていたとは思えないくらい、彼女はすっきりした気分になっていた。

大袈裟《おおげさ》に感じていただけで――なんなら夢見が悪かっただけで、実際は目覚まし時計で起床した、くらいのことだったのだろうか？

ぎりぎり、そう思った。

天変地異が起きて、生存環境がひっくり返ればいいと願う心が、あんな悪夢を見せただけで、今日もいつもと変わらぬ一日が始まるんじゃないかとさえ思ったけれど――もちろんのこと、そうではなかった。

そうではないことを。

リビングに横たわる両親の死体を見て、知った。

「…………」

両親の死体を見ても、手袋は恐ろしく無感情だった。

何も感じなかった。

その事実が、自分でも恐ろしかったし、果てしなく意外だった。

私はこのろくでもない親どもの死を、あれほど強く願っていたはずなのに——今やそれを、どうでもいいと思っている。

些細《ささい》な、どちらでもいいことだと。

……強いて言うなら、あの『悲鳴』が、世界を変えうるものだったということを確認できたという意味で、両親の死は、そしてこれまでの生は、無駄ではなかったと、そんな風に思うだけだった。

「お父さん、お母さん。私を変わった子に生んでくれてありがとう」

そんなことを言ってみたが、もちろん、それを聞く者はいない——そしてこの時点の手袋鵬喜には知る由《よし》もなかったが、『大いなる悲鳴』は、世界中に響きわたり、世界中の人類を隈無《くまな》く襲い、そして彼女の両親のような犠牲者を、大量に、そしてランダムに生んだ。

『殺した』のを『生んだ』と表現するのは、いささか矛盾しているが——ともかく、人類の三分の一を殺した。

老若男女を問わず——虐殺した。

逆に言うと、人類の三分の二、つまり約五十億人は生き残ったわけだが、その生き残った側と殺された側に、区分、差異はなかったとされている——ランダム性は、完全なるランダムだったというのが公式見解だ。

だが、完全なるランダムというものには、必然的に、ある種の偏りが生じるものだ——コインをずっと投げ続けたら、確率的に表裏の確率が二分の一であったところで、たまには十回連続表が出たりすることもあるよう、あるいは円周率をずっと計算していけば、まれには同じ数字が十回連続することがあるように。

確率的な偏りは、どこかには生じる——今回、それが生じたどこかは、果たして、手袋鵬喜の周囲周辺だった。

彼女の暮らす生活空間で。

三分の一のランダムは——偏った。

偏った彼女の周りで、偏った。

驚くなかれ、両親のみならず、彼女が日常的に接していた人間——クラスメイトや教師、習いごと先の生徒先生、親戚や隣近所の住人——手袋鵬喜の『関係者』と言える人間は、『大いなる悲鳴』によって、一人残らず死んだのだ。

つまり。

絶滅した。

現在のそれに限らず、小学生時代に距離が近かった者も例外にはならなかった——当時いち中学生である彼女自身の調査力ではそこまで調べることはできなかったけれども、統計を無視した狭い見方をすれば、あたかも手袋鵬喜の『関係者』であることが、『悲鳴』によって命を奪われる条件になっているかのようだった。

むろん、客観的に見れば、これはただの偶然で——確率的に起こり得る現象である。宝くじだって、誰かは当たるというだけの話だ。

こんなことに意味を見出そうというのは、いささかオカルトが過ぎる——けれど一方で、『ただの偶然』ほど意味付けしやすいものもなく、手袋は、これまでさんざん苦しんでいた人間関係の束縛《そくばく》から、一気に解放された事実を、

『選ばれた』

と解釈した。

選択された。

『選ばれし戦士』——とまで思ったわけではないけれども、しかし、環境の変化に適応し、生存競争に生き残ったという以上に、自分が、自分だけが『大いなる悲鳴』を生き延びたことには、きっと揺るぎない理由があるに違いないのだと、そんな風に決めつけた。

地球サイズで見るならば、たかだか三分の二の当たりくじを引いたに過ぎないのに

——言うなら、じゃんけんに一回負けなかっただけで、『私は神様から愛されている』と思い込んだようなもので、端《はた》から見れば馬鹿馬鹿しいくらいの『選ばれし』ではあるのだが——この場合たちが悪いのは、その端から見る客観的な視点からでも、やっぱり彼女の『生き残り』は、奇矯《ききょう》なものだったからだ。

手袋鵬喜。

彼女を『選ぶ』理由は大いにあった——地球と戦うための戦士として、スカウトをためらう理由はもう、どこにもなかった。

『お医者さん』の診断を逃れ、また杵槻鋼矢に見逃された彼女は——『解放された』という本人の認識とは裏腹に、抜き差しならない袋小路に、このとき、追いやられていたのである。

彼女は運命に、捕えられた。

4

そこからの展開は早かった。

『大いなる悲鳴』直後の混乱期の中、孤児となった彼女は、だからと言って取り立てて変わった行動に打って出るでもなく、設けられた避難所で、いち中学生として、手助けをしたりされたりしながら生活していたのだが――十月が終わる前に、その二人の来訪を受けた。

その頃には手袋は、己の関係者が『全滅』していると認識していたので、自分を名指しで訪ねてきた人物がいるということが、極めて意外だった――なんだ、自分の関係者に『生き残り』がいたのかと、やや落胆したくらいだったけれど、これは早とちりだった。

初対面だった。

「剣藤犬个《けんどうけんか》……です」

「牡蠣垣閂《かきがきかんぬき》という者です」

初対面だった、そして奇妙な二人組だった。

初対面であることを除いても、初めて会うタイプの一人と一人だ。

竹刀袋《しないぶくろ》を提《さ》げた剣道着姿の女の子と、スリーピースの背広を着た紳士……、剣道部の女子高生と、同行した顧問？

ぎりぎり、手袋の常識に落とし込んで解釈すれば、そんなところだったが――しかし、だとしたら手袋に、剣道部から来訪を受ける理由がまったく思いつかない。

「お忙しいところ申し訳ありませんが、手袋鵬喜さん、少し話せませんか？　人類の未来にかかわる、大事な話があるんです」

やけに持って回った言い方で、牡蠣垣と名乗った紳士が言う——言われても、別に手袋は忙しくはなかった。

『大いなる悲鳴』で、この通り通っていた学校は避難所になっているので、暇なくらいだ——女子中学生の身でできるボランティアには限りがあった。

とはいえ、いきなり現れた謎の二人組にほいほいついて行くほど、手袋も世間を知らないわけではない——そんなのは、生存競争以前の常識の問題である。

それとなく、いえ、今作業中ですからと、断ろうとしたら、

「困りましたねえ」

と、さして困った風もなく、そして丁寧《ていねい》な物腰ながら、譲る風もなく、

「では、こうしましょう——犬个さん」

と、同行者の剣道少女に目を向けた。

「ここは女の子同士で、話し合ってもらえませんか？　私はその間、この子がするはずだった作業とやらを、代わりに手伝わせてもらいますから——」

「わかった」

つんけんしたような顔立ちとは裏腹に、少女は紳士に対して相当従順なようで、そんな風に即答した。いや、勝手にそちらで話をまとめられても困るのだが。

しかし牡蠣垣は、手袋の返事を待たずに、避難所の奥へと、ずかずか這入っていっ

た——不思議と図々しくないモーションで、だから手袋は見逃してしまったけれど
も、しかし、確かに初めて会う成人男性と話をするというのははばかられるものがあ
ったが、こんな怖い雰囲気の剣道少女と二人きりにされるくらいだったら、まだしも
そっちのほうがよかったくらいだ。
女同士ならば、女子同士ならば、例外なく話が盛り上がると思ったら大間違いだ
——大体、なんの話があるというのだ？
とてもそうは見えないけれど、ようやく終わったと思っていた、役所の調査か何か
だろうか？　たった一人の生き残りである彼女は、『大いなる悲鳴』直後は、根掘り
葉掘り、いろいろ訊かれたものだったが——
「……こっち」
ぶっきらぼうに招かれた。
そのまま、こちらの反応も見ずに剣道少女剣藤犬个は歩き出す——なんだかふらふ
らとした、頼りのない足取りだ。風が吹いていないから、かろうじて倒れずにいると
いう歩きかたである——そのまま放っておけば、手袋をおいて、一人でどこかに行っ
てしまったかもしれない。
どれだけそうしようかと迷った。
手袋も、自身をあまりまともな精神状態の人間だとは思っていないけれど（だから

こそ『大いなる悲鳴』を生き延びられたのだと確信しているけれど）、しかし、剣藤の雰囲気は、それに輪を掛けて危うい——危なっかしい。

しかし、結局手袋は、怖々と、しかし小走りに、見失う前に剣藤のあとを追った——『これだろうか』と思ったのだ。

『大いなる悲鳴』を生き延びて、しかしその後に展開した、『いつも通り』と言えばまあ『いつも通り』の日常めいた光景に、丁度倦《う》んでいた頃合いだったから——もしも自分が『選ばれた』とするなら、必ずあるはずの『次なる展開』が、ひょっとすると、この二名の来訪なのだろうか。

そんな風に思った。

だとすれば、自分よりも格段に、『大いなる悲鳴』以前の世界観に適応できそうもない剣道少女が、こうして手袋を訪ねてきたことの説明がつきやすくなる。

それにしたって、尋常じゃない雰囲気を放つ少女だが——言葉遣いがあまり地元っぽくなかったけれど、どこか遠くから、この香川県にやってきたのだろうか？

「あ、あの……、剣藤さん。ど、どちらの高校の剣道部のかたですか？」

おっかなびっくり、追いついた彼女の背に訊いてみる——正直、見れば見るほど高校生とも剣道部とも、思いにくい佇《たたず》まいだったけれど、しかし竹刀袋を提げた剣道着の十代少女を、それ以外の何だと判断すればいいのだろう？

「……気になる？」

「は？」

「大丈夫。今回は、よっぽどのことがない限り、これを使う予定はないから」

そんな返答とも独白ともとれない、かみ合っているのかかみ合っていないのかわからない答が返ってきた——いや、絶対にかみ合っていない。

すれ違っている、空転している。

もちろん、このときの手袋鵬喜には、竹刀袋の中には大太刀の日本刀が入っていて、『これ』を『よっぽどのことがない限り使わない』という言葉の意味は、『よっぽどのことがあった場合、この刀でお前をずたずたに切り刻む』という意味であることなどわかるはずもないが——それを差し引いても、今、剣藤との間に会話が成立していないことは明らかだった。

「あの……」

「この辺でいいかな……」

と、剣藤が足を止めたのは、自動販売機の前だった。懐《ふところ》から財布を取り出し、

「何か飲む？」

と訊いてくる。

「あ、えっと……じゃあ、お茶を」

「わかった」

小銭を投入して、自分の分と手袋の分を、連続して購入する――手渡された缶は、お茶はお茶でも紅茶だった。

別にいいのだけれど、カフェでもあるまいし、自動販売機でお茶といったときは、普通は日本茶を指すのではないだろうか……？

とことん、ぼやーっとした感じのお姉さんだ……、と呆《あき》れていると、そのお姉さんは、地べたにそのまま座り、

「ふう」

とため息をついた。

なんだか憂鬱《ゆううつ》そうな仕草で、それはどこか絵になる風景でもあったが、しかし手袋としては挨拶《あいさつ》に困る動きだった。

行動が自由過ぎる。

そんなところに座り込まれ、しかも黙り込まれても――『大いなる悲鳴』があって以降、尻切れトンボになっていた環境に、次の展開が訪れたのかと期待する気持ちもどこへやら、今の手袋には、『変な人に絡まれた』という災難めいた気持ちしかなくなっていた。

『変な人』。

この人もじゃあ、『変さ』ゆえに、『大いなる悲鳴』を生き延びたのだろうか――いや、待てよ、そう言えば昔、半年ぐらい前、中学校に入学したばかりの頃、同じように、なんだかよくわからない人に絡まれたことがなかったか――

「…………」

そのまま容赦《ようしゃ》なく、数分が経過した。

手袋のほうから喋ることがあるわけもないので、とにかく相手待ちなのだが――剣藤はおしるこをちびちび飲んでいるばかりで、ちらともこちらを見ない。

見られるのは確かに苦手だけれど、しかしそれは、決して無視されるのが得意というわけじゃあないのだが――痺《しび》れを切らして、とにかく会話のきっかけになればと、もう一度『どこの高校に通っているのか』を訊こうとしたとき、

「犬」

と、剣藤が言った。

どうやらおしるこを飲み干したらしい。

「犬を飼い始めたんだ、私……『狼《おおかみ》ちゃん』って言うんだけれど、これが、可愛くて……今、留守にしちゃってるから、心配なんだよね……でも、よく躾けられてるし、大丈夫かな……お行儀がいいんだよね、飼い主ににて、うふふふ。……てぶくろちゃんは、どんな犬が好き？」

「………？」

唐突過ぎるし、脈絡《みゃくらく》がなさ過ぎる。

どうしていきなりペット自慢になる？

もちろん、手袋には知る由もない――剣藤犬个というこの『お姉さん』の、事情があってぶっ壊れたコミュニケーションスキルでは、年下の女子に対する年上の女子としての歩み寄りのパターンは、『飲み物を奢《おご》る』くらいしか思いつかなくって、それをしてしまったあとに万策ならぬ一策尽き、できる限り飲み物を時間をかけて飲むくらいしかすることがなく、それもしかし豆一粒まで尽き、だから『本題』に入る前に、こうなればと苦し紛《まぎ》れに、時間稼ぎにペットの話を始めたのだということなど、知る由もない。

だから、それがどれだけ切実に絞り出された結果の『世間話』であるかわからなかった手袋は、わけのわからなさがいい加減怒りに繋《つな》がりつつ、

「私は犬よりも猫が好きです」

と、返答した。

実際にはそこまで明確に猫好きだったわけでもないが（そもそも動物自体にそんなに興味がないので、『犬派』『猫派』という派閥争いに与《くみ》したくない）、しかし『どんな犬が好き？』というまことに押しつけがましい質問に対して、ちょっぴり反発心を

覚えたため、そんな対立的な答になったのだが、しかし剣藤の反応は『ちょっぴり』では済まなかった。

それまで、目を合わそうともしなかったぼんやりした雰囲気のお姉さんは、ぎょっとしたように瞠目《どうもく》して、すごいスピードでぎゅんと首を振り、こちらを見上げた。

「は、はあ？　ね、猫？　あの獣《けもの》が好きって言ったの？　正気？　頭大丈夫？」

さっきまでのゆったりしたペースの喋りはなんだったのかというように、一気にまくし立てる剣道少女――ほとんどその剣幕は、つかみかかってこんばかりだった。

「あ、あんな、牙が生えてて、爪が危なくて、四《よ》つん這《ば》いで、毛むくじゃらで、意味の分からない鳴き声の肉食獣の、どこがいいっていうの？」

「…………」

すべて犬にも当てはまる特徴だった。

「信じられない……この世に犬よりも猫のほうが好きな人がいるだなんて……あんなけもの偏《へん》の漢字の生き物が好きだなんて。干支《えと》にも入れなかったあんな動物……」

けもの偏とか干支とかが、いったい何の基準になるのかは知らないが、そこまでショックを受けるようなことだったのだろうか――テレビで見るような、病的な愛犬家なのかもしれない。

はっきり言って怖い。

「そうか……四国では犬よりも猫のほうがメジャーな動物なんだ……、じゃあ四国の人はいったい、ペットとして何を飼うんだろう」

「…………」

そりゃあ猫だろう。

いや、別に四国は関係ないと思うが。

どうやら逆鱗《げきりん》というか、剣藤のデリケートゾーンに触れてしまったようだけれども、しかしだとすれば、手袋としては『迂闊《うかつ》な発言を謝らなければ』というよりも『かかわり合いになりたくない』と思う気持ちのほうが先に立った――が、彼女が撤退を決意する前に、剣藤のほうが、

「やってられない。帰る」

と、不機嫌を隠そうともせずに立ち上がり、そのまま手袋には一瞥《いちべつ》もくれずに、憤《ふん》然《ぜん》と歩み去っていった――すぐに戻ってきた。

もう一度地べたに座り直す。

どうやらぎりぎりで剣藤は我に返ったらしい。

というより、その激高（?）が、いいきっかけになったようで、だからいきなり、

「あなた……『悲鳴』を、生き残ったんだってね」

と、『本題』に入った。

我に返ったところで、話運びは下手らしい……口調がゆったりに戻ったので、手袋はいくらか安心した。

「いや、と言っても、今生きている人は、全員、『悲鳴』を生き残ってはいるんだけれど……、でも、手袋鵬喜。てぶくろちゃん。あなたは、特殊な生き残りかたをしたとか……」

「……と、特殊って」

そう言われて、すぐにぴんと来る――三分の一の割合で死ぬ『大いなる悲鳴』でありながら、手袋鵬喜の場合は、周囲の人間が、己の『関係者』が、一分の一の割合で死んでいる、という生き残りかた――

「それはたぶん、ただの偶然」

と、剣藤は言う。

先ほどとは一転してたどたどしい口調だが、しかし、それでもきっぱりとした断言には違いなかった。

その『特別感』を大切にしてた手袋としては、そんな決めつけに反発を覚えずにはいられなかったけれど、

「しかしそういう偶然を、私達は大切にする――私達、地球撲滅軍は」

と、続けられた台詞に対する興味のほうが、反発心を上回った。

なんだろう。

地球……防衛軍？　いや、撲滅？

「えーっと、まあ……。そういうのを、『持っている』って言うのかな……少なくともあなたには、英雄の資格があるのかも……」

「え、英雄」

「……ないのかも」

「……どっちなんですか」

「どっち、と言うか……うーん。そうだね、あなた自身は、どう思う？　自分のことを——人類を救う英雄たりえると思う？」

剣藤は、こちらを試すように言ってきた。

まるで試験のように。

「い、い、い、い、い、い」

「私はそうはなれなかったけれど——もしも、その機会があれば、この『大いなる悲鳴』を、防げたと思う？」

「………？」

『大いなる悲鳴』を防ぐ？

手袋にとっては、大いなる救いとなる環境の激変をもたらしてくれたあの天変地異を防ぐなんて、そんな発想はこれまでなかった……けれど、問われて考えても、『そんなことは不可能だ』としか思えなかった。

そもそも、何をどうしたら、あの『悲鳴』を防ぐことができたのか、見当もつかない——確かに、あれを未然に防ぎ、『お医者さん』が言うところの『予防』できていたなら、二十億の人命を救ったという成果とそれはイコールであり、剣藤がどういう意味で言っているにしろ、その行為は間違いなく英雄的だろう。

だけど、それは手袋には無理だ。

方法がわからないし、スケールが違い過ぎるし。

そして何より——防ぎたいと思えない。

『お医者さん』の診断を受けて以来六年間、ずっと我慢して過ごしてきて——ようやく訪れた、彼女のような種の『生きていきやすい環境』だというのに、どうして、そんな未来を自ら否定しなければならないのか。

なんだったら手袋は、もう一度、いいや二度か、あの『大いなる悲鳴』に鳴り響いてほしいくらいだった——そんな天変地異に見まわれても、生き残る自信は、今の手袋には十分にあった。

「わ、私は」

「いや、別にどっちでもいいんだけどね——済んだことだし。起きてしまったことだし、終わったことだし」

意を決して、反論めいた何かを言おうとした手袋に肩すかしを食らわすように、剣藤はそう言って立ち上がった——袴《はかま》についた砂利《じゃり》を払うように、自分の尻をはたく。

「正直、私に言わせれば、あなたがどういう風に『大いなる悲鳴』を生き抜いたかは、この場合あんまり関係ないと思うんだけど……、でも、そういうことを言ってられなくもなっている。今回の件で、地球撲滅軍は大きく人数を削られたから……、変な遠慮もしていられなくなった。軍のリストに残っていた名前に、なりふり構わず、あたってみることにした。ちょうど四国に用事もあったし——って流れなのかな？」

説明しているというよりも、言いながら、経緯を自分で再確認しているようだった——つまり別に、手袋に対する当てこすりというわけでもないのだろうが、その『ことのついで』感に、手袋は、意味もわからないまま、嫌な気分になる。

……もしも目の前の剣道少女が、自身が所属する組織から『英雄』であることを期待されながらそれを果たせず、それこそ『大いなる悲鳴』を防ぐことも叶わず、今現在『役立たず』としての酷遇をかこっているという事実を知っていたなら、あるいは手袋の気分も違うものになっていたかもしれないけれども、しかし手袋鵬喜はそこまで気の回る中学生ではない。

だからただ、剣藤に対して腹を立てるだけだ。

もっとも、小学校の六年間、四国に来てからこっち、とにかく『人との衝突』を避けることを、争いを避けることを主軸にして生きていた手袋には、その発散したい怒りを、うまく言葉にすることができない。

どういえば、目の前の剣道少女を、ぎゃふんと言わせることができるのか、まったく予想もつかない――と言うより、気が回らないなりに、この会話がかみ合わない年上女子に、憤《いきどお》りをぶつけることの無意味さみたいなものも、一方で感じていた。

通じない、とわかっていた。

しかし、そんな風に思っているうちに、剣藤は更に業腹《ごうはら》なことを言ってくる。

「こうして見る限り、普通の女の子って感じだけど……それでももしも、人類のために戦う気があるのなら、私達地球撲滅軍の仲間にしてあげてもいいよ、てぶくろちゃん」

……もしも剣藤犬个という彼女のことを詳しく知っている者がいれば、彼女のこういった物言いは、単に会話慣れしていないことによる語彙不足だということがわかるのだが、しかし手袋は彼女と初対面だったたし、考えてみればこの時点の剣藤犬个を『よく知っている者』なんて、いても犬一匹くらいのものだった。

だが、それはそれとして、さすがに何度も繰り返されるうちに手袋にも『地球撲滅軍』という単語が、はっきりりと、聞き間違いでないと確信できる形で聞き取れた――だが、聞き取れれば当然、質問せざるを得ない。

「ち……、地球撲滅軍って、なんですか？」

「地球を撲滅する軍隊だよ——我ら人類の敵たる地球を、木っ端《こっぱ》微塵《みじん》にぶっ壊すための組織だ」

「…………」

そこだけは妙に流暢《りゅうちょう》だったのは、言い慣れているのか、暗記しているのか、どちらかだろう——なんとなく後者であるような気もしたが、どうだろう、わからない。

「この間の『大いなる悲鳴』は、地球から人類に向けての攻撃だった——我々は回復不能なレベルの大打撃を受けた。だから、一人でも多くの戦力を、一刻も早く補給しなければならない……そうだよ。室長いわく」

途中までは威勢がよかったが、だんだんと語調が崩れ、最後はただの伝言ゲームになった——暗記力が尽きたのだろうか。

「そんなわけで、あなたをスカウトしにきた……ヘッドハンティングかな？　いや、やっぱりスカウトか……、大丈夫だよ、心配しなくても。何かあったら私が守ってあげるし、たとえ何もできなくとも、頭数くらいにはなるはずだから」

このあたりは、剣藤犬个は、彼女なりの気遣いを見せたつもりだったのだろうが、むろん、こんな言いかたで、その気遣いが届くわけもない——しかし、更に手袋が怒りに囚《とら》われたかと言えば、そうでもなかった。

当然、目の前の剣道少女に対する怒りが薄れはしない——が、しかし、人類のために、人類の敵と戦う組織から、どうやら誘いを受けているという（ようやくはっきりした）展開に、胸が躍らなかったと言えば嘘になる。

どきどきした。

私、格好いい。

と——思った。

私は今、生きている——と。

言うまでもなく、地球が人類の敵とか、『大いなる悲鳴』が地球の発した殺人音波だとか、相変わらず剣道少女はわけのわからないことを言っていて、その点はもっと詳細に説明してほしくもあったけれども、しかしそれを後回しにしてもいいと思えるほどに、そんな絵空事めいたスカウトは、蠱惑的《こわくてき》だった。

選ばれし戦士。

英雄。

環境が激変した世界では、私は『そういうもの』になれるんだ——と思うと、血湧《ちわ》き、肉躍る気分だった。

「……幸い、あなたの場合は、社会的立場に非常に恵まれている——なにせ、あなたの関係者は全員死んでいるからね。あなたを地球撲滅軍に入隊させるにあたって、家族を皆殺しとかにしなくていい」

さらっと言われたので、剣藤のそんな物騒な言葉を、手袋は聞き逃した――いや、聞き逃してはいなかったかもしれない。

ただ、聞こえなかった振りをしただけかもしれない――都合の悪いことは聞こうとはせず、デメリット表示も求めようともせず、ただ、耳触りのよい部分だけを取り込んで、手袋はここで、剣藤からの誘いを受けようとした。

地球撲滅軍の一員に。

なろうと決意――しかけた。

もしもそれがなっていたら、この後の、延々と続く人類対地球の戦争の様相は、大きく変わっていたかもしれない――有力候補だった剣藤犬个が『期待外れ』の烙印《らくいん》を押されたことで空席になっていた地球撲滅軍の『英雄』の椅子《いす》を、手袋鵬喜が埋めていたなら。

少なくともかの少年は。

心なきかの少年は――半年後に、地球撲滅軍に引き入れられることなく、家族と仲良く暮らしていて、一年後にこの地で開催される四国ゲームに参加することもなかっただろう。

曲がりくねった精神の彼は、曲がりなりにも、英雄ならぬ少年で、あり続けることができたかもしれない――ただしご存知のように、そんな風にはならなかった。

未来は変わらない。

手袋鵬喜は、あえて即答せず、もったいぶった態度をとろうとした――無意識に自分を高く売ろうとしたのは、年相応の可愛らしい態度と言えなくもなかったが、その数秒が、命取りだった。

誰の命取りだったかと言えば、手袋のでも、剣藤のでもなく、だから心なきかの少年の命取りだったわけだが――横合いから。

「ちょっと、ちょっと――」

と。

横合いから、邪魔が入った――とは言え、その声には緊迫した様子はなく、なんというか、『ギャグに対して突っ込んだ』くらいのテンションでの、遮りかただった。

「待ってよ、待ってよ、お姉さん――そこのお姉さん。その子は四国の子でしょ？　だったら交渉権は、あたし達のほうが、先にあるはずじゃない――割り込みは駄目よー、もう」

明るい調子で現れた（どこから、いつ、現れた？　剣藤は誰かが近づいてくればすぐにそれとわかるような、こんな人気《ひとけ》のない場所を選んで、足を止めたはずなのに）のは、派手なワンピースの女の子だった。

年の頃は手袋と同じくらい――と見えるけれども、一見、同じ生物とは思えないくらいに、陽気な雰囲気の少女である。ひらひらでふわふわな、そのアニメめいたコスチュームばかりが目を引くけれど、しかし年上の女子にも、臆することのない堂々とした態度は、手袋にはまったくないものだった。

いきなりの、意味不明な少女の登場に、混乱する手袋――を、置き去りに、新登場したワンピース女子は、

「あたしは四国、絶対平和リーグ所属の登澱證《のぼりおりしよう》」

と名乗った。

当たり前だが、初めて聞く名前だった。

戸惑《とまど》っていると、彼女――登澱は、ぐるんと首をこちらに向けて、

「よろしくねっ！」

と、にっかり笑った――これまで手袋が、親からでも向けられたことのないような、親しみのこもった笑顔だった。

そんな笑顔に思わず『持っていかれそう』になったけれど、すぐにはっとする――今、自分は、自分にとって決定的な場面を、横からストップをかけられたのだということに思い当たる。

そう考えれば、登澱は手袋にとって、とんでもない邪魔者ということになるのだ

——ならば先ほどまで剣藤に抱いていた以上の怒りを、登澱に対しても抱いてもおかしくないはずだったが、しかし不思議と、そんな感情を、彼女に対して抱くことはなかった。

外部から分析すれば、それは単に、部活帰りのような、ぼんやりとした剣道少女よりも、煌《きら》びやかな衣装を着た華やかな同世代の女子のほうに、より強いシンパシーを覚えたというだけの話なのかもしれなかったが——手袋鵬喜の、リアルタイムな認識として言うならば。

運命的なものを感じた——だった。

運命の仲間と、運命の出会いをしたような。

そんな気持ちになった——地球撲滅軍の側から見れば、要は、剣藤犬个のスカウティング能力の低さが露呈《ろてい》したという形なのだが、それをフォローするだけの現実的なアドリブ能力も、もちろん、彼女にはない。

ただ、横合いから這入った、どこかから——空でも飛んできたとしか思えない登場の仕方をした登澱證に対して、

「…………」

と。

ゆっくりと、見定めるようにしながら、竹刀袋を肩から降ろしただけだった。

「やめといたほうがいいと思うよ、お姉さん――こんなところで、地球撲滅軍と絶対平和リーグの抗争をおっぱじめたら、困るのはそっちでしょ……、ここはあたし達の縄張りなんだから」

格闘技の心得《こころえ》なんてまったくない手袋でもわかるくらい、はっきりとした剣呑《けんのん》な空気を、瞬時にまとった剣藤に対して、しかし登澱はあくまで強気に、そんなことを言う。

「…………」

登澱からのそんな『忠告』に応じたというより、その余裕のある態度に、不審なものを感じたようで、剣藤は、更に沈黙したのち、手をかけかけていた竹刀袋を、もう一度、提げ直した。

そこに畳みかけるように、

「今、うちのチームの食わせ者が、お姉さんの上司と話をつけているところだから――だからもう、すっぱり諦めたほうがいいよ」

と、登澱は言う。

上司――牡蠣垣閂というあの紳士のことを臭わされて、剣藤は、もっと深く黙り込む。登澱がそこまで見切って言ったのだとは思えないが、しかしあの男の剣藤に対する影響力は、それくらいに大きいようだ。

そして、更に十秒黙りこくったのち、剣藤は、

「何よ」

と言った。

「この子に先に目をつけていたのは、私達地球撲滅軍なんだから——六年以上ほったらかしにしておいて、今更交渉権を主張するなんて、あなた達、ずるっこ」

……言葉遣いのそこかしこが幼稚なので、シリアス味を帯《お》びない。

ただ拗《す》ねているだけにも見える。

どうにも真意のわからない少女だ。

が、どうやら剣藤が、自分のことをすっぱり『諦めた』らしいことは、手袋にもわかった——すぐ手の届くところまできていた、『選ばれし戦士』『英雄』になる機会が、永遠に失われたのだということを、痛切に理解した。

「あっ——」

と、思わず追いすがろうとした手袋だったが、そのときにはもう、剣藤は彼女に背を向けていた——手袋に完全に興味を失ったように。

実際、上司である牡蠣垣に言われるがまま交渉役を務めていただけで、剣藤にとって手袋鵬喜という『生き残り』は、心底どうでもいい存在だったのだろう——確かに、『真の生き残り』とも言うべき剣藤には、そんな風に手袋を見下すに足る理由は

十分にあった。

いや、興味を失ったにしては、剣藤は最後に一言、振り向かないままに、

「てぶくろちゃん。あなたは、向いてないよ」

と言い残していったが――ともかく。

変にもったいぶったばかりにチャンスを逃した形の手袋ができることは、こうなると、八つ当たりだけだった――その場にいる人物に、当たり散らすしかなかった。

いや、八つ当たりでもない。

英雄になるチャンスを奪ったのは、他ならぬこの、可愛らしい衣装の少女なのだから――よく見たら全然似合ってない！

「あ、あ、あ――あなた――」

声がまとまらない。

あなたのせいで、私は戦士にも英雄にもなれなかった――と、責めたかったのだが、言葉がのどの辺りでこんがらがって、言いたいことがあり過ぎて、逆にこんがらがってしまう。

そんな隙《すき》をつくように。

登澱證はにこやかに言った。

「ねえねえ、手袋鵬喜ちゃん。あなた、魔法って信じるかしら？」

「は?」

「魔法少女って、信じるかしら?」

「は?」

5

というわけで。

変わり者の少女、手袋鵬喜は。

戦士にもなれず、英雄にもなれず。

しかし魔法少女になったのだった。


(第1話)

(終)

第2話「仲間との出会い！少女達の夢」

0

大抵は、必要の半分の殺意で、必要の倍の人数を殺す。

1

魔法。

地球が人類の敵――と言われるよりも、それは、信じがたい力ではあった。過酷な環境を、少なくとも本人としてはリアリスティックに生きていたつもりの手袋としては、そんな夢見がちなパワーを、すぐに鵜呑《うの》みにするわけにはいかなかった――けれど、その場ですぐに登澱證、後に聞いたところの魔法少女『メタファー』が魔法を『実践』して見せてくれたので、信じざるを得なかった。

論より証拠。

百聞は一見に如かず。

議論の余地は残らなかった。

いったん信じてしまえば、その後は、手袋としては一も二もなかった——いくら環境の激変に備えて己の『変人度』を大切にしてきた、それを差し引いても客観的に考えて過酷な家庭環境で育ってきた手袋鵬喜といえども、たとえテレビや雑誌を見せてもらえないような生活が長かったとは言え、それでも『魔法少女』というキャラクター性の情報くらいはどこかから自然に入ってきて、それに子供らしい憧憬《しょうけい》を抱いたことがまったくないということはなく——その勧誘を断る理由など、まさかあるはずもなかった。

私を選ぶのはこ、こ、この人達だ、だ、だったのか、か——と、そんな風に思って、都合よくも調子よく、先程まで同じことを感じていた牡蠣垣門や剣藤犬个と言った地球撲滅軍のことは、すこーんと忘れた。

いや、忘れたわけでもない——自分を巡って、対地球戦の二大勢力が取り合いを行ったという『事実』は、彼女が大切に育ててきた自尊心を、自意識を、いたく満足させた。

自分には自分がまだ気付いていない隠れた能力があって、誰かがそれに気付いて引き出してくれる——なんて、思春期特有の妄想めいた気持ち、本当にそんな能力を持っているかどうかはともかくとして、誰もが一度は抱くであろうそんな淡く、そして濃密な期待は、手袋鵬喜の中で、『大いなる悲鳴』を経て、ちょっと常識では考えられないくらいに肥大化していたけれど——目前で繰り広げられた地球撲滅軍と絶対平和リーグの鞘当《さやあ》ては、その期待に十分応えてくれるものだった。

もちろん、これは愚かだ。

愚の骨頂だ。

要するに手袋は、何がなんだかよくわからないままに、相手の言うことの裏を取ろうとも、相手の信用度を測《はか》ろうともせず、ただただ直感とも呼べない場の流れに従って、己の身の振りかたを決めてしまったということなのだから——注意して、よくよく考えれば、彼女の身上を取り合った片方、地球撲滅軍の剣藤犬个のほうは、さほど乗り気でもなかったことを思えば、自分が『そこまでの価値を認められていない』ことが、この時点でも十分にわかったはずだ。

わからないのがおかしい。

もっとも、わかったとしても、そんな現実と——あるいは、そんな『環境』と、彼女は向き合いたくはなかっただろうが。

わかっていたら、おかしくなっていたかもしれない。

実際のところ、もしもここで受ける勧誘が、地球撲滅軍でも絶対平和リーグでもなく、たとえば世界征服をもくろむ悪の組織であっても、もっと言えば、人類滅亡を目指す地球側からのスカウティングであっても、手袋は応じていたのではないだろうか――彼女には感情はあっても、思想と呼ぶべきものはない。

過剰に保護し、守り抜いてきた、周囲となじめない特異な自意識があるだけだ――それは場合によっては意識の高さとされ、褒めそやされるものなのかもしれないけれど、しかし、それゆえに、『自分の価値を認められる』ことに対して、彼女はまったくの無防備だった。

魔法少女からのスカウトに。

警戒心なく応じてしまった。

「おめでとう！　今日からあたし達の仲間だね！　よろしく！　やったね！　世界の平和のために、大好きなみんなの幸せのために、一緒に地球を倒そうね！」

登澱證はそんな風に、無邪気に喜ぶ風を見せた――世界の平和のために地球を倒すというのは、語義がやや矛盾しているようにも感じられたが、そんなのは些細な問題でしかなかった。

……自身も『選ばれし戦士』ならぬ『選ばれし魔法少女』である登澱の、そんなウエルカムな態度には、たぶん偽りはなかったのだろうし、彼女のそんな明るく、楽しそうで、ハイに野放図な様子が、あるいは、派手な服装も含め、そういう『はしゃぎ』と無縁に育ってきた手袋の心を揺さぶって、絶対平和リーグにいざなったというのも、もちろんあるだろうが——しかし、大抵の組織においてそうであるように、勧誘員の認識と組織の実態は、必ずしも一致しない。

確かに、絶対平和リーグは手袋鵬喜の長年の期待に応えたが、しかし絶対平和リーグの側が、手袋鵬喜にそれに見合うだけの期待をしていたかと言えば、そんなことはまったくと言っていいほどなかったはずだ——先に現実的な話をすれば、絶対平和リーグがこの日、四国に引っ越してきてから六年間、剣藤犬个の言葉を借りれば『ほったらかし』にしていた手袋に声をかけた理由は、それはやっぱり地球撲滅軍と同じく、『「大いなる悲鳴」によって生じた被害、人不足を埋め合わせるため』という点が大きい——親類縁者が『大いなる悲鳴』で絶命している手袋鵬喜は、勧誘するに後腐れがないという部分も、ほぼ同じだろう。

周囲が根こそぎ死んでいるのに『生き残った』奇跡的な確率にも、もちろん気付いていないわけではなかっただろうけれど、せいぜいそれは、『対地球戦のプロパガンダに利用できる』くらいの認識である——二の次である。

偶然は大切だが、必然ほどではない。

地球撲滅軍と絶対平和リーグが手袋鵬喜を取り合ったこと自体は嘘偽りのない事実だけれど、しかしその理由は、彼女が思っているようなものではなく——どころかかけ離れていて、大切にしてきた己のアイデンティティに値打ちを見出されたからとかではなく、単に彼女が、身寄りがなくて、即《すなわ》ち身軽で、彼らにとってはその後の面倒の少ない、誘うに易《やす》い子だったからに過ぎない。

手袋鵬喜が誰だったかは関係がなかった。

誰でもよかった。

彼女が誰で、どういう人間かなんて、言うなら、知ったことではなかった——悲しい話だが、しかしそれこそこんなのは、誰の身にも降りかかる、よくある話でもあった。

その意味では彼女は選択を誤ったかもしれない——検証の仕様がないし、どっちもどっちだったのは間違いないけれども、しかし地球撲滅軍ではなく、雰囲気に飲まれ、空気に流され、絶対平和リーグのほうをチョイスしたことは、正しい答ではなかったかもしれない。

どちらの組織も、対地球のためならばなりふり構わないという点では共通しているけれども、しかし、所属すれば問答無用に魔法少女に『される』という点においては、少女と呼ばれる年齢の彼女にとっては、より悲惨なのは、絶対平和リーグだったと言える。

なぜなら、絶対平和リーグが言うところの魔法少女は、その響きから手袋が連想するような『選ばれし』存在でも、特別な存在でもなく――規定のコスチュームを着れば誰でもなれる、来る者拒まずの選択肢なき、ただの実験台だったのだから。

2

もっとも、外部機関にはもちろんのこと、少女自身にそれをまったく気付かせずに、ひそやかに魔法少女を量産するところが、絶対平和リーグの肝《きも》なので、個性を望むがために逆にここで一般化してしまった手袋鵬喜が、その皮肉に気付くことはついぞなかった。

知らぬは本人ばかりなり――どころか、誰も知らない。

事実も、この先の未来も。

その辺の洗脳――もとい教育は徹底していて、手袋だけではなく、彼女を組織に誘った登澱證だって、似たような特権意識を持っていなかったわけではない。

しかしながら登澱や、他の魔法少女の場合は、もっと幼少の頃から『魔法少女』として組織に育てられているので、それを『当たり前』と認識している分だけ、手袋とは違う。

加えて、厳密に言えば、絶対平和リーグという組織の中には、『選ばれし魔法少女』が、決していないわけでもない――彼女達はチーム『白夜』と呼ばれるエリート集団であり、危険を冒《おか》して前線で戦うことなく、組織の運営にさえ加わっているわけだけれど、しかし、手袋はそんな彼女達の存在を、はっきりと知るところまでも辿《たど》り着けなかった。

一山いくらの。

いち魔法少女になれたに過ぎなかった。

個性なき魔法少女でしかなかった。

……井の中の蛙《かわず》大海を知らずどころか、彼女は井戸の大きささえ知らなかったわけだけれど――それでも、あえて言うなら知らないということは、その事実に落ち込むことも、絶望することもない強みでもある。

あとから事実を知ったところで、一度組織に入ってしまった以上は、今更どうしようもないことなのだから――他の魔法少女達同様に、組織からの教育に身を浸《ひた》し、流され、正義の戦いに身をゆだねるのが、手袋にとって一番の、幸福追求の手段であると言えた。

本人が幸せならばそれでいい、という意見は非常に乱暴なそれだけれども、しかしだからと言って、本人が不幸で、救われないと思っているのが正しいわけでもあるまい――そういう意味では、絶対平和リーグの少女達に対するケアは、非常に行き届いていた。

誰にでもできる仕事を、程度低く行うことが自分達の仕事なのだと、少女達に決して気付かせることなく、彼女達がプライドを持って仕事に臨《のぞ》める環境を作り上げていた――『選ばれた』感を惜しみなく彼女達に与え、魔法少女達のモチベーションの維持、コントロールに努めていた。

正義のために。

悪《あ》しき地球を倒すために。

そのために――究極魔法を獲得するために。

彼らは今日も今日とて、愛らしい魔法少女を大量に育成する――

「……では、本日で研修を終わります。手袋鵬喜さん、あなたは今日から魔法少女『ストローク』です。受付で、コスチュームとステッキを受け取って帰ってください――所属するチームは、恐らく徳島《とくしま》県のチーム『ウインター』になると思いますが、書面での通知を待ってください」

「はい」

と、頷《うなず》く。

登澱證から勧誘を受けてから、とんとん拍子《びょうし》で話は進み、一週間後にはかように、手袋鵬喜は正式な手続きを経て、魔法少女に任命された――研修はごくごく、簡単な内容だった。

簡単な内容。

というのはあくまで彼女の認識であり、実のところ、対地球教育の最初の一歩であるこの研修は、思春期の少女にはややハードな内容である――人によっては根本的な部分が壊れかねない時間割が組まれている。

もちろん、どこがどう壊れたところで、それはデータとして次の候補を教育するときに役立てられるので決して無駄にはならないのだけれど、ある程度の年齢まで育った人間の価値観を、短期間でひっくり返すのはする側にとっては骨の折れる作業だし、される側にとっては心の折れる作業である――しかし、この点に限って言うなら手袋鵬喜はとても秀でた優等生だった。

もともと、価値観なんてあってないような少女である――適応できない環境の下で生き延びるすべを、小学一年生の頃からとことん学び続けてきた、異端の少女。

その意味では、ほとんどゼロベースみたいなものだ。

研修教育という『環境』、対地球という『環境』を、中学校の授業のようにこなした――逆に言うと、研修からは何も学んでいないとも言え、絶対平和リーグとしては、教育に失敗したようなものなのだが、しかし、彼らはそこをさして重要視しているわけでもなかった。

『地球に優しく』という価値観を、対象が元々持ってなかったというのならば、別にそれはそれでいいのだ——コスチュームをまとう着せかえ人形の人間性など、大して気にしないのが絶対平和リーグである。

もっとも、その辺りをまったく考慮しないというわけでもない——個々の魔法少女に、どんな魔法を『使わせる』か、という点については、それぞれの精神性を重視する。

手袋鵬喜という精神性には。

マルチステッキ『ステップバイステップ』を貸与《たいよ》した。

これは『ビーム砲』という、絶対平和リーグが実用化している魔法の中でも屈指の破壊力を誇る固有魔法の使用を可能にするマルチステッキであり、だからこそ、それを使う資格を得たことを単純に喜んだ、誇らしくさえ思った手袋だった——むろんのこと。

絶対平和リーグは、出来の悪い魔法少女にこそ強力な魔法を与えることで、一種のブレーキ、実験の安全装置にしているかもしれないという可能性に、彼女が思い当たることはない——研修で才能を認められた候補生には、逆に使い勝手の悪い魔法をあえて使わせて、魔法少女側のブレーキにしたり、あるいは役に立ちそうもない魔法の可能性を探ってみたりすることもあるなんて、まったくもって思いもよらない。

六歳の頃から、都合の悪い状況に対する対抗スキル・回避スキルを伸ばしてきた彼女だったが――それゆえに、己にとって好都合な、己の生態に適した環境に対して、疑いを持つような用心深さとは、無縁だった。

誉められれば嬉しい。

認められれば喜ぶ。

受け入れられれば舞い上がる。

攻撃するのは難しいが、しかし騙《だま》す分にはこれほど容易《たやす》い相手はいない――もっとも、一概に絶対平和リーグが、彼女を騙そうとしているとは言えないのだが。

彼らは彼らで、できる限り誠実に、魔法少女・手袋鵬喜に接しているつもりだった――研究者が実験をするとき、マウスの管理に万全の注意を払うように。

研修の終了段階において組織の幹部クラス、魔法少女製造課の課長が登場していることも、その証左となるだろう――必要事項の通知を終えてから、彼は手袋鵬喜に、

「申し遅れました。初めまして、僕は酸《す》ヶ湯原作《ゆげんさく》と言います」

と名乗った。

魔法少女製造課課長――酸ヶ湯原作。

その大仰《おおぎょう》な肩書きからすれば若く見えたが、それは十三歳の手袋にとっては、さほど気になることではなかった――彼女にとっては、大人はまとめて『大人』である。

「また一人、四国に魔法少女が誕生したことを、とても嬉しく思います――心強く思います。これからどうかよろしくお願いしますね、『ストローク』」

「は……はいっ」

緊張してしまって、返事がそんな風に裏返った――そんな手袋を、酸ケ湯は微笑ましく見守るようにして、

「いいんですよ」

と言う。

「もう、そんな風に気を張らなくとも――どうかくつろいでください。既にあなたは魔法少女になりました。テストはもうおしまいです。ここから先はただの雑談です」

「ざ、雑談……ですか」

意味もなく相手の言葉を反復する。

くつろいでと言われてくつろげるような性格では、手袋はない――し、どうしても、対応がどぎまぎしてしまうのは、酸ケ湯課長が、これまで、テレビでも見たことがないくらいに、整った顔立ちをした男性だからかもしれない。

直視するのが眩《まぶ》しいほどの好男子。

そんな印象を受けた。

先述のように、研修自体は大して労苦なく終えることのできた手袋だったが、最後

の最後に、とんだ難関が待ちかまえていたものだと思った。

「ええ……まあ、アンケートというわけでもありませんが、研究室にこもりっぱなしだと、感性が鈍りますからね。たまには、若い人と意見を戦わせてみたいのですよ」

何か質問はありませんか？

エニィ・クエスチョン？

そう言って酸ヶ湯は、じっと手袋を見る――相手が好男子であろうと色男であろうと、見られるのが苦手であることに違いはなかった。

だから、酸ヶ湯課長の視線から逃れるように、

「あ、あの……」

と言葉を継ぐ手袋。

「ま、魔法少女って、いったい、何人くらいいるんですか？　け、研修を受けていただけでも、結構いたみたいでしたけれど……」

ひねり出した質問ではあったが、しかし、気になっていたことではあった――それこそ手袋が初めて会った魔法少女である、登澱とまた会うことがあれば、訊いてみたいと思っていた。

『選ばれし魔法少女』というには、人数がいくらか多過ぎないか？　とまで、具体的に疑問を抱いていたわけではないにしろ、その辺りにまったく不自然を感じなかった

わけではないのだ。

言葉にできない違和感があった。

「人数をはっきり決めているわけではありませんね——資格さえあれば、全員、魔法少女になることができます。いいえ、女の子はみんな、魔法少女なのかもしれませんね」

酸ヶ湯はそんな風に答えた——というより、あまり答になっていないことを言った。

人によってはただはぐらかされたと思っただろう。

ただし実のところ、彼は相当、手袋の質問に対して正直に回答していたのだが——事実に反する点があるとすれば、女の子でなくとも、男の子でも、コスチュームを着れば『魔法少女』になれるという点だったけれど、しかし手袋鵬喜の夢を守るという意味では、それをここで教える必要があるとも言えなかった。

ただ、それを知る由もない手袋からすれば、不満がないでもなかった——これは別に、彼女の自意識が高過ぎるからとは言いにくい。誰でもなれる、誰でもいいと言われては、やり甲斐《がい》もなくなるだろう……もちろん、魔法少女をそんな気持ちのままにさせておくような、絶対平和リーグではないし、魔法少女製造課課長でもない。

「正義を愛する心、仲間を愛する心を持つ限り、いつまでも魔法少女は魔法少女の資格を失うことはありません——あなたが新しい魔法少女としてメンバーに加わることは、きっと彼女達の助けになることでしょう」

と、自尊心をくすぐり、仲間意識を育てるような種をまくことを忘れない——仲間。そうだ、仲間は当然、多いほうがいい。

元々友達がたくさんいるわけではなく、数少ない、親しくしていた相手も『大いなる悲鳴』でみんな死んでしまった手袋なので、コミュニケーションが苦手なりに、信頼できる仲間に飢《う》えているのも確かだった——魔法少女が多過ぎるのは考え物だが、しかし、手袋とて、わかりあえる、信じ合える仲間が欲しくないわけではない。

たった一人で戦う孤独な英雄像というのにもあこがれなくはないが、それはもう、これまでに十分やったと思う手袋だった。

……余談ではあるが、もしも彼女が絶対平和リーグではなく、地球撲滅軍のほうに加わっていたなら、そちらの、『たった一人で戦う孤独な英雄』にされていたかもしれない——後にそうなる、心ないかの少年のように。

彼女のメンタルで、そんな扱いに耐えられたかどうかは大いに疑問であり、そういう意味では、どうあれ大量の『仲間』と共に戦える、絶対平和リーグを選んだことは、正しくはなくっとも、間違いではなかった。

「魔法の力は……、外部の人には秘密なんですよね？」

研修でさんざん言われた基本事項だったが、会話の接《つ》ぎ穂《ほ》に、そんなことを言う手袋――的外れなことを言うまいと、あえて言わずもがなことを言ったのだ。

「はい。そうですよ」

笑顔で答える酸ケ湯課長。

「魔法の実在は、現代社会に混乱を招きますからね――世のため人のためを思えば、我々のうちだけに秘しておくのが正解です。いずれ、公表することもあるのかもしれませんが――好奇心の下に魔法の力を解き放つことは、憎っくき地球に利するだけですからね」

「はあ……」

わかったようなわからないような理屈だ――別に、魔法という便利な力を、もっと世間に知らしめるべき、広く門戸を開くべきだと言いたいわけではない。そんな使命感に駆られるほどの思想を、手袋が持っているはずもなく――単に、やましいことをしているわけでもないのに、どころか、『いい』ことをしているはずなのに、こそこそしなければならないというのが、なんとなく不満なだけだ。

それでは『環境』に適応できずにいた時代とさして変わらない――そこまではっきりと言う度胸はなかったけれど、同じような不満はこれまでにも出ているのか、

「地球を倒したあとは、魔法の力が、科学と同様に使われるようになることでしょ

と、モチベーションを刺激するようなことを、酸ケ湯課長は言った。

「そうですか……」

納得したわけではなかったが、この場で追及するようなことでもあるまいと、手袋は引く──土台、雑談なのだ。雑談で自分の印象を悪くしても始まらない。

それよりも、これは折角の機会なのだから、もっと今しか訊けないようなことを訊くべきだ──と、緊張も多少はほぐれてきたところで、彼女はそう思った。

魔法少女製造課課長という職が、どれくらい偉い立場なのかは見当もつかないけれど、少なくとも、これからいつでも会えるというような相手でないことは確かだろうから。

だったら、この際、研修中、不思議に思ったことを訊こう──もちろん、印象が悪くならないように、配慮をしながら。

ちなみに、魔法少女研修の終了段階において、こういう『雑談』という名の面接、質疑応答の席が設けられるのは恒例であり、魔法少女によってはここで、上長にあたる人物に対して、鋭い質問を投げかけたりもするのだが──ここで変に点数を稼ごうとしない辺りが、彼女の処世術である。

「……地球と人類が、長い間、ずっと戦っているっていうのは、研修でわかりましたう」

けれど……、人類が魔法の力を使い始めたのは、いつ頃からなんですか？」

「ふむ。いい質問ですね」

酸ヶ湯課長は、たんなる合いの手としてそう言ったのだろうが、『いい質問』と言われて、抵抗なく手袋は嬉しくなった。

だから、

「ただ、正しくは『いつ頃まで人類は魔法を使い得たか』を問うべきでしょう――」

と、質問内容を微調整されたことも、気にならなかった。

「我々は脈々と、それを受け継ぎ、もう一度復権させんと、努力を惜しんでいませんが――はるか昔は、もっと一般的な技術だったんだと思いますよ。『魔法』は」

「技術……ですか」

そういうと、何だか夢がないけれど。

「ええ。走ったり、泳いだり、喋ったり、投げたり、登ったりするのと同じ、人間が当たり前に持っていた能力のひとつ――だったのではないかと。本来ありふれたものだったのではないかと」

「じゃあ、どうして、人間はその能力を失ってしまったんです？　ひょっとして――」

地球との戦いの、戦禍だろうか。

『大いなる悲鳴』のような大打撃を受けた際に、人類は魔法を使えなくなったのだろうか――ここまでの研修中に、乱暴に言えば『何かあったら全部地球のせい』という教育を受けさせられている手袋なので、そんな風に考えるのは至極自然なことだったけれど、しかしそんな教育を主導した側のはずの酸ケ湯課長は、

「とは限りません」

と、ゆるりと首を振った。

「他の要因も考えられます――単に、人類には不要な能力として、退化してしまっただけかもしれません。進化の方向性なんて、自分でコントロールできるわけじゃありませんからね」

「進化……ですか。適者生存……ですよね」

『お医者さん』との会話を思い出しながら、手袋はそう相槌《あいづち》を打った。

「ええ……もちろん、人類の力を恐れた地球が、『地球陣《ちきゅうじん》』に、魔法を淘汰《とうた》させたという可能性が、もっとも高いと僕も思いますが――しかし、普通に生活する分には、魔法が不必要な力であることは間違いありませんからね。使わない能力が廃《すた》れていくのは、生物学上の常識です」

「で、でも」

と、思わず反論してしまう。

自分が与えられたのが『不必要な力』と言われてしまうのは、いい気分ではなかった。

「その魔法の力がなければ、私達は地球に勝つことができないんじゃないんですか？そう思うからこそ、絶対平和リーグは、ずっと、魔法の研究をしているんですよね？」

「ええ、もちろんその通りです——まさしくあなたの言う通りです。必要だから、我々はやっているんです。僕達だけではありません。海外に目を向ければ、魔法の研究をしている対地球組織は、決して少なくないでしょう——みな、それを表沙汰にしていないというだけで」

「わ、私達は——必要なんですよね？」

これは踏み込んだ質問である——少なくとも、研修期間を終えた直後の立場の者としては、口にすべき質問ではない。

戦争中に、兵士がもっとももしてはならないことは、自分に疑問を持つことなのだから——魔法少女の、魔法の存在意義について問うようなことを、考えるべきでも、まして、考えていることを知られるべきでもない。

しかし手袋は訊かずにはいられなかった。

私達は必要であり。

この環境に、適応している。

じゃ、ないと――結局それでは、『大いなる悲鳴』以前と、何も変わっていないということになるじゃあないか。

「もちろん必要ですよ。地球と戦う上で、あなたがた魔法少女の力は不可欠です――魔法少女あってこその平和です。そのための協力を、私達は惜しみません。しかし、そういった意味では――あなたがた魔法少女が、その力を必要としなくなったときこそ、我々絶対平和リーグは、人類は、本懐《ほんかい》を遂げたと言えるのかもしれません」

「…………」

「つまり――魔法を作る研究をする私達のゴールは、魔法を絶滅させることにある……」

実際のところ、魔法少女製造課の課長としては、酸ヶ湯原作はここでそんなことを言うべきではなかったはずだ。

少なくともその必要はなかった。

自分達が、地球との戦争において行使する力は、戦争終結後には、封印しなければならないような力なのだと言われて、手袋でなくとも、魔法少女のモチベーションが上がるはずもない――しかし酸ヶ湯はその点についてはフォローを入れようともせず、ただ微笑んで、

「ところで」

と、話題を変えた。

「魔法少女『ストローク』。このあたりで僕のほうからも、ひとつ、質問をさせてもらってもよろしいですか？」

「え……あ、は、はい」

「ああ、そんなに構えないでください。あくまでも雑談の一環ですし、自然体で答えてもらえないと、これは意味のない質問ですから——どうか深く考えずに、緊張せず、それに忌憚《きたん》なく、思うままの意見を聞かせてください。あなたは今日から魔法少女となり、かつて滅んだはずの魔法を使えるようになったわけですが」

酸ヶ湯課長は手袋を、まっすぐ見据《みす》えて訊いた——さすがにこんなタイミングでは、目をそらすことができない。

「もしも、あなたが自由に魔法を使えるとしたら、どんな魔法を使いたいと思いますか？」

「じ、自由に？」

「そう——好きな魔法をひとつだけ使えるとしたら、それはどんな魔法ですか？　好きな魔法。自由な魔法。あるいはこう言い換えてもいいかもしれません。魔法少女『ストローク』にとっての、究極魔法とは、なんですか？」

その問いに対して、手袋は——しかし、ぱっと即答することはできなかった。考えないで欲しいと言われても、考えてしまう。

もちろん、何も思いつかないというわけではないけれども、しかしここで変なことを言ってしまうと、先程口頭で授与されたマルチステッキ『ステップバイステップ』で使う魔法『ビーム砲』に、不満があるように思われてしまうかもしれない。

あれこれこういう魔法を『使いたかった』ということを臆面もなく言ってしまうことは、遠回しな組織批判になりかねない——と思うと、うっかりとは答えられない。

さりとて、ここで『ビーム砲』という魔法にはなんの不足もありません、それが私が心から望む魔法です——と、迎合めいたことを言えるほどに、調子のいい手袋でもなかった。

それができれば苦労はない。

なので、『使いたい魔法』とか『好きな魔法』というようなキーワードのほうを半ば無視して、手袋は、『究極魔法』という単語に絞って、答を考えることにした。

しかし、それだけではあまりに視野が漠然としている。

別にクイズでも謎々でもないのだが、手袋は酸ヶ湯からヒントをもらおうと、

「究極っていうのは……、『一番すごい』っていう意味ですよね？」

と、本人としてはそれとなく、客観的にみれば露骨に質問した。

『すごい』……そうですね。『すごい』の定義にもよりますが。つまり、その魔法さえあれば、他の魔法は全部、使えなくてもいいと思えるくらいの魔法が、究極魔法と言えるのではないでしょうか。全に匹敵する一。もちろん、人によって答は違うのでしょう……価値観というのは究極的には人それぞれですからね」

だから、聞かせて欲しいのです。

あなたの価値観を。

あなたが何を大切に思っているのかを。

酸ヶ湯課長はそう言って、手袋からの回答を待った。

待たれていると思うと、より焦ってしまう手袋だった——どうやら何を答えても正解でも間違いでもないらしいということはわかったので、気は楽になったけれども、しかしあんまり的外れなことを言うのも格好悪い。

ただ、気取ろうとすればするほど、それを見透かされるようにも思い、さんざ迷った末、手袋は工夫なく、思ったままの『究極魔法』を答えることにした。

手袋鵬喜が考える『究極魔法』——厳密に言えば、酸ヶ湯が出してくれたヒントである『全に匹敵する一』を、下敷きにしての答なのだが。

「……を変える魔法」

手袋にとっての、『自由』と『好き』。

「ん？」

「生態系を変える魔法」

声が小さすぎて聞き返されたので、二回目は、はっきりと発音した。声が部屋に響いてしまい、少し恥ずかしかった——それをごまかすように、手袋は言葉を継ぐ。

「でしょうか——環境を変える、の、直接的な奴、みたいなイメージなんですけど、えーと、だから——」

上手に説明できない——言えば言うほど、思い描いているそれからずれていきそうになって、軌道修正に必死になる。

「だから……それさえあれば、他に何もいらない魔法って言うのは、他を必要としない独立した食物連鎖みたいなものだから……、たとえ環境がひっくり返っても、生態系がひっくり返っても、それでも平気で生きていけたら、生物として、種としてすごいんじゃや、究極なんじゃないかなって思って——えーと」

訥々《とつとつ》とした、説明になっていない説明だったが、しかし酸ヶ湯課長は、

「…………」

と、とても興味深そうに聞いている——それが手袋を、更なる緊張へと追い込んだ。もはや自分でも何を言っているのかさっぱりわからない——混乱する一方だ。

「だ、だから……、予知能力とか、不老不死とか、いろいろ考えたんですけれど

……、でも、本当に究極って言うのは、自分じゃなくて、世界のほうに、自分を取り巻く環境にこそ、関与できる魔法なんじゃないかなって……自分のことを自分でするのは当たり前で、周りには、どうしたって間接的にしか関われないけれど……、魔法でなら、それができるんじゃないかなって」

できたらいいんじゃないかなって。

そう思う――と、言ったところで、ようやく手袋は、自分が抱いた魔法のイメージを、一言で言い表す表現に思い至った。

　そうだ。

　生態系を変える魔法――では、まだ遠かった。

　もう少し近付けよう――辿り着こう。

「つまり、私にとっての究極魔法とは」

と。

　手袋鵬喜は、ほっとしながら言った。

「種を滅ぼす魔法――です」

3

繰り返しになるけれど、手袋鵬喜は、本人が自覚していたほどには、絶対平和リーグから重要視されていたわけではない。彼女が絶対平和リーグにスカウトされた理由の大部分は、『大いなる悲鳴』で組織が人員不足に陥ったことと、彼女に身寄りがなかったことに由来する。

彼女が守ってきた変人具合は、『変な奴』というパーソナリティは、地球撲滅軍側はともかく、絶対平和リーグ側は、それほど注目していたわけではなかったのだ――この時点までは。

酸ヶ湯課長は、

「そうですか。なるほど。わかりました。ありがとうございました。では、これからがんばってくださいね」

と、手袋の回答自体にはなんの反応もせず、何のリアクションも取らずに雑談に幕を引いたけれども、しかし、『種を滅ぼす魔法』という、究極魔法に対するその異質な答が、手袋鵬喜という、十把一絡《じっぱひとから》げの魔法少女に対する認識を、彼の中で変えたのは間違いなかった。

わかりやすいその証拠として、徳島県のチーム『ウインター』に配属されると予告されていたにもかかわらず、手袋鵬喜、魔法少女『ストローク』は、香川県のチーム『サマー』に加入することになったのだった。

チーム『サマー』。

絶対平和リーグ内でも有名な、変人揃いのチームだそうだ。そんな中に入れられたことは、『変わり者』としての彼女としては、嬉しくもあり、当たり前のようでもあり、しかし複雑な気分でもあったが——しかしそれがわかるのは翌日以降、書面での通知を受けての話であって、酸ヶ湯課長との対話を（本人の感覚としては、大過なく）終えた手袋鵬喜は、肩の荷を降ろしたような気分で、その部屋を出た——と。

廊下で知った顔と会った。

その女の子は、ドアを開けてすぐのところで、パイプ椅子に座って、手袋の面談が終わるのを待っていたようだ——順番待ちか。

となると、酸ヶ湯課長と長話をしてしまって申し訳なかったと、普段の手袋ならそんな風に思うところだが、しかし、その女の子相手には、とてもそんな風には思えなかった。

知った顔。知りたくもなかった顔。

一緒に研修をした少女——魔法少女。

しかし、彼女は手袋と違って、ルーキーの魔法少女ではなかった——どころか、キャリアは随分と長いらしい。

ただ、素行《そこう》・成績が非常に悪いため、何度も何度も、新人に混じって、こうして研修を受けさせられているのだという――今だって、パイプ椅子に座って漫画を読んでいる姿を見れば、何をかいわんやである。

それが最終面接前の態度か。

「あ、終わりましたか？」

と、漫画本を閉じて、こちらを見上げる彼女。

名前はなんだったか、そう、地濃鑿《ちのうのみ》とか言っていたような――最初の研修はとっくに終えているので、魔法少女としての名前もとっくに与えられていたはず。

魔法少女『ジャイアントインパクト』。

そんな感じだった――どんな魔法を使うのか知らないけれど、不似合いな名だ。しかし、わけのわからない性格のこの子には、存外、相応《ふさわ》しいとも言える。

大体『ジャイアントインパクト』ってどういう意味だ？　……それを言い出したら、ついさっき名付けられた、自分の魔法少女『ストローク』の意味も、彼女は知らないのだが。

「……うん。終わったよ。次はあなたの番……なのかな？」

「はっはっは。もう何言われるか、大体わかってますけどねー」

偉そうに言う地濃。

それは何の自慢にもならないが。

要は新人研修のベテランだから、最後に魔法少女製造課から言われる言葉も、そらで言えると言っているだけなのだから。

「あ、でもそういえば、今年から課長って替わったんでしたっけ。首がすげ替わったんでしたっけ。んー、となると、内容も変わっているかもしれませんねー。何て言われました？」

「…………」

妙に馴れ馴れしい。

いや、これは馴れ馴れしいというのとは、また違う態度なのだ——ただ親しげであるというのではなく、明らかにこちらを軽んじているように思えるのだ。

雑な言葉で言えば、この少女、『なめている』感が満載だった——そりゃあこちらは魔法少女としては新人なのだから、先輩として、上から来たくなるのもわからなくもないが、しかし何度も研修を受けさせられている落第魔法少女から、そんな態度を取られる覚えもなかった。

端的に不愉快だ。

それとも、落第生は新人くらいにしか大きな態度に出られないのだろうか。

環境が激変しようが、天変地異が起ころうが、女子中学生だろうが魔法少女だろうが、どこにでもこういうくだらない奴はいるんだ……と、これから張り切って、地球のために戦おうとしているところに水を差されたような気持ちになり、やや感情的になった手袋は、彼女を無視してそのまま通り過ぎようとした。

それが失敗だった。

研究期間中の経験で、さんざんそれはわかっていたはずなのに——無視しようとすればするほど、地濃というこの少女は、謎にまとわりついてくるのだ。

構われたがりなのか、それとも相手が嫌がっているのが楽しいのかわからないが、ともかく彼女は、立ち去ろうとする手袋の前に回り込んで、「ちょっと待ってくださいよー」と言ってくる。

「いいじゃないですか、教えてくださいよ、別に減るもんじゃないんですし。先に話した内容を聞いておけば、私が有利になるかもしれないじゃないですか」

「…………」

これが勝負なのかどうかはともかくとして、あなたが有利になることが、私にとってどんなメリットなんだ——と言いたい。

が、感情が先に立って、うまく言えない。

手袋はもともと弁の立つほうではないのだ。

「あ、あのね……」

「わかりました！　じゃあ、あなたから聞いたとは言いませんから！」

名案だとばかりに、そんなことを言う地濃。

……さっきまではそれを言うつもりだったのか。

恐ろしい。

なぜそんな、ナチュラルに他人の足を引っ張るような真似を——その上自分まですっ転ぶような真似を。

研修中もさんざん思ったことだけれども、一体、何を考えて生きているのだろう、この子は——頭がおかしいのではないだろうか。

どうかしている。

「……究極魔法とは何か、みたいな話をしたよ」

面倒臭くなって、手袋はそう教えてしまった——まあ、雑談だと言っていたし、同じ話をするとも限らないから、これくらいは喋っても問題にはならないだろう。

口止めをされたわけでもない。

この厄介な研修同窓生（にして先輩）との会話を、一秒でも早く打ち切れるのならば、なんでもするという気持ちになっていた。

「はて。究極魔法」

腕組みをする地濃。

「ああ、あれのことですか」

「……知ってるわけないでしょ」

「いえ、知ってます知ってます。あれです。究極の奴です」

適当なことを言う地濃――新入りの私の前だからふざけているということではなく、たぶん、酸ヶ湯課長の前でも、この子は同じようなリアクションを取るんだろう。

そう思うと、この子はまた研修を受けさせられる羽目になるんじゃあないだろうか、と、心配になる――地濃が心配なのではなく、魔法少女そのものの信頼度が下がってしまうことが心配だった。


地濃が終えられるような研修を終えても、魔法少女として認めるべきではないのではないか――なんて方向に、万一話が進んでしまえば、手袋にまで実害が及ぶ。


そう思うと、地濃に助け船など出したくもなかったが、

「あなたにとっての究極魔法とは何かって訊かれたんだよ」

と、もう少し詳しい情報を出してあげる気になった。

「好きな魔法とか、使いたい魔法とか」


言っているうちに、その辺まで思い出した――そうだ、そもそもの設問は、『究極魔法』とは何か、ではなく、自由に使えるならばどんな魔法か、というものだった。

『究極魔法』云々《うんぬん》というのを除いて考えれば、では、手袋は、『種を滅ぼす魔法』を

『使いたい』『好き』と言ったことになり、それはちょっと危ない女の子みたいな感じに聞こえちゃったかな、と、ちょっぴり不安になった。

……ちょっぴりで済むような不安要素ではないし、もう手遅れなのだが。

それはそうだ、膨大な被害を生み、取り返しのつかないほどのダメージを受けた『大いなる悲鳴』でも、人類という種の三分の一しか削れていないというのに——この少女は、『使いたい魔法』として、その三倍の威力を求めたと、言えなくもないのだから。

本人の自覚の有無はさておき。

それは注目すべき異質だった。

驚異であり、脅威だった。

果たして酸ヶ湯課長が、そんな彼女を『めっけ者』と見たか、『厄介者』と見たかは、定かではないが——

「はー」

一方で、そんな気の抜けた、教えてあげた甲斐のないリアクションの地濃。何から何まで、不愉快な魔法少女である。

ありがとうくらい言え。

人を怒らせる魔法でも使っているんじゃあないだろうか——そういう魔法もある

と、噂で聞いたけれど。

「あなた、なんだかよくわからないこと言いますねー。そんな調子で、これから大丈夫ですか？　他人ごとだからいいようなものの、私としてはとても心配ですよ」

「…………」

言葉にならない。

ならないうちに、地濃は「ふーむ、しかしあんまり、えり好みはしたくありませんかねえ」と、続けた。

「魔法みたいなどうしようもないものに、好き嫌いを言っても始まりませんし」

「え……」

それは気になる発言だった。それこそ、地濃に対する好き嫌い（というか大嫌い）を脇に置いて、足を止めるに値《あたい》する発言――魔法みたいなどうしようもないもの？

「そ、それ……、ど、どういう意味で、言ってるのかしら？」

「え？　ああ、始まらないというのは、スタートを切れないという意味です。恥ずかしがるまいという意味ではないほうです」

「始まらないを、恥ずかしがるまいという意味で使ったことなんか一度も……じゃなくて」

突っ込みそうになるのを、すんでのところでぐっとこらえる――この子とそんな、仲良くやっている風のやりとりをしたくない。

ただ疑問にだけ答えて欲しい。

「そっちじゃなくて」

「好き嫌いの意味ですか？　あなた、そんな語彙もないんですか。中学校に通ってらしたということですけれど、その分じゃあ義務教育も、私が思っているほど大した義務ではありませんねえ。果たさなくて済んでよかったです」

「……義務教育は親の義務だよ」

わざとやっているんじゃないかというように的確に論点をずらしてくるが、一応、そんなことを言った——のは、魔法少女の大半は、学校にほとんど通っていないという事実を、どこかで聞いていたからかもしれない。

なんというか、おかしな話だが、絶対平和リーグにおいて、まともに学校に通っていたという自分の経歴が、その真っ当さが、とても恥ずかしいもののように思えたのである——この研修を受けていたのも、地濃のような落第魔法少女を除けば、ずっと年下の子供達ばかりだった。

いち早く研修を終えられて、そういう意味では当たり前なのだ。

……同時に、言いながら、『大いなる悲鳴』で死んだあの両親は、それくらいの義務は果たしてくれていたのだと、そんな風に回想した。

「はー。じゃあ、義理はない教育、義無教育と言いましょうか。ところで、何の話をしていたんですか？　ちょっととりとめてくださいよ」

「……そ、それは」

それはこちらが言いたい――とりとめてほしい。が、向こうから促してくれたのなら、この流れに乗ろう。

「だから――魔法がどうしようもないものだって言うのは、どういう意味かって訊いたの……よ。さっき、あっさり言っていたけれど……」

「それはそのままの意味ですよ。特に含意はないです――あなたは研修中、そう思いませんでした？　そんな風に」

ようやく話が進む。

これからこの子と話さなければならない酸ケ湯課長に同情しつつ（最後の雑談が、どんな悲惨なダイアローグになるのか、手袋には想像もつかない）、「そんなことは、まったく思わなかったわよ」と返答する。

返答しながら、そもそもそんなことを考えてさえいないことに気付く――当たり前だ、魔法少女として、魔法がどうしようもないかどうかなんて、気にするわけもない。

魔法をどうにかするのが魔法少女――なのだから。

そう思っていたのだが、違うのか？

「…………」

「……違うの？」

「え？　いえ、あってるんじゃないですか？　なんですか、自信ないんですか？」

だから、どうしていちいち、他人の神経を逆撫でするような受け答えをするのだろう、この子は——単に嫌われているのかもしれないとも思ったが、しかし不思議と、地濃鑿からは、そういうネガティヴな気配だけは感じられない。

攻撃してやれ、いじめてやれと言うような敵意とは、この少女、無縁だ。

……たぶん何も考えていないだけなんだろう。

そう結論づける。

ならば、先程の発言にしたって、ただスルーしておけばそれでよかったのだろう——なんとか、この無駄な時間からでも教訓を見出そうとしてしまったようだが、今するべきは、地濃との会話を掘り下げることではなく、一秒でも早くこの会話を打ち切って、ここから立ち去ることなのだ。

「じゃ、じゃあ、最終面接、がんばってね」

そんな風に無理矢理別れの言葉を、言いたくもない応援の言葉を吐き出して、手袋は止めていた足を動かそうとした——けれど、地濃が進路に立ちふさがったまま、特にどこうとしなかったので、あげた足の降ろしどころを見失い、結果、元の位置に戻すしかなくなった。

まるで地団駄を踏んだがごとしだ。

「な、なに？　そろそろいかないと、課長が部屋の中で待ってると思うよ」

「待たせておけばいいんですよ。それより」

随分な言いぐさだ。会ったこともない課長に対して。

「あなた、まだ質問に答えてくれていないじゃないですか――質問させたまま私を放っておかないでくださいよ」

「し、質問？」

質問なんてされていたっけ？

「自信ないんですか？　って私、訊いてあげたじゃないですか」

「ああ……」

あれは質問扱いだったのか。

まさか過ぎる、ただ因縁をつけられているのだと思っていた。

しかも『あげた』って……。

そもそもそれにしたって、地濃のわけのわからない発言が出発点となるやりとりなので、どう受けたものかわからずにいると、地濃は何を勘違いしたのか、しかつめら

しく、

「私はこれでも経験豊富なベテラン魔法少女だから、あなたのためを思って厳しいことを言わせてもらいますけれど」

と続ける――ベテラン魔法少女が研修センターにいることについては、棚上げしていらっしゃるご様子である。

本当に厳しいのは地濃の成績なのだが。

「魔法少女に一番必要なのは『自信』ですよ――自分を信じる心です」

「……自分を信じる心」

「自分を信じる心があれば、魔法を信じる心なんて必要ありません――ちなみにこれがさっき言った、魔法なんてどうしようもないもの、という意味ですが」

今更のように質問に答えてくれた。

答えられたところで、その真意が測れない答だったが――

「だから――どんな魔法でも、使うのが私である以上は一緒ってことです。大して変わりはありません。今回、私に付与されるのがどんなマルチステッキなのかはわからないですけれど、そんなのはなんだって同じですよ」

道具が重要なのではありません。

道具を誰が、どのように使うかが重要なのです――と、地濃はもっともらしく言った。

別の言いかたをするなら。

自信たっぷりに言った――まさしく。

「……いやいや」

一瞬、本当にかもしだされたベテラン、歴戦の魔法少女のその雰囲気に呑まれかけたけれど、しかしこれは、あくまでも落第魔法少女の意見だと言うことを忘れてはならない――いわば虚勢、もっと言えば、言いわけみたいなものなのだ。

説得力は皆無なのだ。

要するに『どんな強力な魔法も、私は使いこなせないから一緒です』と言っているに過ぎない――そんな開き直りに感化されてどうする。

「究極魔法も、究極じゃない魔法も、おんなじだって言うの？　でも、究極魔法がひとつあれば、他の魔法はいらなくなっちゃうんだよ？　それでも、どんな魔法も同じって言える？」

多少ムキになって、そう反論した。

そんなことをしても意味はないとわかってはいても、なんとかしてこの、人を振り回す発言ばかりを繰り返す地濃を、ぎゃふんと言わせたくなった――彼女の大物ぶった発言は、それくらいに腹が立ったのだ。

ひと泡吹かせたい。

「それは言えないんじゃないんですか？」

あっさり、そんな風に自説を曲げる地濃。

これでは論破のし甲斐がない。

と言うより、そんな風な語調で言われると、こちらが注意を受けたみたいな気分になる。ぐっ、とこらえるように手袋が黙ると、「でも」と、地濃は言った。

「ひとつあれば、他がいらなくなるような魔法なんて、ありますかねえ。好きな魔法や、使いたい魔法を、たったひとつに絞る理由が、絞らなきゃいけない理由が、ないように思えますけれど——ほら、カレーが好きだからっていっても、ずっとカレーじゃあ辛いじゃあないですか」

辛《から》いじゃないですよ、辛《つら》いです——という、地濃がしてきた程度の低いたとえ話に、しかし、有効な反論が思いつかない。

「たまにはハヤシライスとか、食べたくなるでしょう」

「…………」

どうせならもっと違うジャンルのものを食べさせろ。

と、思うが——なんとかそのたとえ話を拡大解釈し、いいようにとってあげて、手袋は「うーん」と考え込む。

究極魔法に対する自分の答、『種を滅ぼす魔法』というのはともかくとして――なんにしても、図抜けて強力な魔法の開発に成功したとして、じゃあ、それが完成したら、それ以外の魔法が究極でないのかと言えば――そんなことにはならない。

魔法の効果が多岐《たき》にわたっている以上は、そのすべてをカバーすることなんて、土台不可能なのだから――どうしてもバリエーションは必要になってくる。

言い換えれば、それだけあればいいような、万能の魔法というのは、極めて普通の、できるだけ一般的な――応用力のあるそれと言うことになって、なんとなくイメージするような、尖《とが》ったそれではないのかも……。

だけど、もしもそうなら。

ありふれるなら。

「環境の激変に……耐えられない」

「はい？　なんですか？」

地濃の問いかけは聞こえなかった振りをして、手袋鵬喜は考える――そうだ、バリエーションがなければ。

パターンがひとつしかなければ、そのパターンが通じなくなったとき、ただ滅ぶ運命にある――究極を追求することで究極以外を失えば、その究極を失ったとき、結果、全部を失うことになる。

ひょっとすると、かつては『当たり前』の技術だった魔法は、そんな風にして、人類から失われたのではないのか？

進化し過ぎたため、変化に対応できず――滅びたのでは。

酸ヶ湯が言っていたのは、そう言うことか？

究極も大切だが。

究極以外も、予備以上に、大切なのだ。

私が私を保護してきたように――ならば、魔法少女が必要なくなったときが研究の終着点だという、魔法少女製造課課長の言葉の意味は。

「…………」

「あのー、もういいんだったら、私、そろそろ行きますけれど、あなた、まだ、何かお話、ありますか？」

まるで手袋が地濃を引き留めていたかのようなことを言う――もちろん、彼女に用なんてあるはずもないので（これを最後に、もう二度と会うことはないと思いたい）、

「ううん。ありがとう」

と、手を振った。

まあ、お礼くらいは言っておいてあげてもいいだろう。

「はい、それでは。……ああ、そうだ、あなた、お名前、なんですか？」

「え」

これだけ絡んできておいて、この子は私の名前も覚えていなかったのか——と、呆れた気持ちになったが、これは手袋の早とちりで、地濃としては、さっき酸ヶ湯から聞かされた、魔法少女としての名前のほうを、訊いたつもりだったらしい。

「……魔法少女『ストローク』。だよ」

「ふーん」

聞いた癖に、さほど興味もなさそうに頷いて、ロクにコメントもせずに、地濃鑿——魔法少女『ジャイアントインパクト』は、手袋の前からあっけなく去っていった。

実際、あの子は酸ヶ湯課長を前にしたとき、もしも同じ質問をされたなら、究極魔法について、どんな風に答えるのだろう。

同じ風に答えるのか、それとも多少は真面目に振る舞うのか。

少しだけそれが気になった——が、すぐにそんな考えを頭から追い払って、手袋もその場から立ち去った。

……ちなみに、手袋がチーム『ウインター』からチーム『サマー』に異動になったあおりを受けて、本来、地元である高知《こうち》県、チーム『スプリング』に所属する予定であった地濃鑿が、チーム『ウインター』に加入する運びとなった。

研修中、地濃鑿から迷惑をかけられ通しだった手袋鵬喜が、初めて彼女に一矢《いっし》を報《むく》いたという言いかたもできるが――そんな異動が、来年開催される四国ゲームに与える影響を、この時点では、誰も知らない。

4

究極魔法のひとつの回答。

を、教えられた気分だった――手袋鵬喜が魔法少女『ストローク』として、加入することになったグループ、チーム『サマー』の一員、魔法少女『コラーゲン』の固有魔法、マルチステッキ『ナッシングバット』による『写し取り』。

どんな魔法でもモデリングできる、簡単に言うとコピー能力に長《た》けた再現性の魔法なのだが――なるほど、この魔法ならば、ひとつですべてをまかなえると言えるかもしれない。

ただ、やっぱりそれは錯覚《さっかく》なのだろう――逆に言えば、マルチステッキ『ナッシングバット』は、コピーする対象が存在しなければ、何も再現できないという理屈になるのだから。

すべてがあるからこそ、存在できる一――周囲に、環境に支えられての頂点であるならば、やはりそれは、単体として評価するのは難しかろう。

頂点ではあっても、唯一ではない。

山の頂《いただき》が、麓《ふもと》なしでは存在しえないというのも、また真理ではあるだろうが――

まあしかし、究極魔法と呼ぶことはできないと言っても、魔法少女『コラーゲン』の魔法が、非常に使い勝手のよい、応用性に富んだそれであることは間違いがない。

破壊性に特化した手袋の魔法、『ビーム砲』とは、その点、比べるべくもない――もちろん、『ビーム砲』には『ビーム砲』の良さがあるけれど、それをまるまま、魔法少女『コラーゲン』は、『写し取』ることができるのだから、どうしたってコンプレックスを感じずにはいられない。

むろん魔法少女になったばかりの時点の手袋鵬喜は、『写し取り』という魔法が、魔法少女『コラーゲン』にどうして付与されたのかという意味までを、考えようとはしない。

もっとも、それについては本人――魔法少女『コラーゲン』、本名早岐《はいき》すみか自身も、考えてはいなかった。ただただ、魔法少女として使える、チームメイトと並べても、いやさ、魔法少女全体と並べても特に際立つ己の特異な固有魔法を、誇らしく思っていた。

それが精神的な余裕となっているのか、早岐すみかは新入りである魔法少女『ストローク』に対して優しかった。

優しくされると、普通に嬉しくなる手袋である――単純に、『いい人がいるチームに入れてよかった』と思った。

少なくとも、あの不愉快な魔法少女『ジャイアントインパクト』と同じチームに入れられなかっただけで、彼女は十分満足していたけれど。

……もちろん、この時点での彼女は、チーム『サマー』が魔法少女の中でも変わり者ばかりが集められがちなチームであることは知っていて、それを嬉しくさえ思っていたのだが、『変わり者』という言葉のその真の意味、――特に、早岐すみかの人間性、あるいは魔法少女性については、最後の最後まで、考えようともしなかったのだ。

『大いなる悲鳴』以前の彼女ならば、そんな油断はしなかったかもしれないけれど、彼女はもう、絶対平和リーグを、己が生存するに適した環境だと思っていたので、周囲に対する配慮を、換言するところの警戒をかつてほどはしなくなってしまっていたのだ。

それとは別に、油断した原因のひとつには、チーム『サマー』には知った顔――と言うより、手袋を絶対平和リーグに勧誘してくれた顔があったことも、挙げられるかもしれない。

登澱證である。

「久し振り！　ちゃんと魔法少女になれたんだね——よかったよかった！　同じチームになれて嬉しいよ！　よろしくね、手袋ちゃん——じゃなくて、『ストローク』！」

あたしのことは『メタファー』って呼んでね！

と、とにかく彼女はハイテンションで、フレンドリーだった——グループになじめるかどうか、手袋も緊張していなかったわけではないが、それが一気に解きほぐされる思いだった。

確かに、短期的に言えば、魔法少女『メタファー』が、最初に知った魔法少女だったというのは、手袋にとっては幸運だった——しかし、彼女を『最初の一例』として知ってしまったことは、手袋がいわゆる四国の魔法少女像を、大きく誤解してしまう原因にもなった。

「魔法少女って、いい人ばっかり」

地濃鑿の例も忘れ、うっかりそんな風に思ってしまったことは——彼女の今後に、大きな禍根《かこん》を残すことになる。

ともあれ、彼女——手袋鵬喜のチーム『サマー』への加入が決まってから、数日後、ちょっとした歓迎会のようなものが開かれた。

これはその場においての会話である。

出席者は手袋を含めて四名。

魔法少女のグループは、基本的に五人一組で構成され、そこから一人増えたり一人減ったり、二人増えたり二人減ったりしつつ存続するものだと聞いた——手袋は『五人目』として、チーム『サマー』に加入することになるのだという。

それを『ふうん』としか思えないところが、手袋の、考えの浅いところだ——かつての用心深さをこのときもまだ維持《いじ》していたならば、『一人減ったり』『二人減ったり』の意味を、もうちょっと勘案していたかもしれない。

『減る』の意味。

自分が五人目として、チーム『サマー』に入ったと言うことは、つまり、チーム『サマー』には何らかの事情で、欠けた五人目がいたということに、気付いていたかもしれない——それが決して『大いなる悲鳴』で減ったとは限らないということに、気付いていたかも。

まあ、気付いたところで、彼女にはもうどうしようもないことなので、余計な心配事を増やさないで済んだという意味では、人数の増減に囚われなかったのは、意外と正着だったと言えなくもない——ともあれ。

五人一組のチームで行われる歓迎会なので、元々小規模な会だった——その上で、出席者は四名である。

つまり、一人欠席者がいる。

「ああ、いいんだよ――『パンプキン』は、団体行動が極めて苦手な奴だから。俺達のチームでも、一際浮いてるんだ」

まあ、一際とうが立ってるからってのもあるけどな――と、ボーイッシュな口調で言うのが、『写し取り』の魔法を使うかの魔法少女『コラーゲン』である。

この歓迎会は外で行われたので、例の、魔法少女のひらひらとしたコスチュームではなく、私服で行われている。

早岐すみかの私服は、あちこちに鋲《びょう》がついた、ロックンロールなそれだった――口調もあいまって、様になってはいるけれど、どちらかと言えば、それはそれで何らかのコスチュームっぽかった。

「あいつは変な奴なんだ」

と、すみかは言う。

「いつからいるのかわからねーくらい、チーム『サマー』の古株なんだが、どんな魔法を使うのか、俺達にも教えやしないし。いや、教えてはくれるんだけど、そのたびに違うっつーか、嘘ってわかる嘘をつくっつーか」

「はあ……変な奴、ですか」

今日こそは会えると思っていただけに、肩すかしを食らったような気持ちになる。

と言うより、避けられているんじゃないかと不安になる。

それとは別に、『変な奴』という、その言い表されかたに、一方的にシンパシーのようなものを感じなくもなかったが、しかし、絶対平和リーグの中で『変』と見込まれることは、つまりこの環境に適応していないということであり、外部で言うところの『普通』なのかもしれないと思うと、軽々に判断できない。

「陰口はやめようよ、感じ悪いし」

と、魔法少女『メタファー』……登澱が言う。

「それが『パンプキン』らしさなんだから。それに、あたし達の中で一番成果を上げてる働き者は『パンプキン』なんだし」

「別に陰口のつもりはねーぜ。ただ、なじもうとしない態度が腹立つだけだ」

「いいじゃん。年上を立ててあげようよ」

「早く生まれたってだけで好き勝手していいわけじゃねーだろ？　チーム組んでんだから、統率ってもんが取れてねえと、いざというとき――」

「しょうがないんじゃないですか？」

と、ここで、言い合いになりかけた登澱と早岐を仲裁するように両手を広げたのは、チーム『サマー』のまとめ役、魔法少女『パトス』。

本名秘々木《ひびき》まばらである。

「さっき『コラーゲン』が言ったように、『パンプキン』は、チーム『サマー』で一番の古株なんですから。初期メンの『パンプキン』からしてみたら、新しく入ってきた新人達にどんどん染まっていくチームの現状は、あんまり嬉しくないんじゃないんですかね」

歳はあんまり関係ないよ、と言う。

「……は。まあ、大体そんなところなんだろうけどさー」

と、早岐は矛《ほこ》を収めた。

「あたしは『パンプキン』とは、仲良くやっているつもりだけどね」

同じく登瀲も、矛ならぬ盾《たて》を収める。

自分の歓迎会で雰囲気が悪くなることは避けたかった手袋なので（かといって、自ら言い争いを仲裁できるほどの器量を持たない手袋なので）、ここで秘々木が示したチームのトップとしての振る舞いには、素直に感じ入った。

……確か、魔法少女『パトス』、秘々木まばらの使う魔法は、マルチステッキ『シネクドキ』による魔法『ぴったり』。

詳しく説明を受けたわけではないので、ちゃんと理解しているわけではないけれど

——『適切な破壊』をする魔法だと言う。

いや、主にそういった用途に使うと言うだけで、なにもその魔法の効果は、破壊に

限らないという話だった。

発揮《はっき》するパワーの微調整を可能とする魔法。

だとすれば、まったく制御できない、常に一定の威力のみを発揮するワンチャンネルの魔法、魔法少女『ストローク』の固有魔法『ビーム砲』とは、まるっきりの対極に位置する魔法と言えるかもしれない。

残念ながら手袋の頭では、その魔法の有効な利用法というものは思いつかないけれども（本当に残念だ）、使う者が使えば、かなりの多様性を持つ魔法となるに違いない。

……究極魔法とまでは言えないとしても。

もっとも、『どんな魔法でも、使う者次第』というあの不愉快な魔法少女の意見を聞いておくならば、この見るからに賢そうな、理性的な魔法少女『パトス』ならば、『ぴったり』に限らず、『ビーム砲』だろうと『写し取り』だろうとなんだろうと、わけへだてなく多様性を持って使用するのかもしれないけれど。

「喧嘩はおしまいですか？　じゃ、改めて——ようこそ、チーム『サマー』へ。そしてようこそ、戦争へ。魔法少女『ストローク』」

秘々木がそんなふうに、気取った音頭をとって、四人は乾杯した——そこからは適当な雑談がしばらく続いた。それは、『大いなる悲鳴』以前に、通っていた中学校の教室で、友達の振りをしていたクラスメイトと交わしていた会話と大差のない内容だったけれど、しかしなんだか、全然違う話をしているような、居心地のよさだった。

これが私の、適応できる環境。

ここが私の居場所。

そんな風に思った。

……たぶんそれは、勘違いではなかった。

変人集団チーム『サマー』では、手袋鵬喜は、ありのままの自分でいられた――という意味では、勘違いではなかった。それがより変人に囲まれた結果だったとしても、それ以外の要因によるものだったとしても、少なくともここでなら、『変わり者』としての自分を、わざわざ保護しなくとも、彼女は生きていけた。

その中でも更に浮いているという魔法少女『パンプキン』のことはさておくとしても――変人が放し飼いにされている地域がこのチーム『サマー』だとするなら、ここは確かに、手袋鵬喜の適応する環境だった。

ただ、だったら彼女は考えるべきだった。

深く思慮すべきだった。

ある日、環境が激変し、適応できない環境から適応できる環境へと、周囲が一転するなんて、夢みたいなことがあるならば――その望ましい環境が、更に激変する、悪夢みたいなことだってあるかもしれないということを考えて、その対策を打っておくべきだった。

反転したものは、反転する。

だから『お医者さん』との対話を、もっと深く考察するべきだった——けれど彼女は、己に突然与えられた魔法少女という『設定』にすっかり浮かれてしまって。

四国ゲームの到来を予期できなかった。

地球規模とは言わないまでも、四国がひっくり返るような、天変地異の到来を。

「……そう言えば、登澱さん……『メタファー』の魔法って『爆破』なんだよね？」

タイミングを見計らって、手袋は登澱にそんな質問をした。

「うん、そうだよ。初めて会ったとき、見せてあげたよね。それがどうかした？」

「いえ、その……、私、このチームに所属できたことはとっても嬉しいんだけど……、そうなると、結構使う魔法が偏っちゃった感もあるなって思って。私の『ビーム砲』、『メタファー』の『爆破』、『パトス』の『ぴったり』……、パワー系の魔法ばっかりじゃない？　『コラーゲン』の『写し取り』はそうじゃないけど、チームメイトの私達が使う魔法が偏ってたら、コピーできる魔法も、やっぱり偏るよ……ね」

途中から、ひょっとするとチームの構成に不満を持っているように聞こえてしまうかもしれないと不安になり、最後のほうの声量がいささか小さくなってしまったが、言いたかったのは、『私はこのチームで、いったいなにができるだろう』ということだった。

　五人目として、私は、私の固有魔法は期待外れだったんじゃないか、この『仲間』達を、ひょっとするとがっかりさせてしまったんじゃないか——と、思ったのだ。

　そんなことを言えるだけ、打ち解けたということかもしれない。

　もっと言うなら、『そんなこと全然気にしなくっていいのに』とフォローして欲しくて投げたパスでもあったが——しかしここで三人から返ってきたのは、期待していたようなリアクションではなかった。

「うーん」

　三者三様に、
　という、考え込むような態度だった。

　実は新入りの固有魔法に、三人とも不満を持っていた——とまでは言わないけれど、しかし、答に窮《きゅう》することを訊かれてしまったという感じだ。

　さっきまで、同世代の女子四人で和気藹々《わきあいあい》と騒いでいただけに、タブーに触れてしまったのかと、手袋は取り消せるものなら、先の発言を取り消したい思いだった。

　その不安げな手袋に気付いたのか、チームのまとめ役の秘々木が、

「ああ、いや、違うんですよ、『ストローク』

と言った。

「ただ、その件は、みんな不思議に思っていることなんです——というのは、別に今回に限ったことじゃなく、チーム編成って、編成される魔法って、どうにも偏る傾向があるみたいなんですよね。パターンが少ないというか……」

別にこれはうちのチームに限った話じゃなくってね。

四国四県、どのチームも——言ってしまえばバランスが悪く編成されている。

「そ、そうなんですか……？　えーっと、私、最初はチーム『ウインター』に入れられるんじゃないかって言われてたんですけれど……、チーム『ウインター』には、どんな魔法少女がいるんですか？　系統といいますか……やっぱり、破壊系ばかりだったんですか？」

「他のチームの魔法については、私も詳しくは知らないんですけれど……、でも、あそこは伝統的に遠距離系の魔法が多いチームだとは、聞いたことがあります」

新しくチーム『ウインター』に所属したという魔法少女『ジャイアントインパクト』については、定かではありませんけれど——と、細かく付け加える秘々木。

あの不愉快な魔法少女はチーム『ウインター』に行ったのか、だったらなるべく徳島県には近寄らないようにしよう、と心密《こころひそ》かに誓う手袋だったが、それはさておき、チーム『ウインター』に遠距離系の魔法が多いというのならば、やっぱり、手袋の魔法『ビーム砲』は、その偏りを強めることになる——バランスを悪くする結果を生む。

なんで……？

まあ、魔法少女製造課という、ひとつの部署が開発している『魔法』なのだから、パターンに限りが出てきて、結果、使う魔法が重なってくるというのは、続けていれば起こり得る必然かもしれないけれど……、それにしたって、ならばもうちょっと散らしようがあるはずだ。

チーム編成が偏るということは、戦略にも偏りが出てくるということで、それでは対地球の戦闘に支障がでるのではないだろうか？

「不思議だよねえ。構成が一方向だったら、何かあったときに、全滅しちゃうじゃん」

登澱が口を尖らして言う——『全滅』。

一瞬それを『絶滅』と聞き違えて、手袋はどきっとした——魔法少女という種の絶滅。

魔法の絶滅。

しかし、単純に聞き違い、勘違いとも言い難い。

地球との戦いで、『大いなる悲鳴』で大打撃を受けた人類は、ひょっとすると絶滅危惧種と言えるのかもしれない――ならば、魔法少女もまたしかりだ。

「一概に間違っているとも、言えねーけどな」

と、意外と冷静な意見を述べる早岐。

「戦力を偏らせれば、それだけパワーも偏り、結果、大きな破壊力を生んだりもするんだから。偏重だって重なりには違いねえ。ここにいる四人の破壊力を重ね重ね重ね合わせれば、地球だって壊せるかもしれねーぜ」

「……絶対平和リーグの総本部は、そういう作戦で動いているということかもしれませんね――確かに、地撲《ちぼく》とは違い、数に頼らず少数精鋭で戦うことの多い絶対平和リーグでは、それは有効な戦略でもあります」

なんて。

こんな益体《やくたい》もない会話を、私達はずっと繰り返しているんですけれどね――と、秘々木は肩をすくめる。

「結論は出ません。……『ストローク』は、どう思いますか？　そういうことを訊いたということは、ひょっとしてあなたは何らかの仮説を持っているのでは？」

「ど、どう……って言われても」

困った。

まさか、そんなシリアスな問題だとは思わずに、ただ、気休めを言ってほしくて訊いただけだなんて、とてもじゃあないけれど、言える雰囲気ではない……。

苦し紛れに、

「そ、そう言えば……、関係ないかもしれないんですけれど」

と、研修最終日のことを思い出して、無理矢理、それを俎上《そじょう》に引っ張り出して、会話に繋げた。『そう言えば』と言った時点では何も思いついていなかったので、無理矢理も無理矢理、言うなら口から出任せの『仮説』だった。

「魔法少女製造課の課長が、言ってたんですけど……、たったひとつの究極魔法を作るのが、絶対平和リーグの目標だって。だから、それを作るために、いろいろ、試してるんじゃないんでしょうか。地球との戦いに向けての戦略とは、別視点からの、なんていうの、実験――みたいな」

……ただこれは、あくまでも『口から出任せにしては』だが、いい線いっている仮説だった。ここでもしも会話の流れが『実験』というキーワードを主軸に向けば、あるいはチーム『サマー』の、変ではあっても決して愚かではない面々（この場においては、『パトス』と『コラーゲン』）は、あるいは何か、閃《ひらめ》きを得ていたかもしれない。

が、残念なことに、軸となったキーワードは、『実験』ではなく『究極魔法』だった。

この場にいた手袋の他の三名は、新しく就任したという魔法少女製造課の酸ヶ湯課長のことを知らなかったので、そのフックの強い言葉に引っ張られたのは、致し方ないとも言える。

「『究極魔法』を作る……そんなこと考えてるんだ、うちの組織は」

興味津々とばかりに、登澱が身を乗り出す。

「でも、それだって結局は、地球と戦うため——地球を倒すためなんでしょう？　だったら、長期的に見れば、それも対地球の戦略だよね。ふうん——前線で戦う私達には計り知れない思惑って奴《やつ》があるんだねえ」

「まあ、確かに……俺達の魔法は、究極とは言い難いもんな。研究を進めるために、試行錯誤をするのは当たり前なのか？　だけど、だったら早く作って欲しいもんだぜ。現場にしわ寄せが来てるじゃねーか」

早岐は言う——手袋は彼女の固有魔法『写し取り』を、比較的『究極』に近いと思っていたので、この発言は意外だった。

しかし、実際に使っている魔法少女の言葉だ——案外、魔法『写し取り』の弱点を、誰よりも把握《はあく》しているのは、魔法少女『コラーゲン』なのかもしれない。

弱点、あるいは不完全さ。

「『究極魔法』。そんなものがあるとして、どんな魔法なのでしょう——新課長さんは、その点、何か仰ってましたか？」

秘々木からの質問に、「いえ」と首を振る。

話が少し逸れてしまう感もあるが、ここで三人が思う、それぞれの究極魔法を訊いてみようか――とも考えたけれども、しかし、前にあの不愉快な魔法少女『ジャイアントインパクト』に同じことをしたときのトラウマが刺激されたので、やめておくことにした。

まあ、チーム『サマー』の『仲間達』が、まさかあの落第魔法少女と同じことを言うまいが……念のためだ。

「その魔法が開発されたら、地球との戦争って、終わるのかな？」

手袋がそんなことを、沈黙のうちに考えていると、登澱證が言った――どこか、夢見る少女のような口調だった。

「さ、さあ……それはわからないよ」

反射的に否定してしまい、「あれ？」と思う。仮定の話だし、別に「そうだといいね」くらいの答を返しても、全然いい場面なのに――手袋は自分で自分をいぶかしんだが、登澱のほうは別段気にもしなかったようで、

「あたしはねー、この戦争が終わったらねー、とか言うと、なんだか死亡フラグっぽいけれど」

と、自身の話を続ける。

「戦争が終わったら、学校に行きたいな」

「……え？」

ぽかん、となった。

何を言っているのだろうか、また聞き違えてしまっただろうかと思ったが、そうではなく、彼女は、確かにそう言ったのだった。

「漫画とかテレビとかでしか見ないから、どんなとこかわかんないけど、学校って。なんか楽しそうじゃん。色んな奴が、色んな風に、いっぱいいてさー」

「そうですね。私も通ってみたいかもしれません。学校――あとは、色んな服を着てみたい、でしょうか」

秘々木も、登瀬の意見に乗っかって、楽しそうに言った。

「コスチュームばかり着ていますからね。私服も、この通り、脱ぎやすい、着替えやすいものを選んでしまいますし――『コラーゲン』はどうです？　戦争が終わったら、何かしたいこととか、ありますか？」

「どうだろうなあ。にっくき地球をぶっ殺すことしか、俺は今んところ、考えてなかったけど――ああそうだ、あれだ。格好いい男と、恋愛とかしてみてーな」

お前はどうだ、新入り？

と、早岐に訊かれて。

手袋は、

「……えっと」

と、不自然に口ごもってしまった。

ああ、そうなのか。

この子達にとっては、選ばれし魔法少女となって巨悪と戦う環境よりも、私が適応できなかったあの環境のほうが、よっぽど憧れの対象で、望む世界観なのか。

その事実に、かつて地濃から投げかけられた無神経な物言いより、なぜか、よっぽど傷ついた気持ちになった。

あるいは、罪悪感だったかもしれない。

罪の意識。

人類を救うために、みんなの幸せのために、魔法少女となって戦うことを誓ったつもりでいながら――私は、この戦争がいつまでも続いてくれればと思っている。

戦争が。

終わらなければいいと願っている。

5

それともいつか、自分も魔法少女でいることに飽きて、みんなみたいに、再び、あの大嫌いだった環境に回帰することを望むのだろうか——そんなことを考えながら、絶対平和リーグが用意してくれたマンションの一室に帰宅すると、玄関の前で手袋を待ち伏せしていた人物がいた。

待ち伏せというのは正しくないかもしれない。

その派手なコスチュームは、身を隠すにはあまり向いていなかったからだ——ただ、なぜだろう、すぐそばに近付くまで、その人物の佇まいはとても『自然』に見えて、鍵穴に鍵を差そうとしたとき、初めて、誰かがドアの脇に立っていることに手袋は気付いたのだった。

「あ、え……」

すわ、『地球陣』の襲来かと、身構えた手袋だったが、

「歓迎会は終わったのかしら？　魔法少女『ストローク』」

と、相手はこちらの反応なんて気にもせずに、質問してきた。

「あ……はい……って言うか」

どうして歓迎会のことを知っている？　いや、それ以前に……、この女の人、どこかで会ったような……？

そんな風に思えただけでも大したものだ。

普通の人間の記憶力では、一年近く前に出会った相手の顔なんて、それに話した内

容なんて、覚えていない——だから手袋は、相手が中学校の入学式の日、通学路に立ちふさがった杵槻鋼矢であることを思い出せないままに、着ているコスチュームから、魔法少女らしいとだけ理解した。

魔法少女。

となると、当然……。

「あ、あなたが——『パンプキン』ですか？」

なんとなく、『パンプキン』という名前からイメージしていた魔法少女とは、相手はまったく違う大人びた容貌《ようぼう》だったが、そうとしか考えられない。

確かに、登澱達よりも一回り、年上という風だ——それに、年齢以上に成熟して見える。

成人していると言われたら、信じてしまいそうだ。

「ええ、そう——ごめんね、歓迎会、いけなくて。ちょっと所用があってさ。本州にいる友達が色々大変らしくって」

「は、はあ……」

たぶん嘘だと思ったけれど、しかし、追及する気にもなれないくらい、堂々とした態度の魔法少女『パンプキン』だった。

「……折角見逃してあげたのに、結局こっち側にきちゃったのね、あなた」

「え……」

「いや、なんでもない。今日はちらっと、顔を見に来ただけ。まあ私のことは気にせず、あいつらと仲良くやってなよ——しばらくは何も起きないだろうし」

そう言って、魔法少女『パンプキン』は浮遊《ふゆう》した——魔法少女ならば誰でも使えるありきたりの飛行魔法だ。ここから飛んで帰るつもりなのだろう——さっき、歓迎会の中で出た話で、魔法少女『パンプキン』の個人的な住居の場所は、誰も知らないらしいということを思い出した。

「あ、あの！」

飛び立つ前に。

魔法少女『パンプキン』が飛び立つ前に、勇気を奮い、手袋はその背中に声をかけた——相手が振り向く前に、

「あ、あなたは、この戦争が終わったら、何をしたいですか？」

と訊いた。

「初対面の子に教えるわけないよね？　そんな大切なこと」

笑顔でそう返された。

もっともでもあった——そしてもちろん、二度目に会ったときも、三度目に会ったときも、魔法少女『パンプキン』が、魔法少女『ストローク』に対して、自分を語る

ことはなかった。

6

いつか魔法少女でいることに、自分も飽きてしまうのだろうか——手袋鵬喜が抱いた、そんな心配事は、しかし、杞憂《きゆう》に終わる。

彼女が魔法少女に飽きる暇もなく。

どころか、慣れることすら待たずに——彼女にとっては再びとなる、環境が激変する天変地異が、一年足らずで到来したからだ。

二〇一三年十月一日のこと。

四国全土が魔法に包まれた——お待ちかね、四国ゲームの開催である。

（第２話）

（終）

第3話「みんなで遊ぼう！楽しい楽しい四国ゲーム」

0

失敗したとき、『それまでうまくいっていたこと』がわかる。

1

四国ゲーム。

『大いなる悲鳴』が、概ねその呼称で統一されるまでには、実際にはそれなりの時間がかかったのと同じように、『大いなる悲鳴』からおよそ一年後、四国で起こった異変もまた、最初からそう呼ばれていたわけではない。

というより、最初の時点では、何が起こったのか、『それ』がどういう意味のある現象なのか、天変地異なのかそれとも人為的《じんいてき》なそれなのか、局所的な災害なのかそれとも何らかの一環なのか、まったくわからなかった。

二十三秒間の虐殺行為、『大いなる悲鳴』と違って、始まりがわかりにくかったというのもあるし、また、その被害が段階的だったということも、情報が相当に錯綜《さくそう》したということもある。

最初期の混乱度で言うならば、四国ゲームは『大いなる悲鳴』を越えていたかもしれない——なにせ、何が起こっているのか、まったく観察できなかったのだから。

だから、各組織が調査員を四国に送り込み、しかも一人として帰ってこないという、混乱に拍車をかけるような展開が重なったりもしたのだが——外部から見てそのくらい意味不明だった『四国住民全員失踪事件』が、ならば内部から見れば、多少は意味が通っていたかと言えば、そんなことは全然なかった。

と言うより、内部の住人にとってこそ、それは意味のわからない、意味付けのできない、謎めいた一連の現象でしかなかった。

大抵の四国住民は。

何もわからないまま死んでいった。

原因不明に『爆死』し、死体も残らなかった——近しい誰かの死を目撃し、悲鳴を上げ、逃げようとし、助けを求めようとし、また『爆死』して、混乱は連鎖し、またもや『爆死』して、その上綺麗さっぱり消えてなくなって、疫病《えきびょう》のように蔓延《まんえん》する被害が拡散する割には、情報は情報として繋がらず、阿鼻叫喚《あびきょうかん》の地獄絵図でありながら、目に見て取れるデータが蓄積しない、恐怖が恐怖を呼びながら、何も起きないときには嫌になるほど何も起きない日常風景が繰り広げられ、死ぬ者は唐突に死に、生きる者は自分がどうして生きているのかもわからず、でも唐突に死に、順番に倒れ、死に、死に、死に、死に、死に、死に、死に、死に、死に、死に、死に、死に、しかし物質的な被害は時には原状回復して、元通りになり、結果生命だけが消滅したようで、最初からそうであったかのようにあちこちが無人の地となり、四国という三百万人が生活する空間が無人島になっていく様をただただ見ていることしかできず、泣きわめいても逃げまどっても何も変わらず、救いをもとめる声は遮断され、分析しようにも何を分析すべきかがはっきりせず、携帯電話やインターネットといった現代そのものともいうべき科学機器に頼れば頼るほどにドツボにはまり、死に、各所でサバイバルな様相を呈《てい》しながらも、しかしそんな同士討ちの混乱もまた『爆死』の原因となり、結果となり、時間が経つほどに人々は身動きが取れなくなったかと思えば、そんな状況固定もやはり『爆死』の原因となり、結論となり、誰かが爆発すれば周囲の者はもちろんその巻き添えを喰《く》い、形成される避難所は時にただの爆心地となって、だから彼らは迂闊《うかつ》に寄り添うことさえ許されず、自暴自棄《じぼうじき》になる者も、生じたカオスの中、利益を得ようとするしたたかな者も当然いないではなかったが、しかしそんな行いが広がりを見せなかったということは、そんな暴虐行為の大半は『ルール違反』だったのだと予想され、それはひょっとすると数少ない救われる話だったかもしれないけれども、しかしそれらに代表される、パニック状態にありながらも奇妙に統制の取れた、漠然と気持ち悪い系統だった時間の経過は、それに翻弄《ほんろう》される者達の精神をこれ以上なく追いつめ、苦しめ、痛めつけ、自ら死を選ぶ堅実な者もいよいよ出始めたが、もちろんそんな自死自傷も『失踪』の一形態でしかなく、更に死に、更に死に、更に死に、更に死に、更に死に、更に死に、更に死に、更に死に、更に死に、更に死に、更に死に、更に死に、更に死に、更に死に、自ら死に、事故で死に、他者に殺され、自ら死に、事故で死に、他者に殺され、繰り返し、繰り返し、繰り返し、どんどんと、どかんどかんと、爆音と共に、しかし静かに、連続し、加速度的に人口が減少していく中、もちろん世界中どこにでも一定の割合でいる冴《さ》えた者達は、直感的に閃きを得、この、突如形成されたミステリアスな修羅場に対して少しは具体的な対応策を練ろうとしたけれども、それも大抵の場合は逆効果か、逆効果ならばまだしもほとんど無意味で、死を、『爆死』を早める効果しかなく、だけど早く死ねるのならばそれももしかするとある種の幸運と言えるかもしれず、ただ漫然と死ぬことと、未来に繋がらない抵抗をして死ぬことと、どちらを選ぶかという違いは、案外人間としての尊厳にかかわることかもしれないけれど、しかしながらそんな尊厳ごと、深い問いごと、哲学ごと、現象は血も涙もなく、嵐のように人体を破壊し、死体を破壊し、土地を損壊し、あとには何も残さず、だんだんと個々人が、生きていることのほうが不思議めいて来て、死ぬ者は死に際に、どこかほっとするようにもなってきて、徐々に自殺する行為がどこか英雄的に称《たた》えられもするが、もちろん人前での自殺は皆を巻き込む危険があったので、象《ぞう》の墓場か何かのように、真実『失踪』する者達が大挙して現れたかと思うと、すると意外と残された者達のほうが先に『爆死』してあの世行きになったり、けれど振り返ってみれば、死んだという観点からは全員平たく差別なく、綺麗に均され教訓を残さない意味のない死が数字としてのみ積み重なり、積み重なれば積み重なるほど消えてなくなり、最初からさっぱりなかったことのようで、ある瞬間、ふと、静寂《せいじゃく》な、何も起こらない時が訪れたりすると、すべては悪い夢で、ただの錯覚を体感していたのではないかと思えるほどだったが、けれどどこか遠くから聞こえてくる、空爆のような破裂音が、これが夢でも幻でもない、これまでの地続きの身近な現実でしかないことを教えてくれて、だけどこれが現実離れした光景であることには変わりはなく、激変した環境、一転した環境に、ほとんど全員がなすすべなく翻弄されるのみで、適応も適合もできるわけがなく、やっぱり死に、それでも死に、とは言え死に、ことごとく死に、どうせ死に、悲しくも死に、ただ死に、残念ながら死に、はかなくも死に、どこまでも死に、どうしようもなく死に、香川県で死に、徳島県で死に、高知県で死に、愛媛《えひめ》県で死に、死者はついには生者の数を超え、数え切れないくらいの死者数に比して、生者は数えられるくらいの規模になり、案外一人になったほうが生き延びやすくはなったりしたものの、数日が経つ頃にはそんな孤立者達にも限界が訪れ、外からの助けが期待できないなりに、地域内での救助活動も行われようとしたけれども、助けようとしたほうが先に『失踪』してしまうこともままあって、痛みと、不安と、ストレスと、トラウマと、恐怖と、悲しみと、怯《おび》えと、嘆きと、涙で前が見えず、叫びで呼吸もできず、他人のことに構ってはおれず、だけど自分を、大切な者達を守ることすら生半《なまなか》にはできず、目にする死の数が減ってきたことは、必ずしも現象の収束を意味はせず、むしろ単なる『仕上げ』に入っているようにも思われて、法則のようなものを見出そうとしても、教訓と教訓が矛盾しているようにも感じられ、そんな矛盾こそが原則規則として成り立っている風だから、結果としてはただ動きが縛られるだけで、意に添わぬ風に最期のときを迎えるのが既定路線となり、死にたくない！

死にたくない三百万人が。

概ね死ぬまで約一週間。

手袋鵬喜だって、そんな人達に混じって死んでいてもまったくおかしくなかっただろうし、逆に言えば、どうして自分が四国ゲームの初期の混乱状態を、パニックの中死ぬことなく、こうして生き延びることができたのか、振り返ってみれば、さっぱりわからない。

選ばれし魔法少女だから。

変わり者だから。

またしても激変した環境を生き延びられたのだろうか――と思う一方、こんな環境に、適応できるとも、適応したいとも思えなかった。

この間まで、あんなに楽しかったのに。あんなに楽しく、信頼できる仲間と手を取り合って、地球と戦っていたのに――どうしてこんなことになったのだろう。

『大いなる悲鳴』のときとはまったく違った。

次々と、ばったばったと人が死んでいく様相に、ひたすら心を折られ続けた――『大いなる悲鳴』も四国ゲームも、既存の世界観を破壊するという意味では共通していたけれど、手袋にとっては、壊される世界の値打ちが違った。

既に彼女にとって。

世界は守るべき対象になっていたのだ。
その世界が、環境が破壊されていく――
何もできずにそれを見ているしかない。
無力感に苛《さいな》まれるままに、自分だけがひたすら生き残っていく――なにが起こって
いるのかも、どう対処すればいいのかもわからないというのは、魔法少女であって
も、少なくとも彼女の場合、一般市民となんら変わりがなかった。
普通で、平均だった。
もっとも、その点に関しては、情報不足というよりも、情報封鎖の結果と言える
――各地の魔法少女が、四国ゲームに臨むにあたって、最初期の段階で持っていた情
報に格差があったことは、知る人ぞ知る事実である。
手袋鵬喜。
魔法少女『ストローク』は、知らなかった。
し、また彼女同様に、どうにか四国ゲームを生き延びていた、魔法少女『メタファ
ー』も、魔法少女『パトス』も、魔法少女『コラーゲン』も、知らなかった。
知らされていなかった。
知らないだけならまだしも、バグのある情報に踊らされたり、勘違いをしたり、勝
手な理解をしたりして、的外れとも言えるプレイスタイルを取りもした。

……しかしながら、的外れな行動は、彼女達に限ったことではないし、同じ状況に、同じ立場でおかれれば、大抵の人間は似たり寄ったりの行動を取るだろうことを思えば、その滑稽《こっけい》を愚かと笑うことは、誰にもできることではない。

そもそも、魔法少女という肩書きを持つ彼女達にしてみれば、何かが起きたとき、それを地球のせいにするというのは、研修で受けたマニュアル通りであり、この四国ゲームを、『大いなる悲鳴』同様の、『悪しき地球からの攻撃』と受け止めたことには、なんら無理がないし、『悪しき地球からの攻撃』であるならば、魔法少女として、それに対するのは当たり前のことだった。

情報が届かない場所では自ら判断するしかないし、自ら判断するには、彼女達の価値観は酷く偏っていた――唯一、はぐれ者の魔法少女『パンプキン』のみが、持ち前のネットワークで、あらかじめこの状況の到来を多少ならず予期してはいたのだが、しかしながら彼女は四国ゲームの真相を、少なくとも彼女の知りうる範囲内での真相を、チームメイトに公表しようとはしなかった。

もしも鋼矢が、チーム『サマー』の面々に四国ゲームの詳細を、ことが起こった原因を話していたなら、その後の展開は大きく変わっていたことは間違いない――ひょっとすると、チーム『サマー』の全員が揃って、その後も生き延びるという未来もあったかもしれない。その意味では、鋼矢はチームメイトを裏切った、自らの生存率をあげるために、仲間を騙した、犠牲にしたという見方もできなくはないが——という より、誰より本人が自分のことを、シビアにそう評価しているけれど——ただ、真相がチームメイトに与える衝撃を思うと、言えばチームメイト達の心を乱し、今後の活動、ゲームプレイに支障を来《きた》すから黙っていたという側面も否定できない。

どうせ。

真相を知っていようと、知っていまいと、四国ゲームにおいては、やることに大差はないのだから——一応。

あくまでも一応ではあるけれど、魔法少女『パンプキン』は、チーム『サマー』が全員、生き延びるための方策を、練っていなかったわけではないことだけはここに明記しておこう。そんなかすかな望みが、達成されるわけがないのだが——つまり。

四国ゲーム開始から二十四日後。

十月二十五日。

外部から、十三歳の英雄がやってきた。

2

その日のことは、語るに及ばず。

よく覚えていないし、思い出したくもない——手袋鵬喜、魔法少女『ストローク』に、もしも人生で一日だけ、『なかったこと』にできる日があるとするならば、その十月二十五日を選ぶだろう——『大いなる悲鳴』の日でも、四国ゲーム開始の当日でもなく。

事実だけを淡々と述べれば、その日、チーム『サマー』は崩壊した。

登澱證、魔法少女『メタファー』は、たとえ戦争が終わっても学校に通うことができなくなり、秘々木まばら、魔法少女『パトス』は、たとえ人類が地球に勝利しても好きな服を選んで着ることができなくなり、早岐すみか、魔法少女『コラーゲン』は、たとえ世界に平和が訪れても、格好いい男の子と恋に落ちることができなくなった。

平たく言えば。

三人とも死んだ。

その日まで、曲がりなりにも——仲違いをしつつも、ぴりぴり、ぎすぎすしながらも、みんなどこかおかしくなりながらも、それでもどうにかぎりぎりチームとしての体《てい》を保ち、閉ざされた四国からの脱出のために、一丸とはなれずとも団結し、なんとかまとまって四国ゲームをプレイしていたはずの五人は。

たった一人の英雄の登場によって、ばらばらになった——粉々になった。唯一、手袋にとっては生死を確認できていないチームメイトとして、はぐれものの魔法少女『パンプキン』がいるけれども、しかしたとえ彼女と合流できたとしても、もはや二人で協力プレイができる自信はなかった。

なにせ——私は。

チームメイトを殺してしまったのだ。

助けられなかったというだけではなく、殺した。

人として人を殺害した。

どうしてこんなことになったんだろう。

どうしてこんなことになったんだろう。

どうしてこんなことになったんだろう。

ある意味、四国ゲームをプレイする中で、とっくに壊れてしまっていたかもしれない手袋鵬喜の精神は、だからこの日——完膚《かんぷ》なきまでに木っ端微塵にされた。

魔法少女である以前に。

やはり彼女は繊細《せんさい》な少女だった。

女の子だった。

……それで死ねたら楽だったのだろうけれど、しかし、少女であれ、あるいは少年であれ、苦境に当たってそう簡単に死ねないのも、また人間である——十月二十五日の、英雄襲来を、手袋鵬喜は、命からがら生き延びた。

いや、こんな表現は、いささかロマンチックで、しかも責任転嫁が過ぎる——本当はみんなと一緒に死にたかったのに、それでも運命が彼女を生かしたんだ、なんて、そんな着飾った主張をするべきではない。

手袋鵬喜は、死にたくなかったから、仲間を殺してまで、敵討《かたきう》ちもせずに、おめおめと生き長らえたのだから——英雄に身ぐるみをはがれ、魔法少女の目印旗印であるコスチュームを失ったから、はっきりとした自分の意志で、自我で、自意識で、これまでたくさん面倒をみてもらっていた仲間からコスチュームとマルチステッキを奪ってまで、死地から脱出したのだ。

哀れむべき被害者じゃない。

恥ずべき加害者だ。

犯罪者だ。

今、こうして生きていることが恥ずかしい——けれども、しかし恥ずかしいのと同じくらい、やっぱり嬉しいのだ。

その意味じゃあ、『大いなる悲鳴』のときとなんら変わらない——他のみんなが死んだときに、自分だけが生きているというシチュエーションに、血湧き、肉躍らずにはいられない。

どきどきする。

結局。

自分はそういう人間なのだろう。

そういう少女で、そういう魔法少女。

仲間であれ、他人であれ、人の死を、自分の生としか解釈《かいしゃく》できないのだ——誰かが死んだということは、自分が死ななかったということで、だったらそれは喜びだ。

嬉しいのだ。

誰かの不幸を喜ぶほどに悪趣味ではないつもりだけれど、やっぱり、自分の幸福を受け入れずにはいられない。

英雄から逃げ切って。

高ぶっていたメンタルが多少はフラットになったところで、しかし、登澱や秘々木、早岐のあとを追おうとは思えない。

彼女達の死を悼みながら。

それを自分の痛みとして捉《とら》えていない。

今の四国において、後追い自殺ほど簡単なものはないのに——判明している定められた『ルール』に違反すれば、それで何を決意するまでも、決心するまでもなく、彼女達のいる場所に、追いつけるというのに。

ただじゃあ死ねない、せめてチームのみんなを殺したあの英雄に、一矢報いないと――一死報いないと願う、強い気持ちがないわけでも決してないわけじゃあないのだが、そんな復讐行為の空《むな》しさも、意味のなさも知っている。

復讐鬼になっても、なりきれない。

人でも鬼でも魔法少女でも、私は私でしかない。

登澱のように前向きにもなれないし、秘々木のようにクールにもなれないし、早岐のように攻撃的にもなれない――もちろん鋼矢のように、飄々《ひょうひょう》ともできない。

せめて、研修中一緒だった、あの不愉快な魔法少女『ジャイアントインパクト』、地濃鑿のように、わけのわからない奴であれたならよかったかもしれないけれど――今の彼女には、彼女自身の『程』というものは、よくわかっていた。

ああ。

こんなもんか、私は。

そう思った――メッキが剝《は》がれ、地金《じがね》が露呈した。

私がこれまで大切にしてきた私なんてものは、『お医者さん』からのアドバイスに従って守ってきた私は、大した奴じゃあなかった。

選ばれてなんていなかった。

『大いなる悲鳴』を生き延びたのもたまたまだ。

きっとあのとき、自分だけ生き残ったのもたまたまだ——今回と同じだ。地球撲滅軍と絶対平和リーグから、同時に勧誘を受けたのも、偶然のバッティングに過ぎず、ひょっとしたらよくある話で。

運がよかっただけか、運が悪かっただけで。

魔法少女になれたのだって、何かの間違いだったのかもしれない——そうじゃなかったとしても、こんな風にあっさりと、こんな風に次々と、環境の変化に対応できずに死んでいく魔法少女に、どれほどの値打ちがあると言うんだろう。

プライスレス。

一山いくらどころか、値も付かない。

それなのに、肥大した自意識で、コンプレックスを裏返して、自分を特別な誰かだと思い込んで——恥ずかしくも周囲を見下して。

本当はただの友達がいない奴の癖に。

一人が好きな振りをした。

酷い勘違いだった——こんなことにならないとそれに気付けないだなんて、馬鹿、馬鹿、馬鹿、私の馬鹿！

……みんなはどうだったんだろう。

死んだみんなは、死ぬ前に、こんなことを考えたのだろうか——それとも、考える暇もなかったのだろうか。
ただ漠然と、死にたくないと思って死んでいったのだろうか——間違いを知った
か、それとも、己の正しさを最期まで信じ、正義を確信しながら死んでいったのか。
どうせ死ぬなら、そんなのは同じことか？
でも、今まで、今までだってずっと死と隣り合わせの戦争をしてきたはずなのに、どうして
今の今まで、今わの際まで、『これ』を考えずにのうのうといられたのだろう——あ
の研修のお陰だろうか？　疑問を抱かずに、地球と、『地球陣』と、丁々発止《ちょうちょうはっし》とやり
あえてこれたのは——疑問。
疑問というなら、あの英雄。
地球撲滅軍所属と名乗ったあの少年は、何の疑問もないようだった——己の行動
に、生き様に、生きることに。
まったく迷いがないようだった。
そんな奴を相手にしたから、チーム『サマー』は潰滅《かいめつ》してしまったのだ——話を聞
いていたら、あの少年とチーム『サマー』が戦わなければならない理由なんて、本当
はまるっきりなかったようにも思え、ならばそれは誤解をしたこちらの落ち度だとい
うことになるけれど、しかし、誤解だとわかっていないチーム『サマー』を、誤解だ
とわかっていながら潰滅させた、あの少年の精神構造は、いったいなんなんだ。

あれが『特別』ということなのか。

あれこそが『変な奴』なのか。

ならば——こんな風に、自己に疑問を抱くようになってしまったのは、あんな少年を目の当《ま》たりにしたからなのかもしれない。

『本物』を見て。

目が覚めた——夢から覚めた。

……チームメイトの仇《かたき》であり、今や地球の次に憎い、復讐の対象ではあるけれど——そういう観点から見れば、どこか彼に、感謝したい気持ちもないではなかった。

蒙《もう》が啓《ひら》かれた気分だった。

なるほど、私は大した奴ではなかった。

間違っていた——恥ずかしかった。

守るほどの価値もなく、大切にするような値打ちもなく、たとえ絶滅したところで、誰一人悲しまない生態系でしかなかった。

だけど、そんな私だからこそ。

私が保護しなければならない。

私を守る者は私しかいないのだから。

私は死にたくない——生きたい。

たとえ、他の生態系を破壊してでも。

他の種を絶滅させてでも。

私は私を守る——だいっきらいな私を。

仲間も、使命も、自意識も、特別感も——すべてを失い、そして魔法少女『ストローク』、手袋鵬喜は覚悟した。

覚め、悟った。

第三者からみれば、そんな彼女の様子は『追いつめられてぶっ壊れた』以外の何でもなかったけれども、他人からどう思われようとも、もはや関係がなかった。

私は私が大嫌い。

私は私が大好き。

凡庸《ぼんよう》な私を愛してる。

3

ある少女の狂気を描いたところで、ここで状況を整理しよう——手袋鵬喜というティーンエージャーの精神が、どれほど荒廃したところで、揺るぎない事実は、揺るがない現実は、あくまでも『環境』としてそこにあり、その認識までを、少女は誤りはしなかった。
どうやらいろいろ勘違いして、誤解していたことがあったようだけれども、今の四国において——四国ゲームにおいて、はっきりとしていることはいくつかある。
ひとつ——現在の四国は数多くの『ルール』に支配されている。たとえば『外部に連絡を取ってはいけない』『死んではいけない』というようなルールである。
ひとつ——『ルール』に違反すると、罰則がある。その罰則とは、ルール違反をした当人の爆死、あるいは周辺に起こる爆発である。爆発の規模は違反したルールによる。
ひとつ——原則として、『ルール』違反による爆発の間接的な物的被害は原状回復する（人的被害は回復しない）。
ひとつ——どうやら四国から脱出すれば、この『ルール』からは解放されるらしい（出入り自体は自由らしい）。
……推測や思惑を外して、思い込みや先入観を排除して、それでも手袋鵬喜にとって確信できる項目だけをあげれば、こんな感じだった。いや、これらだって、ひょっとすると正確ではないかもしれないけれども、しかし少なくとも、事実を大きく外してはいないはずだ。
つまり手袋が、己の身を守り、自己保身を続け、そして生き続けるためにしなけれ

ばならないことははっきりしていて、

『四国中に敷かれているルールを遵守《じゅんしゅ》して』

『そのために、まずルールを収集して』

『しかるのち、四国を脱出する』

――だ。

やることは英雄到来前に、チーム単位でやっていたこととほとんど同じなのだが、一人でやる分効率は悪くなる。

現在、彼女が把握している四国ゲームのルールは二十個そこそこである――即死系、初見殺《しょけんごろ》しのトラップじみたルールは、これでおおむね避けられると思うし、またなんとなくの傾向も見えてきたようにも思えるので、そこまで悲観すべきプレイ状況にはないのだが、それでも常に死の不安はつきまとった――拭《ぬぐ》いきれない。

言っても仕方のないことだが、あの日、登澱や秘々木、早岐とちゃんと合流できていたなら、互いの集めたルールを総合することができていたなら、把握するルールの数は、この倍にはなっていただろうに。

返す返すもあの少年は、憎たらしい。

……それで言うと、彼もまた、手袋の自己保全の上では障害だった。

いや、何も、彼が手袋のプレイを、手袋の四国からの脱出を邪魔するのではないかと、危ぶんでいるわけではない——そんなにちゃんと話したわけではないけれど、あの少年には、そんな攻撃性はなかった。

だから、心配なのはむしろその逆だ。

あの少年と出会ったとき、私が冷静でいられるかどうか——だ。

彼への復讐心よりも四国を安全に脱出しようという気持ちのほうが強いつもりだが、しかし仲間の仇を目前にしたときに、同じように考えられるかどうか自信がない——自分がそんなはっきりとした、強い意志を持っているとは、もう思えない。

私はただの情緒不安定なガキだ。

衝動に駆られ、彼に襲いかかってしまうのではないだろうか——それで仇が討てるならば万々歳のいいことずくめだけれど、しかし、返り討ちにあう可能性だって十分にある。

現在、手袋が持っているマルチステッキは、自分の『ステップバイステップ』ではなく、コスチュームと同じく、魔法少女『コラーゲン』が所有していたマルチステッキ『ナッシングバット』である——その効能は『写し取り』。

魔法少女が相手ならば最強級のステッキだが、しかし反面、それ以外の相手には、これはただの杖《つえ》でしかない——玩具屋で売っている、子供向けのグッズとなんら変わりがない。

自分のものでなく、これも魔法少女『コラーゲン』のものではあるが、コスチュームを着ている以上、飛行が可能であり、これは四国ゲーム攻略の一助とはなるだろうから、ただのコスプレ少女というわけではなかったけれど――『ビーム砲』を最大限駆使しても倒し得なかったあの少年に、今の彼女が勝てるとは信じられない。

自信がないとかじゃなくて、普通に自分を信じられない――マルチステッキ『ナッシングバット』の、魔法少女以外に対する無力性を誰よりも知っていたのは、もちろん持ち主である早岐だろうが、彼女が有していた不安感は、チームメイトの手袋に、しっかり伝染している。

いや、実際。

実例として半裸に剝《む》かれ、生身の状態だった手袋が、魔法少女『コラーゲン』には、勝ててしまったのだから――それこそ、返り討ちにできてしまったのだから、何をかいわんやだ。

というわけで手袋としては、あの、あれはあれで災害のような英雄を迂回《うかい》する形で、四国ゲームをプレイしなければならない――自分の中の復讐心を、どうにか抑制しなければ、弱い自分を守りきれないのだ。

しかし、彼は彼で四国ゲームをプレイするつもりのようだったから、バッティングしてしまうかもしれない――そうなったとき、打つ手はあるのだろうか？

考えを進めれば進めるほど、武器（というには、無力なステッキ）を捨てて投降し、あの少年の軍門に降《くだ》るというのが現実路線でもあったが、それだけはできない。

強い意志ではなく、弱い意志でそう思った。

弱い力でそう思った。

そんな決断に、私が耐えられるわけがない——そのストレスに押し潰されヒステリーを起こし、衝動的に彼に襲いかかり、そして反撃に遭うのが関の山だろう。

あの少年は復讐を試みられたとも思わず、『なんだ、この行動の一貫しない子は』とでも思って、それでおしまいだ——そんな格好の悪い死にかたはごめんだった。

どんな死にかたでもごめんだけれど。

思い出してみるに、どうやら彼のほうは魔法少女との同盟関係を望んでいるようだったけれども——それも、果たしてどこまで本気か知れたものではない。

ただし、四国から脱出するために、誰かと組むというのは、避けられないようにも思えた——単身での脱出は、ルールの収集は、やっぱり難しいのではないか？

チームメイトのようでチームメイトとは言い難い魔法少女『パンプキン』のことが頭をよぎる——手袋と同じく、チーム『サマー』の生き残りではあるけれど、すっかり姿を見ていない。

どこかで爆死したのかもしれない。

あの少年と戦い、殺されたかもしれない。

登澱と秘々木、早岐が死んだ今、杵槻鋼矢だけが生きていると考えるのには無理があるようにも思われるが――しかし、チームの枠外にいた彼女ならば、あるいは。

ただ、仮に鋼矢が生きていたとしても、復讐の対象であるあの少年との遭遇《そうぐう》を避けたい手袋としては、一刻も早く、周辺から――できれば香川県から、離れたかった。

というか、逃亡後、そのために飛行していた――今更進路を逆に取るのもためらわれる。

願わくば、魔法少女『パンプキン』があの少年を足止めしてくれている間に、自分は一メートル先にでも逃げたかった（ちなみに、結果としてはほとんどその通りになっていた）。

今更、鋼矢とは合流できない。

仲間を殺した身で、合わせる顔がない――というのもあったけれど、四国ゲームをプレイしている最中も、普段と似たような物腰で、何か企んでいるような素振りも見せていた鋼矢と合流すると、手袋の知らない陰謀に巻き込まれかねないという本能的な不安も、同じくらいあった。

冗談じゃない。

私は逃げたいだけなのだ。

私は生きたいだけなのだ。

となると、チーム『サマー』以外の魔法少女と合流し、同盟を組めないまでも、情報交換をするべきだと思った。

魔法少女は、チーム同士の競争が激しいので、他県のチームに頼るというのは、この非常事態にあっても屈辱的な行為なのだが、手袋にはもう、今更、魔法少女としての矜持《きょうじ》なんてなかった。

生き延びるための、自己を守るための最善があるなら、そしてそれが自分程度でも可能な最善であるならば、迷いなくそれを実行する決意があった——ならばそこで考えなくてはならないのは、『頼る先』である。

チーム『サマー』以外の魔法少女グループは、手袋の知る限り、チーム『ウインター』チーム『オータム』チーム『スプリング』の三つなのだが、基本的に香川県に閉じこもっていた手袋には、その三つのチームに対して、何の伝手《つて》も、コネクションもない。

人付き合いの広い登澱や、謎の人脈を持つ鋼矢ならばあるいは、こういうときに頼れる魔法少女の知り合いを、外部に何人か、持っているのかもしれないが——魔法少女としてのキャリアも乏しい魔法少女『ストローク』は、絶対平和リーグが開催する大きな大会にも参加したことはなかったし、まったくの空手状態だった。

否。

最初から、実は思いついてはいた――消去法みたいに思考を進める振りをして、他の選択肢が全部消えるまで待ってはみたけれど、そんな手間をかけなくとも、本当は、そうするしかないということを、手袋鵬喜は知っていた。

できる限りのことをするというなら。

ぎりぎり我慢できる、それくらいのことはしなければならない――私は、私のために、そうしなければならない。

そう、一人だけいたのだ。

伝手もコネクションもない彼女にも、一人だけ。

唯一、いた。

魔法少女『ストローク』が、その存在と所在を知っている魔法少女が――一緒に新人魔法少女としての研修を受けた、落第魔法少女が。

魔法少女『ジャイアントインパクト』。

地濃鑿。

彼女は今、チーム『ウインター』に所属し――徳島県にいるはずである。

４

か細い、昔の縁故をたどって徳島県へと舵《かじ》を切った手袋鵬喜だったが、しかしそうはいっても、広大な四国島のことだ。

探している誰かを、ぱっと見つけられるほど甘くはない。浅い考えでは、ほぼ無人島、ゴーストタウン状態になっている今、生存者は見つけやすいはずという期待と、魔法少女は空を飛んでいるのだから、地面を歩いている人よりは発見しやすいはずという期待が、手袋にはあって、このふたつの期待自体は、大枠、間違ってはいなかった。

ただ、それでもたった一人を見つけるには、いくらなんでも期待が大き過ぎたというだけだ――仮に、魔法少女『ジャイアントインパクト』ではなくとも、チーム『ウインター』の魔法少女を誰か発見できたなら、お願いして繋いでもらおうとも思っていたのだが、それも叶わなかった。

空中を徘徊《はいかい》――ではなく、旋回していれば、向こうから発見してもらえるかもしれないというアイディアも途中からは芽生えたが、これも見事空振りだった。

なんてついてないんだろう。

私という奴は。

そんな風に思った——ちなみに、四国ゲームにおいて、彼女に運がなかったのは（情報不足のチーム『サマー』から出発している時点で既に）確かなのだが、この徳島県での迷走については、これは、つくつかない以前の問題だった。

なぜなら、チーム『ウインター』の魔法少女は、手袋が徳島県に到達した時点で、五人中四人までが、とっくに『ゲームオーバー』を迎えていたし、また、捜索対象である魔法少女『ジャイアントインパクト』、地濃鑿こそ、まだプレイ中ではあったものの、彼女はわけあって、目立たないように、地上を逃げ隠れしている最中だったからだ——具体的には地下に潜《もぐ》っていた。

いくら空中を、あるいは空中から探そうと、それでは百年探しても、手袋には地濃を見つけられるわけがなかった——途方に暮れた。

せっかく県境を跨《また》いで、知らない土地にやってきたというのにこのていたらく、すべてを投げ出したい気分になった——が、今の手袋にとって、投げ出せるものなど自分の身くらいしかなく、ならば投げ出すわけにはいかなかった。

人類は守れなくとも、平和は守れなくとも。

私のことは守り抜くと決めた。

さすがに長時間の、上空からの捜索活動を終えて、ひょっとするとチーム『ウインター』にも、チーム『サマー』同様、何かあったのかもしれないという可能性を考慮するところまで来た——あてどなく探すのも限界だったし、また、夜になってしまえば、人が消え、明かりの消えた町は、ただの暗闇と同義だ。

手袋は地上に降り立った。

地濃との合流を諦めたわけではないが、一旦休憩だ——冷静になると、どうしてあんな不愉快な、同期でもない同期を探すために、自分がこんなに苦労しなくちゃいけないのか、腹が立ってきて仕方がないけれど、そんなやるかたのない憤懣《ふんまん》は、心の奥底に閉じ込めておくことにした。考え始めるとキリがない。

無人と言えど町は町。

それも近代都市のこと——寝る場所と食料に困ることはなかった。インフラは生きていたり死んでいたりだけれど、今のところはまだ、少女が一人で生活できないほどではない。

なんだか、人間よりも町のほうが長生きしているようで、それは手袋に、ある種の生存競争を思わせた。

環境の激変に、耐えられなかった人間と。

激変後も生きている——町。

……もちろん、こんなのは町を擬人化ならぬ擬生物化して感傷に浸っているだけであり、暮らし、管理する人間が失踪・消失してしまった以上、この町も徐々に死滅し、風化していく運命にあるのだろうが。

「…………」

私は絶対に風化しないぞ。

最後のひとりを保護してみせる。

無言でそう誓う。

強く弱く、そう誓う。

ガラパゴス諸島だったか、イースター島だったか、とにかくどこかの島に、ロンサム・ジョージと呼ばれる、世界で一匹しかいない亀《かめ》が、かつていたという話を思い出しながら、手袋鵬喜は、見知らぬ民家の一室、子供部屋の二段ベッドの上の段で、眠りについた。

これが十月二十七日の夜である——そして手袋は久しぶりとなる睡眠の中、こんな夢を見た。いや、それは夢ではなくて、横になってから寝入りまでの間にした、回想だったかもしれない——そうだと思いたい。

地濃鑿を探すあまり、夢にまで見ただなんて思いたくない——それは、研修中、実際にした会話だった。

「魔法って、使っても使っても、全然疲れないですよね——これって永久機関ってことなんですかね？　どういう仕組みなんでしょう。これを解明したら、ノーベル賞ものなんじゃないでしょうか。称えられちゃいますかね、私」

……例によって、苛々《いらいら》するおしゃべりだった――会話というより、一方的に独り言を聞かされているようだった。

ただ、無視することはできても、無思考であることは、悟りを開いているわけでもない十三歳の手袋には難しい。

魔法を解明しようなんて行為が、まだ当時、魔法少女としての矜持を失っていない、ぴかぴかの新人だった頃の手袋にしてみれば、酷い冒瀆《ぼうとく》のように思えた。

永久機関が、具体的にどういうものを指すのかは知らないけれど、魔法が『疲れない』というのは、しかし本当だった――エネルギー切れやガス欠とは無縁で、魔法少女はコスチュームを脱がない限り、永遠に飛び続けられるし、ステッキを手放さない限り、永遠に戦い続けられる。

不思議である。

それは手袋もそう思う。

だけど魔法とは『不思議なもの』であって、『不思議なパワー』であって、そこに疑問を挟んではならないものだ――というのが、黙契《もっけい》のはずだ。

そのタブーを、水たまりでもまたぐかのように、気軽に飛び越える地濃のことが、本当に信じられなかった。

そりゃあ落第するよ。

何度も受けているはずのこの研修で、この子は何も学んでいない——と思った。

思ったが、議論になってしまうと、口下手な手袋は、決して口達者というわけではないが、誰からどんな風に言い負かされようとも、自説をまったく曲げようとはしない地濃とでは、勝負になるわけもないので、彼女は沈黙を守った。

ただ、相手が守りに入ると、嵩《かさ》にかかって攻めてくるのが地濃でもあった——「何かあるんですかねえ」と、わざとらしく首を傾げる。

「私達には計り知れない、未知のパワーみたいなものが。ほら、雷《かみなり》の正体って、昔はわからなかったそうじゃないですか。それが電気だってわかって、人類は長足の進歩を遂げたとか——今じゃ電気がなければ、人間は文明を維持できないみたいなところもありますけれど、それまでは、電気なしでやってた時代もあるんですよねえ」

うるさい感電死しろ。

今すぐ雷お前の頭の上に落ちろ。

と思ったけれども、口にはしない。

「ひょっとすると未知のパワーじゃなくて」

と、地濃は、ふと、言った——思いついたことをそのまんま、熟考も熟慮もせずに言ったというだけという風だった。

何の気持ちも込もっていない。

「既知だったパワーを、忘れてしまっただけ――なのかもしれませんね」

だとすれば私達のしていることは。

滅んだ文明の発掘なのかもしれません。

5

翌朝、目が覚めて。

一瞬、何がなんだかわからない――知りもしない家の二段ベッドで目覚めれば、わからなくて当然である。

昨日の日中、徳島県の上空をずっと飛んでいたことは、夢で見たように、疲労にはつながらないけれども、しかしずっと眼下を凝視していたこと、それにいつどこから、あの少年が追ってくるかもしれないという緊張からくる気疲れは、彼女のメンタルにのしかかっていたので、相当深い眠りだったというのもある――それで夢見まで悪かったというのだから、踏んだり蹴ったりだ。夢の中くらい静かに暮らしたい。

しかしすぐに、事情を理解する。

自分が今何をしている最中なのか——何から逃げている最中で、どこへ逃げようとしている最中なのかを思い出す。

一晩眠ってみると、さすがに嫌でも精神も落ち着いていて、ちょっと焦り過ぎだったかな、という気になった。

徳島県にまで逃げたのは、焦燥《しょうそう》の末の時期尚早だったのではないか、と——香川県のどこかに身を潜め、偏見を捨てて、わだかまりを捨てて、魔法少女『パンプキン』と合流する道を選ぶべきだったのではないか、と。

いや、それはないにしても——研修中に、あれだけ嫌な思いをさせられた地濃を頼るというのは、どうかしていたんじゃないか？

それしか手段がないような、追いつめられた気分になっていたけれども、もう少し落ち着いて考えてみてもよかったんじゃないか……。

来てしまったことは仕方がないし、また、結果として、あの地球撲滅軍の来訪者からは逃げ切ることができたようなので、少なくとも軽挙妄動の挙句《あげく》に自ら転んだという結果にだけはならなかったようだが。

一階に降りて、洗面所で顔を洗ってから、キッチンに向かう。昨日の夜は、食べるよりもむしろ寝たかったので、食事はインスタントなそれで済ませたけれど、今日は、これから行動するために、そして考えるために、気持ち的にちゃんとした朝ご飯を食べたい。

四国ゲーム開始から日も経っているので、生鮮食品はほぼ全滅しているが、冷凍食品ならば調理可能だろう——幸い手袋は、できると他人には言えない程度には、料理ができた。

ルーチンワークのように、黙々と一人分の朝食を、知らない家の台所で作りながら（得も言われぬ背徳感があったけれど、背に腹は替えられない）、昨夜見た夢のことを思い返す。

永久機関としての魔法。

滅んだ文明の復活。

……魔法少女としての気持ちが切れてしまった今となっては、もう、あのときほど、地濃の発言を否定的には見られない。

魔法とは何なのか。

もっと考えておけば、こんなことにはならなかったのかもしれない——いや、別にそんなことはないのだろうけれど、とにかく、チームを失い一人きりになってからは、『しなかったこと』についての後悔が、ひっきりなしに押し寄せてくる。

……私程度が何をしていたところで、その後の展開が変わっていたはずがないのに。

調理終了。

冷凍食品の解凍に思わぬ時間を要した——なんだか、こんなときでもしっかり、食欲が湧く自分を格好悪いと思った。

誰が見ているわけじゃあないけれど、しかし気分の問題もある、せめてレイアウトくらいは格好つけようと、横着せずにお皿に盛りつけて、ダイニングテーブルに並べる。

ふむ、と満足し、最後に箸《はし》を取りに、再びキッチンへと入る——見知らぬ家族の使っていたお箸を使うのには抵抗があるので、できれば割り箸を見つけたい。

……そうだ、と。

キッチン回りのあちこちの引き出しをひっくり返しているうちに、何も無理をして、四国から脱出する必要はないのではないか、という発想に、手袋は辿り着いた。

さっきから、今日、どうやって地濃を探そうかとか、地濃のことはもう諦めて、高知県や愛媛県の魔法少女グループ、チーム『スプリング』やチーム『オータム』に、アプローチしてみようかとか、そんなことばかり考えていたけれども、しかし、誰かに協力を求めたり、同盟を組んだりしなくとも、どこか安全圏で、大人しくしているという選択肢だってあるんじゃないのか？

自分を守るためならなんでもすると誓い、そしてそのために、四国からの一刻も早い脱出を試みていたけれど――けれど、自分が脱出しなくとも、誰かが脱出すれば、少なくとも現状は打破されるのではないのか？

誰かが脱出すれば、外部に今の四国がどうなっているのか、その異常事態が伝わって――手袋の頭では思いつかないような、素晴らしい対策を打った上で、救助が来るのではないか？

「…………」

ふむ。

『脱出を人任せにする』というのは、消極的な案なようでいて――いや、消極的な案であることは間違いないけれど、別に手袋は積極的なプレイを、どうしてもしたくてしたくてしょうがないというわけではない。

自分の命が、そして存在が助かれば、基本的にはその手段は問わない――何もせずに大人しくしていればいいだけというのなら、それに越したことはない。

さっきまで、かつて『しなかったこと』を思い出しては後悔していたことなどすっかり忘れ、手袋はこの『名案』の検討を、真面目に始めた。

手袋からすれば、現在生死不明である魔法少女『パンプキン』や、魔法少女『ジャイアントインパクト』、会ったこともないチーム『スプリング』やチーム『オータム』の面々……、あるいは、地球撲滅軍からの調査員だという、手袋にとっては復讐の対象である、あの少年でもいい。

誰だっていい――いっそ、天才的な才覚を持って、なぜか四国ゲームを生き抜いている一般人だって、いたらその人でもいい。

誰でもいいが、誰かが四国から脱出して、助けを呼んでくれる可能性は、概算、どれくらいあるのだろう？　それは、手袋が自《みず》ら脱出しようというのと比べて、どちらのほうが、どれくらい確率が高いのだろう？

……考えるまでもない気がした。

ネックがあるとすれば、脱出した者が、必ずしも助けを呼んでくれるとは限らないということだろうか――四国にいた人間はもう全員死んだものと思われて、助けなんて来ないパターンも、考えられるのでは？

すべてを人任せにして、このまま安全圏に潜んでいたら、助けが来たとしても、そのとき気付かれないなんて、目も当てられない展開だって、実はとても現実的なのだ。

では、誰かに脱出してもらうにしても、その場合は、自分が生き残っていることはアピールしなければならず――となると、やっぱり合流しての情報交換は避けられないか。

手袋自身は、相手の助けになれる自信はないけれど、それでもこれまで集めた四国ゲームのルールは、相手が四国から脱出し、助けを求める際のアシストになるはずだ。

……ただ、相手がちゃんと、私なんかのために助けを呼んでくれるかどうかを信用しきれないのであれば、やっぱり、自ら脱出するのが、ベストにも思えた。

「相手次第……かな」

少なくとも相手が地濃では、安心して脱出を任せることはできない——自分が行くからあなたは大人しくしていて、と言いたいくらいだ。

いや、今の手袋では、たとえ地濃が相手でも、そんな強気に出られはしないかもしれないけれど……。

割り箸を見つけた。

少し幸せになった。

では、一旦検討を中断し、朝ご飯を食べて空腹を紛《まぎ》らわせてから、もう一度再考してみるとして——たぶん私は、今日はまだ何らかの活動をするのだろうが、しかしいざ、危ないと思ったときは、そういう安全策というか、穏健策というか——妥協案というのを選択するのもなしじゃない。

第三者から見れば、似たり寄ったりの案ばかりなのかもしれないけれど、しかし手袋としては、選択肢がいくつか生じたことで、未来が開けたと、錯覚することができた——と。

そうやって錯覚に満たされた気分のまま、割り箸を片手にダイニングに戻ってみると、そんな手袋の、『ほんの少しのいい気分』を、容赦なく吹き飛ばす光景が広がっていた。

と言っても、それは、見たこともないような異常な光景だったわけではない——それ自体は、基本的には至極日常的な光景だ。

当たり前の朝食風景。

手袋が作って、テーブルに並べた朝ご飯を、見知らぬ女の子が、もぐもぐ食べていたというだけだ——追記するならその女の子は、魔法少女のコスチューム、しかし不気味なくらい真っ黒いコスチュームを着ていて、マルチステッキをスプーンのように使って、食事していたということだろうか。

「あ。いただいてるよ」

彼女は言った。

いただかれていた。

6

「私は魔法少女『スタンバイ』——チーム『白夜』の一人なのさ。あー、おいしいねえ、これ。私、料理とかからっきしだから、こういうのぱっと作れちゃうの、魔法みたいに思えちゃう」

「は、はあ……」

そうですか、と、ごにょごにょと答える手袋——そんな料理は、電子レンジがあれば誰にでも作れると言おうかとも思ったけれど、どこからどんな風に現れたのかもわからないこの魔法少女に、迂闊なことを言うのは躊躇《ためら》われた。

チーム『白夜』、と言った？

チーム『ウインター』ではなく……？

そんなチームがあったのか？　いや、四季の名前が冠された四つのグループの他にも、魔法少女がいるらしいというような噂は、聞いたことがないでもないが——それがチーム『白夜』？

それが、私の朝食を、横取りしたこの子？

ステッキを食器代わりにしているその姿からは、正直、危機感をまったく煽られないけれど……。

「ま……、魔法少女『スタンバイ』？」

それも聞いたことのない名前だ。

他のチームの魔法少女との繋がりはまったくない手袋だが、それでも、名前だけなら知っている子は、いる——しかし、『スタンバイ』という名は、初耳だった。

「そう。そうだよ、魔法少女『ストローク』。以後よろしくお見知りおきを――と言いたいところだけれど、別に忘れてもいいよ。私、プレイヤーじゃないし」

あなたの敵でも味方でもないよ――と、手袋よりも食事のほうが気になるとばかりに、あくまで食べ続ける魔法少女『スタンバイ』。

「座ったらいいよ？」

「……は、はい」

と、促されるまま、手袋は黒衣の魔法少女『スタンバイ』の正面に腰掛ける。着席してから、座ってしまうと、いざというとき、逃げるときに一瞬出遅れるということに気付いたけれど、既に手遅れだった。

だからと言って今更立てない。

「食べなよ？」

黒衣の魔法少女『スタンバイ』は、そう言って、皿をこちらに寄せてくる――なんだか、変に砕けた感じの口調には、そりゃあ親しみを感じなくもないが……。

思えば、登場の仕方が奇抜《きばつ》だったと言うだけで、チーム『白夜』だろうとなんだろうと、魔法少女同士であることに違いはないのだから、こんな風に怯えながら、向き合う必要はないはずだ。

同じ絶対平和リーグ。

むしろ、地濃ではないにしても、昨日ずっと探していた、念願の魔法少女に出会えたのだから、喜びのあまりテーブルを飛び越えてハグしてもいいくらいだ。

地濃ではないにしても、どころか、地濃ではないことを、一番喜ぶべきである。

にもかかわらず——感じる。

本能的にこの子から感じる、威圧感のようなものはなんなのだろう……。

「ああ、大丈夫だよ？　ちゃんと用があって来てるから——でも、私、おなかすいてると機嫌が悪くなっちゃうタイプの女子だから、食べながら喋らせてな？」

「…………」

「えーっと、ほら、四国ゲームもだいぶん煮詰まって来たから、管理者サイド的に、そろそろ中間成績を把握しようってことで……、それが私の仕事なのさ。……まあ、より煮詰まってるのは四国の左側なんだけど、なかなかどうして、右側も盛り上がってるよね」

『スペース』の仕事が、それでちょっと大変なことになってるみたいなんだけれど——と、彼女は咀嚼《そしやく》混じりに言う。

そう言われても、『スペース』というのが果たして、魔法少女の名前なのかどうかも、手袋にはわからない。

「わからないんだねえ」

と。

手袋の心中を見透かすように、『スタンバイ』は、言った――よくもまあ、喋りながらもスムーズに食事を続け、食べながらも流暢に喋れるものだと、変なところに感心する。

いや、変なところに感心することで、現実逃避をしているのかもしれない――この黒衣の少女の存在感に、真っ向から向き合うことを避けているのかもしれない。

「ま、そんなことだと思って、私が来たんだけど……いやさー、つまり、『ストローク』ちゃんって、今生き残っているプレイヤーの中じゃ、ダントツの最下位だと思うんだよねー。一番、何がなんだかわかっていないって言うか、スタートラインら辺で、未《いま》だにうろうろしているって言うか……、周回遅れ？　まあ、そういうプレイヤーがいるのも一興ではあるんだけれど」

「…………？」

どうやら、彼女がここに来た理由を説明してくれているらしいのだが、ますますわからなくなる一方だった――自分が『最下位』だと言われたことだけは、はっきり認識できたけれど。

「地球撲滅軍の彼氏が、チーム『サマー』をまぜこぜにしてくれたからさ……、昨日まで私は、『コラーゲン』あたりが、もっと頑張ると思ってたんだけれど」

ああ、あなたが今着ているコスチュームが、『コラーゲン』のものなんだっけ——と、黒衣の魔法少女『スタンバイ』は、食べ物にまみれたステッキをこちらに向ける。

かつて『ビーム砲』の魔法を使っていた手袋にとって『ステッキを向ける』という動作は、そのまま攻撃動作なので、びくっとなってしまった。

今、手袋が備えるマルチステッキは『ステップバイステップ』ではなく『ナッシングバット』なので、『ビーム砲』は使えないが……、しかし『写し取り』を使えることを考えると、目前の魔法少女がどんな魔法を使うのだとしても、対応できる——のだろうか？

いや、難しい。

相手が魔法少女である限り、その魔法を『写し取』ることはできるだろうが、しかしどんな魔法を使うのかわからないのでは、そのコピー能力も、あまり有効には機能しない——それに、一度も使ったことのない『写し取り』の魔法を、自分がぶっつけ本番で使えるとは、とても思えなかった。

むろん、どうやら手袋が今着ているコスチュームが魔法少女『コラーゲン』のものであるということに相手が気付いた以上、脅しとしての効果は持つかもしれないけれど——張り子の虎《とら》もいいところである。

「えーっと、だから、ゲームに参加している中で、部外者も含めてぶっちぎりの最下位であるところの『ストローク』に、救済措置を与えにきたのさー、私は」

「きゅ……救済措置？」

「まあ、逆シードって言うか、ハンディキャップって言うか……、うーん、平たく言えばズルなんだけどね」

地球撲滅軍の英雄が生む問答無用の被害から逃れたことが評価されたのかもね——と、魔法少女『スタンバイ』。

「いや、そもそもそれ以前から、酸ヶ湯のおいちゃんは、あなたを特例として扱っていたところはある……」

ぶつぶつと、そこは独白のように言った——酸ヶ湯？　どこかで聞いた気のする名前だ。

誰だっけ？

「私は正直、こうして向き合ってみても、全然あなたを大した奴だって思えないんだけれど——どうしてまだ爆死していないのか、不思議なくらいなんだけれど——ねえ、どうして？」

「え、そ、それは……」

ずけずけと言われて、言葉に詰まった。

反論したかったが、気圧《けお》されて――いや、反論なんてなかった、同意しかなかった。今、世界中の誰よりも、手袋自身が手袋を大したことのない奴だと思っている――だから守らなくちゃいけないと思っている。

強いて答えるなら、どうしてまだ爆死していないのかと言えば、そりゃあ、絶滅しないように、私が保護しているからだ。

「ふふっ……まあ、いいんだけれどね。多少ゲーム攻略のヒントを教えてあげたところで、今の状況からすれば、私はこの四国ゲーム、優勝するのは『パンプキン』だと思ってるし」

「『パンプキン』？　『パンプキン』は……、生きてるの？」

「ん？　ああ、それも知らなかったの？　へえ……その情報量で生き残っているというのは、確かに貴重かもね。だったらいっそ、情報なしでどこまでプレイできるのか、見せてほしくもあるけれど――さすがに実験が過ぎるか」

「…………？」

「あ、でも、勘違いしないでね？　『パンプキン』が優勝するとは思っているけれど、あなたを応援しないわけじゃないんだよ？　ていうか、私は基本的に、誰か一人に肩入れしたりはしない――みんなの味方。みんなの管理者」

誰が勝っても恨みっこなしにするのが、私の役割――と、黒衣の魔法少女『スタンバイ』は、ステッキで最後のひと掬《すく》いをする。

「──さすがに、ここまで来ておいてこのまま負けたら、可哀想だもんね。何がなんだかわかんないや──」

「……？　あの……」

相手の言葉の断片断片をつなぎ合わせて、なんとか筋の通った仮説を立てようとする手袋──敵でも味方でもない管理者？　優勝？　プレイヤー？　だが、考えれば考えるほど、五里霧中《ごりむちゅう》だった。

疑心暗鬼と言うべきかもしれない。

「だって『ストローク』は、未だ、この四国ゲームは、地球から人類に向けての攻撃なんだって思ってるんでしょう？」

「……？　それは……。え？　違うんですか？」

虚《きょ》を突かれた。

それがそのまま表情に出たが、『スタンバイ』はそれを見て、「だよねー」と、それ見たことかとばかりに笑う。

「そんな認識で生き残ってるんだから、そんな危機意識で生き残ってるんだから、本当に大したものだ──そんなことを思ってるのは、今となってはあなたの他には『ジャイアントインパクト』くらいのものだよ」

「じゃ、『ジャイアントインパクト』……」

地濃鑿。

その言いかたからすると、あの不愉快な魔法少女もまた、まだ健在らしい――探している相手だったから、嬉しくもあるのだが、しかし、あの子に対して根本的にある嫌悪感を否めないので、複雑な気持ちだった。

いや、利害関係を差し引いても、さすがに死んでいればいいと思うほどに、嫌っているわけではないけれど。

「もっとも、あの子の場合は、同盟相手が真相を知っているからね――持つべきものは友達かな。いや、ああいう生きかたは羨《うらや》ましいものだ。どうやっているんだろうね？　天性のものかな、天稟《てんぴん》なのかな――」

「あ、あの……、『これ』が、地球からの攻撃じゃないって言うなら、なんなんですか？　あ、あなたは……、何を知っているんですか？」

「その質問は正しくは、『私は何を知らないんですか？』だね――心配しなくとも、それを教えてあげるために、私はここに来たんだけど。……まあ、それを聞いたからって、あなたの運命が変わるとも思えないけど、公平さって大切だよ」

言うなら、ここまで生き延びてみせたあなたに対するご褒美って感じ――と、『スタンバイ』は前置きをして、

「これはレースなんだよ」

　と言った。

「魔法少女が、全員で行うレース——と言うと、語弊《ごへい》があるか。私達チーム『白夜』とかは除くわけだし」

「れ、レース……？　競争？　ですか？」

　競争、と言われると、手袋はどうしても、生存競争を連想してしまうけれど——この認識で正しいのだろうか？

「そう。たった一人を決める競争。選ばれし魔法少女を——決めるゲーム」

　選ばれし……？

　どうしてそんな、胸がざわつくようなキーワードを連発するのだ？　そんな言葉とは、手袋はもう、無縁になったはずなのに。

「で、でも、四国ゲームは、四国から脱出すれば、解放されるゲームなんでしょう？　そこに人数制限は……ないんですよね？　一人逃げ切れば、もう、残る魔法少女は四国から出られなくなるってことですか？」

「いやいや、逃げるだけなら制限はないよ——あんまり言い過ぎると、贔屓《ひいき》の引き倒しになっちゃうから、この辺で止めておくけれど、とにかく『ストローク』。ひとつだけ、はっきりと認識を改めてほしい——健全なるフェアプレイのために」

「………………」

「四国ゲームは、リタイアを目指すゲームじゃなくて、クリアを目指すゲーム——クリア条件については、自力で調べて頂戴。それでもリタイアを目指すと言うのなら、それはあなたの勝手だけれど——もしも、四国ゲームをクリアしたなら、あなたはそのとき」

テーブルにステッキを置いて、「ごちそうさまでした」と言う、そんなマナーを間に挟んでから、黒衣の魔法少女『スタンバイ』は言った。

「究極魔法——を、手にすることになる」

世界を手にすることになる。

手袋鵬喜はそう聞いた。

7

世界を手にする、と言われても、壮大過ぎて、何を言われているのか意味不明だった——聞いた言葉を、頭の中で漢字変換すらできなかった。

かろうじて、

『究極魔法』

という、覚えのある言葉が引っかかった——次いで、酸ヶ湯という名前についても思い出せた。そうだ、それは新人研修の最終日にあった、魔法少女製造課の課長の名前だ。

『酸ヶ湯のおいちゃん』なんて親しげに言うから、ぴんと来なかった——いや、絶対平和リーグの幹部クラスをそんな風に呼ぶ、この黒衣は、いったい何者なのだ？

チーム『白夜』？

わけがわからないなりに、混乱しつつも、手袋は立ち上がり、相手を問いつめようとする——謎めいたことばかり言われて、対応がまったくできていなかったが、ようやく会話のラリーができるとっかかりを発見したような気になった。

酸ヶ湯原作。

あの好男子が、私を特例扱いしている、だって？　そう、あのときも『究極魔法』について訊かれて——私はなんて答えた？

否。

勢い込んだはよかったが、しかし、厳密に言えば、彼女は『スタンバイ』を問いつめることも、どころか、立ち上がることさえ、できなかった。

椅子に座ったまま。

身じろぎもできなかった。

「…………!?」

縛られて――いる。

いつの間に？　いつから？

と、言うより――何で縛られているんだ？

これは、ロープではないし、鎖《くさり》でもない……、チーム『サマー』のリーダーだった『パトス』が持っていた、『地球陣』拘束《こうそく》用のアイテム……とも、違う？

蔦《つた》……のよう。

いや、これは……木の枝？　茎《くき》？

「あ……」

パニックになったが、ようやく気付いた――右手に持っていた、キッチンから探してきて、そのままつかんでいた割り箸、である。

その割り箸が『育って』――『植物』として生長して、その身から生えた枝が、手袋の体をぐるぐるに、椅子に縛りつけていたのだ。

ええ？　割り箸って……育つの？

そりゃあ、木片から作られてはいるんだろうけれど――と、更に気付く。座っている椅子、今となっては縛りつけられている椅子もまた、木製のものだったのだが、その四本の脚から根が張って――ダイニングの床に固定されていたのだ。

完全に身動きが取れない。

特に、マルチステッキを所蔵している左腕については、かなり入念に拘束されていた——これは、ひょっとして。

いや、間違いなく——魔法？

「ああ、大丈夫、大丈夫、心配しないでいいのさ。何せ元が割り箸だからね、ちょっと頑張れば引きちぎれるよ」

素っ気なくそう言って、黒衣の魔法少女『スタンバイ』は、自分はあっさり立ち上がる——テーブルに一旦置いたマルチステッキを拾い上げ、くるくると回した。

「私は『木使い』——ありとあらゆる植物は、生きてようと死んでようと、私の奴隷《どれい》だ」

「…………！」

「その様子だと、鈍いあなたにも、まだまだいろいろ、訊きたいことができたんだと思うけれど……教えてあげられるヒントはここまでな。っていうか、もう教えてあげ過ぎたくらいだよ——センスのある奴なら、私としたこの五分の会話だけで、ゲームをクリアできちゃうさ」

あなたには無理だと思うけれども、と言いつつ、黒衣の魔法少女『スタンバイ』は、レースのカーテンを避けて、窓を開ける——クレセント錠に触れなかったところを見ると、どうやらこの家に這入ってくるときは、普通にその窓から這入ってきたらしい。

「でも、もしもあなたが『究極魔法』を手にしたいと思うのなら――こんな的外れなところでもたもたしてないで、ここから気を入れてプレイに興じることだね」

「…………」

「ばいばい。また会えたら」

もう会えないと思うけれど。

そう言って。

黒衣の魔法少女『スタンバイ』は、あっけなく手袋の前から姿を消した――拘束された状態では追うこともできず、手袋はただただ、その背中を見送ることしかできなかった。

……ちなみに、彼女は割り箸によるこの拘束を、簡単に引きちぎれるみたいなことを言っていたけれど、それは思ったよりも強固な束縛であり、非力な手袋が自由を獲得するまでには、たっぷり数時間を要した。

朝ご飯も食べ損なったし（結局、あの黒衣に全品全皿平らげられた）、午前中を完全に潰してしまった形になる――今後、ただ安全圏に潜んで誰かのクリアを待つというスタンスを取るならば、そのくらいのロスは問題にはならないけれど、もしも積極的に四国ゲームを続けるのならば、大きなマイナスだ。

マイナス。

そのマイナスを埋め合わせるほどのヒントを、果たしてあの子はくれたのだろうか……、正直、自分の中にデータとして落とし込めなかったと言うか、解釈しかねるところがほとんどだったのだけれど……。

四国ゲームが地球からの攻撃じゃない？

じゃあ誰の仕掛け？　月とか、火星とか？

それに、はっきりそう言ったわけじゃあなかったけれども、四国から脱出することが、ゲームのクリア条件ではないと、あの黒衣の魔法少女は示唆していた……じゃあ、何をすれば、このゲームをクリアしたことになり。

『究極魔法』を入手できる？

「…………」

今更、だ。

既に手袋は、自分自身を見限った。

私は特別なたった一人ではないし、『選ばれし』でもない――『究極魔法』なんて、そんな身分不相応なものを、欲しいとは思わない。

四国ゲームがレースだと言われても、他の魔法少女、プレイヤーと、競争をしたいだなんて全然思わない。

そんな風に考える反面——甘い誘惑でもあった。

強い意志や、確固たる思想とは無縁である手袋にとって、もう一度返り咲けるかもしれない——己を無条件に愛することのできた自己愛、あの特別感を取り戻せるかもしれないというクリア報酬は、無視するにはあまりに、強い磁力を持っていた。

そういうところも含め。

自分をくだらない、と思う。

つまんねー奴だ……。

「あの子が、本当のことを言ったなんて限らないし……、チーム『白夜』がどうとか言って、私を混乱させるつもりだっただけかもしれないし」

口に出してそう言って、冷静になろうとする。

もう一度、食事を作りながら、食べながら。

今度はいちいち、テーブルに並べず、つまみ喰いでもするように、キッチンで、仕上がる先から口に運んだ。

「現実的には、あの子はチーム『ウインター』の一員か何かで……、脱出に私を利用しようとしているんじゃないのかな……」

私ごときを？

私を利用したり、騙したりすることに、どんなメリットがあると言うのか――そんなものがあるはずもない。

せいぜい、爆死して、四国に張り巡らされた過酷な罰則を伴うルールをひとつ、はっきり明示するくらいの役にしか立つまい……。

だから、気にしないのが一番だ。

まるであの黒衣の魔法少女の来訪など、なかったかのように、リセットして、今日の行動を取るべき――いや、ひとつだけ。

『究極魔法』やら、『四国ゲームの真相』やらはひとまずおいておくとしても、ひとつだけ、彼女が与えてくれたヒントの中で、間違いなく手袋の指針となる情報があった。『スタンバイ』は決して、それをヒントのつもりで言ったわけじゃあなくて、皮肉の一環だったようだけれど。

魔法少女『ジャイアントインパクト』。

地濃鑿。

彼女がまだ生存し、四国ゲームをプレイしていると、『スタンバイ』は教えてくれた――ならば、昨日から引き続いて、手袋は地濃を探すことにしよう。

もちろんそれだって、情報が正確かどうかの保証なんてないけれど、言い出したらキリがない――生き残るためには、自分を守るためには、結局、何かを軸にするしかないのだ。

黒衣の魔法少女『スタンバイ』の言うことを、もう少しだけ信じてみるなら、魔法少女『ジャイアントインパクト』は、手袋とそんなに変わらない情報量しか持っていないようだけれど、その仲間（チーム『ウインター』？）は、もう少し高いレベルで四国ゲームをプレイしているようだし——それを希望、モチベーションとして、手袋は今日の午後を過ごそう。

そんな風に、吹けば飛ぶような仮スケジュールを組んだ手袋は、その後、シャワーを浴びたり、お弁当を作ったり、現実的な準備を終えてから、一晩お世話になった宿、民家を後にして——再び空へと飛んだ。

飛んだ、その瞬間だった。

「…………!?」

耳をつんざくような爆音が聞こえ、反射的にそちらの方向を向いた——誰かが四国ゲームのルールに抵触して、爆死したのか？

それにしては、いくらなんでも音が大き過ぎた——生じる爆発の規模は違反したルールに依《よ》るとは言っても、ここまでの音はこれまで聞いたことがない。

首を向けた方向にあったのは、徳島県が誇る一級河川《かせん》、吉野《よしの》川だった——馬鹿な、吉野川が氾濫《はんらん》している？

確かに昨夜、結構激しい雨が降っていたようではあるけれど——遠目に見る雲行きからすると、あのあたりはまだ、雨降り模様なのかもしれないけれど、だからと言って、あそこまでのスケールで川が荒れるものなのか？

いやいや。

どころか、あれ……川が逆流していないか？　それも、すさまじいスピードで——なんて言うんだっけあれ、ポロロッカ？

だとすれば、それはそれで天変地異だが……。

啞然《あぜん》となり、言葉も出ないうちに、その洪水、否、津波のような水流はどんどんと吉野川を遡《さかのぼ》っていき、河川を綺麗さっぱり洗い流していく——それはまるで、川が干上《ひあ》がっていくようだった。あっという間に、手袋が今浮いている視点からは、遡っていくその様子が見えなくなってしまった。

しかし音だけは届くので、未だ、あの現象が続いていることは伝わってくる——

「……？　？　？　？　……？」

もちろん、わかるわけがない。

知識を持たず、情報も不足している手袋鵬喜には、わかるわけがない——その河川の氾濫は、先ほどまで手袋が話していた相手である黒衣の魔法少女『スタンバイ』が所属するグループ、チーム『白夜』の一員である、同じく黒衣の魔法少女『シャトル』が、下流から上流に向けて放った魔法による効果であることなど。遥《はる》か上流にいる人物をめがけて、殺意を込めて、『水使い』が放った魔法であることなど、わかるはずもない。

チーム『白夜』の『木使い』に、割り箸を使って拘束された経験から、同じ規模、同じ種類の魔法少女の存在、そして『水使い』の存在を連想するほどの閃きは、彼女にはない。

ただ、目の前の風景に驚くだけだ。

環境の激変に、胸が詰まるだけだ。

広大な河川が逆流し、干上がる。

その異様なまでのスケールに、それが魔法だとさえ思えない——彼女が使っていた固有魔法『ビーム砲』だって、相当の威力を誇る魔法だったけれど、しかし、まったく比べものにならない……。

「…………」

だから、考えがあったわけではない。

手袋が、その水流を追ったのは、そこに何かがあるはずだという確信があったからではなく——単に、犬が走る相手をつい追いかけてしまうくらいの、それくらいの感覚だった。

見えなくなってしまったから、見えるところまで移動しようというくらいの気持ちで、彼女はついさっき組んだ、魔法少女『ジャイアントインパクト』捜索の予定をあっさりバラして、かのポロロッカを追走するように、航路を取ったのだった。

8

黒衣の魔法少女『スタンバイ』が、改めて言うまでもなく、この時点の四国において、四国ゲームにおいて、手袋鵬喜はもはや、場違いなくらいに出遅れていた。

一人だけ違うゲームをやっているようなもので、これがテレビゲームだったなら、一旦電源を切って、最初からやり直したいところだろうし、あるいは他のプレイヤーの邪魔にならないよう、リタイアするのがマナーと言うべきかもしれない。

しかし、そんな彼女に、もしもひとつだけ、このとき、他のプレイヤーよりも有利な点があったとすれば、それもやっぱり、情報不足と、その出遅れ具合から、ほぼノーマーク状態であるということかもしれない。

現在、四国を生き残っている魔法少女達——魔法少女『パンプキン』にしろ、魔法少女『ジャイアントインパクト』にしろ、あるいは四国左側の、チーム『スプリング』・チーム『オータム』の魔法少女達にしろ、全員がそれぞれ、警戒すべき『敵』

がいる。

だから移動するときや飛行するときには、どうしても発見されることを警戒しながらになる――当然、スピード、移動効率は落ちる。

だけれど、地球撲滅軍から来たというかの少年から既に逃げ切ったと楽観している、この日の彼女には、警戒すべき目がなかった――つまり、全力全速で、川の流れを追えたのだ。

と言っても、あくまでもそれは魔法少女『ストローク』の全力全速であって、魔法少女『パンプキン』や黒衣の魔法少女『スペース』の飛行速度には、及ぶべくもないが――しかし、それでも直線的に、ひたすらまっすぐ、言うなら愚直にフライトすることで。

日が暮れる前には、徳島県の名勝地。

大歩危峡《おおぼけきょう》に到達した――無惨に破壊されていて、川の流れはさらなる上流へと向かったようだったが、しかし、手袋はここで飛行をやめて、ホバリングした。

何かを発見したから、ではない。

発見できるものなどなかった――完全に破壊されていて、名勝地の見る影もない。

しかし、後に引けず、ポロロッカを追い続けているうちに、大歩危峡まで来たことで、思い出したのだ。

誰から聞いたのだったか……登澱證、魔法少女『メタファー』からだったか、確か、絶対平和リーグの徳島本部は、大歩危峡にあるとか……。

よく覚えていないし、何かの冗談混じりの会話だったような気もするし、かなり信《しん》憑性《ぴょうせい》の低い知識ではあるけれど——もしもここに、本当に絶対平和リーグの拠点があったのだとすると、それがこうして破壊されたことには、いったいどういう意味があるのだ？

「……いや」

考えてもわからないに決まっている。

自分にそんな推理力を期待するな——と、手袋は己を窘《たしな》める。

だから事実のみに対応しよう。

目的はなんであれ、もしもさっきの洪水が、絶対平和リーグの拠点を破壊するための攻撃だったとするならば、その攻撃は、吉野川の上流ではなく下流から放たれたはずだ。

ならば向かうべきは、上流ではなく下流だ——そう思い、手袋は進路を反転させた。洪水を追って、更なる上流に向かうのではなく、そのスタート地点である下流に向かうことにしたのだ。

向かって、どうするつもりなのか——どういうつもりで向かったのかという部分に関しては、スイッチを切っている。

ただの遮二無二《しやにむに》、それこそ、その場の流れに乗ってしまっただけで――後先考えていない。これはこれで現実逃避だ――彼女は知る由もないことだが、このとき、もうちょっと上流まで遡っていれば、捜索対象である魔法少女、地濃鑿を発見することができていたのだから、ここでの彼女の『逆走（川の本来の流れの向きからすれば逆ではないが）』は、やや、行動としては一貫性を欠いていた。

そういう意味では『持っていない』にも程がある、間抜けなＵターンだったが、しかしもっとも、その地濃鑿は、地球撲滅軍からやってきた例の少年（他一名）と行動を共にしていたので、彼との遭遇を避けられたと見るならば、彼女はラッキーだったと言えなくもない。

彼を前にすればどういう行動を取るか、自分が制御できなくなるという判断は、たぶん正しいから――下流に辿り着いて、何かを発見できると思っていたわけではない。

なにせこの逆流は、地球から絶対平和リーグへの攻撃なんじゃないかと、この期に及んでそんなことを考えていた彼女だ――まさか、河口付近に、その『犯人』がいるなんて、そんな鋭い予想をしていたわけじゃあない。

思考よりも行動を選んだだけ。

もしも自分をもう少しだけ信用し、考えることを投げ出さなかったら、こんな風に河口へ向かえば――洪水の出発点に行けば、そこでこの天変地異を起こした下手人《げしゅにん》と鉢合わせになってしまうかもしれないというリスクに、さすがに気付けていたかもしれないけれど、今や手袋は、己にそんな価値さえ見つけていなかった。

実際、危ないところだった。

このポロロッカを引き起こした『水使い』、黒衣の魔法少女『シャトル』が、もしも直後に、魔法少女『パンプキン』に倒されていなければ、きっとニアミスしていただろう――結果、打ち解けることはできていなかったとは言え、一応はチームメイトであった杵槻鋼矢との接触も逃してしまった辺りは、上流と同じ轍《てつ》を踏んでいる辺りが、手袋らしいと言えば手袋らしい。

要するに、夜になり、雨がすっかりやんだ頃、到達した吉野川の河口で、手袋鵬喜は誰にも会うことはできず、ゆえに何も察することもできなかったのだ――結果として彼女は、ほとんど無駄に一日を過ごしてしまったということになる。

川上りをして、川下りをしただけだ。

観光客か。

なんだったんだ、今日という一日は――自分の人生に、これ以上絶望する余地があるとは思わなかった。

空振りもいいところだ。

がっかりして、飛ぶ気にもなれず、手袋はとぼとぼと、干上がった吉野川の河川敷を、どこに行くでもなく歩いた——どんなに絶望しようと、寝食は忘れられない。今晩の宿を探さねばならないのだ。

そのことさえ、情けなく思う——確かに。

この日の彼女の行動は、客観的に見て、空振りばかりだった——ただ無為《むい》だったというだけでなく、地濃鑿との接点のチャンスも、杵槻鋼矢との接点のチャンスも、すんでのところまで行きながら、逃した。

いっそ、かの少年や『水使い』と出会っていても、リスキーではあっても、ゲームのステージが先に進むという観点からすれば、いいチャンスだったのかもしれない。機会をことごとく逃したことに本人が気付いていないことが、また喜劇感に拍車をかけている——ただの空振りよりもたちが悪い。

しかし、野球をよく知らない女子である手袋には、これはぴんと来ないたとえ話ではあるけれど、空振りを二度しようと、スリーストライクまでは三振ではない。

否、一球目、二球目を逃してしまったからこそ、三球目のチャンスを得たということだってあるのだ——意図的に待球したわけじゃなくっとも、チャンスを逃したからこそ、次なるチャンスに出会えるということだってあるのだ。

絶好のチャンスと――絶好球と。

「おーい！　ねえねえ、ちょっと！　その格好からして、きみって、絶対平和リーグの魔法少女ちゃんなのかな？」

干上がった川を挟んで向こう側から――そんな風に、大きな声で呼びかけられた。

基本的に今の四国は無人だと思っている手袋なので、ぎょっとしてそちらの方向を向いて――更にぎょっとした。ある種、朝に、黒衣の魔法少女と会ったときよりも驚いた。

そこには二人の大人がいた。

大の大人が、二人。

もう辺りはすっかり暗いので、よく見えないけれども、大人であることは、つまり、魔法少女でないことくらいは識別できる。

識別できる――たとえ二人が二人とも、ぴちぴちな感じに、無理矢理感たっぷりに、派手でふわふわのコスチュームを着ていたとしてもだ。

魔法少女の格好をしていようと。

明らかに魔法少女ではない二人組。

あれ、あのコスチュームの色合いは……。

『パンプキン』のコスチュームと、あと……、私の……？

「私達、決して怪しくない者なんだけどー、ちょっとお話、聞かせてもらってもいいかなー」

そんな格好で恥ずかしげもなく、ハイに叫ぶ彼女と――叫ぶ彼女から一歩下がったところで恥ずかしげに、屈辱的に俯いている彼女は。

怪し過ぎる彼女達こそは、地球撲滅軍所属――三十代前半左右左危《ひだりうさぎ》と、二十代後半氷上竝生《ひがみなみうみ》だった。

（第３話）

（終）

第4話「博士と秘書と！ゲームの裏側で」

『昨日死ななかったこと』が人生最大の間違いだった。

0

1

三球目に来た絶好球。

あるいは大暴投なのか。

成人女性二名の魔法少女姿を、空振りはないにしても、見逃すか、振り逃げするかの判断を迷っている時間を利用して、自己愛と自己嫌悪の塊《かたまり》と化した少女、手袋鵬喜のうじうじした冒険の実況中継から一旦カメラを外す。

左右左危と氷上竝生。

地球撲滅軍が誇る三大才女のうち二人が、いったい何がどうなって、如何なる展開を経て、ひらひらでふわふわの、言葉を選ばずに言えば痛々しいワンピース姿で、絶望する少女の前に登場したのか、その経緯を振り返る。

そもそもの発端は、むろんのこと、四国ゲームである。

それ以外のわけがない。

四国四県、三百万人もの犠牲者を出すのみならず、二名の妙齢の女性に少女趣味なファッションを着させて辱《はずかし》めるとは、罪深きはまこと、四国ゲームと言うべきだが――地球撲滅軍第九機動室副室長、室長補佐、室長秘書、要するに若き室長のサポート全般を主な業務とする氷上竝生、コードネーム『焚《た》き火《び》』のところに、十月二十五日の夜中、一本の電話があったのだ。

電話の相手は、彼女にとっては因縁《いんねん》のある、彼女の上司にとっても因縁のある、地球撲滅軍の暗部を一身に担《にな》う部署――不明室のトップ、左右左危室長だった。

左右左危博士。

なるべくなら出たくなかったくらいの電話の相手だったが、出てしまったものは仕方がなく――また、氷上にしてみれば、上司が調査員として、たった一人で派遣された四国ゲームに絡んで、訊けるものなら右左危に訊きたいこともあったのだ――それは不明室が、対地球の切り札として製作した『新兵器』についてである。

氷上の上司、地球撲滅軍に鳴り物入りで入隊し、またたく間に室長の地位にまで上り詰めた十三歳の英雄――彼に、四国調査の任務を告げたのは、他ならぬ彼女だ。

そういった伝令は組織人としての仕事なので、そこで責任を感じるのもおかしな話なのだが、しかし、外部を拒絶するような形で起こっている四国異変の調査を、いくら英雄とは言えど、たった一人に任せるのは無茶だとも思ったし、また、組織上層部の思惑――行き過ぎた英雄を、これを機に始末したい――も、一部感じなくもなかったから、戦地へと上司を送り出すのには、いささか以上の気後れがあった。

わからなくもないのだが。

本音では、本音がわからなくもないのだが。

彼女の上司は、確かに対地球戦の、これまでにないスキルを備えた尊敬すべき、あるいは恐るべき英雄ではあるのだが、多くの『地球陣』を始末するその反面、多くの味方をも、落命させている。

敵よりも味方をより多く殺す英雄。

そんな風に、悪し様に言われることもしばしばで、本人はそんな罵声《ばせい》をまったく気にしていないようだが（歓声も気にしていない。誰に何を言われようと、特に何も感じないらしい）、困るのは、それが悪口というよりただの事実だから、氷上のような上司派の者でも、庇《かば》いにくいということだ。

異常事態にあたって、困難な任務を与え。

この際事態ごと英雄を始末してしまえ——という考えかたは、一石二鳥である以上に、災いを転じて福となす、逆転の善後策と言えた。

もしも氷上が上層部の派閥に属していたなら、むしろその案を推奨したかもしれないくらいだ。実際のところ氷上の弟も、その英雄の、いわゆる英雄的行為の結果として、再起不能の重傷を負った。

戦場における名将の資格とは、敵軍を殺すことよりも、自軍を死なせないことである——という文言を適応するなら、氷上の上司は、絶対に人の上に立ってはならない少年である。

ただし、弟の敵討ちをしたいとか、上司を恨んでいるとか、氷上竝生の中身に、そういう思いはない——ないつもりだ、少なくとも。元放火魔の弟に『おしおき』してくれたことは、感謝したいとさえ思っている。

思っているだけで、実際に感謝できるかと言えば、そこはやはり複雑だが。

人間の気持ちだ、割り切れない。

さておき、地球撲滅軍の上層部が、四国の異常事態ごと英雄を始末するために取ろうとしている手段こそが——英雄ごと四国の異常事態を始末するためとも言え、優先順位がどちらが高いかはおいておいて——不明室が秘密裏に開発していた、『新兵器』なのである。

謎に包まれたその正体までは、氷上は知らなかったが、それでも彼女の情報網によると、四国を島ごと沈めるに十分足る、破壊力を秘めた非人道的兵器だという。

そんなものを自国に落とそうというのだから、相変わらず地球撲滅軍のやりかたは極端だ——しかし、『新兵器』の威力を試したいという、一石二鳥の三鳥目を狙っているという目論見《もくろみ》も含めるなら、とことん合理的であるとも言える。

どちらにしても徹底している。

四国の異変が、『大いなる悲鳴』から約一年を経て行われた、地球から人類への攻撃だと思われたのは四国の外部でも同じことだから、『新兵器』発動のスイッチを押す口実や建前には、まったく困らない。

個人的な意見として、氷上竝生は、対地球の戦争において、たとえ問題は数あれど、かの英雄の力は、そして存在は不可欠だと思っているので、今回の四国の件で彼が殉死《じゅんし》してしまうのは、まして味方から撃たれて死ぬというのは、まったく望ましい展開ではないのだが——既に四国に向けて旅立った彼のためにできることは、何もなかった。

否。

何もない、と思っているところに、不明室室長からの電話だ——嫌でもこれには、飛びつかざるを得なかった。

たとえこの先、どんな展開を迎えることになろうとも、彼女の上司を殺しかねない『新兵器』の詳細を知るために、この手がかりを手放すわけにはいかない——そんな風に覚悟は決めていたつもりだったが、むろん、まさか二十代後半になって、幼稚園児のときにも着たことがないようなフリルのワンピースを着ることになろうとは、予想だにしていない氷上女史だった。

2

もちろんそんな最悪の事態は想定できなかったとしても、しかしかつて、自分と弟に、凶悪な肉体改造手術を施《ほどこ》した張本人である左右左危博士と会うのだから、何かしら、とんでもない事態に巻き込まれるだろうことは予測していた——それはその通りになったし、知らなくてもいいようなことを知る羽目にもなった。

知っていることが、イコールで組織に対する背信になるような機密事項を、右左危博士から、半ば無理矢理教えられてしまった。

「四国の絶対平和リーグにはね——キュートな魔法少女ちゃん達がいるのよ」

右左危博士は何食わぬ顔をしてそう言ったのだ——魔法の存在。

科学の徒たる左右左危の口から、冗談でも出そうにない言葉だったが、しかしそれだけに、笑って済ませるわけにはいかなかった。

笑ったけれども。

意外だったのは、右左危博士は『新兵器』の試用を、できれば止めたいと思っていることだった——そこで右左危博士と氷上の利害が、奇跡的に一致した。

まさかの事態である。

不明室のメンバー、つまりは彼女の部下ということだが、彼らは『新兵器』を四国に投入できるこの機会を、むしろ積極的に活《い》かしたいと思っているらしいのだが、右左危博士はそれはまだ時期尚早だと見ている。

要は部下と意見が対立したのだった。

そしてその争いに（口に出してそうは言わなかったが）、右左危博士は敗れたらしい——彼女の人望のなさ、換言するところの性格の悪さを考えれば、当然の運びである。

ざまあみろと思ったが、思っている場合でもない——その局面で右左危博士から電話をもらう氷上にしたって、決していい性格として評判を得ているというわけでもない。

いわく、『新兵器』はまだ未完成。

対地球戦のために投入するのならば、それでも意味はあるけれど——今四国で起こっている異変の正体はそうではなく、あれは絶対平和リーグの行っている実験。

だから、そこに未完成の技術を投入するなんてことは避けたい――そうなったとき、最悪、こちらの最新技術が奪われるかもしれないから。

右左危博士の言い分をまとめると、おおむねこんなところで――なるほど、もしも彼女が言っていることが本当ならば（基本的には、氷上の立場では、右左危博士の言うことはすべて、ひとつ残らず疑わざるを得ない）、『新兵器』の投入は控えるべきだし、どころか、地球撲滅軍が誇る、厄介がりながらも仕方なく誇る英雄を、絶対平和リーグが管理する実験場に送り込んだのは、やってはならないボーンヘッドだった。

ただ、後者について言うなら、英雄を単身で四国に送り込むよう手配したのは、他ならぬ右左危博士だったらしい。

『新兵器』の投入決定を止められなかった一方で、そんなことをしているのだから、やっぱりこの女は信用できないと思う――どうしてそんなことをしたのかと言えば、彼女は彼女でこれをいい機会として、絶対平和リーグが独占する謎のエネルギー、『魔法』を奪うためだそうだ。

そのために氷上の上司と、氷上を通じて、内外から四国の様子を探る――学者的な好奇心というのもあるだろうが、しかし、『新兵器』の発動を裏技を使ってまで止めた組織への背信行為を帳消しにするためには、『魔法』を獲得するくらいの手柄はあげないと帳尻が合わないというほうが、理由としては強いかもしれない。

勝手に私を予定に組み込むな、とは思うものの、最終的に人類の敵である地球を倒すためにはプラスになる話だったし、確かに組織の決定に逆らって『新兵器』の投入を阻止しようというのは、褒められたことではないかもしれないけれど、大きな意味では、裏切りというわけでもない。

競合同業とのせめぎ合いや、政治が絡んでくるのは、組織が巨大化すればある程度は仕方がないことだ——唯一、右左危博士を許せないことがあるとするなら、自分はともかく、上司である英雄少年を巻き込んだことだけれど、しかし、それは別に、右左危博士が何をしなくとも、同じことになっていたような話でもあった。

だからいろんな思いを飲み込んで、あくまでも一時的なことだと割り切って、氷上竝生は、左右左危と同盟を組んだ——だが、不明室開発の『新兵器』の発動を阻止することを、第一の目的としたこの同盟は、組んだ直後から、その目的を見失うことになった。

本来、氷上の上司が四国に上陸してから、一週間後に投入されるはずだった『新兵器』は、その半分も待つことなく、不明室のラボから『発射』されたのだった——四国に向けて。

四国を破壊するために。

四国を沈めるために。

制御を振り切って——動き始めた。

……右左危博士の部下の、誰にも止められなかったそうだ——と言うより、その『新兵器』の発動は、結構な被害を、しかも取り返しのつかない規模のダメージを、不明室に与えたらしい。

部下が何人か死んだ。

と、そっけなく右左危博士は言った。

『新兵器』を巡って反目してしまったとは言え、腹心のメンバーが犠牲になったことを、まったく気にしないわけではないらしかったが、それ以上に、彼女は『新兵器』の誤作動のことに、気を取られているようだ——誤作動。

そう、誤作動である。

本来、まだ動き出すタイミングではないのに、『新兵器』は動き出してしまったのだ——正常な起動までには、『新兵器』は七つのステップを踏まなければならないはずなのに、二段階目を終えた時点で、『発進』してしまった。

これは本来、あってはならないことである。

あってはならないことが、あった。

予定外の失敗——実験が破綻《はたん》したとも言える。

実を言えば右左危博士は、『新兵器』の発動を少しでも遅らせようと、七つあるステップの後半部分にトラップを仕掛けていたのだ——だから、期限の一週間が来ても、『新兵器』はまだ、動かないはずだった。

それが逆に、投入の予定が前倒しになったというのだから、右左危博士としては予定外もいいところだ。

しかも、彼女にしてみれば未完成の『新兵器』が投入されることにさえ抵抗があったというのに、それが更に、不完全な形で『発射』されたというのだから、忸怩《じくじ》たる思いだろう。

ざまあみろと、ここでもどうしても思ってしまう氷上だったけれど、同様に思っている場合ではなく——しかも、右左危博士は、この歓迎すべからぬ予定外の事態を、少しだけ喜んでいる風でもあるのだった。

不謹慎にも、喜んでいるような。

そんな笑みを、うっすら浮かべている。

「いや、ごめん……別に、トラブルを楽しんでいるわけじゃあないのよ。そんな性格のキャラじゃないし、私。予定通りにことが進むのが、一番ナイスに決まってる。スケジュールを何より重んじるこの私よ」

そう釈明する右左危博士。

「ただまあ、愛娘のおてんばっぷりには、母親としては、微笑まざるを得ないってだけよ」

「……愛娘？」

しかし、その釈明が逆に、氷上を苛立たせた。もっとも、氷上は右左危博士の言うことには、大体逆鱗をなでられるのだが、それにしたってこの発言は受け流せなかった。

愛娘？

右左危博士は、確かに一児の母だった――それだけ見れば、母親の心境を語るに足る資格も、科学者としての被造物を、自分の子供にたとえるに足る資格も、あるように思える。

だが、彼女の場合、その一児――一人娘に対する扱いは、これまで数多くの悲劇を見聞きしてきた氷上でも、目を覆いたくなるほどすさまじいものだった。

詳細を語るのもはばかられるほどだ。

なので端的にのみ言うと、彼女は自分の娘を研究の実験台にしたのだ――その挙句、彼女の娘は命を落とした。

ちなみにその死には氷上の弟と上司が噛んでいて、だからことの次第を知っているのだが――彼らをかばうわけではないけれども、娘の死の責任は、どう考えてもこの母親にある。

娘を娘と、人を人と思わぬ実験の結果。

左右左危の娘、左在存《ざいぞん》は死んだのだ。

だからその口から『愛娘』なんて言葉は、間違っても出てはならなかったし、間違っても研究成果をそんな風にたとえて欲しくはなかった。

誰かの娘として。

氷上竝生はそう思う。

彼女の知的な顔立ちに、そんな感情が漏れ出てしまったのだろう、それを見た右左危博士は、「ああ、違う違う。違うのよ」と、釈明に釈明を重ねるようにした。

「そんな目で見ないでよ、竝生ちゃん。『愛娘』ってのは、別に比喩じゃないんだから――その『新兵器』は私にとって、二番目の娘ともいうべき対象なんだから」

だからこんなに大切にしてるんだから――と、右左危博士は言う。

「…………？」

その意味がわからない。

氷上への呼びかけがちゃん付けにシフトした意味もわからないが。

いや、だから、『娘ともいうべき対象』というその言いかたが、一般的な母子関係に対して冒瀆的だと――ん？

「写真、見る？」

『新兵器』が、既に発射されたという状況も手伝って混乱する氷上をよそに、ポーチからパスケースを取り出した右左危博士。

パスケースには、一枚の写真。

十代前半と見える、可愛らしい少女の写った写真が、収納されていた——どうやら、ベッドで寝ているところを撮ったようだが。

ただ、そのかわいい女の子に、氷上は違和感をおぼえた。いや、どうしてこの場面で、こんな写真を見せられなければならないのか、というのが、そもそもの違和感ではあるのだが。

これが『愛娘』？

二番目の娘……氷上の知る、右左危博士の『一番目の娘』より、年上に見えるけれど——えっと、隠し子とかでないのだとすれば——

「……ひょっとして……、この子、アンドロイドですか？」

「ぴんぽん」

と、右左危博士は、「さすが竝生ちゃん。ひと目で見抜くなんて」と手を叩いた。

「対地球戦の『新兵器』——私、左右左危の最高傑作・人造人間『悲恋《ひれん》』ちゃんよん」

3

精巧、である。

写真を見る限り、人間としか見えない。

どうして氷上に、それが人に似せられて作られたロボットだとわかったのかと言えば、状況や前情報から総合的に判断した部分も大きいのだけれど、写真の彼女——『悲恋』から、『不気味の谷』を感じたからというしかない。

見た瞬間に感じた違和感。

要はそれだけだ。

もしも十秒二十秒、たっぷりとこの写真を見てから判断していたら、目と脳が慣れてしまって、もう人間にしか見えなくなっていただろう。

これが……人工物。

『新兵器』。

息を呑まざるを得ない——パスケースを右左危博士に返しつつ、氷上は認識を新たにする——強固にする。人格に大いに問題はあれど、やはりこの博士は尋常ではない。

現在、クーデターを起こされているとは言っても、伊達《だて》に地球撲滅軍不明室の室長を務めているわけではない——しかも、彼女が職場を離れた途端、『新兵器』の誤作動というアクシデントに見舞われているのだから、やはり現在の不明室は、彼女あっての部署なのだろう。

しかし、とはいえ、クーデターを起こした右左危博士のアシスタント達の気持ちも、こうなると氷上にはわからなくもない。

あるべき欲求だ。

ここまで完全なヴィジュアルのアンドロイドの製作に成功したのであれば、一刻も早く、実地で動かしてみたいと思うのは当然である。

そういうところで『まだ未完成』だと、しっかり我慢がきくところが、案外、マッドサイエンティストとしての右左危博士の、一番異質な部分かもしれない。

「ロボット兵士……の価値は、それはわかります。対地球戦においての有効性はもちろん、人間同士の戦争でも、それが実用化されれば、人材という資源を失わずに戦うことができる……戦争の抑止力にもなるでしょう」

対地球戦のほうで言えば、人間には基本的には区別できない『地球陣』の区分を、アンドロイドにさせることができれば——戦局は一気にひっくり返るだろうし、それは実験のしようがないことだけれど、地球から人類に向けての最大攻撃である『大いなる悲鳴』も、ロボット兵士には通じないのではないだろうか？

開発が間に合わなければ、人類の死滅後、ロボットだけが闊歩《かっぽ》する世界が成立するという、シュールな未来も予想できてしまうのが困りものだが、しかしなるほど、右左危博士に思うところのある氷上でも、素晴らしい研究成果だと思う。

その研究成果を『愛娘』と呼ぶのは、デザインがアンドロイドであることを差し引いても、どうかとは思うが――その許されざる冒瀆に、ぎりぎり目をつむってあげてもいいくらいには。

ただ……。

「ただ、左博士。アンドロイド一体をして、『四国を沈めるに足る非人道的兵器』というのは、少し誇大広告ではありませんか？　私はてっきり、その物言いからして、爆弾とか、大規模な破壊光線とか、あるいは細菌兵器とかをイメージしていたんですけれども……、それとも、アンドロイドは一体ではなく、数百数千体、とか？」

写真はあくまでサンプルであり、既に量産化に成功しているのだろうか――いや、研究リーダーが未完成だと判断しているような状態で、量産化なんてするはずがない。

では、たった一体のアンドロイドが乗り込んだところで、たとえ今の四国がどのような状況下にあったとしても、大した影響は与えられないのではないだろうか……。

最悪、何もできないままに、絶対平和リーグに捕らえられて、技術を盗まれることになるのでは？　右左危博士はそれを心配している？

「技術が奪われることは、そりゃあ心配よ。だけどそれは、決して『悲恋』が無力だからじゃない——あの子は爆弾より、光線より、細菌よりも強力な兵器だもの」

ただ、まだ未完成な上に、不完全な状態で出兵しちゃったからね——と、右左危博士は言う。

「被害が大きくなり過ぎないかどうか——それが心配」

「え……それって」

「四国のみならず、日本列島がくまなく沈んじゃうかもしれないって話——制御できないってところが、『悲恋』ちゃんの、もっとも未完成な部分だったんだから」

「…………」

大口を叩いている——わけではないのだろう。

自分の技術を、研究を、実物以上に大きく見せたりはしない人だ——その必要がないから。

事実、『悲恋』は、不明室の制御を振り切って、単独で四国へと向かったのだから——とすると、四国に向かうに当たって、現状、彼女はどういう目的意識を与えられているか——だ。

どういうコマンドを入力されている？

どこまで、というべきか——七つあるステップの、二つまでの段階で四国に出発したというのなら、具体的な命令までは受けていない可能性が高いとは思うが。

「その辺はわからないわ」

あっさりと右左危博士は言う。

「なにせ、『悲恋』ちゃんの発射準備をしていた不明室のメンバーは、あらかた彼女が暴走した際に犠牲になっちゃったみたいだからね——どうせ無理なんだから止めようなんてせずに、逃げりゃよかったものを」

「……記録も、残っていない？」

「生き残ったメンバーが必死にサルベージしようとしているらしいけれど、望み薄だとか——私にも帰還命令が出ているわ。無視するけど」

「む、無視するんですか」

「だって無駄だもの。仮にサルベージできたとしても、もう発進しちゃったものは仕方ないしね——やれやれ。止められないどころか、フライングで発進しちゃうとは。色々と考えていたプランが、これで全部おじゃんだわ」

「………」

軽い調子で言うから、大したトラブルが起きていないかのようでもあったが——しかし、『全部おじゃん』というのは、その通りだった。

結果残ったのは、氷上は右左危博士と結託して、組織に反逆しようとした——というなかなかの罪目だけである。

しようとした、未遂。

この場合はしかし、実行したよりも質《たち》の悪い罪目だった——罪を犯せなかったことで、それをフォローすることもできなくなったのだから。

ロボット兵士を製作する頭脳を有する右左危博士は、あるいは軽い処罰で済むかもしれないけれど、自分はそうは行くまい。

なんてことだ。

英雄の手助けもできないばかりか、特に意味もなく、何をなすこともできず、私は戦線を去ることになるのか——

「——じゃ、行こっか」

と。

こんな女の口車に乗ったばかりにとんでもないことになった、こんなことならもっと早い段階で独自に動いていればよかった、なんて、黒い感情が胸の中に渦巻き、せめてここで彼女を責める言葉を発しないことが最後のプライドを守る方法だとばかりに、俯《うつむ》いて黙り込んだ氷上に、右左危博士は、当たり前みたいな口調で言った。

じゃ、行こっか。

「え……行くって、どこにですか？」

行かない、無視するという話をしていたのではなかったか？

「いやいや、だから、四国によ——決まってるでしょ？　『悲恋』ちゃんのあとを追って。あの子が度を過ぎた破壊行為に及ぶ前に、あるいは絶対平和リーグにあの子を回収されちゃう前に、迎えにいってあげなくちゃ」

かわいい我が子が迷子になってるんだから、お迎えにいくのが母親の義務でしょうが——と、これまた笑えないたとえ話をする右左危博士だったが、しかし、そこに目くじらを立てる余裕は、氷上にはなかった。それだけショッキングな提案、誘いだったのだ。

今から四国に行く？

それはもう、命令違反どころじゃ済まない——ほぼ反乱みたいなものだ。諦めて、このまま大人しく出頭すれば、氷上はともかく、右左危博士は大した罰を受けずに済むというのに、これ以上、まだ行動しようというのか？

『悲恋』——『愛娘』のために？

……もちろん、このまま放置しておけば、『悲恋』の暴走によって日本の存在そのものが危ういということになるのだったら、捨てておけないのは当然だが——しかし、左右左危という人は、こんなに行動力のある人だっただろうか。

今の四国に乗り込むということがどういうことなのか、わからないはずがないのに――だけど、右左危博士が行くというのであれば、既に心中、執行猶予状態である氷上には、断りようがなかった。

最後の希望だった。

四国に向かい、そして『悲恋』を回収し、また、絶対平和リーグが実験中だという未知のパワー『魔法』を、入手する。

今となっては氷上は、そんな青写真に縋《すが》るしかないのだ――単身四国に乗り込んだ上司が今、どんな苦境にあるかはわからない。上陸後、一度だけあった連絡も、奇妙な途絶えかたをして、以降はなしの礫《つぶて》だ。

しかしひょっとすると、彼女の上司は、あちらの地で任務に失敗し、命を落としているかもしれない――そういう危険が十分にある任務だ。

だが、こうなると、こうでなくともだが、是が非でも生き延びていて欲しい――そして欲を言うならば、私達が追いつくまで、到来したアンドロイド『悲恋』を、引き留めておいて欲しいものだ。

四国の広さを考えると、英雄と人工生命が遭遇する確率は、相当低いだろうが――その低い確率を実現するのが自分の上司だと、氷上は信じる。

……まあ、その確率は、彼女が、冗談みたいな意外性のあるファッションで、自分の上司と再会する確率よりは、いくらか高かっただろう。

「じゃ、行こっか」

もう一度、右左危博士は言った。

氷上は答える。

「はい。行きましょう」

4

四国への渡航は、現在、封鎖《ふうさ》されている。

が、その封鎖を強いているのが他ならぬ地球撲滅軍であり、左右左危博士はその包囲網の詳細を把握できる立場にあったので、その網を縫《ぬ》うのは、そんなに難しいことではなかった。

あとでバレることを恐れなければ、隠蔽工作を目論まなければ、四国に乗り込むこと自体は容易なのだった——組織に対する背信という意味では、既にとっくに後には引けないところにいたのだけれど、ますます泥沼にはまっていくこの感じに、氷上は内心真っ青だった。

それを表に出さないのが、彼女のクールビューティーたる所以《ゆえん》だったが。

向こうで何が起きているか、外部からではさっぱりわからない四国に出陣するにあたって、増援を求めないという判断に、当初難色を示した氷上だったけれど、

「こんなことに他人を巻き込めないでしょ」

とのことで、ヘリコプターの操縦桿を、自ら握る右左危博士だった。

私も他人なんだけれど、と言いたかった氷上だけれど、言わなかった——他人ではあっても、他人事ではなかったからだ。

もうこそこそする必要はなくなったのだから、大っぴらに誰かに助けを求めてもいい気はするのだけれど——ただ命の危険がある出陣に、ここで助けを求められるような親しい相手を引っ張り込めないというのは、一応、理屈ではあった。

……元々、右左危博士が団体行動が苦手で、行動するときは、できるだけ少数精鋭で行動したいというのも、根幹にあったのだとは思うが。

ともかく。

人造人間『悲恋』暴走の知らせを受けたその数時間後には——二人はもう、四国の上空に飛来していた。

最短距離を最短時間で行動した——今頃、地球撲滅軍の上層部は大騒ぎだろう。軍が擁《よう》する最高峰の頭脳である左右左危が四国に乗り込んだとなれば、四国にいるのが

厄介な英雄ひとりだったときとは、事情が大いに変わってくる。『新兵器』を使わずとも、四国ごと異変を破砕する方法は、地球撲滅軍ならいくつも持っていそうなものだけれど、しかしそんな乱暴な策を、上層部は取りにくくなったわけだ。

あくまでも『取りにくく』であり、『取れない』わけではないというのが、彼女達の所属する組織の一筋縄ではいかないところだったが。

まあ、一筋縄でいかないのは、組織よりも右左危博士個人のほうかもしれない――デスクワーカーだとばかり思っていたが、機動ヘリの操縦までこなすとは。

そもそもこの機動ヘリは、組織のものではなく、彼女の私物である――どうしてこんなものを所有しているのかといぶかしんだが、「いざというとき、国外に亡命できるくらいの準備は、常に整えてるわよ」とのことだった。

用心深いと言うのか、準備万端と言うのか――万端と言うより極端と言うべきか。

前からわかっていたことではあるが、氷上の上長と同じくらい、右左危博士には組織に対する帰属意識が薄いらしい。

いずれにしても、四国に乗り込むとなると、肉体改造を施された氷上の『生体能力』で、右左危博士を守りながら『悲恋』を探すという形になると思っていたけれども、どうやら、そういう展開にはなりそうもない。

いや、それで言うなら。

「なんだか……、思ったよりも普通ですね」

低空飛行をするヘリコプターの中、眼下に四国の地を見下ろしながら、氷上は慎重に言う。

「四国内部に入ってみれば、もっと凄惨《せいさん》な光景が広がっているのかとも、危惧していましたけれども――蓋《ふた》をあけてみれば、ただの衛星写真通りと言いますか……」

「早計な判断はしないでねー、竝生ちゃん。もう私達は、いつ死んでもおかしくないような状況にあるんだからさー」

静音ヘリとは言え、さすがに内部は無音とはいかないので、右左危博士は声を張り上げて、そんな風に言う――気楽そうな、そして天然的に人を小馬鹿にしたようないつも通りだが、その内容は珍しく、緊迫したものだった。

いつ死んでもおかしくない。

そうだ。

ここはもう戦地――否。

右左危博士の言いかたによれば、ここはもう、実験場なのだ。

……どの道前線であることに変わりはなく、久々の『実戦』に、テンションを決めかねている氷上ではあったが、しかしどうあれ、油断していいことなどあるはずもない。

だけど、頭ではわかっていても、拍子抜けするくらい——俯瞰《ふかん》で見る四国の光景は、まったく通常通りだった。以前、観光に来たときと、なんら変わらなく見える。

「なに。観光で来たことあるの？　八十八箇所巡りとかしたの？」

「いえ、そう言うわけでは……、有名どころを見て回ったくらいで。……これから、どうするんですか？　このまま、漫然と四国中を、上空から捜索するという形ですか？」

あまりにも当てずっぽだが、心当たりのない現在の状態では、そうするしかないようにも思える——それとも右左危博士には、何か名案があるのだろうか？

「名案ってのは取り立ててないけれども、ヘリはさっさと乗り捨てたほうがいいでしょうね」

と、右左危博士は言う。

「こんなの、目について仕方ないわ——魔法少女に狙い撃ちにされちゃうかも」

「魔法少女……」

「まあ……、実験もだいぶん進んでいるみたいだから、数は相当、減っているでしょうね——用心に用心は重ねておくべきだけれども、あんまり警戒し過ぎても始まらないわ。えーっと、あなたの上司くんは、香川県の中学校だかに、パラシュート降下したんだっけ？」

「はい。そういう報告を受けています――そこからあった連絡が、最後の通信で、以降はこちらからかけ直しても、すべて空電となっております」

「ふうん。なるほどねえ――ちなみに竝生ちゃん、携帯の電源、切ってるよね？」

「？　はい」

質問の意図がわからないまま、とりあえず頷く――ヘリコプターに搭載されている無線も、出発前にオフにしているはずだ。地球撲滅軍からの追跡をかわすには、常に己を『圏外』にしておく他手立てがない。

「どうして、今更そんな確認を？」

「いえ、たぶんだけれど、外部と連絡を取ろうとするのが、ルール違反なんだろうなって推理しただけ……」

氷上にとっては謎の台詞、四国ゲームに参加しているプレイヤー達がもしも聞いたならば驚愕《きょうがく》したであろう台詞を、さらりと言って右左危博士は、そのまま四国上空を飛び続ける。

ルール。ルール違反。

初めて将棋を指《さ》す者が、盤と、並べられた駒の表記を見るだけで、遊びかたを理解するような物言いだったのだが――氷上はもちろん、右左危博士にも、彼女が特別なことをした、言ったというような様子はない。

『悲恋』ちゃんを探す基準としては、まずは英雄少年を探すのが手っ取り早いでしようね——あの子に入力されている命令は、インプットする前に出立しちゃってるからほとんどないんだけれど……、それでも、現在目的意識として、『四国の破壊』、そして『地球撲滅軍への忠誠心』があるはずだわ」

「……忠誠心、ですか」

確か、出発にあたって不明室に相当の被害を出しているはずだけれど……それは一旦脇に置いて、遮らずに、そのまま聞く。

「だから、現在四国において、たったひとりの地球撲滅軍である英雄少年との合流を、『悲恋』ちゃんは考えると思うんだけれど——そうそうシミュレーション通りにいってくれないのも、あの子なのよねえ」

「……その辺も、未完成な部分ですか？」

「いえ、ランダム性は狙った通りかな。ランダム性って、つまりは人間性だから」

「人間性」

「個性とも言う。……ただ、案外人間の個性って画一的だから、過度に人間性を演出した『悲恋』ちゃんの行動能力は、人間よりもよっぽど多様で、逆に人間っぽくないかもしれない。難しいわよねえ、ロボットって」

「…………」

それを言うなら、難しいのはロボットではなく、人工知能なのではないだろうか
――ロボット自体には、便利な機械というくらいの意味しか、本来はないはずだ。

いや、ロボットという単語の語原は、確か『強制労働』なのだっけ？

「『悲恋』ちゃんの場合は、難しいんじゃなくて、気難しい――んだけど」

「…………」

「英雄少年の情報が『悲恋』ちゃんの中にあるのなら、彼と合流し、指令を受けようとする……、はずというシミュレーション通りに彼女が作戦行動を取ったとしても、やっぱり、不安要素はあるんだけどね」

と、右左危博士は話を進める。

「『悲恋』ちゃんに、あなたの上司くんが、どのような態度を取るのか――私には、こっちのほうが予想がつかない。あの子のロボット性は、もちろん人間以上だし、その上ロボット以上だもの」

「それは……まあ」

曖昧《あいまい》に返事をする氷上。

肯定も否定もしづらい振りだ。

氷上の上司の非人間性は、今更右左危博士から指摘されるまでもないことだった

が、しかし、彼の部下として接する立場の者としては——もっと言うと、彼の『生活』の面倒を見るお世話係としては、別段彼は、ロボット的、機械的というわけでもないことも、知っているのだ。

地球撲滅軍が扱いかねているあの英雄が——それでも血の通った人間であることを、彼女は知っている。

血も涙もある英雄なのだ。

……感動の名作と言われるような映画のブルーレイを見て、彼が、

「涙って、どうでもいいときにも出るんだね」

と言っていたことを思い出したが、それはともかくとして。

「写真では、直感的に違和感を感じ取れるくらいでしたが……実際に『悲恋』を目の当たりにしたら、それはロボットだと見抜けるものなのですか？」

「本人がそうと言わなければ、まず気付かないわよ——もっとも、『地球陣』を区別できる英雄くんだからね。その限りではないかもしれない」

「……それは、『実検鏡《じっけんきょう》』ありきの話では？」

「いえいえ、あの子は裸眼でも、私の『娘』を鑑定したくらいだもの——」

娘？

一瞬戸惑《とまど》ったが、どうやら『悲恋』のことではなく、今は亡き実の娘のほうを指し

ていたらしかった——確かにそういう話だったたか。

実の娘に施した肉体改造と、人造人間『悲恋』の製作は、まったく方向性の違う研究のように、素人《しろうと》の氷上には思えるが——『識別』という観点から見れば、共通項がないわけではないらしい。

『愛娘』と呼んではいても、別に一人娘をベースにして、『悲恋』をデザインしたというわけではなさそうだし。

死んだ娘に似せてロボットを作る——もしもそうだったら物語的なのだが、そんな感傷とは、右左危博士は無縁のようだった。

「まあ、英雄くんが『悲恋』ちゃんの正体を見抜くかどうか、それ自体はそんなに問題じゃない——なんなら、見抜いてくれたほうがいいくらい。別に『悲恋』ちゃんは、スパイマシーンってわけじゃないんだから」

「……でしたね。破壊兵器——なんですよね」

「そう。だから——英雄くんが、『悲恋』ちゃんへの対応を誤れば、そのとき彼は身内に殺されることになる」

地球撲滅軍上層部的には、ただの予定調和かもしれないけれども、と右左危博士は言った——それは確かに見識である。

先刻脇に置いたことではあるが、不明室に被害が出ていることを思うと、『悲恋』

の、組織に対する忠誠心には限りがある。ロボット兵士としての役割を負って製作されている以上、当然ながら『ロボット三原則』なんて、組み込まれてはいないだろう。

「それを言い出したら、英雄くんが未だ、四国を生き延びているかどうかもわからないんだけれど——そこは彼の悪運を信じるしかないでしょうね」

「そうですね……」

現在の四国で、たった一人の地球撲滅軍。

厳密に言うと、氷上の上司が四国に上陸する以前に、地球撲滅軍からこの地に派遣された調査団が複数あり、同様に連絡が途絶えているのだが——生死が確認できていないのだが、しかし彼ら先遣隊にはまったく希望をかけていない辺りが、左右左危のシビアなところである。

まあ、彼らが無事ではないだろうという予想自体は、氷上もしているところではあったが——しかし、相変わらず平穏なままの眼下の風景を見る限り、そうとばかりは言えないようにも思えてしまう。すべては外部からの早とちりで、案外四国では、何も起きていないんじゃないか——とも。

「いやいや、竝生ちゃん。そりゃあ楽観的過ぎるでしょ」

と、苦笑混じりに右左危博士が言う。

氷上の発言を、ただの冗談と受け取って、突っ込みのつもりで返しているのかもしれない。

「どんなに平穏な風景に見えても――明らかに足りないものがあるでしょう」

「足りないもの……ですか？」

「人間」

と、右左危博士。

「風景の中に人間がいない――無人の町。四国三百万人が、平穏に失踪するなんてことは、まあないでしょうよ」

「……ですね」

なるべく感情を出さずに頷いてみせたけれど、内心は『馬鹿なことを言った』と反省しきりだった――低空飛行とは言えヘリからの遠い視点なので、『地上に人がいない』という異常性を、うっかり見落としていたのだ。

現在の四国はレインバーンにあるらしく、視界が悪いというのもあるけれど、逆に言うとこの距離で、その視界で、それを見落とさず――氷上と会話をしながら既に『悲恋』の捜索を開始しているらしい右左危博士のマルチチャンネルぶりには、舌を巻くばかりだ。

「今の四国では、何が起こっているのか、何が本当なのか、わからないですけれど

——住民全員失踪は、少なくとも本当……みたいですね」

「失踪と言うか、死亡でしょうね」

右左危はすげなくそう断ずる。

「『究極魔法』獲得のための犠牲に——否、生贄《いけにえ》にされたと言うべきかしら」

「きゅ、究極魔法？　なんですか、それ——」

ただ『魔法』というよりも、余計にファンタジー性が増したというか、ゲームっぽくなってしまった感が否めないけれど。

「それが何かは、私にもわからない——わからないから研究を続けているんでしょうけれど。でもまあ、ここまでするつもりはなかったんでしょうねえ——いや、真意は直接会って訊いてみないとわからないか。……もしもあいつが生きていればの話だけれど」

「あ、あいつとは？　知り合いがいるんですか、絶対平和リーグ内に？」

「あなただって、それくらいはいるでしょうよ。他組織であれ、昔の知り合いやら情報を提供しあう相手やらくらい——まあ、その辺はまた、落ち着いたら話すわ。隠し立てしようって気はないから、安心して——もうとっくに、あなたと私は一蓮托生《いちれんたくしょう》でしょ」

「……そう願いたいものです」

願いたくもないが。

しかし、過去のしがらみを思うと、やっぱり氷上には右左危博士を、完全に信用するというのは難しいのだ。

もちろんそれを彼女のほうもわかっているだろうから、氷上が思いあまって、後ろから右左危博士を刺すという可能性を、常に忘れてはいないはずだ――はずである。

「とにかく、どたばたと出発しちゃったけれど、私達の意識を揃えておきましょう――『悲恋』ちゃんの作戦行動を百パーセント予測することは難しいとしても、私達の作戦行動は、きっちりと固めておかなくちゃ。戦地でのすれ違いほど悲しいものはないわ」

「ですね……」

思っていたよりアクティブなようではあるが、それでも右左危博士が、実戦慣れしていないことは確かなはずだ――前線を離れて久しい氷上も、勘が鈍っていることは間違いない。

ならば事前のブリーフィングは重要だろう。

「第一目標は『悲恋』の確保……ですよね？」

「いえ、母親としては、個人的にはそう設定したいところだけれど、そうもいかないわ――今の私達は、地球撲滅軍にとっては裏切り者に限りなく近い存在だもの。四国から本州に、多大な成果を持ち帰らないことには、打ち首獄門よ」
打ち首獄門とは時代錯誤だが、しかし、その表現と、意味合いとしては似たような
ことにはなるだろう。
多大な成果。
それが魔法——未知のパワーか。
最先端の科学技術を駆使して地球に抗戦する地球撲滅軍にとって、魔法なんて絵空
事に過ぎないだろうが、もしもそれを現実的な力として持ち帰ることができれば——
彼女達の裏切りなど、吹っ飛ぶだろう。
アーサー・C・クラークいわく。
高度に発達した科学は魔法と区別がつかない。
左右左危、重ねていわく。
同様に、高度に発達していない魔法は、科学と区別がつかない——ならば。
科学と魔法の融合も、十分にありうる。
それができれば——人類は地球に勝利しうる、のか？
「だから第一目標、何をおいても果たすべき目標は、『魔法』の確保——そのために
はやっぱり、『悲恋』ちゃんや英雄少年との合流は、避けられないフラグなんだけど」
基本、私達に戦闘能力はないからねえ、と右左危博士は言う。

「それともコードネーム『焚き火』としては、私みたいなもやしっ子と一緒にされるのは心外かな？　一線を引いても、日々の鍛錬《たんれん》は怠《おこた》っていないのかな？」

「……怠りまくりです」

正直に答えた。

と言うより、『焚き火』としての生体能力を、彼女はあまり快《こころよ》く思っていないので――望んでもいないのに植え付けられた力だ――なるべく使いたくないというのが実状だった。

今回は、とてもそんなことは言ってられないだろうが。

「さっき話した通り、『悲恋』ちゃんを確保するためには、英雄くんを探すのが一番手っ取り早いけれども――しかし、確保すべき優先順位で言えば、英雄くんよりも『悲恋』ちゃんのほうが上でしょうね」

「え……」

思わず、不満が出てしまった。

それを隠すように、押し通す。

「そ、それは、『母親』としての私見ですか？」

「あなただって、英雄くんに対する私情で反論していない？　ふふっ……まあ、わかるけどね」

「なにがわかるんですか。あなたに」

「いえいえ……」

益々ムキになってしまう氷上をあしらうようにしてから、右左危博士は「英雄くんより『悲恋』ちゃんを優先する理由は、危険値が我が娘のほうが高いからよ」と、同じ口調のままで言った。

「言ったでしょう？　未完成なまま出陣したあの子は、下手をすれば四国どころか、日本そのものを破壊しかねない。人類を守るための兵器が、人類を滅亡させてしまいかねない。一刻も早く確保して、停止させなきゃ」

「停止……させられるんですか？」

そう言えばそういう話だったと、自分の勇み足を内心恥じつつも、氷上はそんな質問をする。追いかけて来たはいいけれど、いざ『悲恋』に追いついたとき、止める手段がないというのでは、そんなに間抜けな話はない。

ただ、不明室の推進派メンバーがこぞって止められなかった『悲恋』の誤作動を、果たして右左危博士には止められるのだろうか？

「止められるわよ……管理者権限を使うから。私しか知らない停止コードって言うのがあってね。それを入力できるのが私だけだから、自ら出張ってきたって言うのも、もちろんあるわ」

「なるほど……」

停止コードなんてものがあるのなら、確かにその辺の心配はいらなくなるだろう……まさか自分の『炎血《えんけつ》』で、地球撲滅軍不明室製作の『新兵器』と戦わなくてはならないのかとも思っていただけに、胸をなで下ろす気持ちだった。

そんな無茶なバトルは、どう考えても自分の役割ではない――

「竝生ちゃん、あんまり安心しないでね？　誤作動して、事実上暴走状態にある『悲恋』ちゃんに、停止コードが有効かどうかなんて保証を、私はできないんだから――いざというときはやっぱり、あなたが忌《い》み嫌うその血の力に頼ることになるわよ」

「……そうですか。まあ、そのときはせいぜい全力を尽くさせてもらいます」

安心させてくれない右左危博士に、氷上はおざなりに答える。そうなったときは『なるようになれ』だという、諦めにも、悟りにも似た気持ちだった。

ただ――ひとつ気がかりなのは。

右左危博士は、それが理の当然、世界の常識だと言わんばかりに、『悲恋』のほうが、氷上の上司よりも危険値が高いと決めつけたけれども――本当にそうだろうか？

彼の身近にいる者の率直な感想とすれば、そうとばかりは言い切れない気もするのだが――それは氷上が『悲恋』を知らないからだと言われるかもしれないけれど、それを言うなら右左危博士だって、あの少年を真には知らないだろう。

それにしたって、氷上は知っているとは言えないかもしれないけれど――そんな気持ちを含んで、彼女は、

「でも、結局、『悲恋』を見つけるためには、室長を探すことになるんですよね？」

と確認する。

「そうね……それくらいしか当てはないわけだし」

それを聞いてほっとする。

単純に、上司を回収できることが嬉しいというのもあるけれど、それと同じくらい、彼を一人で放置し続けるリスクみたいなものも、ひしひし感じているからだ。

つまり、もしも『悲恋』が、氷上の上司との合流を目論んだとして、そのとき彼が『悲恋』の正体を見抜こうが見抜くまいが、地球撲滅軍の『新兵器』である『悲恋』が、無事で済むとは限らないということだ。少なくとも彼が無事で済むとは限らないのと同じくらいには。

敵よりも味方を多く殺す英雄。

ロボットが必ずしも、その例外になるとは、氷上には思えない……。

「理想的なことを言えば、『悲恋』ちゃんも、英雄少年も、『魔法』も、全部回収できれば、それに越したことはないわけだけれど。ついでに、魔法少女の一人二人、連れて帰ってあげたいものね」

「…………」

　魔法少女。

　右左危博士が言うその単語の意味を、まだ判じかねているけれど──とりあえず彼女はそれを、『魔法』そのものとは、分けて考えているらしい。

　『魔法』と『魔法少女』は別？

　それに──一人二人って、何人いるんだ、魔法少女は？

「いるもいるわよ。少なく見積もっても、二十人以上いるわ──多く見積もれば、百人近くいるでしょうね」

「ひゃ、百人？」

「近く──よ。実際にはたぶん、そんなにいないし……、それに既に相当数、死んじゃっているでしょうね」

「…………」

「まあそれは本当に、ことのついでよ。魔法少女を回収する意味は、本当のところほとんどない。その辺はただの同情心と言うか」

　同情心？　この博士にそんなものがあるのか？　博士がそんな言葉を知っていたこと自体が驚きだったが──しかし本当、見てきたように四国の状況を語る。

　情報交換ができる相手が絶対平和リーグにいるにしても、それは四国で異変が起こる前の話のはずだが——彼女はいったい、四国について、なにをどこまで知っているのだろうか？

「ああ、それで言うなら、竝生ちゃん。ひとつだけ念のために、意識しておいて欲しいことがあるわ。四国での活動中、魔法少女ならぬ魔女を発見したときには——それは、なにをおいても、最優先で確保して頂戴《ちょうだい》」

「え？」

「魔女は、魔法よりも価値がある。そういうことよ」

5

そういうことよと言われても、どういうことなのか氷上にはさっぱりわからなかった——右左危博士には、決して説明する気がないわけではないようだが、なにぶん事態に対する理解の、根本的なところで意思疎通ができていないので、適切な質問をすることもできない。

『魔法』、『魔法少女』、『魔女』。

そして『新兵器』、『英雄』。

回収すべき対象は、その五つということであるようだが——しかし、手がかりはほとんどない、ということになりそうだ。

どれかひとつの目標でも見つかれば、あとは芋蔓《いもづる》式という風にも思えるけれど、しかし、現実的にはそのひとつを見つけることが難しい。

大袈裟でなく、砂漠に落とした針を見つけるようなものではないだろうか――ヘリをどこかで乗り捨てるというのなら、尚更捜索は困難となる。

「今は……、室長がパラシュート降下したという中学校に向かっているんですか？」

「ええ。まさか未だに彼がそこにとどまっているとは思えないけれど、何らかのヒントは残されている――かもしれないわ」

「た、頼りないですね……」

「いやいや、そう絶望したものでもないのよ、竝生ちゃん――ほら、英雄くんが四国に持って行った装備の中に、あの自転車、あったでしょう？」

「自転車？　……ああ、『恋風号《こいかぜごう》』のことですか？」

空力自転車『恋風号』。

ただの自転車ではなく、それも地球撲滅軍が独占する科学技術の賜物《たまもの》で――最小限の荷物で四国に向かった氷上の上司が、持って行った装備のひとつである。

「『恋』って文字が入っているところからわかると思うけれど、その自転車、『悲恋』ちゃんの遠いお姉さんみたいなものなのよね」

「え？　い、いや、そんなところからはわかりませんけれど――」

繋がりが遠過ぎる。

いや、だから『遠いお姉さん』なのかもしれないけれど――しかし、氷上の記憶によれば、確か『恋風号』は、地球撲滅軍開発室の『作品』だったはずだが？

「うん、最終的には、作ったのは開発室よ。私が関わったのは、理論の一部だけだから。ただ、その技術が巡り巡って、『悲恋』ちゃんにも活かされているってわけ」

「はあ……」

自転車から始まった技術が、アンドロイドにまで至ったというのは、歴史を感じるというか、壮大な話だ。

そんな壮大さに感じ入っている場合でもないが。

「で、まあ、血縁関係はおいておいて、その『恋風号』なんだけれど……英雄くんを探すために、その自転車を探してみようと思うわけよ。それ唯一の基準ね」

縋るべき一縷《いちる》の望みと言った感じかしら、と右左危博士は言う。なんだか、更に展開が回りくどくなったように氷上は思う――『魔法』を回収するために、『悲恋』を回収するために、『魔女』や『魔法少女』を回収するために、まずは氷上の上司を探すということだったが、更にそのために、自転車を探すのか？

確かに空力自転車『恋風号』は特徴的なフォルムのデザインであって、街で走っているのを見れば、すぐにそれとわかる、可捜性という意味では、普通の自転車よりも高いだろうけれど——しかしそれは視野を狭く取ったときの話であって、探すフィールドが四国全体となると、結局それは、普通に人探しをするのと同じことにならないだろうか。

なるとしても、気休め程度の目印にしかなりえまい——と言うより、今の四国で自転車に乗っている者など、いて、氷上の上司くらいのものだと思う……。

「そうじゃなくって、そうじゃなくって。そうじゃなくって——私がいいたいのは、『恋風号』は、ホーミングできるってことよ」

「ホーミング？」

「その辺の荷物漁《あさ》ってみて」

言われて、氷上は機動ヘリコプターに搭載されているあれこれ——短時間で、可能な限り用意したサバイバルキットを探る。

何かあるのだろうか。

地球撲滅軍から出発するときに検査を受けなければならなかったので、露骨な武器は持って来れなかったはずだが……？

「小さなテレビみたいなの、あるでしょ？」

「えーっと……」

「あれ？　忘れて来ちゃったかな？」

大したことではなさそうに言うけれど、もしここで、求めるアイテムを忘れて来たのなら大事《おおごと》だろう——まさかここから取りに戻るというわけにはいかない。

幸い、あった。

小さなテレビみたいなの、なんて言われたからわかりにくかったけれど、要するに小型モニターである。

魚群探知機のようだ、と思ったが、まさかこれから、瀬戸内《せとうち》の海で釣りに興じるというわけではあるまい。

「左博士、これは？」

「んー、まあ、出発前にありあわせの部品ででっちあげた、ビーコン受信機？　かな」

「ビーコン……？」

氷上は驚く。

右左危博士の目論見はどうやらわかったけれども、しかし、そんなことが可能なのだろうか？　だって……。

「『恋風号』には、位置情報を知らせる発信器が搭載されているんですか？　GPSって言うか、スマホみたいな……いえ、でも、そんな話、聞いたことがありませんけれど」

味方に発信器をつけるのは諸刃《もろは》の剣《つるぎ》だ。

コードを知られれば、敵方に位置情報を知られてしまう恐れもあるし、隠密行動時、それが露見したときには、相応の危険が生じる。

今回の第九機動室室長のように、本来後方からの支援が期待できない状況下に向かうに当たって、発信器やビーコンは、邪魔になりこそすれ、助けにはならないのだ——そもそも今の時代、高機能の携帯電話を持っていれば、それで事足りてしまうような話だ。

それを思えば、一グラムでも軽くすることが至上命題である高速自転車に、発信器を装着するなんて無駄を、開発室の落雁《らくがん》ギリーが、するわけがない……。

「うん」

と、右左危博士。

「『恋風号』にはそんなオプションはついていない——だけど、あれだって機械だからね。最新科学の産物という意味では、やっぱり『悲恋』ちゃんと変わらないの」

「はあ……」

姉妹作品。

いや、氷上から見れば、『恋風号』は『悲恋』の、遠い先祖のようなもののように考えた方が正当なように感じるけれど、しかし共にどちらの製作にもかかわった右左危博士から見ると、そういう認識になるのか――だとすればずいぶんな子沢山だ。

「人力で最速を生み出すという意味で、自転車っていうのは人類史上最大の発明のひとつだと思う――ただ、『恋風号』はより効率を、しかも長期間にわたって求めるために、メカニカルな機構を組み込んでいるのよ。知ってた？」

「そりゃあ、まあ……完全なる人力で動いているわけじゃないってことですよね？」

電動自転車とは違うにしても、何らかの機械はシャーシに埋め込まれているはずだ――分解して調べたことがあるわけではないので（分解する理由も調べる理由もない）、どこにどんなメカニズムが働いているのかは、氷上は知らないけれど。

「その辺の仕組みが、時を経て『悲恋』ちゃんにも応用されているというのは、科学者として考えさせられるものがあるわよね――『とりあえず動いてみる』ってことの大切さを知る。人間、一生勉強よねえ」

「あの……『悲恋』が『恋風号』と繋がっているというのはもうわかりましたけれど、それがどうかしたんですか？　結局、どんなメカが『恋風号』に使われているにしたって、発信器が組み込まれている訳じゃない以上、それは今は、関係のない話なのでは？」

「焦らないでよ、話はまだ途中なんだから。この状況で雑談に興じられるほど、私も神経が太くはないわ」

「…………」

太いと思う。

神経肥満体だと思う。

いや、別に右左危博士の神経が、メタボリックシンドロームだろうとなんだろうと、それはどうでもいいのだ——雑談でないというのなら、腕自慢か何かのつもりだろうか？　これまでの右左危博士の発明品一覧など聞いても、広い意味ではその発明品のひとつである氷上自身には、あまり気持ちのいい話にはならないのだが。

そりゃあ、感心はするけれど……。

「どころか、私だって一生懸命この状況をクリアしようと遮二無二がんばってるのよ——『悲恋』ちゃんの後を追うにあたって、まず最初に方法として取ろうと思ったのは、『悲恋』ちゃん本人と、連絡を取ることよね」

「連絡を……取れるんですか？」

「本来ならね。今時のロボットだし。普通に通信機能くらいは搭載されているわよ」

「…………」

そりゃあそうか。

考えてみれば当たり前だ——今までそれに考えが及ばなかったのが不思議なくらい

だけれど、しかし、それをしていないということは、できなかったということなのだろう。

「そう。無理だった。通信機能はオフにされてた――飛行機に乗っているんでもなければ、『悲恋』が意図的に、私達との通信を拒否している」

「いや、まあ……」

『悲恋』のパーソナリティ（そんなものがあるとして）を知らないのにいい加減なことを言うのは控えるべきかもしれないけれど、しかし、まさか民間機で四国に向かい、現在機内モードにしているなんてことはないだろうから、確率としては後者のほうが高いはずだ。

通信を拒否。

……出発するときに不明室のメンバーに阻まれたことに端を発する『拒否』なのだとすれば、『悲恋』は現在、任務遂行のために必要な行為としての『拒否』をしている――ということになるのかもしれない。

「『恋風号』と違って、『悲恋』には発信器的なビーコンも仕込まれてはいるんだけれども、だけどそれも、本人の意志でオンオフが可能でね。残念ながら電波をキャッチできなかった――いや、今の四国においては、それは不幸中の幸いと言うべきなのかもしれない。考えられないラッキーとも」

「……？」

台詞の後半は、意味不明だった。

しかし、それはさておき、右左危博士は自分の『愛娘』に、自由を与えすぎではないだろうか——放任主義が過剰だ。

結果、こんなことになっているのだとすれば、親として責任を問われても仕方あるまい——この遠征でよっぽど大きな手柄を立てない限りは、不明室の存続は危ういだろう。

いや、メンバーが大被害をこうむった現状、たとえどんな武勲《ぶくん》をあげても、地球撲滅軍から不明室は消滅してしまうかもしれない……。

もっとも、左右左危さえ生きていれば、もっと言えば左右左危の頭脳さえ生きていれば、不明室がなくなろうと、第九機動室が取りつぶされようと、変わらないとも構わないとも言える。

だからこそ自分の頭脳を人質に取る形で、右左危博士は四国に乗り込んだわけだが——親としての責任の取り方が酷いと言うか、とんだモンスターペアレントもいたものだ。

「あまりきゃんきゃん言わないでよ、竝生ちゃん。人の家の教育方針にさ——常識で考えても、ロボット兵士を実用化するのなら、完全なるステルス性を実現しないわけにはいかないでしょうよ」

「敵にアンドロイドをアンドロイドだと看破されないことは、そりゃ重要かもしれませんけれど、でも、味方が見失ってしまうようなリスクは、構造上生じないようにしておくべきなのではありませんか？　機械を動かすときは、その動作を何らかの形で、常時監視できるようにしておくのはマニュアルでしょう」

「生憎私は、フランケンシュタイン症候群とは無縁でねえ——本心から信用しちゃうのよ、自分の作品を」

「はあ……フランケンシュタイン症候群ですか」

なんだっけ、SF用語だ。

自分が生み出した生命（人工生命）を、信じられない、むしろ怖がる、人間の性質か何かで——『ロボットは人間に対して反乱を起こすもの』みたいな、三原則以前の考えかただった。

曖昧な記憶だが、しかし確かに右左危博士は、そんな症候群とは無縁だろう——自分に対して恨み骨髄《こつずい》である『作品』の氷上竝生と、こんな狭い空間に一緒にいる時点で。

「で……結局、つまりは『悲恋』の居場所を探る手段はないという話ですよね、それって？　手を打とうにも打つ手がなかったっていう——」

「いえいえ、それでも機械は機械だから。発信器をオフにしたところで、駆動している以上は、微弱であれ、『悲恋』は電磁波を発している。ほかのあらゆる科学機器と同じように——その電磁波をキャッチすることができれば、あるいは」

「電磁波——」

そうか。

電波でなくとも、電磁波なら、メイン電源ごとオフにでもしない限りは発されているはず——むろん、キャッチできる範囲は相当狭くなるけれど。

「じゃ、じゃあ、このモニターは、その電磁波をキャッチするための道具なんですか？」

「そう。診療所にあったガラクタで作ったにしては大したものでしょ——簡単に言うと、『悲恋』が発するであろう電磁波の中でも、特殊な部類の電磁波にのみ反応するモニターよ。ああ、ただし、期待される前に言っておくけど、この作戦は既に失敗している」

「え？」

いや、もう一通り期待したあとだったのだが。

「不明室の生き残りに確認してみたんだけれど、『悲恋』ちゃんの電磁波をモニターすることはできないみたいなの。どうやら私の知らないところで、自己改造をしたらしくって……」

「じ、自己改造？」

「自己改造機能を取り付けたのは、もちろん私なんだけれど——ロボットが、将来的に持つべき応用力の基礎みたいな機能。ミスや不備を、人間の指示を待たずに自ら修復し、己でフォローし、巻き返す仕組み——不明室のラボから脱走する際に、電磁波を内部でカットする機構を獲得してから、飛び出したそうよ」

「……………」

呆れてしまって、声も出ない。

本来、ロボット技術における革命であり、科学者としては誉めそやすべき前進なのかもしれないけれど、今の状況にあっては、『悲恋』の捜索の難易度を撥《は》ね上げる努力を、あらかじめ積み重ねていたようなものだ——その電磁波の件のみならず、ならば『悲恋』は、追跡を封じるための手立てを、これでもかとばかりに、無数に打っていることだろう。

そうなるともう、普通の人間を探すのと同じように、氷上達はアンドロイドを探さねばならないのか——ん？

「じゃ、じゃあ、どうしてこのモニターを持って来たんですか？　先に、役に立たないってわかっていたのに——」

「そろそろ閃いて欲しいタイミングなんだけれど」

と、右左危博士は言った。

「『悲恋』ちゃんと違って、自律思考も持たなければ、自己改造機能も持たないお姉ちゃん、空力自転車『恋風号』の電磁波なら、キャッチできるかもでしょう？」

「あ――」

ようやく話が繋がった。戻った。

そう言えばそもそもは、『恋風号』を探すところから始めようという話だったのだ――右左危博士はずっと、そのことを説明していたのである。

相手に考えさせようとする話法は右左危博士のいつものやり口だが、確かにこれくらいの段階で、氷上が自ら気付いていてもよかった――冷静を売りにしているつもりの自分だが、やはり置かれている今の危うい立場に、フラットではいられないのだろうか。

それともただの乗り物酔いかもしれない。

「『悲恋』に一部使われているパーツと、『恋風号』のシャーシに組み込まれているパーツは同じ……『恋風号』に使われているパーツはいささか原始的だけれども、発する電磁波は似たような波長のはずよ。つまり――そのモニターで、ビーコンとしてとらえることができる」

かもでしょう？　という、最後の部分に一抹《いちまつ》の不安は拭いきれなかったけれども――機動ヘリに乗り込んでから初めて聞く、それは、希望の持てる話題だった。

むろん、自転車の発する電磁波など、『悲恋』が発する電磁波に比べたらはるかに微弱で、相当接近しないとキャッチすることはできないだろうから、今だってこれから先の難易度は、現実的にはそんなにかわっていないのかもしれないけれど……。

「ええ、まあ、一縷も一縷、薄氷《はくひょう》のごとき薄い希望ではあるわ――英雄くんが、自転車に乗ってくれてるとも限らないわけだし。どこかに乗り捨ててしまった可能性も大いにある」

「……ありそうですね」

氷上の上司は、道具にこだわらないタイプだ。道具を道具としてしか扱わず、よくも悪くも、執着を持たない――唯一、『破壊丸《はかいまる》』という大太刀を贔屓にしているような傾向も見えたが、それもどれくらいのものだったか、定かではない。

そもそも『破壊丸』は……。

「自転車は漕《こ》いで動かしていないと、その電磁波を発してはくれないんですか？」

「ええ、そうね――いえ、もう私の手を放れた、独立した作品だから、確かなことは言えないけれども、たぶん」

取れるものなら落雁ちゃんに確認を取りたかったけれどねえ、と右左危博士。

「ま、だけど、これは方法がまったくないわけじゃないって一例よ。これだけしか方法がないってわけでもないの——他にも腹案はいくつもある。あくまでもこれは手始めであって、駄目だったなら、他のメソッドを順番に試すまでよ」

シビアな右左危博士にしては珍しい、それは気休めのような台詞だった——案が他にもあるというのは嘘ではないだろうけれど、その案は、更に有効可能性の低いものなのではないだろうか。

だが、もしも気休めを言ってくれたのであれば、その気遣いをわざわざ無駄にしたくもなく——氷上は整理する。

「では、これから香川の、室長が降下したという中学校のグラウンドに向かい、着陸し、現地の状況から室長の動きを推測しつつ、常にモニターで『恋風号』の在処《ありか》を探る——」

「そんな感じじね。地上に降りてからの移動手段は、その辺のバイクなり自動車なりを、かっぱらいましょう」

「かっぱらうって……」

「なによ。接収するとでも言えばいいの？　こんな状況で言葉を選んでも仕方ないでしょう——言い繕っても。あれよ、ＲＰＧで勇者様が、民家の引き出しを勝手に開けてアイテムをゲットするようなものよ」

「はあ……ゲームの話ですか？」

「ええ、ゲームの話」

そう言って右左危博士は、

「ま、ここまでの道中、色々話したけれども、焦ったら目標がすぐに見つかるってわけでもないんだから——こんなにおっとり刀で飛んで来ておいて言うことじゃないかもしれないけれど、ここからは腰を据えて、おっとり構えましょうよ、竝生ちゃん」

と繋ぐ。

「おっとり構える……余裕はあるでしょうか？　うちの室長が四国に向かう際には、一週間というタイムリミットを区切っていて、それはもう、約半分ほど経過しているんですけれど——」

「そのタイムリミットは、イコールで『悲恋』ちゃん投入までのタイムリミットでしょう？　ならば既に無効化されたようなものよ。私達の独断専行を、地球撲滅軍がどのようにとらえるかは賭けだけれど——それでも、結論を出すまでには十日前後はかかるでしょう。最大、年内は動きがないってところまである——元より七日の制限は、あなたの室長が、言われもしないのに謂《いわ》れもなく、適当に決めたものでしょう？」

そうだった。

その件については、英雄少年の自業自得なのだ——もっとも、タイムリミットをどこに設定していたところで『悲恋』は誤作動し、暴走していたのであろうことを思うと、結果はあまり変わらなかったという見方もできる。

「当然ながら、今の四国には死の危険もあるということもお忘れなく、竝生ちゃん。着地点についたらその辺は説明するけれど、ここは実験場で、英雄少年はもちろん、『悲恋』ちゃんだって場合によっては、四国民同様に、既に跡形もなく『失踪』してしまっている可能性もあるし、私達だってこれからそうならないとも——聞いてる？」

急に、氷上からのリアクションがなくなったことを受けて、右左危博士は操縦桿を握ったままで彼女を振り向いた——氷上は、右左危博士の話を聞いていなかったわけではないのだが、しかしその目は、持っているモニターに釘付けになっていた。

どうやら手に取ったときに、モニターのサイドにあるスイッチに触れてしまっていたらしく、電源が入っていたようなのだ——これまでは画面に反応がなかったので、電源がオンになっていることに気付いていなかった氷上だが、先ほど、突然。

画面の同心円上に、小さな光が点滅した。

それに目を取られ、右左危博士への反応がおろそかになってしまったのだ——え？なんだこの表示は……えっと？

「あ、あの、左博士。この……表示って」

「………」

右左危博士は後部座席を振り向いたまま、器用に手元でコンソールを操作し、ホバリングに切り替える。そして無言で、氷上の手元を見つめる——右左危博士が見やすいよう、彼女はモニターの角度を変えた。

「こ、これは……この辺りに『恋風号』があるということですか？　あ……」

画面上から点滅が消えた。消えてしまうと、そんな表示がさっきまであったのかどうか、疑わしく思えた。

「それとも、ヘリの発する電磁波に反応していたとか……？　ホバリングに切り替えたから、それがなくなったとか」

「いえ、ヘリの電磁波には反応しない……はずなんだけど」

なにせ突貫工事だったから設計ミスはあったかもねえ、と言いながら、右左危博士はこちらに手を伸ばした——

「ミスではなければ、ニアミスかも」

「……？　じゃあ」

「辺りを探してみて。『恋風号』が走っていないかどうか、チェック」

「は、はい」

言われて氷上は、しばらく目を切っていたヘリ下の地表に目をやる——考えたら、この行動をもっと早くとっておくべきだった。モニターをいくら注視しても、反応のある方向くらいしかわからないのだから。

咄嗟《とっさ》に東西南北を判断しようとしたけれど、雨はどうやらもうやんだとは言え、曇《どん》天《てん》は曇天のままで、太陽がどちらかわからない——完全にしどろもどろで、氷上はあちこちに視線を巡らした。

まったく虚をつかれた形だ。

だって目的地である、氷上の上司がパラシュート降下した中学校のグラウンドはまだまだ遠く——香川県にさえ入っていないはずだ。県境付近までは来ているようだが、まだここは徳島県の範囲のはず——

「あ！　いました！」

６

反射的に、見つけたその影を、道路の真ん中を走る自転車に乗るその影を、氷上は自分の上司だと思ったが——しかし、右左危博士が静音ヘリを操縦し、上空からあとを追ってみると、どうやら別人のようである。

気付かれないように離れた距離からの、肉眼による識別なので、細かい判断まではできないが――その自転車を漕いでいるのは、おそらく女性のようだった。

ならば四国の住民だろうか？

全員失踪したと思われていた、生き残り？

「……いえ、あれは『恋風号』で間違いないわね」

と、モニターをチェックしながら、そう言う右左危博士――『彼女』との位置関係を照らし合わせているらしい。

「乗ってるのは、本当に英雄くんじゃないの？　私、直接は会ったことがないから、遠目じゃ見極められないんだけど」

「だって、女性ですよ。若い女の子……みたいです。十代かも……」

「英雄くんが女装してるって可能性は？」

「そんなのあるわけないでしょう。ありえません。どうして彼が女装しなければならないんですか。……室長より背が高く、見えますし」

視力には覚えのある氷上ではあるけれど、それでも限度はある――それに、あちらから見つからないように背後からの観察なので、あれが絶対に自分の上司ではないのかと言われれば、断定はしかねるけれど。

「ふうん……じゃあ、若い女の子、つまり少女であることは、断定できる？」

「いえ、それだって……でも、そう見えますけど。少女？」

「…………」

右左危博士は意味深に黙る。

そこで黙られると困るのだが――いったいどういう理由で、『恋風号』を、上司以外の人間、しかも女の子が運転しているのか、その理由は皆目見当《かいもく》がつかないけれど、しかし、右左危博士のモニターが反応している以上、無視するわけにはいかない。

もちろん、『悲恋』に誤作動があった以上、このモニターにだって誤作動がないとは言えないだろうが――しかし、あれがもしも本当に『恋風号』ならば、こんな幸運はないわけだ。四国に飛来して早々、目標物そのものではないにしても、その手がかりを発見したというのだから。

うっかりモニターの電源を入れてしまった氷上のお手柄となるが、その僥倖《ぎようこう》を思うと、神に感謝したくなるくらいだった――が、これまでの人生を振り返ったときに、氷上が浴びてきた不幸の総数を思うと、この程度の僥倖では埋め合わせは終わっていないという風にも思う。

それでも、これまで『人生はプラスマイナスゼロ』という説教を聞くたびに軽蔑していた氷上だが（正しくは『プラスには必ずそれと同等のマイナスが付随するけれど、マイナスにプラスは必ずしも付随しない』だと思う）、『ひょっとすると人生は、マイナス90くらいかもしれない』と妥協してもいいくらいの、これがタイミングだっ

たことに違いはない――氷上は、

「追いかけて前につけましょう、左博士」

　と提案する。

「あの子は、何か事情を知っているかも――いえ、知っているに決まっています。なにせ、室長の『恋風号』に乗っているんですから――ひょっとすると、面識があるかもしれません」

「そうね……でも、慌てないで」

　と、がっつく風の氷上に対し、右左危博士はあくまで落ち着いていた。

「追いつくだけなら、もういつでも追いつけるでしょう。それより……あの子が、どこから現れたのか、気にならない？」

「え？」

「モニターの隅っこに突如、光点が現れたわけでしょう？　入ってきたわけではなく、現れた。つまりそのとき、自転車を漕ぎ始めた――んだとしたら、あの子はそれまで、どこに自転車を止めていたんだと思う？」

7

そこまでの読みが、左右左危にあったわけではない。ヘリコプターの軌道と自転車の軌道が重なったことが僥倖だったとしたら、それはただの偶然だ——期待していたわけでも、そうであってくれと願っていたわけでもない。

若い女の子というキーワードから、『もしもあの子が魔法少女で、そしてコスチュームを着ていないということは、どこかで脱いできたはず——』というような強引な推理を組み立てたということでもなく、『漕ぎ出すまで自転車を停めていたような、アジトみたいな場所があるんだとしたら、そっちを先に見ておきたい、何かあるかもしれないから』くらいの感覚だった。

そんな『念のため』の確認を積み重ねるのが、左右左危博士のスタイルでもあるということを踏まえれば、これは偶然ならぬ必然ということになるのだけれど。

ただ、このとき『恋風号』をジャージで運転していた少女——つまり杵槻鋼矢はわけあって逃亡中であり、四国ゲームクリアのため、四国の右側から左側へ向かうにあたり、自身が魔法少女『パンプキン』であることを、それ以前に魔法少女であることを、隠さねばならない身の上だった。

だから魔法少女としてのコスチュームを、自分以外の二着も含めて合計三着、徳島県に置いていったのだ——魔法少女がコスチュームを捨てるという大胆不敵なアイディアは彼女独特のものだったが、しかし残したコスチュームの隠しかたについて、それほど気を遣わなかったのも事実である。

誰が着ても『空を飛べる』魔法を使えるようになる魔法少女のコスチュームだが、逆に言えばそれくらいの効果しかないわけで、そして今の四国にいる人間はほとんどが既に『魔法少女』であることを思えば、仮に誰かに拾得されたとしても、そこまでのデメリットは生じないだろうと思っていた。マルチステッキのほうは、コスチュームから切り離して持って行くという最低限の対策は打っているのだし、三着ものかさばる服を、長距離移動にあたって置いていくという案そのものは、本来、間違いではなかったはずだ——だから鋼矢は、地球撲滅軍の英雄が空力自転車『恋風号』を乗り捨てていた四国八十八箇所第十一番札所藤井寺《ふじいでら》の周辺に、さほど策を弄さず、そんなに用心せず、つまり聡い人間ならばすぐに見つけることができるような形で、魔法少女『パンプキン』、魔法少女『ストローク』、黒衣の魔法少女『シャトル』のコスチュームを隠したのである。

そう、まさか。

まさか自分が置いていった絶対平和リーグがデザインする、可愛らしい魔法少女のコスチュームが、妙齢の知的女性二名によって着られるという、『可哀想な』目に遭うことなど、万が一にも、杵槻鋼矢に予想できるわけがなかったのだ。

果たして可哀想なのが、服か、氷上か。

それは素人には判断のつきかねるところだった。

（第４話）
（終）

第5話「ええー？ 私が魔法少女!? 氷上竝生の場合」

0

『強くなければ生きていけない、優しくなければ生きていく資格がない』という言葉は、強くて、優しくない。

1

理想と現実は違う。

という言葉を見れば、甘ったるい理想を現実化することの難しさが示されていて、夢を見るより堅実に生きるべきだという訓辞のように思えるし、実際、大抵の場合はその通りではあるのだけれど、しかしそれこそが本来理想のあるべき姿であって、現実的には、理想論を現実化すること自体は、その点だけを取り上げれば、容易とは言わないまでも、そこまで複雑な手順を踏むことではない。ちょっとしたコツで、理想は現実になる――だけれど、それをスムーズに、あるいはスマートに実現することは、およそ不可能だ。それを以《もっ》てして、先人は『理想と現実は違う』との言葉を残したのではなかろうか――要するに、大抵の理想を、理想として内心に抱いているうちはともかくとして、己の外に実現した場合は『こんなはずじゃあなかった』という現実に突き当たることになる――夢が叶わないときよりも、叶ったあとのほうが、夢と現実との違いを、人は思い知ることになる。

思い。

知ることになる。

例として、たとえば手袋鵬喜が幼少期の対話に基《もと》づき己を特別視し、己が適合できる環境の到来を、天変地異の勃発《ぼっぱつ》を夢見ていたことがあげられる――実際にそんな環境が訪れ、憧れていた『選ばれし』魔法少女になれてしまった彼女ではあるが、その結果、『こんなはずじゃあなかった』と、無様に逃げ回る羽目になった。

理想と現実との違いはそこにある。

理想は素晴らしく、現実はつらい。

だから内容を同じくしても、感想が変わってくる――感情というギャップが生じ、その溝《みぞ》は埋まることはない。

ちなみにこれはまったく一方通行な話で、逆向きに語るのは不可能であり、不可逆だ——現実を理想へともっていけば、それなりの妥協点を得られることが多い。

この現実こそ、私の望んでいた理想。

理想は現実的で、現実は理想論。

あの日、手袋鵬喜にスカウトをかけてきて、あっさり諦めて去っていった地球撲滅軍の剣道少女、剣藤犬个あたりは、まさしくこれだった——現実を受け入れるのではなく、現実を虚構化することで、崩壊寸前の精神バランスを保っていた。

地球撲滅軍にはもうひとり、現実適応能力が異様に高く、現実を寸分違《たが》わず現実としか認識しない恐怖の英雄がいるけれど——しかしながら彼を例としてあげるとどんな仮説も理論がブレるので、ここではおくとして、もうひとつ例をあげるならば、そう、たとえば。

たとえば『とっくに成人した、ツンと澄ましたインテリ女史に、魔法少女の格好をさせてみたら、案外似合うんじゃないのか？』という理想は、現実として目の当たりにした場合、とんでもない『こんなはずじゃあなかった』に——

2

人間の行動には、意外と引き出しが少ない。

選択肢は有限で、無限に選択肢があるように思えても、ある状況にあたって、人が取る行動は相当パターン化できる。

フローチャートですんなり描ける。

どんなに奇矯で、変な行動をしようとしても、人は『パターン』にはまる——当てはまる。変人ぶった面白エピソードとて、広い目で見れば『あるある』でしかなく、斬新なアイディアも新機軸も、実のところ、歴史の再発見でしかない。

歴史が繰り返すのは、同じ失敗ばかりを繰り返すのは、人類が他のパターンを知らないからであり、同じ壁に衝突し続けるのは、他にルートを知らないからだ。

たとえば将棋で、人間である棋士《きし》と、プログラミングされたコンピューターを対戦させたとき、コンピューターが有利な点は、選択肢を総当たりできるからだ。ありえないような凡手も愚手も含めたすべてのルートを等し並みに視野に入れた上で、最善の選択をする——これが人間には難しい。あらゆるパターンを網羅することなど、不可能と言い切ってしまって差し支えない。

……むろん、これは比喩であって、厳密なことを言えば、コンピューターだって無限に近い選択肢を完全に掌握《しょうあく》できるわけではないけれども——どうしたって優先順位はつくけれども、今、四国に向かった地球撲滅軍の『新兵器』、人造人間『悲恋』の追跡を難しくしているのは、ロボットである彼女（と言っていいのか悪いのか）の動きを、選択を——パターンを、人間が予測するのは、とても手間がかかるからである。

その名称を嫌うがゆえに、決して自称はしないけれども、しかし周囲から見れば間違いなく『天才』である左右左危博士にも、『悲恋』がどんな風に動くかは、結果に任せるしかない。

自分で作った機械の動作なのに無責任だ、と、ここぞとばかりにその件に関して氷上竝生は舌鋒《ぜっぽう》鋭く責め立てるだろうが、しかし、もしもそんな議論をふっかけられたなら、

「自分より下の存在なんて生み出して、なにが楽しいのよ、ありえない」

と返答することだろう——それは歪んではいて、許されるものではないかもしれないけれども、間違いなく『母親』としての思考回路である。

もっとも。

裏を返せば、右左危博士の頭脳をして把握できない『パターン』は、そんな埒外《らちがい》のコンピューターシミュレーションの未来予想くらいのもので、いわゆる人間、普通人の『パターン』となると、彼女にとっては暗算で把握できるような広がりしか見せないものだ。

他人の行動範囲など、あみだくじを目で追って読み解くのと同じようにほどいてし

まうのが、左右左危博士の『目』――目測である。

杵槻鋼矢。

魔法少女『パンプキン』は、シチュエーションの情報がほとんど与えられなかったチーム『サマー』に属しながら、以前からいざというときのために築いていた独自のネットワークと、持ち前の度胸、それに運と、何よりその場の機転を駆使して、四国ゲームをこれまで生き抜いている、並々ならぬティーンエージャーだけれど――あろうことか、最悪の災厄とも言うべき、地球撲滅軍からの英雄、彼と行動を共にすれば、一ヵ月後の生存率は一割を切るとも言われるかの少年と同盟を組みながらもまだ生きながらえているという、とんでもない女傑《じょけつ》だけれども、しかしながら、それでも彼女の行動範囲は、右左危博士の思考範囲を超えるものではなかった。

杵槻鋼矢が『恋風号』のペダルを漕いで、どこに向かっているのかという未来を予想することは難しくとも、どのあたりから出発したのかという過去の履歴を遡る分には、自作の電磁波探知モニターの助けもあって、お茶の子さいさいだった。

四国八十八箇所、第十一番札所。

藤井寺。

この次となる札所、第十二番札所焼山寺《しょうさんじ》が、有名な『遍路転がし』であり、藤井寺と焼山寺を繋ぐ道が焼山寺道という、険しい登山路である。

『恋風号』は。

その付近に停められていたのだと――左右左危は予想した。

結論から言えばその予想はドンピシャであり、結果彼女は、杵槻鋼矢が出立にあたって辺りに隠していった、地球撲滅軍から見れば垂涎《すいぜん》のアイテム、現在組織に牙を剝いている形の彼女達からすれば、命と等しい価値を持つとも言える『魔法』のアイテム、魔法少女のコスチュームを入手できるわけだが――しかし。

そこに至るまでに、紆余曲折《うよきょくせつ》がなかったわけではない――土台、たとえ不運にまみれた英雄少年でなくとも、今の四国で『思い通り』なんてことが、誰かに起こるわけがないのだ。

主催者である絶対平和リーグの『実験失敗』から始まっているのだから当然と言えば当然の話――四国ゲームを管理する魔法少女製造課の残党だって、その手足となって動くチーム『白夜』の面々だって、それは同じであり。

新たに島に『ログイン』した二人の才女とて、その条件は変わらない――右左危博士があまりにも飄々としているせいでわかりにくいけれども、そもそも彼女達だって、『失敗』の結果、ここにこざるをえなかった立場なのだ。

ただしこのたび彼女達二名を襲った『不遇』は、杵槻鋼矢にとってはラッキーだった。絶対平和リーグがひた隠しにしている『魔法』のアイテムを、他でもない地球撲滅軍に所属する、しかも『その意味を理解する』者の手に渡してしまうなど、失態もいいところだった――いくらこの時点での彼女が、自分の属する組織から既に気持ちが離れているといっても、あってはならない不手際ではあったが、しかしそのお陰で。

右左危博士と竝生が、鋼矢を追うよりも藤井寺の調査を優先したからこそ――鋼矢は二人から、厄介な彼女達二名からそれ以上追跡されることがなかったのだから。

むろん、右左危博士が藤井寺の調査を優先したのは、『パターン』の読める鋼矢の追跡はいつでもできると考えたからだったが――しかし、その計画は頓挫《とんざ》した。

藤井寺の境内《けいだい》に着陸し（滑走路が必要ないところがヘリコプターのいいところだと、氷上に右左危博士は語った）、二人が機内から降りた途端だった――背後で。

そのヘリコプターが『爆発』したのだ。

怪我こそしなかったものの、爆風に派手に吹っ飛ばされた二人だった――それこそが、四国ゲームが二人に与えた『初見殺し』の洗礼だった。

「ちぇっ……」

と、ここではさすがに悔しそうな顔を見せた右左危博士だった――けれど、混乱するしかなかった氷上とは違い、状況がまったく理解できていないというわけではないらしく、

「航空機での『旋回』はオッケーでも、『着陸』はルール違反ってことか……危ない危ない。だけど、私達じゃなくって、ヘリだけが爆発消滅したってことは、そんなに重度のルール違反じゃあなかったたってことね。どうやら追跡爆破もないみたいだし……」

と、氷上からすれば、わけのわからない納得の仕方をしていた。もちろん説明を求めたけれど、「作業が終わったら、あとでまとめてするわ」と、すげない対応を受けた。

「意地悪をしているわけじゃあないのよ。四国における『もうひとつの現象』を見てもらってから説明したほうが、わかってもらいやすいんじゃないかと思ってね――『それ』を待っている間に、周辺調査をしましょう」

「周辺調査って……」

『もうひとつの現象』、『それ』とは何かの説明を求めるのは、もうやめた。ほのめかしに付き合っていても疲れるだけだ。それに、弟ほどではないにしても、コードネーム『焚き火』として『炎血』を使える氷上と違って、爆発慣れしていないはずの右左危博士を、気遣ってあげてもいいのかもしれない。

……それとも、コントなどでよく見るよう、研究者は爆発慣れしているものなのだろうか？

「ヘリと一緒に、持ってきた便利道具も全部一緒に爆発しちゃったし――竝生ちゃん、こっそりモニターを持ち出したり、機転を利《き》かしてくれちゃってない？」

「無茶言わないでくださいよ……私にそんな応用力がないことは、あなたが一番よく知っているでしょう」

「そ。じゃあ、これであの子を追跡することは、できなくなっちゃったわけだ――うーん、判断ミスだったかなあ。あの子を先に確保してから、こっちに来るべきだったかな……今更後悔しても仕方がないけれど」

そんな風に分析することで、右左危博士は『ミス』や『不運』を、逆に吹っ切っているようだった――氷上からすれば、何より私物の機動ヘリを失った金銭的損害は、そう簡単には忘れられるものではないように思えるが。

まあ、お金のことを言ってられる状況でもない……。

「あの女の子は……結局、何者だったんでしょうね。どうして室長の自転車に乗っていたんでしょう……」

追う手段をなくし、答のわからなくなってしまった疑問を口にする氷上――質問のつもりはなかったけれど、

「いろんな可能性が……『パターン』が考えられるけれど、一番確率が高いのは、あの子は英雄くんが現地で同盟を組んだ魔法少女だって感じかしら。だからあの子は空

力自転車『恋風号』に乗っていた……」

と、右左危博士は言った。

気を紛らわすための冗談だろうか……いや、魔法少女との同盟云々については、以前にも右左危博士は語っていたような。

比喩《ひゆ》を交えて言っているのだとしても、しかし、もしもあの少女が本当に氷上の上司の関係者だったのだとすれば——取り返しのつかない重要な手がかりを、自分達は逃したのかもしれない。

そう思うと、氷上は悔やんでも悔やみきれない気持ちだった——どうして右左危博士はそんなあっさりと吹っ切れるのか、わからない。諦めずにあの少女を、今から走ってでも追いかけるべきではないのだろうか？

しかし右左危博士は、それよりも周辺調査を優先するという——何か確信があるのか？　この藤井寺で、何か重要な手がかりを見つけることができるという確信が——

3

確信。

既に述べたよう、左右左危博士にはそんなものはなかった——単に『今から走っても体力のない私じゃあ、「恋風号」に追いつけるわけがない』という判断を下したに過ぎない。

　左右左危は、その場の感情に追い立てられ、衝動的な行動にでるタイプではないのだ——氷上が心配している通り、高額のヘリを失ったことだって、決して精神的にノーダメージというわけではないのだが、それを嘆いても始まらないことを、彼女は知っている。

　そんなシビアな彼女だからこそ——駐車場に隠されていた魔法少女のコスチュームを、三着とも見つけることができたのだ。

　一応、氷上のような（比較的）常識人にも理解できる形で、おおざっぱなモニター情報だけでは特定できるわけもない、藤井寺の駐車場から調べ始めたのは、『もしも四国全土を調査するとき、八十八箇所巡りのルートを基準とするなら、パラシュート降下した香川県の中学校グラウンドから順番に巡り、自転車で回る最初の壁となるのが焼山寺道だから』というような推理に基づいている——ちなみにこの推理はおおむね的中している。

「人がものを隠すときは、無意識に『あとで見つけやすいよう』にしてしまうものだから——竝生ちゃん、あんまり考え過ぎずに、停めてある自動車の中とか、底とかを、適当に探してみて。駐車場になにもなかったら、もうちょっと捜索範囲を広げて

——それで何も、それらしいものが見つからなかったら、すっぱり諦めましょう」

右左危博士の、その口調からすると『駄目で元々』感が否めなかったけれど、しかし、結果として異質な、およそ寺社仏閣にはふさわしくない派手でひらひらした、少女趣味の、これまでの氷上の人生にはまったく無縁でさわったことどころか、直に見たこともないようなコスチュームを見つけたときは、「私が見ていない間に、右左危博士がこっそり隠していたのではないか」と、自作自演を疑ったものだ。

疑い過ぎとは思わない。

しかし氷上の発見(車のボンネットの裏に張り付ける形で隠してあった——ロックをどんな風に外したかは企業秘密だ)を受けて、驚いたのはむしろ右左危博士のようだった。

無感情の冷血漢というわけではなく、むしろ常にへらへらして、情緒豊かな風もある右左危博士ではあるが、それでいてあまり、素の感情を表には出さず、特に『驚いた』という感情を、滅多に人に見せない彼女なのだが——この氷上の発見には、びっくりを隠しきれないようだった。

まあそりゃあ、真面目な探し物をしているときに、こんなファンシーな衣服が出てきたら、その意外性に驚きもするか……と、氷上はそんな、的外れな理解をして納得したけれども、右左危博士は、

「…………」

　と、しばし沈思黙考したのちに、

「捜索を続けましょう――一着とは限らないわ」

　隣の車のボンネットを開け始めた。

　結局、駐車されていたすべての、今や持ち主なき自動車をひっくり返して総ざらいした結果、氷上と右左危博士は、三着の衣装一式を入手したのだった――一着だけなら、車の持ち主のものという線も、無理矢理ながら考えられないでもなかったが、しかし分散されて三着となると、これはそういう風には考えにくい。

　四国でこのファッションが局所的にはやっているということもまさかなかろう。ヘリから遠目に見た、道路を自転車で駆けていく少女のもの――と見るにも、ちょっとイメージが違う気がするけれど、しかし、このファッションでは自転車を漕ぎにくそう、というような考えかたはできそうだ。

　ただ、全部を彼女のものとするには、一着一着のサイズは、同じではないようだが……？

「何にしても、これだけ探して、出てきたのが着替えだけというのは、肩透かしでしたね、左博士……もっと、手がかりめいたものを期待していましたけれども」

　この徒労感は、四国の事情を知らない氷上からすれば当然のものだった――けれど、これら三着のワンピースの、値打ちを知っている右左危博士の側が、氷上とまったく逆の反応を示しているかと言えば、そうでもなかった。

『魔法』のアイテム。

魔法少女のコスチューム。

四国に来た甲斐のある収穫に——機動ヘリの一台や二台の損失、おつりがたっぷりくる、捜索のいきなりの成果に、はしゃぎもしなければ、どころか——いつも浮かべている軽薄な笑顔さえ、なりを潜めている。

むろんのこと。

その辺りのベネフィットについての算盤《そろばん》を弾《はじ》いていないわけではなく、得たものは得たものとして、ちゃっかり計上している右左危博士ではあったけれども、しかし一方で、彼女はこのとき、ある種氷上よりも『がっかり』していたのだ。

いや、『がっかり』とも違う。

しまった——と思っていたのだ。

『これ』を脱ぎ捨てていくような少女を、そんな決断ができる『魔法少女』を、私達は取り逃がしたのか——と、思っていたのだ。

空力自転車『恋風号』に乗っていたあの少女を逃がしてしまったことはもう吹っ切ったつもりの右左危博士だったけれど、改めて、惜しいことをしたと、珍しく後悔したのである――ただし、後悔はしても、反省はしない。

アンラッキーだったと思うまでだ。

あの時点では、そこまでの判断ができるはずがないのだから――反省のしようがない。反省できないことは反省しない。それが左右左危博士の主義だった。

くよくよしない。

「マルチステッキはなかったわね……それはさすがにあの子が持って行ったのか。あるいはまったく違う場所に隠したのか。まあ、通帳と印鑑は別の場所に保管しなきゃ駄目よね――」

「？　ステッキ？」

氷上はきょとんとする。

『魔法少女』というキーワードはこれまでに何度も出てきていたし、『魔法』の存在も、右左危博士から露骨にほのめかされている彼女なのだが、とにかくその分野に関する知識が薄いため、自分が発見したコスチュームを、それらの用語と繋げて考えられない。

魔法の杖、と言ってくれればぴんと来たかもしれないけれど、ステッキという言いかたでは謎めくばかりだ。

「いやはや……、でも、コスチュームだけでも大いなる収穫だわ。この場での分析は不可能だろうけれど——検証するまでもないでしょう。じゃ、竝生ちゃん」

「は、はい。なんですか？」

右左危博士の思考の流れにまったくついていけない氷上だったので、そんな風に呼びかけられても、反射的に反応するだけだった。

もう面倒臭いから考えることはやめて、右左危博士の言うことにいちいち疑問を呈するのをやめて、何を言われても「はいっ！」と頷いてしまおうと決めた。

頭の出来が違うのだし、右左危博士と議論するのは時間の無駄だ、さくさく進行しよう。

……決して乗り心地がいいとは言えない機動ヘリでの長時間飛行、及び駐車場における捜索活動の疲れもあって、ここで彼女がらしくもなく、そんな大人の判断をしてしまったことが、彼女を大人としてあるまじき立場へと追いやり、追い詰めることになるのだった。

やはりどれだけ億劫《おっくう》であろうと、人間。

考えることをやめてはならない。

右左危博士は「じゃ、竝生ちゃん」という呼びかけに続けて、さらりとこう言った。

「これ、着よっか」

「はいっ！」

4

法律によると、口約束でも契約は成立するそうだ。今の四国はほとんど無法地帯であり、かつ、まったく違うゲームの『ルール』で支配されているのだけれど、そのあたりの法的解釈がどうであれ、右左危博士の前で一回頷いてしまったものを（しかもいい返事で頷いてしまったものを）ひっくり返すのは至難の業《わざ》だった。

というか、思考が追いつかない。

着る？　これを？

テレビを着るほうが簡単そうに思えてしまう。

「サイズ的には、竝生ちゃんには、これかな？　まあ、どれもサイズは合いそうにないけれど、それでも気休めにはなるでしょ。私はこれ……、にしよっと。本当は黒いのが着たいけれども、ちょっと無理か……」

確かに、三着の中で一着、群を抜いて小さいサイズのコスチュームがあった――デザインはともかく色合いとしては一番シックだったが、右左危博士にも氷上にも、これはとても着られそうにない。

着られそうにない、という意味では、他の二着だって事情は同じなのだが――いえちょっと待ってくださいよ左博士、どうしてここでこの服を着なくちゃいけないんですか、それにどういう意味があるんですか、せめてわけを説明してくださいよ。と、言おうとして、一息でまくし立てようとして、結果氷上の舌がもつれている間に、右左危博士はもう行動に移っていた。

大胆にもこの場で、今着ている服を脱ぎ始めたのだ。

「う、右左危博士――何を」

慌てる。

こんな屋根も壁もないような場所で、惜しげもなく。

「何よ、竝生ちゃん。見晴らしがよかろうが悪かろうが、別に誰が見ているってわけじゃないでしょ。今の四国で」

「で、でも……ほら、監視カメラとか、あるかもしれないじゃないですか」

「大丈夫大丈夫。それこそ今の四国じゃあ、ね」

「…………」

そうだった。

今の四国では、映像やら写真やらは当てにならないのだった――外部で受信できる衛星情報が、決して正しくないと思われるからこその『異常事態』なのである。

だからと言って、天下の公道ならぬ天下の駐車場で、おおっぴらに服を脱ぐという行為が、氷上には受け入れがたかった。

露天風呂にさえ抵抗のある氷上なのだ。

「自意識過剰ねえ、竝生ちゃん。いつまでも若いつもりかもしれないけれど、もう私達なんて、完璧おばさんなんだから。おばさんの裸なんて誰も見たがらないって」

言っているうちに、下着姿になってしまう右左危博士——言葉とは裏腹に、十年近く前に娘を産んだ一児の母とは思えない（『悲恋』を含めれば二児の母か）、若々しいプロポーションだった。

いや、だから、そのおばさん達が、これからいったい何を着ようとしているかって話をしたいのだが——右左危博士はそこで一旦動きを停め、氷上を待つようにする。

待たなくていいんだけれど……。

しかし、この公共の場で、右左危博士一人を下着姿のままにしておくわけにもいかないという、同調意識も働く——こういうときに率先して脱ぐあたりがずるい人だ。

「大体、今更恥ずかしがることもないでしょうよ——私に肉体改造されるとき、竝生ちゃん、身体の中の中まで、ひっくり返されて、つぶさに見られているんだから」

「………………」

そりゃそうだ。

まったくその通り。

だからと言ってそれをあなたに言ってほしくはないけれど——激高してもおかしくない心をえぐるようなその発言に、逆に氷上は持ち前の冷静さを取り戻して、覚悟を決めて、がばっとアウターを脱いだ。いや、そんな決断に至った時点で、あまり冷静とは言えなかったし、単に右左危博士の策略に乗ってしまったのかもしれなかったけれど。

「……右左危博士。どうして私達が今これを着なくちゃいけないのか、その理由はちゃんと説明してもらえるんですよね。まさか、こんなかわいい服を昔から一度は着てみたかったから、なんて言わないですよね」

「言わないわよ——着てみたくなかったとも言わないけれど。大丈夫、ふたりとも着終わったら、説明するわ。論より証拠でね」

睨むような氷上の言葉に笑顔で応じる右左危博士だった——実のところ、右左危博士が効率だけを追求するのであれば、抵抗を示す氷上に対してあらかじめ、これらの衣装の特性を説明する、あるいは論より証拠と言うのなら、自分が先に着て、その驚くべき特性を示し、その上で説得力をもって氷上に着替えを促すという段取りをとってもまったく問題はなかったのだが、ここでそうしないのが右左危流だった。

意地悪と言うほどでもない悪戯心。それがなければ人間一流にはなれないとも言えるが――そして三十分後。

四国に二名、新しい魔法少女が誕生した――新し過ぎた。

まるで慣れない振り袖《ふそで》でも着るくらいの時間がかかってしまったけれど、着付けが終わったその瞬間から訪れる重い時間に比べれば、三十分などまるであっと言う間のようだった――時間が停まったかと思った。

しかし実際に停まったのは思考である。

考えるのを、更にやめた。

なにぶん駐車場なので、ミラーはそこかしこにあるのだが、むしろ目を逸らしてでも見たくなかった――自分がどんな酷いことになっているのか、想像したくない。

まあ、正面にいる右左危博士の仕上がりを見れば、自分がどんな有様になっているのか、おおむね近似値が出そうだが。

幸い（なのか、そうでないほうが幸いだったのか）、見た目のイメージとは違って伸びる素材で縫製されているようで、サイズが違えど無理矢理着られないことはなかったのだが、それゆえに無理矢理感は否めなかった。

あちらこちらがぴちぴちで、ふわふわの服にもかかわらず、身体のラインが完全にわかる仕上がりだった。その分、布が引っ張りあがる都合上、足の露出度もあがっている――スカートの裾がほぼ鼠蹊部《そけいぶ》だ。

今日はストッキングのない生足だったことが被害を大きくしている——四国での活動がしやすいよう、パンツルックで来たことが裏目に出た。

ただ似合わない、ただ無理があるという以上に、どこか淫猥《いんわい》な雰囲気が出てしまっていることが、服装の可愛らしさに相反して、非常に背徳的だった——これまでセルフプロデュースしてきた自分のイメージが、がらがらと音を立てて崩壊していくのを感じた。

土下座するよりもプライドを削られる。

否、プライドなどもう一片も残っていない——ひょっとしたら面白いギャグみたいな感じになるかなと思っていなくもなかったし、ともすれば可愛くなっちゃったりするかもしれないという期待がまったくなかったと言えば嘘になるのだが、そんなか細い望みは木っ端微塵に打ち砕かれた。

ただ、みじめだった。

こんなに何にもならないとは。

ここまで救いがないなんてことがあるのか？

自分で見たくないという以上に、とてもではないけれどこんな姿を、上司には見せられないと思った。

恥辱《ちじょく》だ。

　そう、もしも自分が多感な十代前半だった頃に、いい年をしてこんなファッションに溺れ、はしゃいでいる大人女性を前にすれば、心から軽蔑し、軽んじ、蔑《さげす》み、一方で哀れに思い、同情の視線を向けたのちに、きっと二度と視界に入れようとしないだろう。

　……まあ、あの上司の少年を、『多感な十代前半』と称するのは、今の氷上の格好に負けないくらいに無理があるけれども。

　ともかく、この任務が終わったら異動願いを出そうと、そんな思いあまったことをいよいよ考え始めたこともあって、氷上とは対照的に、大型車のフロントガラスを姿見代わりにして身だしなみをチェックしている才女、左右左危博士が、地面から数センチ浮いていることに彼女が気付くのには、数分が必要だった。

「……って、浮いている？」

　ん？　あれあれ？　おや？

　目をこすり、もう一度見る——何度見ても、見るたびどうしても右左危博士の、地球撲滅軍の人間からすればありえない、不明室のメンバーが見れば卒倒するであろう格好のほうに視線が引っ張られてしまうけれど、しかし。

　確かに浮いていた。

　お寺の近くという神聖な状況から、その格好が浮いているということではなく、空中に浮いているのだ——わずか数センチの『浮き上がり』を、空中と言っていいものかどうかはわからないけれども、まるでよくできたトリック映像のように、右左危博士の足下は、地面に触れていなかった。

浮遊——そんな状態で右左危博士は、コスチュームの襟を直していたりした。いやいや、正すべきはそこではなく、万有引力の法則なのでは？

どんなに修正したところでドレスアップの仕上がりはどうにもならない、それよりは、浮いていることについて考慮すべきなのでは——

「ん、あ、気付いた？」

と、右左危博士がこちらを見る。

戸惑う氷上に、

「どう、意外とまだイケるでしょ？」

と、感想を求めてくる——だからファッションのことは今、重要ではないのだ。今は重要ではないし、今後も重要ではない。仮に何か重要だったとしても、今、二人で感想を言い合ったら喧嘩になるだけだと思う。

「ふふ、テンションあがるわね、こういうの。まだまだ、私は自分のことを女子って言ってもいいかもしれない。竝生ちゃんは……。…………」

なぜ黙る。

黙るくらいだったら、いつも通り攻めてきてほしい。

受けて立つ準備はある。

「……三十過ぎても女子って言っていい風潮は歓迎したいけれど、これの男子版ってあるのかしらね？　三十過ぎて男子って名乗ってる奴がいたら、それはやっぱりちょっとどうかなって思うもんね。風雲児かな？」

「三十過ぎて風雲児って、自ら名乗ってる男がいたら、そっちのほうがどうかなって思うでしょう……、じゃなくって」

話題を逸らそうとしてくれる優しさを欲しているわけではなく、今氷上が求めているのは、右左危博士が浮遊している理由だ。

「な、なんですか、それ……、ど、どうやってるんですか？」

「ああ、これ？　飛んでるの」

と。

こともなげに右左危博士は言って、驚愕的なことにそのまま、浮いたままで氷上のほうへと歩み寄ってくる——いや、地に足を着けていない以上は、『歩み』寄ってくるとは言い難い。それに、その気味の悪い接近に、思わず後ろに飛び退《の》いてしまったので、距離はまったく詰まらなかった。

「やだな。逃げないでよ、竝生ちゃん。それじゃあまるで、私の新ファッションが気持ち悪いから逃げたみたいじゃない」

「いえ、それももちろんありますけれど──」

じゃなくて。

「ど、どうなってるんですか、それ──糸で吊ってるとか……、それとも背中側に何か、そういうアタッチメントがあるんですか？　空気噴出装置みたいな──」

咄嗟にいくつか仮説を組み立ててみるも、しかし、言う先から頭の中で否定されていく──そもそも、そんなぎこちない動きじゃない。トリックに頼っているとは思えない、自然な動き──否、人間が浮かんでいること自体が不自然なのだが。

浮かんでいる……というより。

飛んでいる？

そう、そう言っていた。

確かに右左危博士のような年齢の人物が、恥ずかしげもなく嬉しげに、そんな格好に淫する時点で、相当に頭のヒューズが飛んでいると言えなくもないけれど、しかし、頭が飛んだからと言って身体まで飛ぶなんて理屈が成立するわけがない。

エネルギーもなく、音もなく。

理屈も理論もなく、計算も成り立たず。

法則を無視し、ただ結果をもたらす。

そんなの――

「そんなの――まるで魔法じゃないですか！」

「だからそう言ってるじゃん」

5

言われた通りに。

よりもいくらか従順に、つまり言われるがままに、右左危博士の指示に従ってみれば、氷上竝生もまた、『浮かび上がった』――空を飛んだ。

難しいことは何もなかった。

ただ『そう』と念じれば、苦もなく労もなく、氷上の身体は地面から離れた――その気になれば、そのままどこまでも高く浮かび上がれそうだった。

感覚としては、水の中で浮いているのと似て非なる感じだ……そして同時に変な安心感があった。浮力や重力といった自然の摂理と、同じくらい確かなものに、身をゆだねているような安心感……。

しかし生理的な恐怖は否めなかった。

疲労や消耗《しょうもう》もまったくないので、そのままいつまででも飛んでいられそうだったけれど、すぐに氷上は地面に降りてしまった。

ずっと浮いたままでいる右左危博士は、一体どんな心臓をしているのだ——いくら『魔法』についての事前知識が少なからずあったらしいと言っても、それでも実際にこうやってそのパワーを行使するのは、これが初めてだということなのに。

つかの間の飛行を終え、まったく疲れていないのに全力疾走でもしたあとのように、氷上はその場にへたりこんでしまった——こんな短いスカートでしゃがんだら下着が丸見えになってしまうが、それにも気を配れなかった。

さっきのヘリコプターの爆発も含め、四国に来てから信じられないことだらけだ——なんだろう、やっぱり自分はもう、現役の戦士ではないのだな、と思った。

前線で地球と戦っていた頃なら、こんな展開にも対応できたはず——とは、言えないか。見るもの聞くことが、全部想定外だ。完全にキャパシティオーバーである。

「ふふ……できるだけ段階を追って説明したつもりだったけれど、やっぱり竝生ちゃんみたいなリアリストちゃんには、四国はいささか刺激が強かったかしらね」

いいながら、浮かんだまま右左危博士は、竝生の後ろに回り込んでくる——リアリストちゃん呼ばわりに苛ついたが、反論する気にもなれない。それくらいぐったりしていて、できることならこのまま、木陰で眠りたいくらいだった。

目が覚めて全部が夢だったらいいのに。

そう思う。

「ま、どうしても魔法ってパワーを受け入れられないんだったら、こう考えればいいわ。このコスチュームは科学の粋を集めて作られた『飛行服』で、着用した者の脳波に感応し、浮かび上がるんだとか、なんとか……そういう既存の理屈で納得すればいいわよ」

いいながら右左危博士は、竝生の髪の毛に触れてきた。何のつもりだろうと思ったが、やはり抵抗する気になれない――されるがままだ。

「私は、そりゃあ科学者じゃありませんけれど、開発室とはそれなりにつきあいがありますから……、これが科学の延長線上じゃないことくらいはわかりますよ。専門家のあなたになら、もっとわかるんじゃないんですか？」

「ふふふ。高度に発達した科学は魔法と区別がつかない――なーんて言っても、現実には結構区別はついちゃうわよねえ」

氷上の髪の毛を房にまとめる右左危博士。

どうやら氷上のロングヘアを縛ろうとしているらしい。

「いや、飛びやすいようにと思ってさ……」

「はあ……そうですか。じゃあ、お任せします」

力なく応える氷上――そう。

いくら氷上の常識に反しようと、機動ヘリという移動手段を失った以上は、今後はこの『飛行』によって、四国内を移動するしかないのだ。それくらいは議論を戦わせるまでもなく、聡い氷上にはわかる——むしろエネルギーを消費しない、こんな『便利』きわまる移動手段を手に入れられたことを、大いに喜ぶべきなのだ。

……それは即ち、この格好で四国の空を飛び回るということを意味し、それがまた、氷上のメンタルを痛めつけることになる。

手順として、当然これから彼女達は、地球撲滅軍の『新兵器』、人造人間『悲恋』と、氷上の上司を探すことになるのだけれど、ある意味それが一番気が重い。

つまりこのファッションのまま、氷上は上司の前に出なければならない公算が高いということで——死ぬなら今かもしれなかった。

いや、それでは上司を救出できない。

その目的だけは果たす。

こうして『魔法』のアイテムを入手した以上、氷上と右左危博士の身命は担保されたとも言え、これ以上のリスクを冒さず、このまま本州へ帰るという選択肢も、構造上はないわけではないのだが——右左危博士は『愛娘』と呼ぶ『悲恋』を回収せずに帰りはしないだろうし、氷上もここまで来た以上は（ここまで着た以上は）、上司を見捨てて、地球撲滅軍へと戻るなんて気はなかった。

上司を救助する際、直前に着替えるタイミングくらいはあることを祈ろう……。

そんなことを祈っている間に、氷上のヘアスタイルは右左危博士の手によって、ツインテールに仕上げられた。

髪で髪を縛っている。

確かにおろしているよりは飛びやすそうだったが、明らかに悪ふざけに基づく、違う味わいが生じていた。

そんな驚きの髪型にされたことに気付かないまま、氷上は、『そういえば室長は、四国に上陸して数日が経つけれど、こういう「魔法」の存在を、もう知っているのだろうか？』という疑問に行き当たった。

上陸直後の通信が乱暴に切られたのは、たぶん、氷上達が乗ってきたヘリコプター同様に、携帯電話が爆発したのだと予想できる――スタート地点で、既に異変に巻き込まれたのだ。ただ、その異常をもってして、『魔法』の存在を知るというところまでは行くまい……。

今、彼は。

ど、ど、どこまで辿り着いている？

「……あの」

室長のことを考えることで、己の目的と立場を思い出し、多少は鼓舞《こぶ》され、氷上は右左危博士を振り向いた。

首を動かしたときに感じた重心で、なんだかしたことのない髪型にされてしまったことはわかったが、それには構わず、

「これは結局、服の力ということで、いいんですよね？　なんていうか……、私の内側から、未知なる力を引き出している、とかじゃなくて」

と訊いた。

「ええ、そうよ」

「こんな格好をさせられて恥ずかしいとか、そういう屈辱的な感情の力をエネルギーに変換して飛ぶことができるとか、そういう話でも」

「ない。なにそれ……、羞恥をパワーに変えるって。ちょっとエッチなコミックみたいな発想ね」

苦笑する右左危博士。

この発想よりもあなたの今の格好のほうがよっぽど苦笑ものだと思ったが、自分の格好も同じなので、ぐっとこらえる。

まあ、見る限り右左危博士には、このファッションへの抵抗みたいなものはないようなので、この仮説に妥当性はなさそうだ。正直、顔からどころか全身から火を噴きそうなくらいに恥ずかしいこの羞恥を、エネルギーに変換したら、人一人くらいは飛

ばせそうな気がするのだが――『炎血』よりも燃えそうだ。摩擦を電気エネルギーに変える、自転車のライトみたいな仕組み。

……そもそもなんでこの人は、こんな平気そうなのだろう――自意識がないのだろうか。いや、自己を完全に把握しているから、恥ずかしいとか、現実とセルフイメージとのずれとか、そんなものを感じないのかもしれない。

氷上は痛感しているが。

「ただし」

と、恥ずかしさも照れもない調子で、着替える前までとそんなに変わらない調子で、右左危博士は続けた。

「恥ずかしさをエネルギーに変換するなんてシステムではないけれど――しかしながら、辱めるために、こんなデザインにしていることは間違いないでしょうね」

「は――辱めるために？」

強い言葉だ。

確かに今、かつてないくらいに辱められている気分だけれども――さっき気休めを言われたけれど、右左危博士に肉体改造を施されたときと比べても、これはたぶん匹敵する――、これが意図的なものだと言うのか？

それをエネルギーにしているのでないと言うなら、どういう必要があって、このコスチュームはこんなデザインなのだろう。

「能書き、聞きたい？」

「…………」

正直に言うと聞きたくない。

が、聞かずに済ませられる現状でもない。

自分がこんな窮地に追いやられている理由が、はっきりとあるのであれば、それは教えてほしいものだ。

「そう。じゃ、手短にね――竝生ちゃん、兵器の弱点ってなんだと思う？」

「は？」

「兵器。ま、平たく言うと、人が人を殺す道具……その弱点。強力であれば強力であるほど、洗練されれば洗練されるほど、露骨になってくるウイークポイントは、なんだと思う？」

「……えっと」

魔法少女のコスチュームから、随分と遠いところから話が始まったように思えるが――経験上、的外れなことを言っているわけではないだろうから、付き合って、その問いの答を考える。

兵器と言えば、戦争兵器を連想してしまうし、また、地球と戦っている組織に属している立場から、地球を攻撃する道具から考えてしまうけれど、この場合はそうではなく、一般論として広く考えるべきなのだろう――人が人を殺す道具。

殺人のためのアイテム。

刃物、銃……、爆弾やミサイル？

軍艦や戦闘機もそうか……。

兵器が殺しやすくなれば殺しやすくなるほど、『制御できなくなる』とか『値段が高くなる』とか『扱いが難しくなる』とか、個別に見れば答をまったく思いつかないでもないけれど、しかし如何《いかん》せん設問の定義が広過ぎて、共通する『弱点』を、一言でいうのは難しい。

「兵器の弱点はね」

右左危博士は氷上の回答を待たずに、言った。

「格好いい――ってことよ」

「…………」

格好いい？

そんな感覚的な答でいいのか？

いや、それ以前に……。

「基本的に、刃物も銃も、精度が上がれば上がるほど、デザインがスタイリッシュになるでしょう？　爆弾もミサイルも、進化に従って、見た目がスマートになっていく……そういう傾向にある。ま、民間機と軍用機、どっちのほうがより格好いいかって比べてみれば、わかりやすくない？」

「い、いや、それは見方が男性的と言うか……、センスの問題になってきませんか？　そりゃあ、まあ、大抵の武器って、美術品の価値を帯びてはいますけれど……」

自身が、戦争用の道具として改造されている氷上としては、『人殺しの道具が格好いい』なんていうのは、承伏しかねる意見だ——自在に炎を発する彼女を、いわゆる『格好良さ』と見る見方があると知った上でも。

そうだ。

百歩譲って、その仮説を認めるとしても、単純な共通点ではなく、それを弱点というのは、どうなのだろうか？

そう指摘すると、

「そうね、弱点は言い過ぎかも」

と、あっさり認める右左危博士。

押し引きのタイミングが独特で、絶妙だ。

「そして男性的な見方というのもその通りでしょ——殺し合いに強い男の子のほうが、遺伝子を残すには有利だったでしょうからね。殺しやすい道具、強力な道具ほど、格好良く見えるセンスを、私達は持っている——でも、そうなるとカムフラージュも必要になってくると思わない？」

「カムフラージュ……ですか？」

「強力な殺人兵器ほど格好良くなるという『基準』があるなら、その危険度が、見た目でわかっちゃうってことでしょ？　あまりにスタイリッシュな道具は、使われる方はもちろん、使う方も後込みしちゃいかねない。自分が何を振るっているのか、どれほどのパワーを行使しているのか、使う前からわかっちゃうわけだから」

「はあ……まあ、兵器が持つ効果を隠すために、時には偽装する必要があるというのはわかりますけれど……」

たぶんそういうことを言っているのではないだろうけれど、暫定《ざんてい》的に氷上は、自分に理解できる形へと、右左危博士の話を変換する。

「後込みするくらいならまだしも、悪用しようって現場の兵士も、現れないとも限らないしねえ——だから」

と、右左危博士は、自分が着ているファンシーなコスチュームを、誇示するように胸を張った——ぴちぴちというよりむちむちの着こなしなので、大変なことになる。

「だからこの服は、こんなに『可愛く』されている」

「…………」

私達が着ることで可愛くなってませんけど、と言い掛けて、ぎりぎりのところで飲み込む——そういうことではないのだろう。

ん。いや。

そういうことなのかもしれない。

こんな可愛くも幼稚で、幼さあふれるデザイン・色味・サイズにすることによって——分別のある大人が着るに堪えられない、見るに堪えないコスチュームとなっている。

男性はもちろんとして、成人女性も着用をためらう、少女専用の衣服のように縫製して——

魔法少女。

だとしたら……。

「『魔法』という、埒外で科学全盛の現代ではおよそ受け入れがたい、かつ膨大で理屈に合わない未知のパワーを、まるでそこまで大したエネルギーではないように思わせるために、このコスチュームは、こんな風にプリティにデザインされているということですか？　『魔法』を——可愛らしい力だと、思わせようとしている？」

思わせようとしている？

誰が？　誰に？

絶対平和リーグが外部に……いや、違うそうじゃない。外部には、魔法の存在自体を、彼らは伏せているじゃないか――では、これは、誰に対する偽装なのだ？

「…………」

絶対平和リーグが魔法少女達に――か？

可愛いデザイン、ファンシーな見た目にくるむことによって――その危険度を、実際に使用する子供達から、隠している？

着ぐるみの安全性？

「そうね。しかも、『彼女達』を、とても可愛らしく、愛らしく仕立てることによって、仕立て上げることによって、どれほど強力な固有魔法を使役しようとも、そこまでの脅威だと、自他ともに思えなくなる――カリスマ性に欠ける」

「……固有魔法ってなんですか？」

「ああ、それはまた別の話――ステッキのない、今の私達には関係のない話よ。話が逸れちゃうから、またあとで説明するわ」

「はあ……えっと、じゃあ」

氷上はようよう、立ち上がる。

サイズの不具合が、拘束具を着せられているようで、動くたびに自分がどんなに恥ずかしい格好をしているのかを思い知る――確かにこれでは、空を飛べようと浮かべようと、過剰な全能感、自己肯定感なんて生まれようもない。

「『恋風号』に乗っていたあの子が魔法少女だったかどうかはともかくとして、左博士の言うところの魔法少女達は、いわゆるおしゃれ感覚で、魔法少女をやっているってことですか？」

「おしゃれ感覚——そうね。遊び感覚と言うべきかもしれない。さっきの話の一方で、技術を進歩させるには、見目形にこだわるよりも、いっそ遊び心で楽しんじゃったほうが、モチベーションは上がり、イノベーションへと繋がるからね。技術は、遊びにしちゃったほうが、よく育つ」

人類にとっちゃあ、戦争も一種の遊びだしね。

右左危博士はそう言う——いくらかの偽悪趣味も混じっているのはわかるが、それを差し引いても、物騒な意見で、氷上としては反応に困る。

だが一方で、頭からの否定もしづらい。

なぜなら、同じ『炎血』の肉体改造手術を受けながら、氷上が『焚き火』で、弟が『火達磨《ひだるま》』だったのは、氷上がその能力を忌み嫌ったのに対し、弟は元放火魔として、その能力を思いっきり『楽しんで』いたからなのだろうから。

遊びでないと、続かない。

それがすべてでなくとも、進化の本質の一側面ではあるだろう——

「年端《としは》も行かない女の子に、どんな危険なことをやっているかを把握させないままに遊ばせることで、実験を進行させる——乱暴に言えば、絶対平和リーグの魔法少女製造課のやっていることは、そんなイメージよ」

「ま、魔法少女製造課……？」

際どいネーミングだ。

それもいわゆる『遊び感』、『遊び心』なのかもしれないけれど、まるでそれじゃあ、魔法少女が工業製品みたいではないか。

「じゃ、じゃあ——今回、四国に起こっている異変も、その実験の一環なんですか？」

「最初からそう言ってるじゃない。実験だって——実験失敗だって。ただし彼らはその失敗を取り戻そうとしている——あくまでも、遊びとして」

ゲームとして。

と、右左危博士は「悪趣味よねえ」と、悪趣味な笑みを浮かべる。

まあ、思えば、自身も対地球戦の切り札としての『新兵器』を、人造人間を、それこそ『可愛らしい女の子』としてデザインしている彼女だからこそ、見てきたように手に取るように、絶対平和リーグの思惑がわかるというのもあるのだろうから、この辺の理解は、蛇《じゃ》の道は蛇と言うべきか。

しかし……、自分がこんな目に遭っているから言うわけではないけれど、絶対平和リーグが本当にそんなことをやっているのだとすれば、それは限度を超えているように思える。

非常時のこと。

戦時下のこと。

言い訳は色々あるだろうが——いや。

それを言うなら、地球撲滅軍だって似たようなことは散々やっている——自分もされてるし、それに、酷さを自覚していないだけで、自分も、自分が思っている以上に、しているはずだ。

そこを考え始めたらキリがない。

そしてこんな格好でそんなシリアスなことを考えても、馬鹿みたいだ——これも、デザインの意図通りなのか。

「ゲーム……じゃあ、今の状況には、終わりがあるということですか？」

「ん？」

「いや、ゲームだったらあるはずじゃないですか……勝ちとか負けとか、クリアとか」

「ゲームオーバーとか、ね。まあ、バグってなければ、そりゃああるはずだけれど……どうなのかしらね。私は断言できる立場にないし、絶対平和リーグの人間が、現時点でどれくらい生き残っているかにもよるでしょうね」

「…………」

「ま、今のところ、私達がそのゲームに付き合う必要は感じないわ。この通り、魔法のアイテムはゲットしたことだし、あとは英雄少年と『悲恋』ちゃんを探して、回収して、帰りましょう。それで私達としてはめでたしめでたし、よ——このままゲームをし続けて、クリアまでしようっていうのは、高望みが過ぎるでしょ。横合いから来た途中参加の割り込みプレイヤーが、絶対平和リーグ主催のゲームをクリアしちゃうなんて、絶対平和リーグと、本格的にことを構えることになりかねない——それは政治的に、避けたいところだわ」

右左危博士でも政治のことを気にしたりするのか、と、氷上は軽く驚いた。そんな配慮もできるのか——いや、右左危博士でも気にせざるを得ないくらいに、『魔法』のことは人類にとって、対地球戦にとって、大きな課題だということか。

「……異論はありませんけれど、でも、仮に……、あくまで仮にですよ？　私達が、このゲームをクリアした場合、どうなるんですか？」

「？　どうって？」

「いえ、ですから……これが実験としてのゲームだったとして、ならば私達が、あるいは他の誰でもいいですけれど、ゲームをクリアしたとき、どういう実験の成果が得られるんですか？」

「さあ。そこまではわからない――なんらかのクリア報酬はあるんだろうと予想できるけれど、軽々には判断しかねるわ」

「そうですか……」

「今回の件の目的は、わからないけれど」

別に、ちょっと落胆した風を見せた氷上が可哀想だったから、というわけではないだろうが、右左危博士は、

「絶対平和リーグの悲願って言うのは、竝生ちゃん、嫌になるほどはっきりしていてね。彼らは――」

魔女を復活させたいのよ、と。

そう続けた。

「はるか昔に、地球に滅ぼされた――魔女を」

6

ヘリコプターが爆発することでえぐれたはずの、藤井寺の地面が跡形もなく原状回

復している様を見、いよいよ氷上は魔法の実在を信じざるを得なくなった。

最悪、『飛行服』までならば、氷上には無理でも、人によっては現実としてぎりぎり看過《かんか》できないでもないかもしれない事象だったかもしれないけれども、しかしこの『元通り』は、どんな工法を使っても、できるものではないだろう。

綺麗さっぱり、ヘリコプターだけが、最初からここには着陸していなかったかのごとく消えてなくなっていて――いや、厳密に言うと、ヘリコプターの内部にあった搭載物、『恋風号』の電磁波探知モニターを含む、本州から持ってきた最小限のサバイバルキットも、一緒に消えてなくなっていたけれども……。

しかし、『爆破跡が原状回復している』という、およそ受け入れがたい異常事態も、『魔法』という言葉で片づけられてしまうと、しかも魔法少女のファッションを着た上で観察してしまうと、なんだか真剣味をもって受け入れられない気持ちになる。絵空事めいているというか、ふわふわして『そういうこともあるか』と思ってしまうというか――こんな衝撃的な事態なのに、それほどのショックを伴わない。

いや、それを言うなら、『人間が空を飛ぶ』という魔法だって、本当はもっと取り上げるべきなのに――『魔法だから』で、議論が終わってしまっている感がある。

そういうことではないのだろうけれど、重要な意味を持つ世界的案件が、ギャグとして引き取られてしまったような、拍子抜けの感覚、胸の中を通り過ぎていく感覚。

……これ、思ったよりもタチが悪いぞ？

相当タチが悪い——取り返しのつかないほど。

これを『少女の遊び』で片付けてしまう絶対平和リーグのやり口は。

駐車場からここに来るまでに右左危博士が話してくれた、『固有魔法』とやらの詳細も、そうだ——その話自体は、それまでの大枠の話とは違って込み入ったものではなかった。

魔法少女のこのキツいコスチューム——サイズもキツいし見た目もキツい——氷上が着るからそうなっているだけだが——には、それぞれ対応したステッキが存在して、コスチュームを着れば『飛行魔法』を使えるようになるよう、そのステッキを振るえば、ステッキが有する、個別の魔法を使えるようになるのだという。

マルチステッキがどうとか、そう言えば言っていたが——例として右左危博士があげたのは、『テレポート』や『サイキック』、『テレパシー』などの、いわゆる超能力めいたものだった。たぶん、それはわかりやすい例というだけで、決して具体例ではないのだろうが……。

「『パイロキネシス』——発火能力なんてものもあるかもしれないけれどね」

と、右左危博士はついでのように付け加えた——『焚き火』である氷上竝生にとっては、どきりとする『魔法』だ。

だが、肉体改造手術で炎を操る体質を身につけさせられた氷上からすれば、それを『魔法』といったときのお気楽感が、どうにも許せない。

いや、許せないという以上に、ちょっと怖い。

弟のことを思い出すと、ちょっと怖い。

遊び感覚の、ファンタジーめいた調子で、『炎血』のような『魔法』を、自覚もなく女の子達が使わされていたというのは——

「罪悪感が生じない、娯楽としての悪さから非行は始まるというけれど——魔法少女達にとっての魔法は、まさしくゲーム感覚だったでしょうね」

右左危博士のそんな弁は、絶対平和リーグの少女達をかばっているのか、それとも責めているのか、はかりかねるところがあった——どちらでもない気もするけれど。

科学の徒である左右左危が、魔法について、本当はどういう風に思っているかなど、半端にかじった程度の知識しかない氷上には、見当もつかないのだった。

ただし、こうなると右左危博士が、『恋風号』に乗って走り去ったあの少女を、結果として取り逃してしまったことを悔やんでいた理由については、なるほど、わかろうというものだった。

あの少女は、おそらくは絶対平和リーグの所属で、しかし魔法少女でありながら、どういう事情があったにせよ、コスチュームを『捨てていく』という選択をしたということになるのだから――

安易で、お手軽で、際限がなく、しかもストレスを伴わない『兵器』を、使わない、という選択ができる少女――そのとんでもなさは、魔法をついさっき体験したばかりの氷上にも痛感できる。

むろん、これは後からだから思えることで、少女の捕獲を後回しにしたからこそわかった、『とんでもなさ』なのだが――しかし、ここで氷上や右左危博士からの追跡をからくも逃《のが》れたというのも、あの少女が『持っている』証左と、あるいは言えるのかもしれない。

となると、返す返すも惜しくはある――本来、四国に来て間もなく、生存者とすれ違えたこと自体が、目を疑うような幸運だったのだが、しかしこうなると欲が出てしまい、ついてなかったという気持ちにもなる。

氷上が肩を落としてそう言うと、

「いえ……これはあなたへの励ましであるとともに、大物を逃しちゃった自分への慰めでもあるんだけれど」

と、右左危博士は腕を組んだ――腕を組むとコスチュームの生地が伸びて、胸のあたりがはちきれそうになる。

「あの魔法少女――元魔法少女と呼ぶべきかしら――を真っ先に捕獲しようと動かな

かったことで、案外私達は命拾いをしたのかもしれないわよ」

「い、命拾い……？」

「さっきもちらりと言ったけれど、魔法少女のコスチュームって言うのは、一人一着、支給されるものなの。ほら、固有魔法のマルチステッキと連動しているからね――にもかかわらず、あの子は三着のコスチュームを隠していた。仲間のものを預かっていたという考えかたをするのが普通だけれど、けれど、仲間のコスチュームなら、もっと厳重に隠しそうな気もする……。ひょっとすると、敵のものだったのかも」

「…………」

敵。

魔法少女の敵が魔法少女？

そんなことが――あるかもしれないのか、今の四国では。

とすると、あの子は最低でも二名、魔法少女を相手に戦い、しかも相手からコスチュームを奪う形で、勝利を収めているということになる……。

命拾い、とはそういう意味か。

この実験――このゲームを勝ち抜いているプレイヤーと、覚悟のない状態で勝負をせずに済んだことは、むしろツイていたと……。

「しかも、私達が着なかった最後の一着……、ひときわサイズの小さい奴……、あれ、色が黒かったじゃない？」

「あ、はい。そうでしたね……それが？」

だから、もしもサイズさえあえば、あれを着たかったのだが……。

「黒いコスチュームなんてない――と、私は聞いていたんだけれどね。そもそもが確度の低い情報だったから、それくらいのエラーもあるかと思ったけれど、もしも、あのコスチュームの黒さが『特別』を意味するんだとすれば……」

「と、『特別』を意味するって……」

「『黒』は」

魔女の色だものねえ、と、右左危博士は言ったのだった――『魔女』。

絶対平和リーグの悲願。

地球との対決に敗れ、絶滅した、させられた種族――というようなことを、右左危博士はさっき駐車場で言っていたけれど、その説明で、ちゃんとわかったわけではない。

『魔女』と『魔法少女』の区別なんて、部外者の氷上には理解できるわけもなく――ただ、絶対平和リーグがこんなことをしているのも、これまでそんな風にしてきたことも、やっぱり、地球と戦うためだという軸だけは、ぶれていないらしいということは伝わった。

憎き地球、悪しき地球を倒すために。

今もなお、牙を研いでいる――その点。

牙を剝いている、その点。

その一点に限っては、氷上も絶対平和リーグに同調できるのだった。

……時折、何が正しいのかわからなくなる。

地球と戦っていると、何が正義で――何が悪で、何が敵で、何が罪で、何が許されざる愚かなのか、わからなくなる。

そもそも氷上達が主として戦っている、退治している対象の『地球陣』は、普通に見る分には人類と何ら変わらない存在だ。だから考えてしまう――『地球陣』に混じっていた地球人を、間違えて殺したこともあるのでは、と。

いや、そんな悩みはまだ底の浅いほうだ。

あるに決まっているし、またなかろうと、である。

『地球陣』を倒すために必要とあらば、はっきりと人類だとわかっている者すら、地球撲滅軍は手に掛けることを厭わない――肉体を改造手術された氷上も、そういう意味では地球撲滅軍の被害者だし、氷上の上司に至っては、家族親類どころか、通っていた中学校を全校生徒ごと燃やされている――燃やしたのは氷上の弟だ。

「少女……女の子に魔法の実験をさせているのは、遊ぶのは子供のほうが得意だからとか、そういう理由なんでしょうか？」

「それはもちろんそうでしょうけれど、少年兵が多いのは、地球撲滅軍も同じでしょう――キャリアを積む前なら、戦死しても損失が少ないからねえ」

個人的には女の子の数が減るのは、人類繁栄的にはよろしくないんだけれど――と、右左危博士は言う。

「ただし、地球撲滅軍と絶対平和リーグの、少年兵の使いかたは対照的だけれどね――地球撲滅軍は最初に戦争という現実の厳しさを教育するけれど、絶対平和リーグは楽しさを教育する……というか、現実感を失わせるところから始まっているように、私には思える」

「現実の厳しさを教育する……っていうのは、まあ、なんとなく、わかります。うちにはそういうしきたりがありましたよね。地球撲滅軍に入隊したら、まずは一人で、『地球陣』を一匹、殺すことを義務づけられる――私もやらされました」

右も左もわからないうちに、戦争の中に放り込まれ、殺人と区別のつかない『殺陣』を強制されるわけだ。それによって一度、それまで培ってきた日常を破壊する――その後、軍人としてのメンタルを構築するという、一種の教育であり、また、言うなら『仲間入り』の儀式だ。

共犯者、にする。

弟と共に肉体改造をされた氷上は、確かに被害者ではあるけれど、しかし共に『地球陣』と戦う共犯者であり、そして、戦うためには銃後の被害も躊躇《ちゅうちょ》しない加害者なのだ。

……まあ、そんな共犯者づくりの儀式の効果がどれくらいあるのかというのは、最近、それを経験したはずの氷上の上司を見ていると、疑わしくも思えてくるけれど——さておき、それに対して絶対平和リーグは少年兵を『魔法少女』として可愛がり、甘やかし、蝶よ花よと遊ばせる。

ことの深刻さを徹底して理解させない。

説明しないし——仲間にもしない。

あくまでも、絶対平和リーグにとって魔法少女は、実験用のマウスなのだ——マウスの生き物としての可愛らしさを思うと、案外この比喩は外していないかもしれない。研究者も、マウスを別に、可愛いがらないというわけではないらしいし……。

右左危博士はどうなのだろう。

人造人間『悲恋』のことは大事に思っているようだけれども、たとえば肉体改造を施した実験台、氷上のことは、本当のところ、どう思っているのだろう——いや、そんな情緒的なことを考え始めたら最後だ。

地球撲滅軍と絶対平和リーグ、どちらのモットーのほうが真っ当かなんて議論も、まさしく不毛である。どちらも子供を兵隊として使い潰す組織であることは、一緒なのだから。

「で……これからどうしますか？　左博士。あの子を追うのはもう無理だとしても――『悲恋』を探すにも、室長を探すにも、手がかりはありませんが……、このコスチュームで空を飛んで、四国中を見回る……しか、ないですよね？」

「基本的にはそうね」

「そうですか……」

うなずく声が沈む。

何か意外な、さすが左博士と言いたくなるような冴えた奇策を期待していたけれど、その端的な肯定からして、やっぱりこの衣装で、この露出度で、さながらアドバルーンのように、空中に晒《さら》し者になるしかなさそうだった。

四国が今、そんな氷上を見上げる者がいない無人の地だというのがせめてもの救いだが、しかし本当に見上げる者が一人もいなければ、ただの飛び損である。

そうなると『悲恋』を先に見つけたいと切実に思うものの、『悲恋』を見つけるためには上司を探すのが最短ルートというのは、ヘリコプターから探すのでも、魔法で飛んで探すのでも、概ね同じことだろう。

「……でも、こんな格好で空を飛んだら、たぶんまだ成長期の女の子でも、下着、丸見えですけどね。……それも、辱めるためですか？」

「そう考えるのが妥当でしょうね——衣装の布地部分を少なくすると言うのは、威厳を下げるためにはてっとりばやく効果的な手法だから。権力者ほど厚着をする——基本よね」

もっとも、と右左危博士はスカートの裾をつまむ。つまむ前から太股は全部むき出しになっていて、確かに威厳とは無縁だ——元々右左危博士は、上長として威厳のあるタイプではないが。

「若い女の子が、こういう服を喜んで着たがるのも、また真理——私達とは別の意味で、ぴちぴちな感じになるでしょうしね」

「はあ……」

一応、自分の今の着こなしの仕上がりを、客観的に見ることは、できているらしい。

「で……、室長を探すとなると、これから何を基準にしましょうか、左博士。一応、あの子が『恋風号』に乗っていたことから考えると、ここに一度は、室長が立ち寄ったということになるようにも思えますが——」

この推理は、わざと最悪の可能性を省《はぶ》いている——つまり、すれ違ったあの子は室長と『敵』として出会っていて、あの『恋風号』は、ここなのかどこなのか、それはわからないけれど、とにかく氷上の上司から鹵獲《ろかく》したものであるという、最悪の可能性を。

その場合は室長は無事で済んでいないということであり、彼を救出したい氷上としては、だから考えるだけ無駄な可能性だから——というのもあるが、単純にそんな嫌な可能性を考えたくないというのもある。

ただ、隠されていた魔法少女のコスチュームが、右左危博士の言うように、他の魔法少女を倒して奪ったものだとするならば、『恋風号』もまた、あの子は同じように入手したと考えるのも、自然に思える……。

右左危博士も、皆まで言わなかったものの、これについては似たような思考経路を辿ったのか、

「ただ、ヘリの中でも話したけれど、英雄くんの場合は、高度な科学で成形された自転車を乗り捨てることなんて、躊躇しないだろうからね——乗り捨てた自転車をあの子が、普段使いしているだけって線もあるから、彼がこの辺に立ち寄ったという確証はないわね」

と言った。

「もちろんありとあらゆる仮説を考証するのであれば、英雄くんは私とすれ違う形

で、『悲恋』ちゃんと合流したのち、無事に四国を脱出して地球撲滅軍に帰ってるってのもあるけれど」

「それは……私達には辛い仮説ですね」

同時に、一番望ましいとも言えるが。

だったら必要最低限最優先なアイテムを入手した自分達はもう、それに続くように四国を後にすればいいのだから——ヘリはもう使えないけれど、空を飛んでも、陸路を使っても……ん。

「ああ、でも——今の四国には、内側からの脱出を阻もうという不思議なエネルギーが満ちているんですよね？　それも『魔法』なんでしょうけれども……、さっきここでヘリコプターが爆発したのと、同じように」

跡形もなくなったヘリコプター。

の、爆発した跡形さえなくなった地点を見ながら、氷上は言う——この辺も、仮説と言えば仮説だが、しかしこれは有力な仮説だ。

「絶対平和リーグの実験を阻もうとすると、どこからともなく攻撃を受ける——つまり、これがゲームだというなら、ルールみたいなものが、蜘蛛《くも》の巣みたいに張り巡らされている、とか」

「……んー」

実のところ、正解ではなくとも、ほとんど当たっている氷上のそんな言いに、右左危博士はすぐには頷かず、考える素振りを見せた。

むろん、ある程度事情に通じている右左危博士は、四国ゲームに、違反が死を意味する問答無用のルールが複数個あることを察している——ただ、それをここで氷上に教えたものかどうかを、珍しく彼女は迷ったのだ。

ルールがあり、違反は許されない。

しかし、具体的なその内容がわかっていない現状、中途半端にそのことを教えてしまえば、氷上の行動——ゲームのプレイスタイルが萎縮《いしゅく》してしまう危険性が高い。

右左危博士自身は、注意を怠らなければまず大丈夫だと思っているけれど、しかしプレイを続けていれば、どこかでリスクは冒すことになる——このゲームに必勝法はないのだ。

ゆえに性格としてはゲーム性よりも。

ギャンブル性に重きが置かれているとも言える。

死ぬ奴は一発で死ぬし、案外、生き残る奴は、運だけで生き残れたりもするゲーム——四国に異変が起こったと思われる初期段階で、あっさりと脱出した一般市民が少なからずいることから考えても、この辺りの右左危博士の類推は、おおよそはずれていない。

ただ彼女は、その事実を、生真面目な性格の氷上には、まだ黙っておくつもりだった――少なくとも、安心材料になるくらいの『ルール』が判明するまでは。

だからここで右左危博士は、訊かれてとぼけたものかどうか、一応、迷ったのだった――いつも通りのシビアな判断をするなら、当然、黙っておいたほうがいい。

変に緊張させず、自由にさせておいたほうが――泳がせておいたほうがいい。

が、結局、その辺の事情にも当然配慮した上で、右左危博士は、

「ええ、そうね――この四国島自体が、今はもう、魔法の島と考えたほうがいいわ。魔法陣の中とでもいうのかしら」

と、やや曖昧にではあるけれど、氷上の推理を肯定した。

同じような格好をしたことで、共同体意識が芽生えたのかもしれないけれども、これは単純に、右左危博士が氷上のことを『思ったよりも、できる』と認めたからと見るべきだろう。もちろん、そうでなければ、同盟を組んだ意味も、四国まで連れてきた意味もないが……。

そんな右左危博士の心中の動きには気付かない氷上だったが、危惧されていたような、『詳細のわからないルールに縛られて身動きがとれなくなる』というようなコンディションに陥ることはなかった――彼女も伊達にあの少年の部下として働いているわけではない。

おかしな格好はしていても、彼女。

氷上竝生は、地球撲滅軍の軍人なのだ。

……そもそもおかしな格好をしているのは、意に添わない出来事である。

「そうですか……では、そのあたりのルールを調べながらの捜索活動ということになりますね。……ローラー作戦で探すには人数が二人ですし、手当たり次第に探すには四国は広過ぎます――この第十一番札所も基準にはならないとなると、本当にどうしたものでしょう」

あの上司は、何か四国について言ってなかっただろうか……、どこどこを見に行きたいとか、何々をしたいとか。観光にやってきたわけではないし、観光名所も半分以上は、機能していないと思われるが……。

「ある程度は恣意的に、徳島県にいると、捜索範囲を絞りましょうか。『恋風号』がここにあったことだけは、ほぼ間違いないんですから――」

「そうね。……これは、参考になるかどうかわからない情報だけれど」

と、前置きをしてから右左危博士は、

「もしもあなたの室長が、今の四国で生き延びている必然があるとすれば、魔法少女と何らかの形でタッグを組んでいるはず――対等な関係なのか不平等条約なのかはともかくとして――って話をしたじゃない？」

確認するように言ってくる。

「はい。しましたね」

「しかし四国の絶対平和リーグは先述のように基本的に排他的で——本来、魔法のことは外部に隠したがる傾向にある。その伝でいくと、あの英雄くんは、魔法少女と、出逢った瞬間、敵対しかねない危うさもあったの」

「はあ——」

彼が最初に体験した『魔法現象』は、唯一あった通信の際のテンションからすれば、携帯電話の爆発——だったのだろう。その後、魔法少女の魔法を見る機会があったとして、そのとき、果たして彼はどんな印象を持っただろうか？

受け入れがたい未知のパワー——ただ、そこは彼は、なんだかんだいっても十三歳の少年であるかの英雄は、氷上よりは抵抗なく、そのパワーを受け入れたかもしれない。

その辺の感性も特殊、というか。

感性なき少年である。

現実への適応能力が異様に高い。

しかし、仮に彼が『魔法少女』を受け入れるとしても、『魔法少女』が彼を受け入れるかどうかというのはまた別の話であり——外部からの上陸者、調査班はおおむね、四国の『ルール』とやらで爆死したのだと予測できるけれど、かといって絶対平和リーグの魔法少女が、情報封鎖のために部外者を攻撃しないとは限らない。

「じゃ、じゃあ――左博士は室長が、魔法少女に攻撃され、『恋風号』を奪われたって言うんですか？」

その可能性については論じない約束じゃなかったのかと、氷上はしてもいない約束を破られたことににわかに憤ったが、憤っても身なりが身なりなので、あまり怒っている印象にはならない。

ゆえにだろうか、右左危博士はその剣幕には取り合う風を見せず、ただ落ち着いた調子で「そうじゃなくって」と静かに否定する。

「恣意的に考えるって言うならね、竝生ちゃん――もしもファーストコンタクト時に、彼氏が魔法少女ちゃん達と、良好で良質な関係を築ける理由があるとするならば、その相手が、登澱證か杵槻鋼矢だった場合なのよ」

「え……のぼり？　きね？」

登澱證――杵槻鋼矢。

いきなり出てきた固有名詞に、戸惑う氷上。

問いつめようにも、これはさすがに言葉の続きを待つしかない。

「魔法少女の本名――ちょっと昔の情報だから、その子達が生きているか死んでいるかは曖昧だけど。魔法少女の死亡率も、相当高いからね。悲しいかな、少年兵はとっかえひっかえできるってのが利点だし」

「魔法少女の本名……って、魔法少女に名前って、あるんですか？」

思わず反応してしまったが、いや、そりゃあるに決まっているか。氷上が『焚き火』と呼ばれているように、コードネームもあるかもしれない。

「で、でも、どうしてその本名を、右左危博士はご存じなんです？　そ、そんなに情報を小出しにしないでくださいよ」

「小出しにするのを、これからは多少控えようかと思って、この話をしているのよ──もう少し竝生ちゃんと腹を割ろうかと思ってさ」

と、右左危博士。

「ただこれは、あまり竝生ちゃんにとっては、穏やかな気分で聞けない話かもしれないからね」

「………………」

こんな格好をしている時点で、穏やかな気分では、もう十分にないから手遅れだ。

そんな言葉をぐっと飲み込む。

「剣藤犬个」

そう右左危博士は、三つ目の名前を挙げた。

それは、しかし、知っている名前だった——そして右左危博士の言う意味がわかった。

剣藤犬个——は、氷上の前任者の名前だ。

そして——

「が、あなたの室長を巻き込む形で、一度、四国の絶対平和リーグに亡命しようとしたことがあったの、覚えてる？」

「覚えてるも何も……大事件だったじゃないですか」

そうは答えてはみたものの、しかしながら、あの『大事件』については組織的に隠蔽された感もあるので、実は不明瞭な点も多い。氷上の情報網をしても、何が本当で何が嘘なのか、虚実入り交じっている——

「その際、剣藤犬个が頼ろうとした伝手が、登澱證と杵槻鋼矢っていう、絶対平和リーグ所属の若手だったらしいのよね——いやこれだって、あやふやな情報なんだけど」

「は、はあ……え？　いや、まあ、共同作戦を取ることも多いですから、剣藤犬个が他組織内部に繋がりを持っていてもおかしくはないですけれど——じゃあ、私の前任者は、魔法少女の存在を知っていたということになるんですか？」

「それは微妙。知らなかったかも——亡命は結局、成立しなかったわけだし、情報は伏せられたままだったかも。あの子だって、『破壊丸』の特性を、得意げにしゃべったりはしなかっただろうし――だけど」

彼のことは喋ったかもしれない。

地球撲滅軍の、若き英雄のことは。

右左危博士は言う――魔法少女姿で。

「亡命に際しては、『破壊丸』よりもよっぽど、彼の『目』のほうが、有効な取引材料になっただろうから――とすると、彼の存在が、噂レベルでなく実体として、絶対平和リーグの一部に漏れていたかもしれなくて、その場合――四国に上陸後、たとえ魔法少女と遭遇していても、彼は優しくしてもらえたかもしれない」

「優しくって……」

「その貴重さを、知っている魔法少女――登澱證か、杵槻鋼矢と逢っていればね。いえ、当てずっぽうというわけではないのよ？　可能性はある。だって、その二人は香川県をテリトリーとする魔法少女だって言うから、英雄くんの降下点からすると、もしかすると」

「…………」

「恣意的に考えるって言うなら、これくらい恣意的に考えたいところよね――私達にとって、一番ではなくとも、比較的都合のいい展開。彼が魔法少女に保護されているという展開——というわけで、竝生ちゃん。だから、それを基準にしてみるっていうのはどうかな」

基準。

人造人間と英雄を救助するための目印。

「登澱證と杵槻鋼矢——この二名の魔法少女も、捜索対象に加える。つまり、香川県へ逆打ちよ」

7

当然ながら、本人が一番よく知っているよう、左右左危は、聡くはあっても万能ではない——その推測、ないしは希望的観測自体、かなりいい線いっていたけれども——ここで捜索対象に加えた登澱證は、この時点で既に死んでいるし、まさしく今取り逃がした『恋風号』に乗る魔法少女こそ、杵槻鋼矢だったのだ。

そういう意味では残念なことに、せっかく設けた新たな基準の空振り感と言ったらなかったが、しかし逆打ちは必ずしも逆走ではなく、そんな行程を踏みつつも、彼女達は目的に向けて、決して前進しなかったわけではない。

なぜなら、登澱證、杵槻鋼矢の二名が属していた魔法少女グループ——チーム『サマー』の生き残りが、もう一人、今の四国にはいるからだ。
手袋鵬喜。
魔法少女『ストローク』である。

（第５話）
（終）

第6話「因縁の再会! 残された手がかり」

0

大は小を兼ねる。

処分される余りが出るが。

1

これは今から半年ほど前に、他には傍受《ぼうじゅ》できない回線にて交わされた通話である。

「……こんにちは」

「ん？　はい、もしもし？　どちら様？」

「この声に聞き覚えはないかな……私だよ」

「ごめん、全然わかんない。誰？」

ブチッ。

ツー、ツー、ツー。

「……もしもし」

「はいはい」

「いきなり切ったりしてごめんなさい」

「謝るんだ」

「私です。私でした。私だってば。思い出して。この頼りない朴訥《ぼくとつ》ボイスに、きっとあなたは覚えがあるはず……」

「剣藤さん？」

「大当たり。なんだ、やっぱりわかってたんじゃない」

「いや、最初は本当にわからなかったよ——頼りない朴訥ボイスっていうか、死に際の遺言《ゆいごん》でも言いそうな力ない声だけど」

「失礼な……がはっ」

「今、血を吐いた？　大丈夫、携帯、防水機能とかある？　……私達みたいなのには、防水よりも防血機能が必要よねえ」

「血を吐いてなんていない……」

「そう。それはなにより」

「吐くほど、もう体内に血が残っていないんだ……身体中、土気色でね」

「土気色って。口語で使う色の名前かな、それ」

「土にも赤土ってあるけどね」

「じゃあ赤面してるの？」

「してるわけあるか」

「……確かにそのわけわかんない感じ、剣藤さんに間違いないみたいだけれども、何？　何かピンチなの？」

「ぜーんぜん」

「わけのわからない強がりを見せないで……」

「一応確認させてもらってもいいかな。あなたはどちらさま？」

「そっちからかけといて、わかんないってことがあるのかしら？　本当にわけわからなくなってない？　どういう状況なのよ……、お外？　車の中かな？　運転中——じゃあないわよね、ハンドルを回す音が遠いもの。後部座席に乗ってる？」

「……よく、そんなところまで推理できるね。本当、気のつく子だよ、あなたは……私なんかとは大違いだ」

「誉めてもお金くらいしか出ないよ」

「いい人だね」

「こちらは杵槻鋼矢、どうぞ」

「うん。間違いなさそう。その推理力に、死にかけの私のピンチにも全然動じないそっけない様子……確定」

「ピンチじゃないって言ってたじゃない。何、あなた、友達に嘘をついたの？」

「友達じゃない」

「厳しいねえ。バレンタインデーに友チョコを送ってあげたのを忘れたの？」

「あれはお前か……」

「お前って」

「変な色したチョコレートが大量に届いたから、気持ち悪くて飼ってた犬にあげたんだ……犬にチョコレートあげちゃいけないと、後で知って大騒ぎだったんだから」

「それは一般常識の範囲内でしょう。あと変な色って。きみはホワイトチョコレートを知らないのかな？」

「だまされない……白いチョコなんてあるはずがない。私も学んだよ」

「どういう経験を経て何を学んだら、ホワイトチョコを知らずにいられるのよ。そのレベルの人間不信になれるのよ。……え？　チョコレートの苦情を言いたくて、私に電話をかけてきたの？　謝らせたいの？　そういうことなら、私もあなたで暇潰しをしたくないから、切っていいかな」

「切らないで。チョコレートのことは、私が悪かった。お礼も言わず」

「いや、それは別にいいんだけれど……」

「暇潰しをして。って言うか暇なんじゃない。根本的にどうしてあなたが私にバレンタインチョコを送ったのかが謎のままだけれど、切らないで……正体不明のチョコだった頃より、気持ち悪くなったけど」

「言ってくれるなあ。他組織のエースとの交流を保っておきたいというのは、ごく普通の感覚だと思うけれど。大丈夫、切らないわよ——こちらからも、そろそろ様子を伺おうと思っていた頃だし。そっちの情勢って、今どうなってるの——って、こんな風に電話をかけてきた時点で、あまり芳《かんば》しくはないってことなんでしょうけれど」

「あまりどころじゃない。あまらない。あまりなし。ぜろ」

「ん？　何、割り切れたの？」

「じゃなくて……、えーっと」

「いつもより支離滅裂だけど、本当に大丈夫？　かけ直そうか？」

「大丈夫……じゃない、けど。このまま聞いて。今、私がやばい状況にいるのはその通りだから、率直に言うよ」

「あいあい」

「こないだの話、受けさせてもらう」

「？　この間の話って？」

「とぼけないでよ……こないだ、誘ってくれたじゃない。絶対平和リーグに」

「……ああ、あれを本気にしたの？　……あんな冗談を頼りにしなくちゃいけないほど、今、ピンチなわけ？　マジか……」

「うん。マジ。……えっと、聞いてくれる？　それとも、このまま、通話を終える？　私も、ここまで話した以上、もう後には引けない……もしもここであなたが私を見放したら、これからはあなたを敵と見做《みな》す」

「怖いこと言わないでよ——地球撲滅軍のエースを敵に回す気はないわよ」

「もうエースじゃない。英雄でもない」

「それに、あなたが若手のスカウティングに四国に来たあの日から、培ってきた友情を、そうそう無為にするつもりもないわ。個人的にも、あなたみたいなわけわかんない奴は好きだしね——ただ、組織的な話になりそう。……エースじゃないって言うのは？」

「そのまんまの意味だよ。……さて、どこまで話したものかな」

「全部話しなさい。息も絶え絶えで、何が『さて』だ」

「あんまり詳しく話して、巻き込んじゃっても悪いし」

「もう十分巻き込まれてる。内輪差でやられてる。判断してあげるから、教えなさい。あなた、どれくらい終わってるの？」

「あなたを頼るしかないって時点で、もう相当に終わってるんだけど、私……、まあ要するに、今の私はエースって言うか、ジョーカーみたいな立場でさ。地球撲滅軍から追われる身なの」

「追われる身」

「そう、終わってるくらい、追われる身。……ふふふ」

「笑ってる場合か。エースじゃなくてジョーカーって。たとえ慣れてなさ過ぎるでしょ。どういう意味の比喩なのよ、それ。言いたい点、全然伝わってこないわよ」

「大量出血のせいでふらふらして、たとえ話の出来にまで、頭が回らないの……」

「平常運転でしょ……え、大量出血ってのは、本当なの？　土気色っていうのは？」

「本当。……簡単に言うと、腕を一本、落とされてる」

「簡単に言うな、そんなこと」

「電話って片手でもできるんだね。科学の進歩は素晴らしい……しまった」

「？　何？」

「いや……」

「ああ、これからヘッドハンティングに応じよう、交渉を始めようってときに、剣客《けんかく》が腕を一本落とされた話なんてするべきじゃなかったって後悔したの？　気にしなくていいわよ、そんなの……あなたがたほどの科学力を持たない絶対平和リーグでも、義手くらいは用意できる」

「……ありが」

「ただし、身内から腕を切られるような目に遭ってるあなたを引き取ることに、いったいどんなメリットがあるかって点はシリアスな問題よ——さっきも言ったけれど、私としては力になってあげたいし、あなたに力になってほしいけれど、そのレベルで組織から追われているあなたを受け入れる度量を、果たしてうちが持ってるかどうか——良好なライバル関係を維持するためにも、そういう奴には熨斗《のし》をつけて、送り返したほうがいいんじゃないかと考えるかもしれない。……地撲のほうには、頼れる筋はないの？」

「あったら頼んでない」

「あの人は？　ほら、最初のとき、四国に一緒に来てた、紳士」

「……私の追跡を主導しているのが、あの人。あのロリコン」

「そう……そりゃあ、ご愁傷様。ま……、正直、あなた達の関係を見ていると、いつかそんなことになるんじゃないかとは思っていたけれどもさ。……ただ、単純にその間の痴話喧嘩ってわけでもなさそうね」

「うん……その辺は省略」

「どこを省略するかをあなたが決めないでね。私は今、結構、高度な政治的判断を要求されているんだから」

「こうどなせいじてきはんだん」

「……大人の事情ってことよ」

「もちろん、……メリットは用意してあるよ。……私もまさか、手ぶらで四国に行こうとは思っていない」

「ああ。つまり地球撲滅軍が誇る先端科学を、技術供与してくれるのかな？　そりゃあ確かに大きなメリットだ——だけど、それだけじゃあ、弱いかもね。あなたが持ってきたそれを、奪ったのちに、あなたを強制送還するってやり方が、私達にとっては理に適《かな》っているもの」

「うん……わかってる。わかってるつもり。だからそれだけじゃない」

「それだけじゃない？　ああ、もちろん、あなたの存在だけでも価値がある——なにせ『小さき悲鳴』を生き残った唯一の人間だものね。しかし、地球撲滅軍が解明できなかったあなたの体質を、絶対平和リーグじゃあ……そりゃあ上層部は興味を示すでしょうけれど、それだってやっぱり、あなたの身体を可能な限り調べた揚句、家電リサイクル法にでも従うように、あなたの身柄を地球撲滅軍に送り返すかもしれない」

「家電リサイクル法って……いい比喩だね。たとえ慣れてるね」

「誉めるな、照れる。その辺はどう考えているの？　いちかばちかでいいの？　低い可能性でも、つべこべ言わず賭けてみるしかない心境？」

「私もだけれど、もう一人……英雄を連れていく。本物の英雄を」

「英雄？　ってまさか……何度か話してた、あの子のこと？」

「その子のこと。……これは強いでしょ？」

「…………」

「はっきり言って最強だよ、あの子は……あの子ならきっと、地球を倒せる。地球を滅ぼすことができる――さすがにまだキャリアが浅いけれども、でも周囲がちゃんとフォローしてあげれば、現時点でも十分策略を組み立てられる。対地球戦の戦略を、根幹からひっくり返せる――『大いなる悲鳴』以降、押されっぱなしだった人類側が、初めて攻勢に転じられる」

「…………」

「人類を救えるんだよ――あなたが」

「……随分と、推すわね。その子を――いや、当然、この状況じゃあその子を強く売り込まざるを得ないでしょうけれど、思えばこれまでの、雑談レベルの情報交換でも、あなたはその子を、誉めちぎっていたし。誉めちぎっては投げ、誉めちぎっては投げしてたたし」

「そうだっけ。……あんまり自覚はないな。今は確かに、意図的にそうしているっていうのはあるけれど……でも、強く言っているだけで、決して大袈裟に言っているつもりはないよ」

「そうなの？　確かに、私が他の筋から聞くところ、彼氏の『目』は――」

「『目』じゃない。いや、『目』のことも、もちろんそうなんだけれど――でも、そんなの目じゃないくらいに、戦いに向いている。戦争に向いている――あの子は」

「戦争に向いてる？　笑えるわね。そんな人間、いるの？」

「いる。笑えないことに、いる。あの子は誰にも感情移入をしないから」

「感情移入」

「そう。だからどこまでだって戦える――今は、私と一緒に逃亡中だけどね。まあ……逃げることに関しても天才的だよ」

「……なんだろうな。仮に、あなたの言うことを話半分に聞くとして――半分くらいは信じるとして、だとしてもその子、結構な爆弾だよ。あなたのことが霞《かす》むくらい――って意味では、いいことなのかもしれないけれど」

「そういうつもりはないよ……本当を言うと、その子だけなら、地球撲滅軍に戻ることができるんだけど」

「そうなの？　一緒に逃亡中って言うから、その子が何かをやらかして、あなたがそのトラブルに巻き込まれたんだと思ったけれど」

「どちらかと言うと、それは逆かな。……ううん、責任の一半は、やっぱり私にあるのかもしれない。だから私はもう、死んでしまうかもしれないけれど、この子だけは生かしてあげたい」

「……らしくないこと言ってるねえ。何て言って欲しいわけ？　死に際にいい奴の振りをするくらいじゃあ、私達は許されないよ。改心したって地獄行きだ。……私の場合、行くのは地獄じゃなくて魔界かもしれないけれどね」

「え……魔界？」

「いいよ。了解した。どうなるか保証はしないけれど、受け入れの準備だけはしてあげる——そのように動いてあげる。上層部がどう判断するかは、運を天に任せよう。失敗したときは、私を恨んでくれていいよ」

「恨まないよ。その代わり、このことであなたがまずい立場になっても、私を恨まないでね。そこは恨みっこなしでいこう……友達だもんね」

「…………」

「笑ってよ。ここここそ笑うとこだよ。落ちだよ」

「……やっぱり、センスないわよ、あなた。でも大丈夫。もしもあなたが無事内に四国に来られたなら——そのときはあなたの、笑えるコスチューム姿を見せてもらうことになると思うから」

「笑えるコスチューム姿……？」

「ええ、きっと似合わないと思うわ——」

……結局、この後、剣藤犬个の亡命は失敗に終わり、杵槻鋼矢は彼女の魔法少女としての晴れ着を見ることはなかった。

大爆笑してやろうと思ってたのに。

恨みっこなしという約束ではあったが、しかしながら、このときのことで杵槻鋼矢は今でも、剣藤犬个のことを恨んでいる。

何勝手に死んでんだ、馬鹿。

2

……そして現在、立場的には剣藤犬个の後釜である氷上竝生が、年齢にそぐわぬ魔法少女姿で四国の空を飛んでいるのは、皮肉な運命の巡り合わせと言えた。

ありとあらゆる面で、数奇である。

駐車場で試したときは、数十センチ、最大で一メートルくらい浮かんだだけだったので、数十メートル上空、遮蔽物のない完全なる『空中』を飛んでいる、いわゆる飛行感覚（『いわゆる』と言えるほど、人体が単体で飛行する感覚が語られているとは思えないが）は、なんとも言えないものがあった――今、この瞬間に落下したら間違いなく死ぬ高度を、パラシュートも、セーフティーネットもなく飛ぶというのは、もちろん理屈で言えば怖いはずなのだけれど、しかし、不思議と、この浮遊感は不安感と直結しない。

頭では、いざというときの危険が理解できているのだが、どうも思考がそちらに繋がっていかない――これはひょっとすると、落下のリスクよりも恐るべきことなのかもしれない。生物として当然あるべきリスクマネジメントができなくなっているのだから。

ただしこれは、コスチュームの効果とか、魔法の中毒性とか、そういうことではなく、単純に『空を飛ぶ』という感覚に、ただただ氷上が酩酊《めいてい》してしまっているだけだろう。

高高度を飛んでいるだけに、ハイになっているとでも言うのか――クール・ビューティーを気取っている氷上にしてみれば、これは、あまり経験のないテンションだった。

……まあ、今の氷上のファッションセンスにクールビューティー要素は皆無なのだが。

そんな格好で、身の隠すもののない空を飛んでいるという事実も、彼女の精神を普段よりも開放的にしているのかもしれない――もうどうにでもなれ、どうにでもしてくれという諦めというか、許しの極致のようだった。

もっとも、初フライトである氷上が、問題なく高高度を飛べている理由は、目の前をお手本のように先導してくれる、左右左危がいるからというのが大きかった。

先導、否、牽引《けんいん》と言ってもいい。

空を群になって飛ぶ鳥は、先陣を切る一匹が風除けの役割を務めるというけれど――しかし、四国についての事情は知っていても、初フライトという意味では氷上と条件は同じであるはずの右左危の飛行は、実際、見事だった。

ともすると、自分の飛行を忘れ、見とれてしまうくらいだった――『兵器は、強度を追求すると、同時に格好良さも追求することになる』という右左危の言に乗るなら、確かに、人が空を飛ぶその姿は『格好良かった』。

魔法少女ファッションでなければ。

……こんな形で仮説を実例で示されるとは思わなかった――と言うか、後方を飛ぶと、右左危博士のスカートの中身が、えげつない角度から丸見えになって、気まずかった。

なるほど、正しい――否定している。

魔法少女のコスチュームは、『人が空を飛ぶ』という偉業を、達成すると同時に否定している——自身が飛んでいる氷上は、確かにハイになっているけれど、同時に『それほどでもない』という気持ちも抱くことになる。

パイロットの六割頭、ではないが。

どんなにスタイリッシュに飛んでみせようと、眼下に地上を見下ろそうと、しかし今の私だって、後ろからみればパンツが丸見えなんだと思うと、『空を飛ぶっていう行為は大したことじゃなく、むしろ滑稽でさえある』というように思考が誘導されていく。

魔法少女にカリスマ性を持たせまいという、デザイナーの意図を感じる——これ、スパッツとか穿《は》いたら駄目なんだろうか？

「ストッキングとか、その辺のストアに売ってると思うんですけれど……」

「駄目よそんな、非常時だからと言って、売り物を勝手に略奪するような真似をしたら」

なんでそこだけ倫理的なんだ。

既にここまで倫理に悖《もと》る格好をしていると言うのに。

空中での会話、しかも前後に並んでの会話というのに不慣れなので、氷上は、声量をどれくらいにしたものか考えつつ、

「なんですか、これ、スカートの下にスパッツやらストッキングやらを穿くと、飛べ

なくなる仕組みなんですか？」

と質問する。

なんだか右左危博士のお尻に話しかけているみたいな形になり、ちょっと不快だった。

「いえ、たぶん大丈夫——それで機能性を損なうなんてことはない。ただし……見た目が相当、ダサくなっちゃうでしょうね。醜いと言ってもいいくらいに」

「……それも、トータルデザインですか」

ダサくなるくらいだったら我慢できる、と思ったけれど、醜いとまで言われると、ちょっと躊躇する——スカートの下にジャージを穿くみたいなものだろうか？　氷上はああいうのは、可愛いと思うほうなのだけれど。

とは言え、可愛さを追求するという意味では、魔法少女のコスチュームは女子高生の制服の着こなしに、通じるものがあるかもしれない——いずれにしても、制服がズボンの学校に通っていた氷上には、その辺はよくわからない感覚だ。

「じゃあ別案ですけれど……、別に二人ともこんな格好をしなくとも、どちらか一人だけがコスチュームを着て、もうひとりを抱えて飛ぶって言うんじゃあ駄目だったんですか？」

「いいの？　その案を採用すると、恐らくは竝生ちゃん、あなただけが魔法少女になることに決まると思うけど」

「…………」

力関係からすると、そうなりそうだった。

と言うか、当然、より若いほうが着ることにはなるだろう――それに、言ってみたものの、仮に氷上が通常衣装で抱えられる側になったとしても、しかし、空中で身の安全を委ねられるほど、右左危博士を信用することはできない。

意味のない思考実験だった。

「往生際が悪いわねえ、竝生ちゃん。もう振り切っちゃいなさいよ。きっとあなたの室長も、その姿を見たら満面の笑みで喜んでくれるって」

「くれるわけないでしょ。室長が満面の笑みを浮かべたところなんて見たことないですよ」

「幸いなことに、竝生ちゃんが着ているコスチュームのデザインって、エプロンドレスをベースにしている風もあるから、ちょうど室長に仕えるメイドっぽく仕上がってるって」

「私は室長に仕えるメイドではありません」

「いらっしゃいませご主人様とか、言っちゃったりしてね」

右左危博士のメイドに関する知識は偏っているようだった――少女のロボットなん

てあざといものを作りつつも、サブカルチャーにはあまり詳しくないらしい。

ともかく、一方でそんな言い合いができるくらい、魔法少女としての飛行の、難易度は低かった——これはちょっと、自転車に乗るのが馬鹿馬鹿しくなってしまう。コスチュームを置いて『恋風号』を選んだらしい、すれ違ったあの子の判断の尋常のなさが、より強く理解できる——四国に到着して、いきなりあの子と向き合わずに済んだというのは、右左危博士の言う通り、確かに僥倖だったのかもしれなかった。

……そう言えば。

あまり、そういうことは考慮しなかったけれど、あの子は『恋風号』に乗って、いったいどこに向かっていたのだろう？

右左危博士は、あの先の分かれ道のパターンが多過ぎて、分岐点の数を考えると、仮説が立てられないと言うだろうけれど——あの時点だけを切り取れば、ざっくりと、西側を目指していたことは間違いない。

もちろん西に向かった後、引き返してくるというコースもあり得るだろうから、断定はできないけれど——まっすぐに予想をすれば、徳島県から見て西側、つまり、徳島県の西部……もしくは県境を越えて、高知県か、愛媛県に向かっていたと見ていいんじゃないだろうか。

だとすれば、今香川県に向かっている氷上・右左危博士の一風変わった魔法少女コンビとの、二度目のニアミスは、なさそうだ……。

非常時における致し方のない泥棒行為と言うのであれば、あの子が隠していたコスチュームをまさしく『かっぱらった』氷上達なのだから、この先、不意にあの子と遭遇したら、かなりシリアスな戦闘になりかねない。

そう思うと、それは安心要素ではあった。

……当然のことながら、氷上も右左危博士も、すれ違ったあの子が、現在捜索対象に入れている杵槻鋼矢その人だと知る由もないので、この先、ニアミスの機会がないのが、いいことだとは一概には言えないことに、気付けない。

それは杵槻鋼矢側から見れば、恵まれている話でもあった——さすがは、あの英雄少年と同盟を組みながら、まだ生きながらえている驚異の生命力の持ち主である。

持っている。

ただ、一方で漠然と——右左危博士がどう感じているのかはわからないけれど——氷上は、この先、四国のどこかで再び、『恋風号』に乗っていたあの子と、遭遇するのではないだろうかという予感がしていた。

それは決して前向きな予感ではなく。

ただ『嫌な予感』と言うべき感覚だったが。

「ところでエロメイド……じゃなかった、竝生ちゃん」

「左博士、今、私のことをエロメイドとおっしゃいました？」

「言ってないわ。何、竝生ちゃん、自分のことをそんな風に思っているの？」

「私の中にそんな語彙はありません。あなたが言ったんです」

「エロメイドって言われるほうがエロメイドなのよ」

「救いがないじゃないですか、だとすれば。言わせてもらいますけれど、年齢のことを考えれば、私よりもあなたのほうが酷いことにはなってるんですよ？」

「でもまあこういうこともあろうかと、普段からプロポーションの維持には気を遣ってるからね」

「人生にこういうこともあると思っていたのであれば、あなたは天才か、異常者です」

「この世に天才はいないわ」

「じゃあ異常者です」

話が進まない。

不真面目な格好をしているから、こんな不真面目な会話が、一番はまってしまうのも問題だ——これもデザイナーの思惑通りか？

デザイナー。

具体的に言うと、魔法少女製造課——か。

まあ、右左危博士は、どんな格好をしようと普段通りの喋り口ではあるのだけれど、この人は元からふざけているから……。

「えっと、なんでしたっけ？　左博士。左博士のほうから、私に呼びかけてきたくだりだったと思うんですけれど」

「そうよ。用があって話しかけたのに、竝生ちゃんがエロ秘書の話とかするから」

「いいですか。私の通常時の肩書きに、二度とエロとつけないでください。全秘書を代表して要請します」

「全秘書も、そんな格好している人に代表されたくないと思うけど」

「じゃなくて」

「うん。いえ、ひとつ試してほしいことがあるのよ。これは、情報を小出しにしているのではなく、今、ぱっと思いついたことで——どうなのかなって思ったことなんだけど」

「はあ……」

生返事になる。

素直な気持ちを言えば、それがどういうものであれ、氷上は右左危博士の『思いつき』を試したくはない。

何をさせられるのだ。

こんな格好で、これ以上。

「いえいえ、そんな難しいこととか、恥ずかしいこととかを強要するつもりはないわよ——私が自分でできればいいんだけれど、これは竝生ちゃんにしかできないことだから」

「私にしかできないこと……？」

「ちょっと『炎血』を使ってみてくれる？　『焚き火』ちゃん」

右左危博士は氷上のことをコードネームで呼んだ——ちゃん付けとは言え、それは右左危博士にとっては、コードネームではなく、作品名だったかもしれない。

ぞわっと。

体温が一度、下がったのを感じる。

「……意図は？　どういう意図があって、私に『炎血』を使わせようと言うんですか——あなたが。私の身体をこんなことにした、あなたが。そんな——燃やし、や、や、い、い、やすそうな位置から」

「怖いこと言わないでよ」

おどけるように受ける右左危博士。

もっとも、そんな調子だからと言って、氷上の言葉を額面通りに受け取っていないというわけではあるまい——逆に言うと、これは氷上から、燃やされることを覚悟しての発言なのだ。

あくまでも数パーセントの確率で、数パーセントの殺意だが——氷上とて、どれだけ挑発的なことを言われようとも、ここで右左危博士に攻撃をかけてしまうほど、見境なくもない。

ただ、常に冷静沈着であろうとする彼女は、それを必要とするほどには、冷静沈着な地金を持っているわけでもないのだ——衝動的に行動してしまうことが、ないわけじゃあないのだ。

「何を企んでいるのか知りませんが、あまり軽口を叩かないでください……左博士」

あなたのことを信用していませんが、私は私の自制心のことだって、そこまで信じていないんです——と氷上が言うと、右左危博士は、

「はは」

と笑った。

どういう意味の笑いなのだか。

「いえいえ、ちゃんとした理由つきよ——私達は、こうやって魔法少女のコスチュームを着ちゃあいるけれども、マルチステッキを持っていないからね。さっき説明した、固有魔法のようなものは使えない——かと言って、持ってきた武器はぜーんぶ、ヘリと一緒に消えてなくなっちゃった。こうなると、仮にこの先、実験ゲームの最中

で、誰かと戦闘になったときに、頼れるのはあなたの血液ってことになるのよね」

「…………」

最初からそう言ってくれれば、いちいち激高せずに応じることができたのだが——誰かと接近遭遇した際に、まず戦闘になることを想定しなければならないというのは、殺伐とした世界観だけれども、しかしそれが氷上達が暮らしている世界だったし、四国だったし。

地球だった。

「で、ここで問題になってくるのは……、今、果たしてあなたは『炎血』を使えるのかどうかってことなのよ」

「え？　どういうことですか？　そんなの、使えるに決まって——」

「魔法と科学の相性」

右左危博士は後方を飛ぶ氷上に、腕を伸ばして、それを指示器代わりに、進む方向を示してみせた。自転車の曲がりかた。

見渡す限り、障害物も遮蔽物もない空中のことだが、一度も右左危博士は後ろを振り向かない——安全運転、安全飛行を徹底している。

いや、そもそも右左危博士は、人の顔を見ながら会話する習慣に欠けているのだろう——しかし氷上は、別に相手のパンツを見ながら会話する習慣があるわけでもないので、できればバック走みたいな形で飛んでほしいものだ。

それはともかく、指示に従って軌道を修正しながら、氷上は右左危博士の言葉の続きを待つ。

魔法と科学の相性？

「いや、竝生ちゃんが思うよりは相性いいって前に言ったけど、地球撲滅軍の不明室と、絶対平和リーグの魔法少女製造課で、秘密裏に合同研究——みたいなことを、実は考えたこともあったとき、なんだかうまくいかなくてさ」

「は、はあ——」

やっぱり信用できない人だ。

ライバル組織と、そんな形で通じているとは——まあ、それは不明室の存在や行動を、氷上の上司が、上司になる前に暴く、更にその前の話なのだろうけれど。

「でも、なんでしたっけ？　どなたかの格言で、発達した科学がどうとか……魔法と区別が……発達した魔法でしたっけ？」

どっちのパターンもいい加減聞き慣れてきたので、こんがらがって来た——まあ、要するに魔法と科学は、発達したりしなかったりしたら、似たようなものだという話だった。

「だったら、相互理解ができそうと言うか、共通点は実は多そうにも思えそうですけれど。地球撲滅軍と絶対平和リーグで取り扱いかたが違うだけで、その実、似たようなものをいじくり回しているだけなんじゃあ……」

極論、人造人間だって、一昔前までなら、魔法少女と同じくらいのファンタジーだっただろうし――氷上に理解できない、作れないという点では、魔法も科学も同一だ。

しかし、

「んー。まあ、詰めていけばそうだったのかもしれないけれど、まったく別系統の技術だったっぽいのよね。鳥の羽と虫の羽くらい似て非なるって言うか……」

と、右左危博士は、飛びながら首をひねったようだった。

「そう。区別がつかないというだけであって、同じものではない――むしろ相反したりもする。まあ、これは、このコスチュームもラボに持って帰って、分析すれば、別の答も出るのかもしれないけれども――しかし今の時点では、『なんか私達、合わないよね』って感じなの」

「…………」

ニュアンスで説明されると、不覚にもわかりやすいけれども、しかし、話している内容は、確かに気になるところではあった。

ヘリを失った氷上達が移動するためには、魔法のコスチュームの着用は必須ではあったけれど、それによって氷上が『炎血』を使えなくなる可能性というのは、一応、早いうちにチェックしておいたほうがいい。

右左危博士が『思いつき』と言ったよう、たぶん、これについては念のため程度のチェックなのだろう——しかしこのとき、氷上の心中に、『もしも今、「炎血」を使えなければ、この恥ずかしいコスチュームを脱がざるを得ないかも』という期待が生じたことは事実だった。

そうなると一刻も早く試したい。

移動する上では便利なコスチュームだが、しかし、いざというときに戦えないというのでは、身を守れなくなる……。

かと言って、露骨に嬉しそうな顔をするわけにはいかず、氷上はむしろ眉をひそめて、

「そうですね……それは是非試してみないといけません」

と言った。

是非と言うあたりに、期待が隠し切れていない——実際にここで、コスチュームのせいで『炎血』が使えなくなったというのでは、それはそれで困るのだけれど、氷上は機械ではないので、心を完全には制御できない。

上司の英雄とも、違う。

「じゃあ、一旦停まって……いえ、飛びながらのほうがいいのでしょうか？」

「そうね。気になるのは、魔法を使いながら、科学の力も駆使できるのかってことだから——ホバリング状態よりもフライング状態のほうが、魔力は発揮されてるはずでしょうし」

「魔力ですか……」

魔法というより、いかがわしい響きである——だから絶対平和リーグは、あえて魔力ではなく、『魔法のパワー』なんて、ばかばかしい言いかたを選んでいるのだろうか？

魔力と科学力——打ち消し合うこともあるというのなら、ひょっとすると、逆のパターンもあるかもしれない、と氷上は考えた。

『炎血』が使えなくなるというのならばまだしも、『炎血』は使えたけれど、それによって魔力のほうが打ち消され、コスチュームの飛行効果がなくなり、この高度から落下するという可能性も、あるのだろうか？

だとしたら、もっと高度を下げて、安全な高さで試すべきだったが、ここは氷上は、『でも、早く確認して、白黒はっきりさせたい』という気持ちのほうが先に立った。

それくらい今の格好が嫌だったのだ。

「……ファイヤー・ボール・アース」

言って氷上は――『炎』を放つ。

手のひらから、真上に向けて。

そこまでの『大火力』で放つ必要はないだろうけれど、しかしあまり加減をしても、それではチェックにならないだろう――弟ほどには『炎』を操ることができるわけではない氷上なので、真下に放って、万が一地上の山々を火事にしてしまっては惨劇だ。

なので空中で、クロールから背泳ぎに切り替えるように、身体の前面を、空に向けるようによじりながらの『放火』である。

『炎血』。

氷上竝生は左右左危によって、身体中の血をすっかり入れ替えられている――ちょっとした衝撃で発火する性質を持つそれに。

弟から引き継いだ能力――科学技術。

厳密にいうと、『血』だけではなく、『汗』でも『唾液』でも、氷上の体液はすべて発火性を持ち――この場合は、手のひらからの発汗を、発火へと『化学変化』させたわけだ。

なんのことはない。

手品師が舞台上でやってそうなことだ。タネを身体の中に仕込んでいるだけで——果たして。

炎は発された。

ドッジボール大の炎球が真上に——否、既に氷上の空中における座標は移動していたので、かなり後方上だが——炎は、発射され。

雲を貫き、その後、立ち消えた。

「…………」

弟ならばあれで、天候を変えてしまうほどの力を持つのだけれど——科学力を発揮するのだけれど、それは氷上には、パワー的にも気持ち的にもできないとして。

「……使えました、ね」

「そうみたいね——感覚はどう？　普段と違う、みたいなのはあった？　なかった？」

右左危博士のメンタルチェックに、氷上は一応、思い返してから、

「ありませんでした、普段通りです」

そう答えた。

答えてから、しまった嘘をつけばよかったと思い当たった——『「炎血」は、それなりに使えはするけれども、やや不具合があり、それはちょうどコスチュームを脱い

だほうがいいくらいの不具合だ』と言えばよかった。

そもそも前線を引いた氷上は、普段は『炎血』を使っていないので、感覚的な評価なら、どうとでも答えられたのに。

「ふうん……幸い、魔法少女のコスチュームと、竝生ちゃんの『炎血』は、相殺しないみたいね。よかったよかった」

「……まあ、よかったんでしょうね」

今更発言の撤回もできず、落胆しながら頷く氷上だった──無駄な期待をしてしまったという気持ちが強い。

結果として、左右左危博士と氷上竝生が行った飛行中のチェック──絶対平和リーグ風に言うならば『実験』の結果は、取り越し苦労の、別にわざわざ試さなくてもよかったんじゃないかというような無駄に終わったようにも見えるが、しかしそれは、期待外れを味わわされた氷上の個人的な感想であり、実のところ、このチェックは有意義だった──大いに有意義だった。

ひとつには、左右左危博士のいう『魔法と科学の相性』、そのよさ悪さみたいなものは確かに実在して、実際に、この翌日、こことはまったく違う場所において、魔法少女のコスチュームを着用した人造人間『悲恋』は、ほんの一ミリだって浮き上がることはできなかった。

戦地においての安全を考慮するなら、だから氷上が『炎血』が使えるのかどうかは、十分に試しておく価値のある実験だった。

その実験の結果、これからの戦いで——これからのゲームプレイにおいて、彼女達は他のプレイヤーよりも、明確なアドバンテージを得たのだから。ステッキを持っていないというマイナスを補ってあまりあるプラスだ——ただし。

ただしこの実験は——それを差し引いてもあまりある、思わぬマイナスを産んでもいた。

それも、ここことはまったく違う場所。

遠く、遥か遥か遠い場所——四国内において、ほとんど対角線に位置するような場所で。

黒衣の魔法少女『スパート』。

『火使い』——チーム『白夜』のリーダー。

彼女が——空を見ていた。

およそ見えるはずもない距離から。

どんな科学機器を行使しようと把握できるはずもない距離から——その実験を、目撃していた。

「ん〜〜？　……なんだろうなあ、あれ〜〜」

氷上竝生と『スパート』。
二人の異質な魔法少女の——対戦の伏線が、ここに静かに、張られたのだった。

3

香川県の中学校に到着した。

結局、道中で何かを新発見したり、あるいは絶対平和リーグに所属する正体不明の魔法少女やらから襲撃を受けたりすることもなく、氷上の上司がパラシュート降下したという、広々としたグラウンドに到着した。

着陸も難しくはなかった。

歩くのと変わらない感じで、足を地面に下ろせた。

どういう力学が働いているのか……、コスチュームの力が働いているのは間違いないだろうけれど、しかし、着ているだけで、接続されているわけでもないのに、どうしてこうも『思った通り』の飛行が可能なのだろう？

無線システムなのだろうか？

それはさておき、操縦士からの報告にエラーがある可能性も含んでいたけれど、到着してみると、数日前、氷上の上司がここを訪れたらしいことは、間違いなさそうだと思った。

なにせ校舎がひとつ、半壊している。

穴だらけになって崩れ落ちている。

……原状回復していないところを見ると、これは、『ルール違反』の結果として、なされた破壊ではないのだろう。ただし、人知の及ぶ範囲の力でなされた破壊とも思いにくい——ということは、魔法のパワーによる破壊。

ビームのようなものによる攻撃を、短時間に連続して受けたと分析することができそうだが——しかし、四国に来て初めて見る、この露骨な『戦争』の形跡。

さすがは私の上司。

地球撲滅軍が誇る英雄である。

もちろん、校舎が崩れているだけで、確実に彼がここにいたと判断できるのは、かの英雄を知っている極めて限られた者だけで、第三者にそれを証明はできないけれども——しかし、グラウンドを少し捜索してみると、地球撲滅軍開発室製作のコンテナがごろりと転がっていたので、直感に頼る必要もなくなった。

この中に『恋風号』も、分解されて入っていたのだが——装備をすべて失っている氷上達としては、何か残っていないかという期待もあったのだけれど、綺麗さっぱり、空っぽである。

「できるものなら、崩れた校舎の中も探索してみたいものだけれど……どうかしらね？　竝生ちゃん、行けると思う？」

「さすがに危険じゃあないですか？　いくら、このコスチュームには、優れたディフエンス機能があるとは言っても……」

あるらしいのだ。

グラウンドに着陸後、では着替えましょうかとさりげなく、しかも自然な流れで申し出た氷上だったが、そのときになって右左危博士がそんなことを教えてくれた。

またもや情報の小出しというか、まるでこちらの精神をもてあそんでいるかのようではあったが——そんなことを言われて、更に破壊された校舎を見ると、どれほど意に添わない服でも、脱げなくなってしまう。

この衣装のままでも『炎血』を放てるとなれば尚更だ——実際、軽くテストしてみたところ、この衣装はふわふわした見た目に反して、それに生地の伸び具合に反して、かなり、と言うより異常に丈夫なようだった。

「基準としては、『切断王』や『破壊丸』での攻撃をたやすく防げるくらいの防御力——と思ってくれていいわ」

と、右左危博士は言ったけれど、それはさすがに大袈裟だろうと氷上は思っている——しかし、そんな発言に説得力を持たせられるほどの守りの鎧であることは、確かだった。

とは言え、防弾チョッキや防刃チョッキと同じく、むき出しの部位までを守ってくれるわけではない。頭にダメージを負えば百パーセントのダメージを負うし、なにぶん、脚だの腕だの、露出の多いデザインのワンピースだ——しかも、子供サイズのそれを身体の育った氷上が着ることで、露出度は更に上がっている。

こんな格好で崩れた校舎の中を探索しようというのは、無謀もいいところだろう——ここからもっと崩れ落ちることもあるだろうし、それでなくとも、破片で肌を切りかねない。

「そうね」

と、右左危博士も、ここは素直に氷上の意見を呑む。

「やむをえないわ、その辺は目視のチェックで済ませましょう。でも、他の校舎は、一応調べてみる価値があると思わない？」

「他の校舎……ですか」

ふむ。

この風景を見せられると、どうしても破壊された校舎や、上司が着陸したであろうグラウンド周辺ばかりに目がいってしまうけれど、崩れた校舎の向こう側には、無事な校舎が建っているのだ。

なんとなく、無事ということは、ここで起こったであろう戦闘とは無関係な校舎という風に見えるけれども、しかし、そうと決まったわけではないのだ――あの中に、目標（氷上の上司・『悲恋』・杵槻鋼矢・登澱證）追跡のための手がかりがあっても、別に不思議ではない。

他に確かな指針のない今、捜索の価値は十分にあると言えよう。

「夢を見るようなことを言わせていただけるならば、室長が、後から助けに来る私達のような者のために、メッセージを残して行ってくれてたりしたら、いいですよね」

「そりゃあ本当に夢を見るような話だね――あの子が、助けを期待してるとか」

「…………」

自分の上司のことを知ったように語られるのはいささか不愉快だったけれども、まあ、その通りではある――それに、少なくとも、クールに見えて割と感情的になりがちな氷上よりも、右左危博士のほうが、あの少年には近い位置にいるのも間違いないだろう。

それがより不愉快なのだが。

「じゃ、見てみようか。残る校舎の中を」

「はい。わかりました」

「校舎内の飛行は禁止ね――慣れてるならともかく、飛行初心者の私達じゃあ、室内での飛行は控えたほうが安全よ」

言われるまでそんなことは思いもしなかったが、それはその通りだと思った——飛ばないのならば脱ぎたいけれど、防御力のことがある今、たとえ校舎崩落の心配がなくとも、緊迫状態にある四国で、これは脱げない。

誰もいない無人の校舎を、魔法少女の衣装を無理矢理に着た大人女子が二名、何かを探して徘徊するなど、まるでちょっとした怪談だ——いや、もしも自分が学生で、そんな噂話を聞いたとしたら、妖怪や幽霊だと思うよりも、ただの変態だと思うだろうが。

ともあれ、校舎の探索。

それも数棟の校舎——たった二人で調査するには時間がかかりそうにも思えたけれど、そこは右左危博士の人間の行動パターン分析を元にした、手際のいい探索が行われたので、氷上が危惧したほどの時間はかからなかった。

しかし結論から言えば、この探索に成果はなかった——氷上竝生と左右左危は、なにも見つけることができなかった。

それも当然である。

ここでも、名前が登場するのは杵槻鋼矢で——彼女は徳島県藤井寺から『恋風号』で、四国の西側に向けて出発する前に、実はこの中学校に寄っていたのだ。

つまり氷上達と杵槻鋼矢は、すれ違っただけではなく、行き違ってもいたのだが――その際、彼女はこの中学校から、重要な『手がかり』となりそうなあれこれを回収している。そのうちひとつは、回り回って今右左危博士が着ているコスチュームだったりするのだけれども――結局、ここは彼女達にとって、既に一度、先に掘り返された宝物庫というわけだ。

ある意味で、本人達も気づかないまま始まっている、杵槻鋼矢との戦いは、今のところあちらのほうが一歩上手という風である。

ゆえに追跡のヒントとなりそうなものはなかった――調理実習室に料理をしたらしい形跡があったけれども、精々そのくらいだ。

「でも、このキッチン回りの扱いの不器用さ……室長を思わせなくもありません。ひょっとすると室長が、ここで調理をしようとしたのかも」

「……もしもそれが、気休めで言ってるんじゃなくて、事実としてそうわかるんだとしたら、竝生ちゃん、ちょっと気持ち悪い感じになってるわよ。その格好以上に」

この格好以上にとは言われたものだ。

というか、この格好が気持ち悪いと遠回しに言われた……同じ格好をしている人に。

「ま、英雄くんからのメッセージやらがなかったことは、予想通りとしても……、ここまで綺麗さっぱり何もないっていうのは、違和感もあるわねえ……実は死体のひとつでもあるかと思っていたんだけれど」

「そ、そんなことを思っていたんですか？」

「ほとんど勘だけどね——だけどその勘が正しかったんだとしたら、今の四国では、死ぬことがルール違反なのかも」

「死ぬことが？」

「いえ、勘が外れたからって意地になって、牽強付会をしようってわけじゃないのよ——魔法の島となった四国島。そんな状況下で、三百万人全員が、『ルール違反』の爆死で死んだとは思えないでしょう。確率的に何割かは、パニックの中起きる事故や混乱の中、死んだはず——にもかかわらず、その死体までないというのは、おかしくない？」

「はあ……それは、言われてみれば」

でも、実際に、ここまで死体はひとつも見ていない——例の『爆発』で破壊された被害は、原状回復するという原則に、それは反するように思える。そこに筋を通す『ルール』の適用があるのだとすれば——

「『ルール違反』で死のうと、それ以外の死因で死のうと、落命したら問答無用に、それがルール違反になってしまうってこと……だから死体は、右左危博士のヘリコプターと同じように、破片も残さず爆発する——消滅する」

そして『失踪』。

……この目でその状況を見ていない以上、あくまでも仮説でしかないが、しかしありそうな話ではある——そしてそれは、実験がゲーム性を帯びているという右左危博士の言いを、補強する仮説でもあった。

四国中に所狭しと、死体がごろごろ転がっていたら『遊び感』の減少、著しいから……。死体の処理、それに、破壊の回復は、少女達を華やかに遊ばせるための『装置』と、見えなくもない。

「ここでも、そういうことがあったと？　誰かが死んで、その殺害現場が、死体ごと爆破されて——そしてその後、その現場は何事もなく原状回復していると？」

「さあ……断言はできないし、どちらかに予想を決めろって言うんなら、ノーと答えたほうが正解率は高そう。もしもそうだったとしても、確認するすべがないからね——まあ、死体がないというのは、死体があるというよりは、いいことだわ」

たぶんね、と適当な感じにいう右左危博士。

別に『嘘をつきやがって』とまでは思わないけれど（少し思うけれど）、どうにもヒューマニズムな意見が似合わない人だ——普段の行いがより雄弁にものを言っていると言えばそれまでなのだろうが、真っ当な意見が似合わないというのは、不遇といえば不遇である。

「それこそ夢見るようなことを言うなら、私達の着ているこのコスチュームの、元の持ち主の死体があったら最高って思ってたんだけれど――ま、そんなヌルゲーなわけないか。ここまでがとんとん拍子過ぎたくらいだったよね」

「…………」

自分が今着ている服の持ち主の死体があったら最高と思っていたのであれば、さっきの発言は、本当に『嘘をつきやがって』ということになるけれども……、そんなおぞましいことを、よく期待できるものだ。

ただまあ、右左危博士のその発言から、『今、こうして私がみじめに着ているコスチュームを、可愛らしく着ていた少女がいたんだな』ということに、初めて思い至る。

デザイン意図のことも相まって、このコスチュームを悪の権化、悪意の塊みたいに定義していた氷上だったけれど、単純に、女の子が着る服としてはきちんと見られる服である――『元の持ち主』という言いかたを右左危博士はしたけれど、氷上はこの服を自分のものにしたつもりは毛頭ないので、今も、このコスチュームの正統なる持ち主である、魔法少女。

どんな子なのだろう――『恋風号』に乗っていたあの子か、それとも他の誰かか。

確かなのはここに私達が三着持って来ている以上、その分コスチュームを失った魔法少女が、四国には三名、いるということだ。

命を失っているかどうかは不明だが……すれ違ったあの子にしたって、あの後、まだ無事でいるとは限らないのだ。

「もしも私達が、このコスチュームを奪ったことが絶対平和リーグ側に知られたら、当然、取り返しにきますよね——コスチュームの持ち主なんて、特に敵愾心《てきがいしん》をむき出しにして」

「そりゃあ自分の服をこんな風に着られたら、怒り心頭でしょうね」

他人事のように言う右左危博士。

その点についてあまり警戒していない様子なのは、うち何名かは死んでいる可能性を、真剣に考慮しているがゆえだろうか……。

「もしも返せと言われても、クリーニングが必要になるでしょうし……、伸びた生地が戻るのかどうかが、不安ですね」

そんな右左危博士に、あえて冗談めかして氷上は言った。

「黒いコスチュームだけは、そのまま返すことができそうですけれど」

「うーん、私としては、あの余らせちゃった一着を、『悲恋』ちゃんに着せてみたいなあと思ってるんだけど——それから、竝生ちゃんの上司」

「は？」

「相性チェックの続きよ。パッチテストと言うか。科学の粋を集めたロボットが着ても魔法は発動するのかとか、少女ならぬ少年が着ても魔法は発動するのかとか――なに、竝生ちゃん、上司の女装姿とか想像して、あがっちゃった？」

「あがりませんよ……何言ってんですか。人を変態みたいに言わないでください」

変態みたいな格好はしているけれど。

それに、サイズの小さめな黒衣のコスチュームも、十三歳の彼なら、少年ながら着られなくもないとは思うけれども。

「最終的にどんな集団になるんですか。大人女子二名とアンドロイド一台と十三歳の少年がいて、それが全員魔法少女のコスチュームって」

氷上は憤ったようにそう言ったが、残念ながらその集団は、努力報われて、数日後に実現する。もちろんそれはあくまでも、氷上達が『悲恋』や上司と、再会できた場合の未来の話だが――

「じゃ、ともかくここは収穫なしってことで――これからどうしよっか、竝生ちゃん。愛しの室長が、ここからスタートして、しかも何らかの戦闘行為があったことは確認できたけれども、糸はそれだけでぷっつり切れているって感じだけれど」

「そうですね……。『恋風号』が藤井寺に、一時的であれ駐車されていたということは、この中学校から藤井寺までは、室長は自転車で行ったと推測できます。だから、今度は高度飛行ではなく、自転車のルート、道路上を飛ぶ形で探索しながら、来た道を帰ってみるというのはどうでしょう。……あの、『愛しの室長』って表現、取り消してもらって構いません？」

「ふふ。初心者には逆打ちより、やっぱり順路通り回ったほうがいいって話かな――ま、そんなところでしょ」

右左危博士は氷上の付け加えた要請を無視して、そう頷いた。

反論もない代わりに、しかし強い賛成という風でもない。

仕方なかろう、氷上自身、これをあまり冴えたアイディアだとは思っていない――『愛しの室長』が走った道を追ったところで何か手がかりがあるとも思えないし、あっても、その後の雨で洗い流されている気もする。

しかし校舎内に何も見つけることができなかった以上、なんであれ、二人は次のステージに移らざるを得ないのだった――

4

実を言うとこのとき、氷上竝生と左右左危は、彼らの組織が擁し、かつ邪魔者扱いしているかの英雄に繋がるもっと直接的な手がかりを、自力で見つけることもできた――などと言うと、いかにも岡目八目で、感じが悪いかもしれない。

四国ゲームに限らず、とかくゲームというものは、実際にそれに興じるプレイヤーと、観客としてそれを見ているオーディエンスの間には考えかた、感じかたに差異が生じるものであり、そのときそのときの最善手が何かなんて、検討戦や感想戦でも設けないと、本当の意味ではわからない――否、本当の意味でもわからない。

穴だらけになって崩れた校舎を見て、その中に何かありそうだと、氷上も右左危博士も、感覚的に思わなかったわけではないし、右左危博士は一応、その崩落した校舎内の捜索をしようとも考えなくはなかったのだけれど、しかし、生き埋めになるリスク、生き埋めならまだしも圧死してしまうリスクを考えて、そちらの校舎の捜索を諦めて、残る無傷の校舎の捜索に専念した――こう書くと次善の策のようでもあるが、しかし当時の二人とすれば、それが最善であったことは間違いない。

否、後から考えたって、それが最善だったのだ――だが、常に満点であろうとしない、八割の正解でよしとする右左危博士のプレイスタイルは、トータルでの勝利には向いていても、ここ一番での確実な勝利には向いていない。

現在、際どい衣装に身を包んでいるためにわかりにくくなっているけれど、右左危博士の『石橋を叩いて渡る』スタイルは、裏を返せば泥をかぶったり、犠牲を出したりすることを厭う――要するに、真面目で堅実な氷上はもちろんのこと、右左危博士もまた、ギャンブルが苦手ということだった。

娘と違って――否。

ギャンブルに溺れて死を迎えた、娘同様に。

ともあれ、次のタイムスケジュールとして、立てた予定通りに、藤井寺までのルートを低空飛行しようと考えていた新機軸の魔法少女二人が、無事な校舎からグラウンドに出たところで、

「……ふうっ」

と。

彼女達が探索を諦めた、崩落校舎の内側、というより隙間から這い出てきた、一人の男と向き合うことになった――埃まみれで泥だらけ、擦過傷に満ち満ちながら、ぼさぼさの髪で、その男は二人を見上げた。

もしも、もう少しタイミングがズレていたなら、氷上達は彼の登場前に出立していただろうし、あるいは逆に、這い出てきたのちの彼の行動を、陰から観察できたかもしれないけれど、ぴったり、かわせないタイミングだった――なにせ学校のグラウンドのことなのだ、身を隠すような場所は、どこにもなかった。

つまり氷上は、絶対に誰にも見られたくない羞恥の魔法少女姿を、唐突に、しかも

見ず知らずの男性に目撃されてしまったわけだ――相手がたとえ、うつ伏せに這って いる姿勢じゃあなくとも、下着が見えているようなファッションで。

殺す。

一瞬で氷上のテンションは殺意まで舞い上がったが、しかしここで、ようやく会えた四国の生き残りらしい人物に、出会い頭に『炎血』を食らわすほどに、彼女はまだ理性を失っていなかった。

冷静に、沈着冷静に。

ちょっとカッとなってしまっただけであり、後ろから右左危博士に羽交い締めにされる程度のことで、振りかぶった利き腕の動きを、たやすく止めることができた。ここで変にその拘束から抜け出そうと暴れたら、無理して着ているコスチュームが脱げてしまうかもしれないという危惧もあった――脱げたら脱げたで、よかったかもしれないが。

見ようによっては、裸よりも恥ずかしい格好である――それをよりにもよって、異性に見られているのだ。

見られていることばかりに気を取られて、氷上としたことが相手の観察を怠っていたけれど――どうやら、同世代か、ひとつふたつ、上っぽい男性である。

ここが学校で、校舎内から出てきたので、どことなく教師っぽい印象を受けたのだけれど、崩れる直前まで、ここで授業をやっていたとは思いにくい——氷上達と違って長袖長ズボンの作業衣のような服装だし、額にはヘッドライトを装着していたりするし、その万全な態勢を見ると、単純な、この破壊の生き残りというよりも。

氷上達同様に、この『破壊跡』『戦闘形跡』の調査・探索をしていた——それを終えて、校舎内から這い出てきたという印象だ。

氷上が、右左危博士も諦めた部分の探索を、この男はしていた……その事実に気付くと、別の意味で、この男への警戒心も生まれる。

「ああ……」

と。

氷上達の格好を笑うでも、軽蔑するでもなく、その男はゆっくりと立ち上がった——立ち上がってみると、意外と背が高い。

「誰かと思ったら、左博士じゃないですか——ご無沙汰しております」

その高い背を折り曲げて、深々と礼をする。

なんとかこの格好を隠せないものかと、身体をくねくねさせている氷上は、想定外の、その相手からの折り目正しい礼節に、思わず背筋を伸ばす——背筋を伸ばすと大変なことになるファッションなのだが。

というか今、この男、左博士の名を呼んだ？

馬鹿な。

今、氷上と同じ格好をしている右左危博士を本人と認識するのは、かなり直接的な知り合いでもない限り難しいはず――なにせ変装以上のドレスアップをしているのだ。

変装というより変態なのだ。

いや、実際その識別には、数瞬、時間がかかったようだけれども――

「そういうあなたは、酸ヶ湯博士じゃあないの――泥だらけだったから一瞬、わからなかったわ。何してんの？」

果たして、右左危博士はそう返した。

酸ヶ湯博士？

相手の泥だらけを非難できるような身だしなみをしていないだろう、今のあなたは
(私も) と思ったけれど、それは今の論点ではない。

知り合い――だったら、この男性は、地球撲滅軍が、氷上の上司よりも先に四国に送り込んでいた、先遣隊の生き残り、とかだろうか？

だが、氷上にしてみれば、泥だらけであることを差し引いても、まったく見覚えのない顔だった――もちろん氷上は組織内においてそれなりの情報網を持つ事情通ではあるけれど、地球撲滅軍全員の顔を知っているわけではないのだが。

ただ、少なくとも先遣隊の調査員のリストに、『酸ヶ湯』という名前はなかったように思う。

「何してんのと言われましても……見ての通り、お仕事ですよ」

ヘッドライトを外し、照れたように頭をかく動作をする男――いやいや、今、照れたいのはこっちなのだが。

「それに博士はやめてください。僕は博士号なんて取得していません」

「そうだっけ？　その辺の博士よりよっぽどお利口さんなのにねえ――じゃあ、酸ヶ湯くん」

右左危博士はそう言って、

「紹介するね。私の友達の、氷上竝生さん」

と、氷上の肩を叩いた。

友達？

敵という意味だったか？

驚いて声が出そうになったけれど、なにぶん状況が状況であり、右左危博士の真意が知れなかったので、ここは合わせておくことにした――きっと作戦の一環に違いない。

『酸ヶ湯くん』なんて親しげに呼んでいても、相手の正体が知れないことには違いないのだ——このおちゃらけた『友達』は、年下は大抵、『くん付け』『ちゃん付け』で呼ぶ。

氷上がそんな風に思っていたら、右左危博士はあっさり、

「竝生ちゃんにも紹介するね。こちらは酸ヶ湯原作くん。魔法少女製造課の研究者よ」

と、教えてくれた——え？

5

さっきまで、難所を調査していたせいで薄汚れていたけれど、埃を払ってみれば結構な好男子だった——どうしてこんな人の前で私はこんな格好をしているのかと、氷上はおののいたけれど、しかし、酸ヶ湯原作が本当に絶対平和リーグ、魔法少女製造課に所属する人間だというのであれば、彼女達のこの格好を見て、大きな反応を見せないのは当然とも言えた。

なにせ、このコスチュームを作った側の人間なのだから——いや、そうでもないか？　部外者が、自分達の作った『魔法』のアイテムを着ていたら、それはそれで驚くべきなのでは？

なのに大してその点に反応を見せず、彼はただ、単純に、右左危博士との久しぶりの再会を喜ぶように微笑して、

「今は課長です。過褒をいただいておりまして」

と言った。

課長……魔法少女製造課、課長？

え……それって、大変な立場なのでは？

「ふうん。あなたも偉くなったものねえ――ってことは、今回の四国の異変、あなたの仕業ってこと？」

「いえ、一概にそういうわけでは――込み入った事情があるような、ないような」

「どっちなのよ」

「ありませんかね」

と、彼――酸ヶ湯課長は、にっこりと、人好きのするような表情を浮かべた。自分がこういう格好をしているときじゃなかったら、もっと素直に、好感を持てたかもしれない。

しかしなにせ、今、氷上がさせられているコスチュームをデザインした一員だと思って見ると、どんなに好男子っぽく見えようと、目前の人物に対する敵愾心を否定できない。

いや、ことは別に、氷上一人の羞恥心の問題ではなく――『魔法少女』という、年端も行かない子供を利用して戦闘実験を行っている部署の長であり、しかも今の四国の惨状を作り出した主犯格というのであれば、これは、競合組織の人間同士として、握手をしたり、友好的に名刺を渡したりしている場合じゃあないだろう。

どう考えても。

……いや、だから十三歳の少年を英雄扱いしている地球撲滅軍だってやっていることは同じだと考えれば、批判的になるのはやっぱり、個人的な事情になってしまうけれど。

「まあ、詳しくは企業秘密なので、いくら大恩ある左博士にも教えて差し上げられませんが――ちょっとトラブルがありましてね」

「ちょっとじゃ済まないでしょ」

右左危博士のまともな突っ込みなど、なかなか聞けない――呆れている風だったけれど、同時にそこには『相変わらずだな』というような感情も読みとれた。

「ど、どういうお知り合いなんですか？　大恩あるって……」

言ってしまえば、この状況。

酸ケ湯課長の物腰が柔らかく、丁寧だし、対する右左危博士の受け答えも砕けているのでわかりにくくなっているけれど――今、四国で行われていることがゲームだとするなら、これは、ゲームのスタート地点でラスボスと遭遇してしまったみたいなものなのではないか？

氷上はあまりテレビゲームに詳しくはないけれど、出発地点から倒すべき魔王の城が見えているという、有名なタイトルがあるらしいが……。

「いえいえ、竝生ちゃん。この子は単に昔の知り合いというだけよ。大恩ある、なんてのは、この子が私を立ててくれようとしているだけ——平たく言うと、私の元旦那の同期」

端的に、右左危博士は言った。

元旦那——飢《き》皿《さら》木《ぎ》鰻《うなぎ》か。

地球撲滅軍の渉外係だ——組織内部の人間ではなかったけれど、軍属とでも言うのか、『英雄』のスカウトに関わった一人である。

「旦那と別れて以来、没交渉だったんだけど——まあ、ますますご活躍のようで、何よりだわ、と言いたいところだけれども——何やってんの、こんなところで」

最初に訊いた質問の繰り返しである。

いや、それを言うなら、そう訊かれるべきは、よっぽど氷上達のほうなのかもしれないが——正直なところ、そろそろこのコスチュームの件に触れてくれないと、いたたまれない。

成人女性の魔法少女姿を、紳士としてスルーしてくれているのならばありがたくもあるけれど、訊いてさえくれれば、どうしてこんな格好をしているのか、のっぴきならなくもやむかたのない事情を説明できるのに。

もちろん、魔法少女製造課の人間ならば、訊くまでもなく、そのあたりの事情は推断できるのかもしれないけれど──だからと言ってこれについて訊かないというのも、それはそれで紳士としてのマナー違反ではないのか。

好きで着ている、みたいな人になっちゃうじゃないか……。

「申し上げたでしょう。お仕事ですよ、お仕事──実験調査といいますかね」

「課長様自ら?」

「ええ。何せ人材が足りなくて。絶対平和リーグは現在、壊滅状態です──想像がついていらっしゃるとは思いますけれど」

「でしょうね……まあ、あなたは人材が足りていても、そんな風に現場で働くのが好きなタイプだったけどね」

ちらりと、崩落した校舎のほうを見る右左危博士──自分が危険だと判断して調査に入らなかった場所。

そこを調査されたことについて、思うところがあるらしい──別にそんなの、勝ち負けじゃあないのだろうけれども、分野は違えど研究者同士のライバル心みたいなものはあるらしい。

「上長がリスクを冒すなんて感心しないけれど、案外、そういう奴に限って、生き残っちゃうものか……」

「ははは。それを言うならあなたこそじゃないですか——スタイルを変更なさったんですか？　こんな危険地帯に出張るような人じゃあなかったでしょうに。そう言えば、飢皿木くんの件は、ご愁傷様でした」

さらりとお悔やみの言を述べる——それに対して右左危博士は、「ああ、それは別にいいのよ」と、軽くかわした。

共通の知人の死について、察するに語り合うのはこれが初めてのようだったが、お互い大してその件に触れようともしない——なんだか、違う生物種の会話を聞いている気分だ。

割り込めない。

「で、何か成果はあったわけ？　そんな色男を台無しにするような、泥臭い真似をして——汗をかいてまでした調査の首尾は？」

「うーん、どうでしょうね。僕達的には、あまり成果と言えそうなものは——でも、ちょうどよかったかもしれません。中で見つけたこれを、お返ししますよ」

これ、あなた達のでしょう？

そう言って、酸ヶ湯課長が背負っていた背嚢《はいのう》から取り出したのは――

「!!」

氷上を絶句させるに足るものだった。

いや、『それ』は、地球撲滅軍のアイテムという意味では、花壇にあったコンテナと同じだし、氷上の上司の残した痕跡という意味では、調理実習室の使用跡と同じでもある――しかし、『それ』の有様の持つ意味合いは、それらとはまったく違うものだった。

大太刀『破壊丸』。

彼が四国に持って行った中でも、最大の科学兵器――の、取っ手、だった。

取っ手……いや、そんな言いかたをしたら怒られるのだっけ、ただしくは柄《つか》というのだったか？　とにかく、柄と、鍔《つば》と――その先の刃の部分が、折れて砕けて、なくなっていた。

総毛立つ。

尾羽打ち枯らしたという意味では、今の氷上の身繕いも相当に打ち枯らしてはいるけれども、しかし、これまで百体以上の『地球陣』を始末した、地球撲滅軍自慢の一振りが、こんな変わり果てた姿になって戻ってくるだなんて。

そもそも構造上、この科学刃物に『折れる』なんてことがあったのか？　開発室の落雁ギリーが己の作品のこんな有様を見たら泣くんじゃないかとさえ思った。

「……ふうん」

と、右左危博士はさすがに、（己の部署に無関係だからかもしれないけれど）氷上ほど動揺した様子は見せなかったけれども、しかし、お喋りな彼女が、軽口を叩きもしなかった。

普段ならこういうとき、皮肉のひとつでも述べそうなものなのに、ただ、差し出された『破壊丸』の残骸を受け取って、ためつすがめつする。

「ありがと」

「どう致しまして——ああ、どうかご心配なさらず。あなたのところの英雄くんは、まだ存命のようですよ。この通り、頼りの武器を失いはしたようですが……」

そんなことを言う酸ケ湯を、思わず問いただしそうになった氷上だったが、ここは表面上は無反応を装った。

英雄存命の言葉に浮かれてもならない。

そんなのは何の保証もない言葉なのだ——迂闊に反応すれば、馬鹿を見ることになる。馬鹿な格好をしている上に馬鹿を見てたまるものか。

どれだけ優しげな好男子に見えても、自ら前線に出てくるような働き者でも、この男が今の四国の、原因とまではまだ言えないまでも、少なくとも遠因以上であることは確かなのだ。

そもそもこんなところで、彼いわく危険地帯で、旧知の間柄である右左危博士と酸ヶ湯課長が、遭遇したということから不自然なのだ――これを偶然で片付けていいはずがない。

待ちかまえられ、張られていた罠だと見るべきなのでは――エラーのある情報を氷上達に流そうという算段？　最悪、この男は、魔法少女製造課の課長などではないという可能性だって――

「そんなに警戒しなくてもいいですよ、氷上さん」

と。

こちらからの視線に気付いたのか、酸ヶ湯課長は氷上を見る――見て、すっと目を逸らした。どういう動作なのかと思ったけれど、どうやら単純に、目のやり場に困っただけのことのようだ。

気遣いがムカつく。

それはさておき、

「警戒しなくてもいい……とは？」

と、氷上は、自分がスーツ姿、パンツルックだとイメージして、きりっと訊き返した。

「あなたに対して用心浅くあたるのは不可能だと思うのですが」

　毅然とした態度をとっているつもりでも『用心浅く』という謎の日本語が誕生しているあたりに、動揺が隠し切れていないが、酸ヶ湯課長はそれには触れず、ただ彼女からの質問に答える。

「いえ、ここでのバッティングは、罠とか、作戦とかじゃあないです——僕にはあなた達をひっかける理由なんてありませんから」

「……では、ただの偶然だと？」

「赤い糸かもしれませんね。僕と」

　きざったらしいジョークを言われるのかと身構えたが、酸ヶ湯課長は、

「左博士との」

　と続けたので思い切り肩透かしを食らった——嫌いな相手に振られたみたいな気分だ。当の右左危博士が聞き流しているところを見ると、そういう冗談は聞き飽きているようだ。

「まあ、偶然でないことは確かですよ——目的を同じくするあなたがたと僕どもが、同じポイントを重要地点と見て、同じフィールドワークを実施することは、むしろ必然でしょう——違いがあるとすれば、僕はあなた達と違って、服を汚すことを厭わなかったというだけです」

なんだかその言いかたには、見下されたような響きがあったが——それは単に背丈の問題であって、こちらのコンプレックスの問題なのだろう。

同じ『重要地点』を探索して、成果を上げられなかった氷上達と、成果を上げた酸ヶ湯課長との違い——

「いえ、その柄を見つけたことは、僕どもにとっては成果とは言えませんよ——地球撲滅軍の全自動人体切断マシーンを粉砕せしめたという事実のほうは、まあ成果でしようけれどね」

「………………」

「ふ、粉砕——せしめた？」

「おや？　言うまでもないと思いましたが……」

と、酸ヶ湯課長は右左危博士を振り返る。

知人ゆえか、右左危博士の危険なファッションは、気遣いなく直視できるらしい——氷上だったら、知人がこんな格好をしているほうが嫌だけれど、それくらいに親しい時期のあった二人（『元旦那』も入れれば三人か）なのかもしれない。

ともかく、右左危博士は視線を受け、

「ああ、その子は魔法の存在自体を最近知った新人でね——研究者でさえないから、酸ヶ湯くん、優しく説明してあげて」

とフォローめいたことを言ってくれた。

「そうですか――でしたら。いえ、見る限り、その刀の破壊跡は、それは魔法少女『パトス』の使う固有魔法『ぴったり』によるものだということです――科学に対する魔法の勝利。これは、僕達にとっては明確な手柄ですよ」

「私達科学の徒にとっては、明確な不手際――敗北ね」

右左危博士はそう言って、ぽいっとその柄を、瓦礫の中に投げ込んだ。折角酸ヶ湯課長が、崩落した校舎の中、這い蹲《つくば》って取ってきたのに……、と氷上は思ったけれど、しかし、それを含んだ上での当てつけなのかもしれなかった。

しかしショックを受けた風もなく、

「あーあ、いいんですか？」

と、酸ヶ湯課長は肩をすくめる。

「好意で返してあげたのに。あんな破片からでも、我々ならば地球撲滅軍の企業秘密の分析は可能ですよ？」

「構わないわ。どの道、魔法に砕かれるようじゃあ、あの大太刀に先はない――今、荷物は増やせないもの」

シビアに言い切る右左危博士。

「ま、実際には、私達に返したということは、あんな有様じゃあ分析が不可能だからだったんじゃないかと思ってるってのもあるけど」

「ふふっ……そう読みますか」

酸ヶ湯課長は「さすがは左博士。現役ですね」とにこやかに言うのだった——その一方で、氷上は動いていた。

無言のまま、コスチュームの魔法で飛んで、崩れた校舎の瓦礫の上を飛んで——右左危博士が投げ捨てた刀の残骸を拾い上げた。

奥まったところまで入り込んでいかなかったのが幸いして、手を伸ばせば簡単に届いた——そしてUターンし、元の場所へと帰り、氷上は何食わぬ顔で、二人の会話の先を聞こうとした。

が、どんなに何食わぬ顔をしようと、

「何してんの、竝生ちゃん」

という、右左危博士の質問からは逃れられなかった。

「なんでばれてないみたいな感じで、澄ましているのよ。見えなかったとでも思うの？」

「え？　？　？　……？　何のことやらさっぱり……今私がしていることに関してのご質問でしたらお答えします。これは呼吸といって、しなければ死んでしまう行為です」

「いや、だからさっき、堂々と飛んで、『破壊丸』を取りに行ったでしょ。めっちゃ手に持ってるじゃない。そのコスチュームに隠す場所なんかないんだから」

「え？　？　？　……？　何のことやらさっぱり……今私がしていることに関してのご質問でしたらお答えします。これは呼吸といって、しなければ死んでしまう行為です」

「……いえ、何でもないわ。そのままそこで呼吸していて」

力業で誤魔化しきった。

いや、誤魔化せてはいないのだけれど。

とにかく氷上はほっと胸をなで下ろす――なんのことはない、ただの感傷である。

しかもそれは氷上の感傷ではなく、他の誰かの感傷だった。

右左危博士は『破壊丸』にはさほど思い入れはなかったようで、そして氷上も、思い入れという意味では、この刀に関わりがあったわけでもない――この刀を実際にふるっていた英雄少年だって、そうだろう。

だけど、この刀は元をただせば、氷上の前任者――剣藤犬个が使っていたものである。英雄少年の、存在しないはずの心を唯一動かしたと言われる故人のだ。

会ったこともない、氷上からすれば小娘のような年齢の少女だったが、その点において、氷上は彼女のことを複雑視している――別に。

別に、英雄少年にしたところで、形見としてこの刀を使っていたわけではないだろうし、実際、ここに捨てておいているけれど——これは、あの少年にとって唯一のキー・アイテムなんじゃないかと思ったのだ。

だから回収してしまった。

思わず。

ではなく、色々と複雑に思った上で。

まあ……しなければ死んでしまうというような行為ではないけれど、しかし氷上は四国に来てから、否、あの日右左危博士から電話を受けてからこっち、初めて『仕事』をしたような気持ちになれた。

……これまでがあまりに仕事じゃなかったというのもあるが。

「使いこなして……らっしゃいますね。魔法少女『ストローク』のコスチュームを」

と。

そこで酸ヶ湯課長は言った——右左危博士と違って、氷上の行動についてはコメントしないらしいが、しかし彼女の行為が、その発言の引き金となったことは確かなようだ。

「魔法少女……『ストローク』？」

「ええ……ご存知ありませんか、そうですか。いえ、すぐに気付けなかった僕もどうかしていますが、そのコスチュームは、僕の知る魔法少女が着用していたものなのですよ」

魔法少女製造課の長として、確かにすぐに気付くべきだったかもしれないけれど、この場合、どうかしているのは氷上の着こなしである。ここまで生地が伸びきってしまえば、元の形をイメージするのは作り手でも難しいだろう。

「マルチステッキ『ステップバイステップ』は……、持っていないようですね」

なぜか酸ヶ湯課長は、氷上の両手首を確認して、そう言った。それから「ふむ……」と、思案顔をする。

「ちなみに魔法少女『ストローク』は、この校舎をこの有様まで破壊した固有魔法『ビーム砲』の使い手です――」

「……そうですか」

どう言ったものかわからず、とりあえずそう頷く氷上――わかってはいたことだけれど、実際にこの破壊を、一人の少女が行ったのだと聞かされると、にわかには受け止めにくいものがある。

兵器も使わずに、エネルギーの消費もなく、こんな恐るべき暴虐を――しかもこれで、実験段階と言うのだから。

「私が着ているコスチュームは、魔法少女何ちゃんの衣装なのかしらん？」

右左危博士はここに乗じて、旧友にそんな質問をしたけれど、しかし酸ヶ湯課長はこれにはここでは答えなかった――しかし無視をしたということではなく、

「ねえ、左博士。提案があります」

と、切り返した。

「提案？　何かな」

がっかりした風も、警戒している風も見せない右左危博士――敵地でここまで堂々としていられるのは、本当に大した心臓だ。その格好で堂々としていられるだけでも大したものなのだが。

「同盟の申し出とか？　今まで何度もご破算になっている、不明室と魔法少女製造課の共同研究を行おうって話なら――」

「いえ、同盟の申し出ではありますが――僕とではありません」

そう言った。

氷上さんの優しさを見込んで――と言った。

「同盟を組んであげて欲しい子がいるんですよ。このゲームのクリア候補として、僕はとても注目しているんですが、どうもこのままじゃあ、死んでしまいそうなので。できる限りの贔屓――もとい、フォローはしてあげたつもりなのですが、これ以上僕が関与するのは、ゲームバランスを崩しますので、ここから先はあなた達に任せた

い。魔法少女『ストローク』――手袋という名前の女の子です」

「手袋……？」

一瞬。

唖然とした顔をした右左危博士。

予想もしなかった、というより氷上からすれば意味不明に近い要求に、もちろん彼女も驚いてはいたけれど――それ以上に、右左危博士が唖然としているということにも驚いた。

右左危博士にとっては、意味不明から遠い申し出――なのだろうか？

「……手袋って、まさか」

「そう――珍しい名字ですし、覚えていますよね。八年前、あなたの元旦那にして僕の親友、飢皿木鰻先生が目をかけていた彼女ですよ――もっとも、僕が印象深いのは、名字よりもファーストネームのほうですが。手袋鵬喜」

そして酸ヶ湯原作は言う――万感の思いを込めて。

「なにせ――魔女は箒《ほうき》で飛ぶものですからねえ」


（第6話）

（終）

第7話「迫り来る植物！魔法少女と科学女子」

0

善と偽善はまったく同じ行為であり、あなたの友がするものが前者で、あなたの敵がするものが後者だ。

1

物語と殺し合いも佳境に入ったところで、一度、現在四国ゲームに参加している面々の現状と言うか、位置情報を公開しておこう。

その情報は、誰一人としてすべてを把握しているわけではない、描写技法でいうところの『神の視点』からの情報であり、逆に言えば、これらの情報、自分以外のプレイヤーの位置情報を、より多く知っていることが、ゲームを有利に展開させうる条件でもあった。

たとえば、地球撲滅軍第九機動室副室長、『英雄の世話係』という栄誉を受けている氷上竝生と、おなじく地球撲滅軍不明室室長、裏街道から表舞台に引きずり出された上に、部下からもクーデターを起こされた研究者、左右左危博士が、四国に来ていることと自体を、ほとんどのプレイヤーは知らない。四国ゲームの開催からかなり遅れて参加した形の彼女達が、最終的なクリアプレイヤーになる可能性はまあ低いけれども、今のところほぼ誰にも、位置どころか参加を知られていないと言うのは、なかなかの好条件である。

彼女達は現在、香川県の某中学校にいる。

英雄少年にとっての、冒険開始の場所であり、紆余曲折あって彼女達はようやく、スタート地点に辿り着いたということになる——スタートまでの準備というか、着替えに時間がかかってしまった感はあるけれども、幸い、氷上もさすがにそろそろ慣れてきた——慣れとは恐ろしい。

本当に恐ろしいのは彼女の今のファッションなのだが。

ちなみに氷上はともかく、右左危博士のほうは自身のありようを、最初からほとんど問題にしていないようだ——同じ才媛《さいえん》でも、さすがに年期が入っていると、この点、氷上は右左危博士を、悔しいながらも内心賛美する。

だから年季が入っていることが問題なのだけれど——現状として彼女達は、右左危博士にとっての旧知である、絶対平和リーグの魔法少女製造課の課長、いうならば今回の四国ゲームの黒幕的存在である男、酸ヶ湯原作と出会い、そして彼から思わぬ『頼みごと』をされた。

とある魔法少女を『助けて』あげてほしいという依頼。それが吉と出るか凶と出るか——吉と出すか凶と出すかは、今のところわからない。

そして、その魔法少女。

魔法少女『ストローク』。

絶滅危惧種、手袋鵬喜。

幼少期の『診断』を半信半疑のままに鵜呑《うの》みにし、己という種族をずっと大切にしてきた末に、ついには『魔法少女』になった、そういう意味では夢を叶えた少女——叶えることで夢を失った少女、手袋鵬喜は、この頃に、一級河川吉野川の氾濫を追うことで徳島県大歩危峡、絶対平和リーグ徳島本部の『破壊』を知り、今度は逆走——本来の川の流れからすれば流れにそって——そんな流れはもうないが——し、氾濫の原因を探ろうと（そこまでの積極的な意志は彼女にはなく、本人の自覚としてはほとんど『なんとなく』に近い行動だが）、干上がった吉野川の河口に向かっているところだ。

警戒心なく用心せずに空を飛んでいるから遮蔽物は概《おおむ》ねスルーできるけれど、なにぶん彼女は魔法少女『パンプキン』あたりとは違って『飛ぶ』訓練をしていないし、そもそもそこまでのモチベーションがないので、飛行速度は結果相殺され、それほどでもない……。

左右左危博士にとっては、かつて夫——飢皿木鰻が『診断』した相手であり、氷上竝生にとっては、現在着せられている屈辱的な衣装の本来の持ち主でもある手袋鵬喜ではあるけれど、しかしもちろんそれくらいの縁で、頼まれたからといって、県境をまたいで助けにいく義理はない——そもそもことの原因と思われる、酸ヶ湯原作の頼みごとを聞く義理があるとは思えない。

しかし、彼女達の回収目標である人造人間『悲恋』と英雄少年を探すに当たって、次なる指標としていた杵槻鋼矢と登澱證——魔法少女『パンプキン』と魔法少女『メタファー』の二人と、かつて（と言うほど昔ではないが）同じ魔法少女グループに属していたという手袋鵬喜を助けることは、決して無駄にはならない——のかもしれない。

むろん無駄になるかもしれないが。

彼女達が果たして、その『頼みごと』に対してどういう結論を出すかは後に送るとして——次の位置情報は、その杵槻鋼矢。

魔法少女『パンプキン』。

実は一度、杵槻鋼矢と氷上達はニアミスしているのだけれど、両者にその自覚はない――杵槻鋼矢側には、『静音ヘリとすれ違った』という自覚さえない。

魔法少女でありながらコスチュームを脱ぎ、科学の産物である自転車『恋風号』を漕いでいる彼女は、既に絶対平和リーグの所属であるとは言いづらい、どころかほとんど組織に反旗を翻しているようなものなのだけれど――ともかく、かなり不利な状況から勝負を始めることになったはずの彼女は、しかしたくましく、したたかに生き残っていて、今は愛媛県の松山《まつやま》――絶対平和リーグ総本部へと向かっていた。

それは黒衣の魔法少女に追われる身となってしまった彼女が、身を隠す場所を求めてのことであり、また、四国ゲームの真相をより深く探るためということもあったのだが、位置情報が大切だというのはこういう点であり、実際には彼女はこの先、愛媛で自分を追う黒衣の魔法少女と会うことになるし、あわよくば会わんとしていた魔法少女製造課の人間は、元々チーム『サマー』のテリトリーだった香川県にいたりするのだから。

そう思うと、黙々と自転車を漕ぐ、一心不乱な彼女の姿はやや滑稽にも思えるが、もっとも、『敵よりも味方を殺す英雄』と同盟を組んだ状態にありながら、まだ生きているだけで、やはり彼女は十分に評価されるべきだ――なお、もうひとりの『基準』である、登澱證は、英雄少年と遭遇した直後に落命している。

かっていた。

　ではその英雄少年——肝心の『彼』が現在、どこで何をしているのかと言えば、大歩危峡の氾濫からかろうじて、九死に一生を得た、というよりは、九死の九死側だったにもかかわらず、しぶとくも蘇《よみがえ》った彼は、切り替えて、今度は高知県桂浜《かつらはま》へと向かっていた。

　元々どうして大歩危峡に行ったのかと言えば、それは杵槻鋼矢が愛媛総本部に向かっている理由とほぼ同じで、追っ手から逃れるために、四国ゲームの真相を知ろうという腹づもりだったので（もっとも、彼が考えているほど、追っ手側は彼のことを追っていないのだが）、絶対平和リーグ徳島本部のある大歩危峡から、桂浜という、絶対平和リーグ高知本部があるという場所に進路を取るというのは、妥当《だとう》なルートである。

　ちなみに桂浜に高知本部があるというのはただの噂であって、彼はこれからその点、空振りをすることになるのだが、それは未来の話だ——現在彼は、同行者とともに、高知県の広さを思い知っているところである。

　同行者、つまり彼と位置情報を同じくしている者は、魔法少女『ジャイアントインパクト』こと地濃鑿と、謎の幼児・酒々井《しすい》かんづめ——英雄少年と地濃鑿は、杵槻鋼矢と同盟を結んでいる関係なので、彼女との合流も目標のひとつなのだけれど、今のところてんでんばらばらに、松山と桂浜に向かっている鳥瞰図《ちょうかんず》だった。

更に付け加えると謎の幼児・酒々井かんづめもまた、杵槻鋼矢にとっての『目標』なのだけれど——その捜索を頼んでいたはずの地濃鑿は、間近にいながら、この時点ではまだ、かの幼児の重大性には気付いていない。

それではもうひとり——というかもう『一個』と言うべきか、左右左危博士の『発明』であり『娘』であり、地球撲滅軍の、対地球戦争の次なる切り札とも言うべき、ともかく重要極まる人造人間『悲恋』の位置情報をここで特別に公開すると、『彼女』を探すために魔法少女の格好までしてみせた氷上竝生にとっては残念極まりないことに、なんと人造人間『悲恋』はこのとき、四国に辿り着いてさえいなかった。

不明室のラボを破壊し、四国島を沈めんと出発した『悲恋』ではあったけれど、結果、それを追った氷上竝生・左右左危のほうが先着してしまっていたのだ——仕方のないことで、知る由もなかったこととは言え、この『追い越し』は、地球撲滅軍が誇る頭脳・右左危博士をして、まったく想定していなかった展開だった。

あらゆる可能性を考えているようでいて、主観に左右されてしまう人間と違って、コンピューターはすべてのパターンを総当たりし、網羅できるという強みがあるからこそ、『悲恋』は追っ手をかわせたのだという言いかたもできる——まあ人間には、たとえその可能性を思いつけたとしても、『泳いで四国に行く』なんてチョイスは不可能な可能性なのだけれど。

それが上陸に、隠密なる上陸に一番適した方法だと『悲恋』は判断し、実際にそれは正しかったわけだが――ともあれ今のところ、『彼女』はまだ太平洋にいるのだった。

ないものを見つけられるはずが、いない者を見つけられるはずがないので、客観的に見れば今、氷上達は酷い無駄足を踏んでいるということになるわけだけれど、別の見方をすれば、対象に対し『先回り』をして『待ち伏せ』をすることが可能になったというシチュエーションでもあり、滑稽でこそあるものの愚かというほどでもなく、そんなに悪い状況でもない。

位置情報こそ違ったものの、右左危博士が読んだように、この後、『悲恋』は英雄少年との合流を果たすのだから――問題はその時点までに、彼女達がどこまでゲームを進行させられるかということであり、また、その時点まで生き延びられるかどうかという点でもある。

四国ゲームが『死と隣り合わせ』であるという、異変の根元となるルールだけは、誰にとっても平等なのだ。

……四国ゲームに参加している他の魔法少女達について言及しておくと、地濃鑿、魔法少女『ジャイアントインパクト』の所属していた魔法少女グループ、チーム『ウインター』について言うなら、地濃鑿を残して、不幸にも全員がゲームオーバーを迎えている。

チーム『サマー』の壊滅は、概ね外部からの登場人物、英雄少年の登場を背景とするものではあるのだけれど、こちらチーム『ウインター』の場合は、純然たる四国ゲームに対する敗北である——四国三百万人の住人と、『負けかた』としてはそんなに変わらない。

左側にくらべて情報封鎖がされていた四国右側の不利を、もろに食らったのがチーム『ウインター』だったといえる——情報不足はチーム『サマー』も同じだったが、彼女達の場合はチームの中に年長者、事情通の魔法少女『パンプキン』がいたことが大きい。

逆に言うと、チーム『ウインター』において、どうして地濃鑿、魔法少女『ジャイアントインパクト』だけが存命しているのかと言えば、彼女が、彼女にとっては別のチームに属している魔法少女『パンプキン』と通じていたからだ。

チーム『ウインター』にだって優秀で、しかも高度な魔法を使う魔法少女がいたであろうことを思うと、戦地における情報の大切さをひしひしと思い知る話ではあるけれど——翻って、四国ゲームの情報を一定以上持っていた四国の左側の魔法少女グループ、チーム『オータム』とチーム『スプリング』が、このとき、どうしていたのかと言えば、絶賛『春秋戦争《しゅんじゅう》』の最中である。

『春秋戦争』。

それは多過ぎた情報の結果でもあり、また、『実験』の一環でもあったのだけれど、伝統派のチーム『オータム』と武闘派のチーム『スプリング』は昔から不仲であり、今、この両者はゲームクリアのために戦うのではなく、互いの足を引っ張るために戦っていて、拮抗状態、かつ均衡状態にあった――要するにどちらの魔法少女達も、身動きがとれない状況にあった。

自縄自縛ならぬ、互縄互縛だ。

そんな苦境に陥っている彼女達の葛藤をあえて無視して、他のプレイヤーの立場からそんな『春秋戦争』を見るならば、それは『どうぞ出し抜いてください』と言っているようなものであり、絶好のチャンスでもあった――もしも彼女達が私情を捨て、チーム『オータム』とチーム『スプリング』で協力プレイができていたなら、あっさり四国ゲームはクリアされていたかもしれないけれど、ゲーム理論は、必ずしも最適解を導かない。

もっとも、四国ゲームが『あっさりクリアされること』を、望んでいないのが絶対平和リーグ――魔法少女製造課であり、また、その手足となって動くプレイヤーサイドではない管理者サイドの魔法少女達、黒衣の魔法少女――チーム『白夜』の面々なのだ。

黒衣の魔法少女『スペース』。

黒衣の魔法少女『シャトル』（故人）。

黒衣の魔法少女『スクラップ』。

黒衣の魔法少女『スタンバイ』。

黒衣の魔法少女『スパート』。

四国ゲームを管理・運営する異質の——より事実に沿った言いかたをするなら本質の魔法少女達。彼女達の位置情報は、しかし、ここでも非公開である——なにぶん闇に徹するのが仕事の彼女達だし、また同時に、彼女達の位置情報は参加しているプレイヤー次第みたいなところがあるので、一定しないし、させることができないのだ。

強いて言えば、彼女達五名はそれぞれが課せられた役割通りに動く——ただし、チームメイトの一人であり、『水』の魔法で、地球撲滅軍の英雄を一時とは言え絶命せしめた驚異の魔法少女『シャトル』が故人となっていることからわかるように、黒衣の魔法少女だって、管理者側にいるからといって、その命になんらかの保証がされているわけではない——絶対平和リーグの上層部や、魔法少女製造課のメンバーがほぼほぼ全滅していることからも明らかだが、情報戦においては高みにたっているとは言え、彼女達も他の魔法少女同様、死と隣り合わせの状況にいることに変わりはないし、また、大きな意味では『実験台』であることも、他の魔法少女達と変わりはないのだった。

まったく。

悲しいくらい。

悲しくなったところで、現在公開できる位置情報は以上である——ちなみに、杵槻鋼矢が同盟相手の英雄少年に匂わせたところによると、もうひとり、四国の異変を外部から隠すバリアーを張っている魔法少女が、四国のどこかにいるはずなのだが、その姿はまだ見えていない。

四国異変の全貌は、未だ謎に包まれている——バリアーに包まれている。

2

「先々のことを思うと、ことはそう単純じゃないのよね——四国ゲームをクリアすれば、確かに四国における異常事態にケリはつくけれど、所詮これは実験に過ぎないんだから」

と。

真横を飛ぶ右左危博士は出し抜けに言った——元々氷上も要領のいい人間なので、魔法による飛行にもあっという間に習熟してきて、先導してもらわなくともよくなり、かように併走している。

先導してもらったほうが、それでも楽なのは楽なのだが、しかしいい加減、年上の女子の下着を見続けるのに苦痛を覚えてきたというのもある——話すには、もちろん圧倒的に、横並びで飛んだほうが話しやすい。

「実験……そうですね。酸ヶ湯さんもそう言ってましたね——彼がすべてを語ったとは思いませんけれど」

「そしてあいつも全てを知っているわけじゃあない——まあ、今回の件はミスで起こった異変だから、誰も全体図を知らないというのが問題でもあるんだけれど、それはいったん横に置いておいて。つまり、私達は行動するにあたり、四国のことはもちろんだけれど、地球との戦争のことを、念頭に置いて考えなくちゃいけないのよね——わかるかな？　竝生ちゃん」

「はあ……」

曖昧に頷く。生返事だ。

どうやら、こちらが酸ヶ湯課長との取引について不服を持っていることを察したらしい右左危博士が、取引に応じた理由を説明してくれているらしいのだけれど——しかし氷上としては、そんな説明ではお茶を濁されたようにしか思えない。

もっと大局的にものを考え、先を見据えて行動をするべき——というのは、氷上が普段、自分の上司に言っていることではあるのだけれど、しかしいざ人から言われてみると、こんなに納得できないものなのだろうか。

言われた相手が嫌いな人だというのはあるだろうし——また、嫌いとは言わないまでも、酸ヶ湯原作というあの男のことを、氷上はあまり信用できないというのも、あるのだろう。

「美形は信用できません」

「その様子じゃ、あんまりいい恋してきてないのね、竝生ちゃん」

「はぐらかさないでください——ドクター飢皿木のことは存じ上げていますけれど」

そうだ。

というより、氷上が弟と共に右左危博士から非道極まる『炎血』の改造手術を受けさせられたとき、まだ離婚する前で、左右左危は飢皿木右左危だったのだ。

ゆえに、実は氷上は飢皿木鰻に会ったことがある——正直、あまり印象には残っていないのだが、それは逆に言うと、右左危博士の伴侶《はんりょ》であるにもかかわらず、それほど悪い印象もないということだ。

「ドクター飢皿木が注目していた……、というのはつまり、私の上司と似た立場にいる少女をサポートしてほしい、と頼まれたわけですよね、私達は？　でも、それは——」

「あの辺は酸ヶ湯くんの理解って感じだわね——いえ、元旦那とも離婚して以来基本没交渉で、没交渉のままあいつ没しちゃったから、確かなことは私にもわかんないけど」

不謹慎な言葉遊びをしてから右左危博士は、

「たぶん、あなたの英雄くんは、元旦那の歴代患者の中でもぶっちぎりよ——そういう評価をしている。手袋鵬喜ちゃん、魔法少女『ストローク』がどれほどのものかは知らないけれど、私が知らないという時点で、大したものじゃないと、断言することもできる」

と言った。

「……でも、酸ヶ湯さんは、少なくとも重要視している、んですよね」

「そうね。元旦那と酸ヶ湯くんとじゃ、考えかた……つーか、価値観が違うからね。もちろん、私の価値観も違う……」

それは言わなくてもわかる。

あなたと価値観が一致する人はいない。

と思ったが、口には出さない。

二人は今、再び香川県から徳島県へと向かっている——取って返している。こうしてみると、最短距離を飛行できるという『魔法』は、恐ろしく便利だった——否。

便利というより、安易でさえあった。

当初、四国全体を舞台にした四国ゲーム（という名前を、酸ヶ湯課長から聞いた。わかりやすくていいということで、右左危博士との間でも、この名称を使うことにした）を考えたとき、人間が個人でプレイするにはフィールドが大き過ぎると思っていたが、こんな（普通の人間からすれば）ズルい移動手段があるのならば、決して四国は、『広過ぎる』とは言えなくなるだろう。

地球はどんどん狭くなる——という奴か。

人間が増え続けることと、移動速度の高速化によって——どこまでも手狭になっていく。人口増加があったからこそ、地球は『大いなる悲鳴』を発したという仮説もあるけれど、だとすると、こんな『飛行』は、地球からみれば最優先の攻撃目標になるかもしれない。

対地球戦……。

四国ゲームの、『先』。

これはあくまで、過程……。

……結局、不満を持ちつつも、他に手立てがあるわけでも、提案できる作戦があるわけでもない氷上は、成立した右左危博士と酸ヶ湯課長の取引に口出しできず、唯々諾々とこうして並んで飛んでいるのだが、しかし不満不服は顔に出てしまっていたようだ。

感情を顔に出さないのが得意な氷上のはずだが、しかし、その辺りが今、本格的に弛緩《しかん》してしまっているのかもしれない――だとすれば原因は、この服にあると思う。

服で不服がばれるとは。

「取引に応じた理由は、必要な情報の提供を受けられるから……と、それに加えて手袋鵬喜は、チーム『サマー』……というグループのメンバーで、杵槻鋼矢への足がかりとなるかもしれないから、ですよね？」

確認するように訊く氷上。

ちなみに登澱證死亡のことは、酸ヶ湯課長から既に聞いた――詳しいことは教えてもらえなかったけれど、なんでも上司と遭遇してすぐに亡くなったらしい。

やっぱり、としか思えないのが悲しい。

杵槻鋼矢は、どうやら生きているようだが――それも詳しいことはとぼけられた。

「無理なお願いを聞いてもらうんですから、左博士にはできる限りのことは教えて差し上げたいんですが、しかしイコールコンディションが乱れてしまうのは、個人的には歓迎できないことなんです。組織人としての意見は、これがまた違うんですけれど、ともかく僕にできるのは、あくまで、条件を均《なら》すことだけで――」

とかなんとか言っていたが、要するに『自分で調べろ』ということだ。

「二対一でしたし……」

と、氷上は言う。

おずおずと、ではあるが、しかしその口調は、取りようによっては、ねちねちと、だったかもしれない。

「こちらには『炎血』もあったんですから、彼を拘束して、情報を聞き出すというのじゃ、駄目だったんですか？」

「なにそれ。私の友達を、拷問でもしようっていうの？」

「向こうは友達と思ってないはずだからそこは大丈夫です」

「……言うわね」

「失言でした。でも……回りくどいというか、目の前にラスボスがいたのですから、あそこで倒しちゃえば手っ取り早かったという気持ちを否定できません。深読みするなら、彼はあんな風に次のコマンドへの提案を持ちかけることで、私達から逃れようと企んだという風にも思えます」

「その推測は的を射ているでしょうね」

あっさり言う右左危博士。

氷上が気付くようなことは、やはり右左危博士も考えているのか——それを含んだ上で取引に応じたというのは、やっぱり裏があるとみるべきなのだろう。

個人的には、右左危博士には裏しかないとも思うが。

「いやいや、これくらい距離が離れたから言うけど、私も一応考えたのよ、酸ヶ湯くんの身柄をさらって、非人道的な拷問にかけ、四国ゲームを暴力的に片づけるって作戦を——これはここだけの話にしてほしいんだけど」

「はあ……別にここだけの話にしなくとも、酸ヶ湯さんもそれはわかっていたと思いますが」

「でも、別に酸ヶ湯くんって、四国ゲームのラスボスでもなければ、首謀者でもないからねえ——あくまで宮仕えの、幹部クラスとは言え、トップじゃない若造よ。実験をしていても、実権があるとは言い難い——」

「地球撲滅軍で言えば、酸ヶ湯さんはあなたと似たような立場、なんですよね？」

「いえ、そういう側面もあるけれど、立場的にはもうちょっと下になるかも。どちらかと言えば、私よりもあなたの上司の英雄くんのほうが、酸ヶ湯くんの立ち位置に近いわ」

「…………」

そうなのだろうか、と意外な気持ちにかられたけれど、しかし、室長や課長という肩書きを持ちながら、現場に出て行くという点だけを取ってみれば、確かに共通している。

英雄と呼ばれようと、天才と呼ばれようと。

使い捨ての名ばかり管理職。

……ひょっとすると、組織から厄介者扱いされているという意味でも『近い』のだろうか？　酸ヶ湯課長がどういう扱いを受けていたかは、まだわからないが……。

「もっとも、今回の件で絶対平和リーグの上層部はだいたい壊滅したって話だから、結果として、酸ヶ湯くんがトップに繰り上がっちゃったってところはあるっぽいけれど――ただ、これは頭を取ればそれで終わるような、簡単なゲームじゃないわ。むしろ酸ヶ湯くんは生かしておいて、泳がせておいたほうがいい――向こうもきっと、同じことを思っているでしょうね。私達のような異分子は、泳がせておいたほうがいい――と」

「腹のさぐり合いですね、そうなると。ゲーム終了後、友好的な関係を築くために……、よりよい条件での関係を築くために、ここではあえて争わないという選択をしたということですか」

それが『先を見据えて』の意味か。

確かにこれから先、地球と戦うことを考えると、四国ゲームという災いを、どうにかこねくり回して福に転じさせたいところだ――何と言っても人類が更に三百万人、しかも自滅のような形で目減りしたのだから。

責任を問うのではなく、未来を問う——もちろん、そんなのは理想論であり、言いかたの問題であり、右左危博士が言っているのは要するに、ぼろぼろになった絶対平和リーグを、いかに効率的に併呑するか、ということなのだろうが。

ただ、美しく表現することには意味がある。

酸ヶ湯課長としても、今となってはそちらのほうが望ましく思っているからこそ……自分の身を守るためというより、互いの今後のために、器用にも自分が拷問されるような展開を避けた、とも言えるのか？

となると、お利口さん同士のやりとりに、氷上がひとり取り残されたような感じだ……、そこに劣等感は、それほど感じないけれど。

正直、考え過ぎてて馬鹿みたい、とさえ思う。

「つまり、酸ヶ湯さんがあんな風に、二対一での状況でも余裕の態度を見せていたのは、『魔法』の専門家であるという、自分の価値を知っていたから——なんですかね」

「自分の利用価値を知っていたから——でしょうね」

「利用価値」

「そういうタイプなのよ。利用されることをちっとも恐れないという——まあ、その結果、こうやって私達はまんまと利用されてしまっているわけだけれど」

いいんだけれど、私も自分の利用価値を知っているから——と、まるで対抗するように得意げに微笑する右左危博士。

利用価値があれば、殺されることも、手荒に扱われることもない――と確信しているのは、なるほど、頭のいい人間らしい。

ただ、その理論の甘いところは、中には衝動的に、中には暴発的に、先のことなんて考えずに、ものの価値も、利用価値も理解せずに、アクションに出る人間も相当数いるということを、あまり考慮しているとは思えないことだ。

それとも、熟知しているのだろうか？

たとえば右左危博士は、氷上が『炎血』で、いつだって彼女を燃やしかねないということを、知っているのだろうか――もしも『そんなことができるわけがない』とタカをくっているのであれば、それは勘違いであることを教えてあげたくなる。

魔法少女のコスチュームに防御力があるというのだから、一度本当に燃やしてやろうか……という危険な思想が頭を過《よ》ぎる。

今ならこの博士を始末しても、四国ゲームの最中の事故ということでケリがつくのでは……という、暗い考え。

犯罪衝動が、おもむろに芽生える。

殺意とも呼ばれるそれは、しかし、『でも今私、こんな格好してるし』という馬鹿馬鹿しさに打ち消された。

何やってんだ、何考えてんだ。

そう思った。

「それに」

そう思ったところで、右左危博士は言う。

絶妙のタイミングだった。

「二対一で、こちらには『炎血』があったとは言え——それでも戦っていたら、負けていたのは私達だったかもしれないしね」

「え？」

「誤解しないでね、竝生ちゃんの『炎血』を軽んじるわけじゃないのよ——それは私にとって、中でも自慢の一品なんだから」

そんな風にフォローされても嬉しくない。

不要と言うより腹の立つ気遣いだ。

「でも、酸ヶ湯くんは何の策もなく、あんな危険地帯に一人出てくる奴でもないのよね——破滅願望があるわけでもないでしょうし」

「……つまり、彼はあの場にボディーガードと言うか……強力な伏兵を用意していた可能性があったと？」

実際には二対一ではなく。

とすれば確かに、あんな風な余裕の態度も得心がいく。

「ええ、そういうこと。あるいはそれとも、一人でも十分、私達二人を相手にできる自信があった、とか」

「それは……どうでしょうか。あんな線の細い感じなのに」

「線の細さは関係ないでしょ。竝生ちゃんだってそこそこの美人ちゃんなのに、辺り一面を焼き尽くすじゃない」

「辺り一面を焼き尽くしたことなんか一度もないです……、あと『そこそこ』って」

「あら。『美人』じゃなくて、『そこそこ』のほうを否定しちゃうんだ。へー、美しさには自信があるんだ」

「…………」

ひっかけられた。

「そして酸ヶ湯くんは強さには自信があった……のかな？　私達を圧倒できる自信……いえ、さすがにあそこで私達とバッティングすることを予測できていたとは思えないから、四国ゲームにおいて遭遇する危機に対するセキュリティってことになるんだろうけど」

「……彼自身も、何らかの魔法を使うと言うことでしょうか」

コスチュームは着ていなかったが。

いや、それは当たり前だ。

えぐ過ぎる——しかし、魔法少女のコスチュームのデザインには機能上の必要性、必然性はないというのだから、極論、彼の着ていたあの作業服が、彼にとってのコスチュームだったという線はなくもない。

作り手——デザイナー側の人間ならば、それが可能なはず。まだこの目で見ていないので、それがどんなものなのかはわからないが、持ち主に固有魔法を使わせうるというマルチステッキのデザインだって、同様のことが言えるだろう。たとえばあのヘッドライトが、魔法のステッキの代わりだったとか……。

だとすればあまりにイメージに反する魔法のコスチュームだ……こんな魔法少女の服をデザインした奴は頭がおかしいと恨んでいた氷上だったが、しかし、実際、現実味あふれる作業衣としてのコスチュームを想像してみると、それはそれで夢がないと思った。

兵器とデザインの先鋭性、か……。

しかし右左危博士は、

「いえ、実験段階にある魔法を自ら使ったりはしないと思うわ。前線に出てくることは厭わなくとも、自分自身を実験台にするタイプの学者さんじゃあないからね、酸ヶ湯くんは」

と言う。

「……自分自身を実験台にするというのは、偉人に多いエピソードですね」

「愚人にも多いエピソードよ——そうやって死んでいった研究者もいっぱいいる。それを格好いいことみたいに持ち上げると、後続が真似をするから、気をつけなきゃね」

「……あなたは、どちらですか？」

流れ上、必然の質問として、氷上は訊いた。

「左博士。私の見立てるところ、あなたは自分自身を実験台にするタイプだと思いますけれど……」

そう思う。

なにせこの人は、自分自身どころか、自分の娘さえ実験台にしたのだ——それもまた、偉人にも愚人にも多いエピソードではあるけれど、常人である氷上からしてみれば、常軌を逸している。

フォローのしようがない。

「うふふ。まあ、私の場合は、誰も後に続いていないからいいのよ——クーデター起こされたし、嫌われ者だし、その辺は盤石《ばんじゃく》よ」

「盤石じゃないですよ、クーデター起こされてたら盤石どころか軽石じゃないですか」

「とにかく、酸ヶ湯くん自身が魔法を使う、なんてことはない——と思う。そこまで追いつめられてもいないでしょう」

「追いつめられていないんですか、あの人。四国がここまでの有様になっているのに……すごい心臓ですね」

「ピンチには違いないけどね。でもピンチはチャンスと思ってるかもしれない」

「ピンチはピンチだと思いますけどね……え、じゃあ、やっぱり伏兵を用意していた？」

「さあ……でも、だったらそいつらに調査を手伝わせそうなものなのよね。私達を罠にはめる気だったんじゃないんなら、伏兵をなんのために伏せていたのかって話になるし——魔法に対する免疫を持っていたりするのかしら」

「め……免疫？」

「いわゆる、能力無効化系の能力って言うか——漫画やアニメじゃ、お馴染みなんだけど、竝生ちゃんはそういうの、知らないかな？　魔法を封じる魔法——」

右左危博士はやや慎重そうに言った。

「——もしもこれを持っているのであれば、今の四国における、あの余裕の態度も頷ける。いや、根拠は何にもないし、傍証さえもないんだけれど——でも、普通の考え方をすれば、魔法みたいなパワーを実験するにあたって、安全弁を用意しないとは思えないのよねえ」

「…………」

能力無効化系の能力――みたいな表現は、指摘の通り氷上は初めて聞いたけれど、しかし、その意味や性質は、野暮ったく重ねて問いただすまでもなかった。

そしてそれを考えると――この上空で考えると、青ざめざるをえない。

眼下に広がる山林――もしもここで、この『飛行』の魔法の効果が切れたなら、真っ逆様に落下するしかないわけで、そう想像すると、慣れてきた魔法というパワーが、急速に頼りないものに思えてきたのだ。

先刻、『炎血』の実験をした際、魔法が科学を打ち消すのではなく、科学が魔法を打ち消した場合はどうしよう――なんて想像したものだけれど、それがもっと切実な問題として接近してきたという感じである。

「いやいや、勝手な想像よ。安全弁の一例ってだけ――実際にはそこまで強力で確実な安全弁じゃあないのかもしれない。そんなものがあれば、四国ゲームは開催されていないだろうし――未然に防げたはずの悲劇だし。それに、今竝生ちゃんが考えたように、魔法を封じる魔法は、安全弁どころか、身内にとって危険でさえある――安全弁に対する安全弁が必要となるくらいに」

「科学にも、安全弁は必須……ですけれど」

「そうね。それは概ね、倫理と呼ばれたりもする——そういうのをぶっちぎってるのが地球撲滅軍かな？」

「……まとめると、酸ヶ湯さんは、完璧ではなくとも、何らかの魔法対策や、防御策を持っていたと推量され、だから私達としてはあそこで、将来のことを考えても、彼に手を出すわけにはいかなかった——ということですね」

自分に言い聞かせるように、氷上は言った。

言い聞かせるように、説き伏せるように。

わかっている、これは心の問題だ。

実際問題として、右左危博士にとっては、旧知の人間が、絶対平和リーグのほぼトップにある現状は、崩したくない布陣なのだろうし——酸ヶ湯課長を攻撃してしまえ、倒してしまえという、言うなら手っ取り早くも、やや冷静さを欠いた衝動は、こんな姿を、あられもない姿を見られたという気持ちも手伝っているというのもあるはずなのだ。

「魔法少女のコスチューム……アイテムを手に入れたからには、私達としては、この四国ゲームの落としどころを考えながらプレイに興じる必要がある——と」

「いえ、そこまでは言えないわね——四国ゲームがクリアされたときに、クリアした者が手に入れる『究極魔法』がどのようなものなのかが、まだはっきりしていない今は」

「……言ってましたね、『究極魔法』。それこそ、魔法無効化系の魔法かもしれませんね。その魔法が発動することで、四国の異常が解決されるとか——いえ、それだと『魔女の復活』が、逆に難しくなるのか。相反しますもんね」

逆に魔法無効化系の魔法となると、魔女殺しの魔法という風もある——それだと本末転倒だ。

ならばここは真っ当に、地球を倒しうる魔法と考えるのが妥当で——それをもし絶対平和リーグが手にしたならば、それだけで、地球撲滅軍と絶対平和リーグの勢力図は変わってしまうかもしれない——か。

「……かと言って、私達が横合いから、四国ゲームをクリアしたところで、『究極魔法』を入手できるとも限らないし、それはそれで手柄を横取りするみたいで、感じ悪くて、軋轢《あつれき》や禍根が残りそう……もしも私や竝生ちゃん、『悲恋』ちゃんや英雄くんが、四国ゲームをクリアするのであれば、そのときはそれ相応の理由というか……、口実が必要になってくるでしょうね」

「はあ……」

その口実のためにも、こうやって、酸ヶ湯原作の頼みを聞いておくのがいいということか――そうなると完全に、政治の話だ。

『悲恋』の回収という、右左危博士にとっての第一目標がまだ未完了である以上、あまり楽観的なことは言えまいが、しかし、魔法の一端をつかんだことで、とりあえず地球撲滅軍から処分はされまいという目算がついたゆえに、彼女は先の先まで、建設的に考えられるようになったわけだ――建設的というより建前的だが。

気分の問題を取り除けば、それは氷上にとっても悪いことではない――いろいろ文句は言ったし、不満も持ったけれど、氷上としても、それが自分の上司に繋がっているルートであるならば、手袋鵬喜という少女の――魔法少女『ストローク』という少女のサポートをするのも、やぶさかと言うわけではないのだ。

魔法少女『ストローク』。

『ビーム砲』という固有魔法を使う、杵槻鋼矢や登澱證が所属する、チーム『サマー』のメンバー……もっとも、今こうして氷上が彼女のコスチュームを着ていることからも明白なよう、今の彼女をして、魔法少女『ストローク』であるとは、厳密には言い難い。

別人の衣装を着ているそうだ。

それもまたチーム『サマー』の所属である魔法少女『コラーゲン』のコスチューム――では、その魔法少女『コラーゲン』がどうしているのかと言えば、登澱證と同様に、既に死んでいる。

　手袋鵬喜に殺されたそうだ。

　正当防衛だったそうだが——この場合、今の四国での『正当』とはなんなのかという、比較的重い問いも重々含まれている。

　ただ、その問いに答えるのは氷上ではない——考えるべきは、仲間を殺害し、およそ平静な精神状態であるとは思えない少女に、どのように接し、どのように情報を引き出すかという点だった。

　今彼女が持っている固有魔法は、『ビーム砲』ではなく、魔法少女『コラーゲン』の『写し取り』という、魔法をコピーする魔法らしい。

　さっきの、魔法を無効化する魔法の話ではないが、聞くだに優れた、しかも特殊な魔法であるように思える——それこそ、どんな魔法ともイーブンの状況に持ち込みうる安全弁とも言えるだろう。

　しかし、氷上はすぐにその弱点にも思い当たる——魔法以外の攻撃には酷くもろい。対応できない——まして少女の身では。

「早岐すみか」

と。

　右左危博士が言った。

「——だっけ？　魔法少女『コラーゲン』ちゃんの本名は」

「え？　ああ、はい。酸ヶ湯さんがそう言ってましたね——それがどうかしましたか？」

「いえ、私達から見れば、あなたの室長、私達の英雄が、曲がりなりにも苦境の中、団結していたチーム『サマー』を壊滅に追い込んだという風に見えるけれど、酸ヶ湯くん達からすれば、その早岐ちゃんこそが問題児だったってことになるんだろうなって思って」

「はあ……チーム『サマー』には問題児ばかりを集めていたって話でしたね。問題児クラスみたいなものですか」

「杵槻鋼矢という、チームからもはみだしていた年上の子はおいておいて、チームの中で一番の問題児が早岐ちゃんだったとして——その問題児を撃退した手袋ちゃんは、絶対平和リーグ、というか、酸ヶ湯くんにとっての重要人物になりうるってこと。なんだかんだ言いながら、酸ヶ湯くんとしては、やっぱり手袋ちゃんに優勝してほしいと思っている節があったしね」

「それほどに買っている——ということですか。じゃあ、私達としても、あまり生半な気持ちでは会えませんね。サポートするつもりが、返り討ちにあってしまうかもしれない」

「元々生半な気持ちのつもりはないけれど——ただ、買っていると言い切れるかどうかはわからない。その後、傀儡《かいらい》にしやすい女の子に優勝してもらったほうがいいとか、極めて外道なことを思っているのかもしれないし——私でも、杵槻鋼矢みたいな一筋縄じゃ行きそうにない子よりは、クリアプレイヤーはそっちのほうがいい」

「…………」

弟よりも私のほうが御しやすい、と言われたような気分になったけれども、それはさすがに深読みのし過ぎというか、氷上の被害妄想というものだろう。

実際、被害は受けているのだけれど。

「ま、手袋鵬喜がどんな子なのかは、会ってみてからでしょ。魔法に対しては相当の応対力を誇るであろう固有魔法の使い手も、私達みたいな科学の徒に対しては無力——まして手袋ちゃんにとっては、使い慣れない魔法だろうしね」

「……でも、人を殺すのに魔法はいりませんよ。刃物があれば——いえ、刃物なんてなくとも、本当は素手だって、人間なんて殺せるんです」

「そうね——悲鳴ひとつで、二十億人殺せちゃったりするしねえ」

「…………」

そう言えば、そもそもこの四国異変は、外部からはいまだに『地球から人類への攻撃』と思われているのだった。

そこが始点で、そこが支点だった。

氷上は当初から違和感を持ってこそいたものの……、しかし、声を大にして否定しようというほどの違和感ではなく、地球の仕業と言われれば、地球の仕業だと納得できたものだ。

とすると——怖い想像も出てくる。

「『大いなる悲鳴』も、実は地球からの攻撃ではなく、魔法による実験失敗だったりして……」

「ふふ。だとしたら、とんだ独り相撲《ずもう》ね」

右左危博士は、意外なことに、そう笑うだけですませた——てっきり、根拠をあげて否定してくれると思ったのだが。

否定するまでもないということだろうか？

氷上もまさか、本気で『大いなる悲鳴』による二十億人の虐殺を、絶対平和リーグの罪として問おうと思っているわけではないけれども、そんな態度をとられると不安になる——その辺まで見透かして、氷上の気持ちをもてあそんでいるのだろうか？

もう十分、心も体ももてあそんだだろうに——語弊のある言いかただが。

ん、とそこで氷上は、どうやら飛行高度が落ちているらしいことを知る——話しながら飛んでいるうちに、気もそぞろになっていたか。

魔法無効化をされるまでもなく墜落したというのでは笑えない——氷上は、

「左博士」

と呼びかけてから、高度を上げる。

「ん……」

右左危博士もそれに追随する——氷上がちょっとの間先行する形になったが、彼女はすぐに隣に並んだ。

「今、私のパンツ見ましたか？」

「見たけども、別に今に限らないわよ。ずっと見えてる」

「酸ヶ湯さんは冷静なものでしたけれど——この格好で年頃の少女さんの前にでるのは、いささか刺激が強過ぎると思いませんか？　防御機能があるというのなら、確かに脱ぐわけにはいきませんが、どこかでショップに寄って、アウターを着たほうがいいのでは」

ベンチコートみたいなものをイメージして、氷上は言った——イメージとしては、ドレスを着なくてはならないようなパーティーで、会場に向かうまでの道中を、どう過ごすかというシミュレーションである。

「なるほど、着替えるのではなく、重ね着するというアイディアね。いろいろ考えるわねえ、氷上ちゃん。よっぽど抵抗があるのね。しかし仲間であることは、ひと目でわかるようにアピールしておいたほうがいいと思うわよ」

「仲間じゃないじゃないですか。しかも相手は仲間殺し」

「酸ヶ湯課長の仲間だって意味」

「はあ……」

右左危博士は右左危博士で、このコスチュームを前面に押し出すアイディアを、次々考えるものだ——おちゃらけているんじゃなくて、本当に誇らしく、着こなしているのかもしれない。

「できるだけ体を軽くしておかないと、いざというときに、反応が遅れるしね——もしもそれが可能なら、裸で行動したいくらいよ」

単なる露出狂みたいなことを言っている。

この人なら、もしも魔法を技術として解明し、分析し、確立したとしても、ひょっとするとそれでもやっぱり、地球撲滅軍においても、同じくらいの布地面積で軍服を製作しかねなかった。

氷上の上司が、普段、『地球陣』を相手にするときに使っているスーツ『グロテスク』は、ほぼ全身タイツなのだが……あれは見えないから、関係ないのか。

見せるためのコスチューム。

……しかし、手袋鵬喜に『敵でない』アピールをするためだというのならば、二人のうち、どちらか片方だけのコスチュームが見えればいいとも言える——そう考えれば、元々自分が使っていた自分のコスチュームが着られているのを見れば、少女は混乱するかもしれないという理屈で、ベンチコートを着るべきは氷上だろう。

ついに光明《こうみょう》を見出した気分になった。

とはいえこの論理も、相談してしまえば、またあれこれと難癖をつけられるかもしれなかったので、内心に秘めておくことにした——相談するからいけないんだ。

……もうひとつ、アウターを着てはいけない理由としてあげられた、右左危博士が付け加えた、『反応が遅くなる』というものは、しかしそんなに考慮することはあるまい——防寒用のコートで、多少分厚くあろうとも服は服、生死をわけるほどのことになるわけがなかろう。

と、思っているうちに——またもや飛行高度が下がっている。

とうとう、このコスチュームによる羞恥から逃れえる、ナイスアイディアを閃いて集中力が切れたのだろうか——否。

さすがに二度目は不自然だ。

「ひ——左はか」

その不自然にまだ気付いていないらしい、併走する右左危博士に呼びかけようとした、まさにそのとき——不自然は加速した。

飛行する彼女達の、眼下に広がる一面の山林。遥か遠くにあったはずの、それがもう——間近に迫っていた、まるで彼女達が真っ逆様に墜落したかのように。

しかし墜落などしていない。

どころか、降下さえしていなかった。

接近していたのは彼女達ではなく、山林のほうだった——山林を構成する木々が、地表から、氷上達をめがけて蛇のように、投げ縄のように『伸びてきた』のだ。

不自然、と言ったが。

しかし自然だった——自然の木々が近づいてきたからこその、錯覚だったのだから。

違う、やっぱり不自然だ。

たとえどんな植物であろうと、いきなり、この高度まで伸びてくるわけがない——

これは、地球からの攻撃？

なんて疑いは、頭をよぎりもしない。

この状況。

間違いなく、これは、『魔法』の——

「くっ……」

近づいてきた木々の枝が、氷上と右左危博士にからみつく――全身に、縄さながらからみつく。逃れようにも、周囲も完全に木々につつまれて、檻のよう――否、網のよう。

「ふぁ――」

氷上竝生――『焚き火』は叫ぶ。悲鳴のように。

「ファイヤー・ボール・アース――」

3

結局のところ、『ベンチコートを着れば、いざというときの反応が遅れる』という、右左危博士の言を、ほぼそのまま実証してしまうことになった――それくらい、すんでのところだった。

首の皮一枚――コスチューム一枚。

実際、あと一瞬でも氷上の、反射的な反撃が遅れていたなら、もうどうにもならなかっただろう――まだ隙間があるうちに、まだ意識があるうちに、『炎血』を発動できたことが、きわどいところで彼女達の身を救った。

その理屈で行くと、残念ながら、『二人のうちどちらか』がベンチコートを着られるとなったときに、着られるのは氷上ではなかった――右左危博士には戦闘力も戦場経験もないし、また、現実として彼女は、二度にわたる高度降下――と見える、森林からの接近を、見落としていた。

その辺は実戦経験の差と言うか、頭の良さとは違う野性の勘、肌感覚みたいなものであり、特に右左危博士が鈍かったとか、そういうことじゃあないし――その経験の浅さを補うために、かつて前線にいた氷上と同盟を結んでいることもあるわけで、そうなると、仮に上着でコスチュームを隠せるとしても、それは右左危博士の側だった。

とんでもない話である。

ありえない。

二人でも十分死にそうなのに、自分だけがこの格好で取り残されるなど、地獄のいったい何層目だ――それはともかく、とんでもないのは、今の状況も同じだった。

『炎血』で周囲の木を、己の肢体にまとわりついてくる枝葉を一息に焼き切り、一方で右左危博士も助けつつ、しかし圧倒的なその物量に圧倒され、次から次に襲いかかってくる植物に飲まれそうになりながら、今度こそ氷上達は、高度を落としていくことになった。

逃れようとするならむしろ、更に上昇すべきだったかもしれないけれど、しかし

『生長』した植物は、彼女達のいた高度を既に遥かに越えている——その先を目指すよりは、いっそ根本に切り込んだほうがいいというのが、氷上の判断だった。

この辺も野性である。

仮に右左危博士がこの戦況を理性的に判断するなら、選ばなかったであろう選択——さながら火の玉のようになりながら、氷上は右左危博士を片手でつかみ、降下軌道で、曲線的な移動を続ける。

燃えさかる手でつかんでも、コスチュームには防御機能があるから、しばらくの間ならば大丈夫なはず——大丈夫じゃなくっても、この際、多少の火傷《やけど》は我慢してもらおう。

さながら、山全体が攻撃してくるような怪奇現象に見舞われながら、しかし氷上竝生は、

「くはっ——」

と、笑わずにはいられなかった。

久し振りの戦闘状況にハイになったというのもあるけれど、それ以上に、自分がまさかこんな風に、左右左危を守るために戦うようなことがあるなんて、数日前までは想像もしていなかった。

他の誰でもない、左右左危を。

否、ついさっきまでも、考えていなかったと言っていい――彼女達を囲む生長した山林を反射的に攻撃したのと同じく、反射的に助けてしまった。

見捨てて、自分だけ助かることもできたはずなのに――理性的に行動するなら、それも十分ありだったはずなのに、氷上の野性は、それを選択しなかった。

これが笑わずにいられるか。

「く――くは、ははは、は――」

炎に包まれながら――山を炎で焼きながら。

ついには彼女は着地した。

着地した場所は、山と山との狭間のような、岩場みたいな場所である――襲ってくる木々の隙間を縫い、隙間を抜けた末に、隙間に着地しえた。

地面についたことで、氷上は右左危博士のコスチュームを離す――これで両手が使える。

「左博士、少し息を止めていてください――喉《のど》が焼けますから」

もっとも、こんな注釈、彼女に『炎血』を注ぎ込んだ右左危博士には不要かもしれないが――と思いつつも、氷上は返事を待たず、最大火力で、なお、この山間部を狙うように両側から迫ってくる木々を、一息に。

「ファイヤー・ボール・アース！」

一息に——焼き尽くす。

フラッシュ・ペーパーのように、その炎は眩しく燃え上がったあと、すぐに消失してしまったのだが——同時に、その周辺一帯も、消失してしまっていた。

消失。

正しくは焼失か。

山火事のあとのようで、実際、山火事のあとなのだが、それでようやく、『山が襲ってくる』という怪奇現象は終焉《しゅうえん》した。

焼き払ったのはあくまで周辺数十ヘクタールくらいであり、その向こうにはまだまだ緑が生い茂っているのだが、あの異常な生長は、完全になりを潜めている——ただの山のように見える。

もっとも標高は先ほどまでから、ほんの数百メートルほど、アップしているようだが……。

「……大丈夫ですか？　左博士」

しばらく、それでも警戒を続けたあとに、氷上はそう訊いた——それを受けて、大きく息を吐く右左危博士。

ピンチをとりあえずクリアして、胸をなで下ろしたのかとも思ったが、単に、今まで呼吸を止めていた分らしい。

「竝生ちゃんは、もしもクビになっても、焼き畑農業で食っていけるわね」

などと、抜け抜けと軽口を叩く。

まあ、ピンチに焦るほど、可愛らしくもないか……。

クビになるのが嫌でここにいるのだが。

「なんだったんでしょう、今のは……」

空中で攻撃を受けたときは焦ったが、しかし、地面に着陸して応対すれば、言うほどのこともなかったというのが感想だ。

単純に、氷上にとって空中戦が初めてだったということもあるけれど——だから地に足をつけ、両手を使えるようになればあっさり状況打破できたというのはあるだろうけれど、しかし何というかそれ以前に、攻撃自体があらかじめ、撤退どころを決めていたような……。

「様子見……と言うか、私の『炎血』を試されたような印象を受けましたが……どう思いますか、左博士？」

「いえ、様子見に切り替えたのは、途中からでしょうね——最初の時点では、一気に生け捕りにするつもりだったか……、それとも、一気に殺すつもりだったか、そのどちらか」

大して動揺した風もなく、先ほどまでと同じ調子で語る右左危博士——ピンチの最中には何もできなく、氷上に助けられるばかりでも、ピンチが終わった途端に冷静な分析・解析を始める。

……そう言うとなんだかとても格好悪いけれども、今、考える余裕のない――周囲を警戒したままぴりぴりしている氷上としては、考える役を担当してくれる誰かがいるというのは、とてもありがたいことだった。

「スタンスを切り替えたのは、途中から――あなたの『炎血』が、ただならぬということがはっきりしたところから。植物使い……、いいえ、『木使い』と言ったところかしらね？」

「『木使い』……」

木々を操る魔法少女――がいるということだろうか？　酸ヶ湯課長は、機密事項だからと言って、チーム『サマー』の魔法少女の情報以外は漏らさなかったけれど、そういう固有魔法があったとしても、不思議ではない。

否、不思議ではあるけれど、まあ、今の四国では十分に起こり得る不思議だ――山を動かすほどの、そんな規模で起こせるものなのかどうかは、定かではないが。

こっちは校舎を壊す『ビーム砲』くらいで、十分におののいていたというのに……。

「念のため……こちらから打って出て、山ごと焼き払っておいたほうがいいでしょうか？」

「いえ、弟くんならともかく、あなたの『炎血』では、そういうスケールの大きい『放火』は控えておいたほうがいいでしょ——攻めじゃなくて守りの炎だもの」

「初めて聞きましたけれど。私が弟と、そういう風に種類分けされていたっていうのを」

冗談のつもりだろうか。

だとしたら、笑いどころがわからないが。

守りの炎？

「もしも私達を狙う『敵』……がいたとして、今、様子見に入っているんだとすれば、こちらの限界を見られるのはよくないわ——こちらにとってあちらの魔法が得体の知れない正体不明であるように、あちらにとってこちらの魔法が得体の知れない正体不明であるはずなんだから」

「……なるほど」

それを実際に使う氷上にとっては、麻痺してしまっている感覚だし、魔法少女側の気持ちなんて、たとえその衣装を身に纏《まと》おうとも見えてくるものではないけれど、しかし、『魔法でもないのに』炎を発する氷上は、『敵』にとっては相当、不気味なものと映るだろう。

ただ、限界がわからないのはお互い様……。

こんなところで中途半端に均衡状態に陥るのは、徳島県にいる少女、手袋鵬喜に会いにいこうとしている氷上達としては、はなはだ不本意な足止めなのだが。

しかし警戒を解いて、迂闊に飛び上がるわけにはいかない――この岩場は、こんな山岳地帯には珍しいエアスポットなのだから。

「私達を閉じ込めて、それで満足している――という可能性もありますかね？」

「何が目的か、にもよるけれど……、単純に、空を飛んでいる怪しい奴らをとらえようとした、ってだけなら、竝生ちゃんの言う通り、満足しているかもしれない」

怪しい奴らだという自覚はあるらしい。

それは何よりだった。

本気でイケていると思われても困る。

「ただ、明確な目的を持って、私達をとらえよう、ないし始末しようと思っていたのであれば、閉じ込めて、動きを封じるだけで満足しているとは思えない」

「…………」

「こちらが限界を探られたくないのと同様に、あちらだって限界を探られるのは嫌なはずなのよね――だからこの均衡状態を崩そうとは思わないはず。リミットがわからないのはお互い様なら、リミットを探られたくないのも、お互い様だものね……希望的観測に聞こえるかもしれないけれど、あちらさんからすれば、まだ何も手の内を見せていない私もまた、『炎血』のような技を持っていると予測していてもおかしくない」

確かに。

氷上は右左危博士が、手の内に何も持っていないことを知っているから、そんな用心めいた推測は徒労にしか思えないけれど、相手からしてみれば、『炎血』級の切札を持っているという推測は、してしかるべきそれだ。

ならばそんな相手の『取り越し苦労』を、うまく利用できないものか——幸いなことに、『火』と『木』という勝負は、いくら科学と魔法で決して同列には語りにくいとは言っても、普通に考えれば相性がいい。

『火』は『木』で燃やすものだ。

光合成なんて、炎に酸素を供給してくれるためにしてくれているようなものである——地に足をつけて、防御に徹するのであれば、山をひとつふたつ相手にしようと、生き残れる自信はある。

久々の戦闘状況に一瞬焦ったけれど、勘は鈍っていないようだ——ハイになった気持ちも十分落ち着いた。

ただ、現状、彼女達を取り囲む山は、ひとつふたつどころではない。

どころか周囲は全部山と言っていい——状況としては、ほとんど深い森の中で遭難しているようなものだ。

もしも、相手の使う『木』が、周囲一帯を完全に操れるようなものなのだとしたら、そのときはおしまいだ——なすべなく物量に押しつぶされるまでだ。

たぶんそこまでのものではないという読みに縋《すが》るしかないけれど——それができるなら、とっくにそうしているはず。

しかし、そうしてこないのは、単に向こうが、『炎血』の氷上の科学技術を、過度に高く評価しているからかもしれないのだ。

「…………」

わかっていたことだし、前線時代に散々経験していたことではあるけれど——やっぱり、戦闘とか、バトルとかというのは、なかなか剣豪同士の立ち合いみたいに一直線には決着しない。

大抵の場合、こういう消耗戦に陥る——それでも、『先に動いたほうが負ける』みたいな状況だと思えば、剣豪同士の立ち合いっぽいと言えなくもないのだが。

まあ、作り物で、しかも時間制限のある映画辺りとは違って、死んだらおしまいなのだから——できる限り長生きしようと、互いに知恵を絞るのは当たり前か。

まして今の四国で死ぬと、死体も残らないのだ。

四国ゲーム。

映画じゃなくて、ゲームか……。

「どうします？　左博士。私としましては、ここらであなたに、この場を切り抜ける名案をひらめいて欲しいところなんですが……」

「いやあ、私は閃き型じゃあないからねえ。じっくり理論を積み重ねる派。今動くにはいささか、データが足りないかな——強いて言うなら、なんとか『敵』を引きずり出して、和睦《わぼく》を結びたいかなあ。向こうは私達を『敵』と見做しているかもしれないけれど、こっちからすれば、必ずしも……、うぅん、攻撃さえやめてくれれば、敵対するつもりはまったくないんだから」

「確かに……ただ、相手の前に出ずに攻撃できるのであれば、出てきてはくれないでしょう。どこにいると思います？」

「空中での木の枝の、私達をつかまえようとする連動した動きを見る限り、私達のことを目視しているとは思うんだけどね——つまり、そう遠くにはいないと思うんだけれど、これも断言はできない。木を自動制御できるんだとすれば、その限りじゃない——植物にも人間同様の意志があるなんて理論もあるからねえ」

「ありますね……私は信じてませんけれど」

「魔法なら、その意志を与えられるかもしれない」

「……ですね」

かもしれないを追求すると、キリがなさそうだ。

どこかでリスクは冒さなければならない——相手が一人とは限らないということを思うと、どこで踏ん切りをつけるかは、やっぱり慎重にならざるを得ないが。

「参考までに、左博士」

「？　何かしら？」

「先に訊いておきたいんですが——どこまで、、、、どこまでやってもいいんでしょうか？　この場合」

「ん？　どこまでっていうのは——ああ、『敵』をってこと？　生け捕りにするか、殺してもいいのか——ってことね？」

「端的に言うと、そうです」

殺してもいいのか、という、相手に責任を委ねるような言いかたは避けたかったのだが——子供を、それも女の子を殺す決断を、右左危博士にさせるべきではないというのが、この場合、氷上が引く倫理的な一線だった。

もちろん右左危博士は、特に葛藤なく、

「殺してもいいわよ」

と言うのだが。

それはわかっているのだが。

「生け捕りが望ましいし、欲を言うなら、怪我をさせずに無力化させたいところだけれども、この場合は身の安全が第一よ。大丈夫よ、どうやらあなたの本気の『炎血』で焼いたところで、このコスチュームは、耐えうるようだから——最悪でも、コスチュームがもう一着手にはいるわ」

「……わかりました」

反論も反問もせず、頷く氷上。

それを聞いて安心したわけではなく、むしろ胸の中がざらついたけれども、しかしながら、だからといって、攻撃に対して無抵抗になれるほどの人間愛が、彼女にあるわけでもない。

地球と戦っているのも、人間に対する愛と言うよりは、地球に対する憎しみがよっぽどのモチベーションだ。

元放火魔で、犯罪者である弟ほどではないにしても——彼女とて、誰も殺さずにここに立っているわけじゃあないのだ。

「それでは……焼き尽くすのではなく、燃やしますか」

「？　どういう意味かしら？」

右左危博士は首を傾げる——本当に、戦闘に関しては素人同然である。この『炎血』を氷上に授けたのは、彼女だというのに。

「いえ……、『炎血』ならば炎を完全に制御できるわけですが、しかしその制御を投げ出すということです。えっと……」

既に自分の肉体の一部として『炎血』を使用している氷上にとって、これは感覚的な感覚であり、『手でものをつかむ』とか『口でものを食べる』とかの延長線上の話だから、上手に説明しにくい。

別に上手に説明して、いちいち許可を取る必要もないのだけれど、自分で評価しても乱暴な手法ではあるし、下手をすれば自滅しかねない作戦なので、巻き添えにしかねない右左危博士には相談して、内諾を得ておきたい。

「つまり『炎血』の本当のメリットって、炎を自由に発せられることじゃなくて、自由に消すこともできることだと思っているんですが……あえてそれをせずに、ただ火をつけて、ただ燃やすという方法で、この辺りの森林を焼き討ちにするというのはどうでしょう」

厳密に言えば、『火』を消すことができるというのは、結果である――物体を『焼き尽くし』、『焼失』させてしまうことで、あるいは発した火の周辺に、より大きな火を配置することによって、酸素を一気に消費することで、結果消火に繋げているだけだ。やっていることはあくまでも『炎』の放出・発射のみであり、それ以外ではない。

実際、同じ『炎血』を持っていようと、これは弟にはできなかったテクニックだ——『火達磨』と呼ばれる彼には、そもそも『炎』は大きければ大きいほどよく、制御するつもりがなかったというのもあるだろうが。

案外、先ほど右左危博士が言った、『攻め』『守り』というのは、そういう意味なのかもしれなかった——感覚でそんな『火』の扱いができる彼女を、上層部は『小さくまとまっている』と判断して、弟の能力を受け継いだはずの彼女を後方の支援へと引っ込めたわけだが、むろん、『火』をそんなに精密に操れる彼女のことを、評価する者がいなかったわけではない。

「要は、山の裾に最初の火種だけを設けて、あとは放っておくって作戦です——その後、どうなるかは、正直、わかりませんけれども、しかしこれならば『炎血』と違って、限界はありません。酸素と木がある限り、どこまでも燃え続けます」

「なるほど、とんでもないことを考えるわね——絶句するわ」

言いながら、別に絶句はしていないようだけれど、しかし『とんでもないことを考える』という感想は嘘ではないらしく、右左危博士は感心したような笑みを浮かべた。

「竝生ちゃんにふさわしからぬ、暴力的なアイディアというか……。それは、弟くんの発想——じゃあ、ないわね。あの子はそこまで考えるタイプじゃなかったし。どちらかと言えば、上司の、英雄少年的発想かな？」

「……かもしれません」

少なくとも、違うとは言いにくい。

こういう無茶苦茶と言うか、周辺被害も後始末も一切考えない、その場を切り抜けることだけに特化した戦略は、確かに氷上の上司、第九機動室室長のものだった。作戦が裏目に出た際のリスクも酷いものだ……『炎血』の『焚き火』が山火事に巻かれて焼死したなど、笑い話にもならない。

まさしく笑止である。

いくらコスチュームに防御機能があるとは言っても、消防服とは比べものにならない被膜面積を思うと、正直、いい作戦とはいいがたい——賢明であろうとするなら、このまま均衡状態を維持し、籠城《ろうじょう》を決め込むのが定石だろう。

しかし、魔法が相手では、その定石が組みにくい。定石に対する裏技こそが魔法だというように、科学の徒（というほど、右左危博士とは違って、科学知識があるわけではないけれど）である氷上には思える。

「まあ……少なくとも、反対する理由はないわよ。他に代案があるわけでもないし、やって頂戴。戦いは任せるわ。私なんて、ここじゃあ何の役にも立てないわけだし

——横から見て駄目出しだけするつもりもないわ」

「わかりました——では」

と、右左危博士が頷いたのを受けて、氷上は最早迷わず、即座に火を放つポイントを探した——『ものを燃やす』ことに関しては天性の才能を持つ姉弟だった。

現代社会ではおよそ役立ちそうにない才能を、元々、姉は料理に使い、弟は犯罪に使っていたわけだが、前線を引いた今、それがこんな形で生きるとは——しかし。

しかし、残念ながら、その才能がここで生きることはなかった——結果から見れば、いちいち氷上が右左危博士に作戦の内諾を取ろうとした時間が、余計だった。

あるいは。

魔法少女を、殺してもいいのかどうかを問うてしまった時間が——どちらも、右左危博士に気を遣った、年長者である彼女を立ててのことだったけれども、最善の選択をするのであれば、彼女は自分だけで、自分の責任だけで、すべてを決断し、すべてを行うべきだった。

左右左危という特例的な人間に主導される形で、言葉を選ばなければ言われるがままに四国につれてこられ、言われるがままに魔法少女の格好までさせられている彼女には、どこか巻き込まれ型意識が抜けていなかったというのは否定できなくて——結果として。

二手三手。

コマンド入力が遅れた結果として。

「なっ……」

転びそうになった。

氷上竝生は『炎血』で『火』を放とうとしたそのときに、そのために一歩を踏み出そうとしたそのときに、足下の岩につまずいたように、前につんのめった。

いや、つまずいたのではなく、足首をつかまれたという感覚だった——ゆえに踏み出そうとした一歩を踏み出せなかったのだ。

「にっ……」

見れば。

実際に——つかまれていた。

地中から、岩の隙間を縫うように這い出てきた木の枝に——違う、木の枝ではない、それは、木の根だった。

「…………っ！」

そうだ。

『敵』がもしも『木使い』の魔法少女だというのならば——これは、当然想定すべき、当たり前の可能性だった。

幹を伸ばし、枝葉を伸ばし、木々を急速に生長させることができるというのならば——当然、地中に広がる根っこだって、思うがままに操れると想定してしかるべきだった。

地面に着地すれば、空中と違って四方八方からの立体的な攻撃はない——という判断は、思いこみだった。

人間に見えていないというだけで、『木』は地面の下にも通っている。

だが、もう遅い。

間に合わない。

山林部から地中を伸びて、岩場を迂回したのちに出てきた根っこは、氷上の片足のみならず両足を、既にびっしりとつかんでいる。

しゃがんでいた右左危博士に至っては、既に下半身をほぼほぼくるまれている——二人とも、コスチュームによる飛行を封じられた。

生け捕りに——否。

根っこは二人の柔肌に食い込んでいる。

突き破り、肉までえぐらんと——これはもう、仕掛けている魔法少女には、彼女達に対する明確な殺意があるとしか思えない——

「くっ——うわあああっ！」

氷上が体勢を整えられずにいるうちに、今度は前後左右、そして上からも、氷上達をめがけて枝葉が伸びてくる。

縄のようにしなってではなく、槍のように尖って。

隈無く、隙間なく——

4

「…………」

と。

四国島徳島県の山間地図を、大幅に書き換えなければならないような超常現象を、たった一人で、少女の身で巻き起こした彼女は——魔法少女『スタンバイ』は、その上空、ほぼ真上をホバリングしながら、

「…………」

と、まったく気を緩めない——木を緩めない。

十中八九、『しとめた』であろうこの状況でも、彼女はちっともコンセントレーションを切らなかった。

性格的な問題ではない。

むしろ彼女、『スタンバイ』は、どちらかと言えばおおらかで、魔法の使いかたも大雑把であることが多い——その件で何度も、チームメイトの『スペース』や『シャトル』やらから、お叱りを受けていたくらいだ。

もっとも、彼女の仕事が大雑把なのは、それだけの量をこなしているからであり、決して責められたものではないのだが——そんな彼女が、いつもならばとっくに『仕事完了』として飛び立っているタイミングなのに、未だ状況の観察を続けているのには理由があって、それはこの仕事が、チーム『白夜』のリーダーである、黒衣の魔法少女『スパート』からの発注だからである。

徳島県上空辺りに、何かあるかもしれない——四国の右側で、何かが起こっているかも——とか、そんなあやふやで、要領を得ない情報に基づいた発注ではあったけれど、おおらかで大雑把という意味では『スタンバイ』を遥かに上回り、かつ、働き者の『スタンバイ』とは対照的にルーズ極まるリーダーからの頼まれごとなんて滅多にないことであり、だからこそ、『スタンバイ』は今、緊張して仕事に臨んでいるのだった。

実際、魔法少女のコスチュームを着た謎の（十代の彼女から見れば）熟女が二名、空を飛んでいる姿を見たときは戦慄し、つい反射的に攻撃してしまったけれど——その判断自体に間違いはなかっただろう。

チーム『白夜』は、現在四国にいる魔法少女を『全員』把握している――あの熟女二名が絶対平和リーグの所属ということはないはずだ。

「しかし……『スパート』が、珍しく動いたわけだ。あんな風に『火』を使うだなんて――でも、遠目だから確かなことは言えないけれど、ありゃあやっぱり、魔法じゃあない……、……地撲？　『スペース』が会ったという、あの『グロテスク』くんの関係者……かな？　……なんだかなあ。変態ばっかりか、地撲は」

できれば生け捕りにしたかった、という気持ちも彼女にはなかったわけではないのだが、しかしその余裕はなかった。

『火』を使ったほうは当然として、もう一人のほうにも、底知れない雰囲気があった――四国ゲームの健全なる運営のためには、ためらわず殺しておくのが最善だろう。

そう判断する黒衣の魔法少女『スタンバイ』には、それだけの理由があるけれど、ここにはひとつ、連絡の行き違いもあった。

と言うより、魔法少女製造課課長酸ヶ湯原作が、チーム『白夜』には秘密裏に、孤立した少女・手袋鵬喜を個人的に支援しようとしたために起きた事故のようなものだが――確かに外部の者ではあったけれど、氷上と右左危博士が、自分の上長の依頼で動いている二名だということを、知らずに『スタンバイ』は攻撃したのだった。

もっとも、知っていても攻撃したかもしれない。たとえ上長の言葉であっても、納得できなければ従わない程度の権限は、チーム『白夜』の面々には与えられている――一般の魔法少女達とは、彼女達はそういう意味でも格が違う。

ただでさえ『スタンバイ』にとっては、魔法少女『ストローク』に情報を流すという仕事が、やや不本意なくらいだったのだ――これ以上、『スタンバイ』から見れば十把一絡げでしかない魔法少女を贔屓しようとするなら、課長だろうと上長だろうと、反旗を翻しただろう。

『火使い』ゆえに、『火』を感じ取って仕事を発注してきた『スパート』のほうが、よっぽど好感が持てるというものだ――と。

そのとき、遠く眼下で動きがあった。

動きというか。

爆発があった――熟女二名を包んでいた木々を吹き飛ばす爆発。まさしく木っ端微塵に。それを見て『スタンバイ』は、

「ふむ――」

と言って、ようやく意識を緩めた。

枝に根に縛り上げられ、四肢を引きちぎられた二名が、『死んではならない』という四国ゲームのルールに違反したかどで、罰を受けたのだろう。

つまり仕事を成し遂げたということだ。

完了した。

彼女達が何者だったのかは、とうとう最後まではっきりしたことはわからなかったけれども、しかし死亡したのであれば、正体などは取るに足りない些事になろう。

「『スパート』に報告することがなくなっちゃったけどね――さて、じゃあ私はいったん、香川に行くとするか。酸ヶ湯のおいちゃんに、ここらでいっぺん会っておこう――」

言うが早いか、動き出す――飛び出す。

この後彼女は、香川県で酸ヶ湯原作と合流し、この件を話し、謎の魔法熟女二名の正体を知ることになる。

その際の酸ヶ湯原作の反応や、チーム『白夜』に対する次なる指令などに関しては描写を別に移すとして――しかしやっぱり、彼女は働き者であると同時に、慌て者だった。

慎重に徹することに慣れていなかった。

無駄を覚悟で、爆発からもしばらくはその場にとどまり、原状回復があるかどうかを確認してから現場を離れるべきだったのだ。

魔法であれ科学であれ、もしもそこに『火』を使う者がいれば、その人物は。

イコールで『爆発』を操るとまでは言えなくとも――しかし、それを偽装することくらいはできるのだから。

5

飛び去る黒衣の魔法少女の軌道を、ぎりぎりで氷上竝生はとらえた——反撃の届く距離ではまったくないし、また、追いかける気にはまったくならなかったけれど。

「…………」

黒衣の魔法少女。

黒衣のコスチューム。

あの駐車場に隠されていたコスチュームの一着、サイズの問題で氷上達が着られなかったものと、まったく同じもののように見えたが……、いや、この距離では何も断言できない。

今はただ、やり過ごすだけ——今後も四国ゲームを継続するならば、あの黒衣をまた目にすることになるのだろうとはっきり感じながら、氷上竝生は、魔法少女『スタンバイ』を見送った。

生存には成功した。

だけど勝ち負けで言えば、完全敗北だ。

これを引き分けとは言えまい――皮肉にも、自分達を襲っていた木の枝や根っこに身を隠す形で、『敵』の目を逃れる結果となったわけだし。

いや、もちろん、それだけではなく――氷上は、直属の上司にも秘密の切り札を、使うことになってしまったのだ。

「ねえ……竝生ちゃん、さっきのなに？」

右左危博士は自分が助かったことよりも、そちらのほうが圧倒的に重要事項だとばかりに、訊いてくる――そりゃあ、右左危博士でなくとも、気になるだろう。

身体中に巻き付き、今にも彼女の身体を千切れるまで締めあげようとしていた大量の木々が、急速に立ち枯れたのでは――そんな能力を、科学技術を、右左危博士は氷上の身体に、組み込んだ覚えはないのだから。

「あなたが植物の生長を止めた――ように見えたけれど？　……あの状況まで詰まされたら、もう全身火傷を覚悟して、身体ごと焼くしかないと思ってたけど……」

「……そうするべきだったかもしれませんが、しかし、『炎』は遠目にも明らかですからね。『敵』にわからないよう逃れるには、その逆を行くしかありませんでした」

「逆？」

だから、と氷上は言う。

こうなれば隠し立てする意味はない。

「『炎血』ならぬ『氷血《ひょうけつ》』です——まあ、使うものは一緒なんですけどね。あなたにもらった、この血液——」

これもまた感覚的なものであり、また、これに関しては口に出して説明するのが初めてのことなので、理論が本当に正しいかはわからないが、とりあえず氷上はそう理解している。

「発火性の高い血液——体液。揮発性が高いという言いかたもできますけれど、要は発火点、融点、沸点が低いということでもあって——逆に言えば、『炎血』の発火を制御するということは、低温を維持するということでもあるんです」

「そう……ね？　ん、つまりあなたは」

「そう——『冷たい炎』も操れます」

言いかたではある。

結局、『熱い炎』も『冷たい炎』もまるっきり同じものなのだから——ただ、周辺の温度を一気に下げることで、植物の生長を強制的に止めるなんてことができるのかどうかは、賭けだった。

その後、演出した四国ゲームルール違反時の『爆発』も、どれくらい本物に似せられるかもわからなかった——ほとんどいちかばちかだった。なにせ、唯一の参考例である機動ヘリの『爆発』は、背中で感じただけなのだから。

枝や根は身体に巻き付いたところでその動きを止めたし、黒衣の魔法少女もああやって立ち去ってくれたところを見ると、その辺は奇跡的に上首尾に終わったようだけれど――しかし、氷上竝生の切り札、というよりはこの場合は単なる秘密を、希代の研究者・左右左危に知られてしまったことは、取り返しのつかない失策だった。

自分の改造手術が、思わぬ結果を、思わぬ成果を出していることを知った右左危博士は、氷上の身体をもう一度、調べたいと思うだろう――それを避けたくて、『炎血』のそんな使いかたをひた隠しにしていたのに。

いや、自分が再研究・再手術を受けるくらいならばまだしも、再び『炎血』の可能性を探り始めた右左危博士によって、自分と同じ手術を受ける者がこれから続々と生まれると思うと――一時の感情に任せて、まったくリカバリーの利かないことをしてしまったという気持ちになる。

あのまま いっそ、死んでいたほうが……、……しかし……それでは上司の英雄少年とは、もう……。

「ま……、だいたい、何を考えてるかわかるけれど、竝生ちゃん。どうなるにしても、それはずっと先のことよ――道具もベッドもないこんな場所で、あなたの身体を切り開こうとは、さすがに思わないわ。悪いようにはしないなんて根拠のないことはとても言えないけれど、どーせ今すぐ、どーのこーのできる問題じゃないんだから」

右左危博士はそう言った——そんなことを言いつつも、彼女は好奇心、及び研究欲を、相当の努力で抑えているようだった。

「それよりも」

というその口調も、どこか気もそぞろという風である。

「それよりも——気付いている？　今はもう、根っこにびっしり覆われちゃったけれど、この岩場。山間にあったエアスポット。地面を探ってみたら、どうも違和感があってさ」

「違和感……ですか？」

着地してからずいぶんと長い間、右左危博士はしゃがんだまま立ち上がらないと思っていたけれど（そのせいで根に、いち早く縛り上げられていたけれど）、あれは地面を調べていたのか？

「そう——どうもここ、つい最近まで、大きな川だったみたいなのよね？　苔とか、泥とか、小魚の死体とか、どうにも川が干上がったような形跡があって——」

「川が——干上がる？　ですか？　どうしてそんなことが？」

6

そう。

氷上竝生と左右左危が黒衣の魔法少女『スタンバイ』に襲われて着地した場所は、かつて『大きな川』が流れていた場所だったのだ。

今は亡き黒衣の魔法少女、『水使い』の『シャトル』が逆流させた四国を代表する一級河川——吉野川である。


（第7話）

（終）

悲業伝

DENSETSU SERIES ∅5

HIGODEN

NISIOISIN

第8話「同盟成立！運命に逆らう三人組」

リモコンをなくすのは、テレビをなくすよりマシだ。

0

1

理論派の左右左危としては、『川が干上がっている』というこの現象を、当然ながら魔法の効果、魔法の結果と判断する――もちろん彼女も、四国の地形地図が完全に頭に入っているわけではないので、空中で襲撃を受け、ほとんど這々《ほうほう》の体《てい》で転がり込んだエアスポットが、どの座標に位置するのかまではわからない。

川幅の規模からして、吉野川ではないか……というようなざっくりとした推測を立てはしたものの、それを断定するところまではいっていない。ただ、川全体を干上がらせるというような、このスケールの魔法現象は、先程の『木』による攻撃と比肩するそれだということは断定できた。

断定せざるを得ない——残念なことに。

黒衣の魔法少女。

右左危博士の視点からは見えなかったけれど、氷上竝生が木々の隙間からぎりぎり見たという後ろ姿が、噂に聞くチーム『白夜』のそれだとするなら——この川の有様もまた、チーム『白夜』のそれかもしれない。

そんな風に理論を。

というより、連想を繋ぐ。

連想ゲームとして、四国ゲームを遊ぶ。

もっとも、部外者である彼女の、チーム『白夜』に対する知識には当然ながら限界があり、かの魔法少女グループのメンバーがそれぞれ、『火』『水』『木』『土』『風』の、五つの自然現象を支配するワンランク上の固有魔法の使い手であることまでは、さすがに連想できない——『木』を使う者がいたのだから、『水』を使うものがいてもおかしくはない、程度の推理だ。

吉野川が干上がった理由の一つに、まさか地球撲滅軍の英雄が絡んでいることなど思いもよらないし、まして吉野川を干上がらせた黒衣の魔法少女『シャトル』は、既に四国ゲームから退場していて、しかもそのコスチュームを他でもない彼女達が持っていることなんて、わかるはずもない。

もっとも、手元に一着コスチュームがあるということは、チーム『白夜』のメンバーが一名、少なくとも現在、魔法を使えない状況にあることは間違いなさそうだが。

ともあれ、

「酸ヶ湯くんももうちょっと、細かいバッティングに注意して欲しいわよね――ま、そのお陰で竝生ちゃんの秘密を知れたから、私としてはどっこいどっこいだけれど」

というのが右左危博士の、今回の件に対する偽らざる感想だった。

「いきなり襲ってくるレベルで、チーム『白夜』が部外者に厳しいとは思っていなかったわ。こうなると、あまり迂闊には、高高度飛行はできなくなるわね。仕方ない、ここから先は低空飛行で行きましょう。幸い、この干上がった川が、そのままルートになってくれるでしょう――水がなくとも川下りってわけ。この川に、魔法でないにしても、チーム『白夜』の仕業でないにしても、なんらかの異常があったことは確かなんだから――四国ゲームに関する、あるいは回収目標に繋がる何らかの手がかりを得られないとも限らないわ。チーム『白夜』の魔法少女ちゃん達が、私達を死んだと思ってくれたなら、それをとことん利用しなきゃ――酸ヶ湯くんに伝わったら混乱させちゃうかもしれないけれど、まあ、あいつは私の心配なんてしないでしょう」

こうして地球撲滅軍の才媛二名は、それとは知らずに吉野川に沿って、それはそれで障害物なしで移動することになり――そしてその下流で、酸ヶ湯原作から依頼されていたサポート対象の魔法少女、魔法少女『ストローク』こと、手袋鵬喜と出会うことになるのだった。

二〇一三年、十月二十八日。

夜半のことである。

2

ここでようやく手袋鵬喜――絶対平和リーグの魔法少女側に視点を戻してみると、

「…………」

と、絶句にもほどがあった。

香川県の中学校における某英雄少年との戦闘、やりとりからもわかるように、手袋鵬喜は平均的な問題でもあるし、思春期の少女と比べて、精神的なキャパシティがあまりに狭い。生来の性格的な問題でもあるし、幼少期の『お医者さん』との関係から生じる経験的な問題でもある――他者に対する許容度が酷く低くて、基本的に、初対面の人間に対しては高くて厚い壁を作って挑むし、相手に抱いた第一印象を、そう簡単には崩さない。

思想があるわけでも、確信があるわけでも、自分に自信があるわけでもないけれど、しかしある種頑なで、まるで強固な信念があるがごときである——そんな彼女の前に、現れたのだ。

二名が。

どう見ても『大人』に分類されるであろう年齢の女性二名が——魔法少女のコスチュームをぱっつんぱっつんに着て、肌や下着を惜しげもなく晒しながら。

川（だった場所。干上がっている）を挟んで、向こう岸にいる彼女達二名のうち、一名は堂々としていて、もう一名は恥ずかしがっている風に見えるけれど、そんな細かい区分をする余裕は、手袋にはなかった。

夜だったから、細かい表情まではよく見えなかったというのもあり、普通に、二人とも好きでそういう格好をしているとしか思えなかった——端的に変態だと思った。

カテゴライズはひとつ。

『恋態』で十分だ。

実際のところ、大人女子が普通女子のユニフォームを着ているだけなので、変態は言い過ぎなのだが、しかし彼女、または、四国にいる魔法少女のうち何割かは、前例としての英雄少年を知っていて、手袋は彼女達をそれと同類項に分類してしまったのだ。

まあ、地球撲滅軍の所属という意味では、確かに同類項なので、この勘はそれほど外していない——そしてチーム『白夜』の黒衣の魔法少女『スタンバイ』と、(元)チーム『サマー』の魔法少女『ストローク』との違いは、変態二名に対する攻撃手段を持っているかどうかだった。

反射的に変態二名を『木』の魔法で攻撃した魔法少女『スタンバイ』と違って、現在手袋は、『ビーム砲』の固有魔法で、変態二名を攻撃することができない——『ストローク』としてのコスチュームも、マルチステッキ『ステップバイステップ』も持っていない。

今、彼女が着ているコスチュームは魔法少女『コラーゲン』のものであり、持っているマルチステッキも固有魔法『写し取り』の、『ナッシングバット』だ。

……よく見れば、手袋にも、二名のうち一名が、後方で恥ずかしそうにしている側の大人女子が、まさしく彼女の元々のコスチュームである、魔法少女『ストローク』の衣装を着ていることに気付いたかもしれないけれど、混乱する手袋の頭では、そこまで思考が至らない。まして、もう一人の、前面で潑剌《はつらつ》としている側が着ているコスチュームが魔法少女『パンプキン』のものであることになど、気付けるわけがない。

元々魔法少女のコスチュームの、それぞれの差異など、遠目にはわからないほど些細なものなのだ——よっぽど注意深い者でもない限り（たとえば杵槻鋼矢でもない限り）、一着一着を厳密に見分けてなどいない。

見分けるにしても、色合いではなく、サイズで見分けることになるだろう――ゆえに、ぴちぴちに、生地を伸ばしきって着用している二名を前にしては、その無惨な、服が悲鳴をあげるような着こなしをしている二名を前にしては、そのコスチュームが誰の物なのか、というより一体なんなのか、わかるはずもなかった。

デザインがほぼ統一されているのは、敵味方を判断するときに都合がいいというのはある――同じファッションをしている人間とは同調意識が働くから、同じチーム同士ならばコスチュームの色合いを、ある程度は似せもする。

それが魔法少女製造課のデザイン志向であり、だから、もしも手袋鵬喜がこのとき、ほんの少しでも理性的であれば、チーム『サマー』の衣装を着用している謎の二名を『味方』として判断できたかもしれないけれど、しかし、それは年頃の少女に対して、いささか無茶な要求だった。

無茶というより、酷な要求か。

むしろ彼女のほうこそ、助けを求めたかったろう。

多感な少女にとって、十代向けとしても実は厳しいファッションを痛々しく着る大人の姿は、なまじ彼女達の素材がよかっただけに、現実以上に、必要以上のインパクトを、手袋に与えたのだった――一言で言えば、

「気持ち悪い――――っ！」

と。

あらん限りの悲鳴をあげ。

そして手袋鵬喜は飛び立った――全速全力で逃走した。

３

一方、少女の対岸にいた大人女子の側としても、確かに十代の頃ほどの感受性は失ってしまったかもしれないけれど、しかし決して多感さのすべてをなくしてしまったわけではなく、少なくとも成人よりは純粋であろう未成年から、はっきりとした大声で、『気持ち悪い』と言われて、傷つかないはずもなかった。

がくっ！　と。

半ば予想していたことだったとは言え、しかしその予想通りの少女からのリアクションに、氷上はその場にくずおれ、地面に膝をつく。膝の皿が割れるんじゃないかというくらいの勢いで、膝をつく――前にいる右左危博士はやはり大したもので、その言葉に微動だにしなかったけれども、しかし、飛び去った彼女への反応が一瞬、いや数秒遅れたことを見れば、まるっきりノーダメージだったわけではないのだろう。

「お……追いましょう」

氷上は息も絶え絶えに立ち上がる。

涙目である。

ちなみに『炎血』の氷上は、涙も燃える。

「捕まえて口封じを……じゃなくて、あの子、何か知っているかもしれません。逃げたということは、何か後ろめたいことがあるのかも」

決して私達の姿があまりに凄惨だったからという理由だけで逃げたわけではないはず、というせめてもの救いを求めてそんな風に提案する氷上――右左危博士は、

「ええ」

と、短く頷いた。

「風体の特徴からすると、あの子、ひょっとすると手袋鵬喜本人かもしれないわ」

「え……あの子が？」

「そもそも今の徳島県に、魔法少女は基本、手袋ちゃんしかいないはずだしね――黒衣の魔法少女を除けば。追いましょう、竝生ちゃん。挟み撃ちにするわよ」

言うが早いか、右左危博士は動き出す――浮遊し、上空に、小さな豆粒みたいになっていく魔法少女の追跡を開始する。

先程の、『山に襲われた』という経験を踏まえれば、あまり長い時間、空を飛んでいたくないのだろう――もちろんそれは、氷上としても同じ気持ちだった。

『炎血』と『氷血』の両輪を駆使して、あの攻撃から辛くも逃れたけれど、同じことがもう一度できるかと言われれば、それは難しいと言うしかない――改めて考えてみても、あれは奇跡的なほどに出来過ぎだった。

地球と戦う地球撲滅軍に属す氷上竝生でも、だからと言って山そのものと個人で戦うなんて経験を、二度三度と繰り返したいとは思えない。

幸い、『死んだ』『始末した』と相手に思いこますことに成功したようなのだから、このまま隠密活動を続けたかった――遮蔽物のない上空で、魔法少女と鬼ごっこ、ドッグファイトなんて、目立つ行為は絶対に避けるべきだ。

……幸いと言うなら、これは不幸中の幸いということになるけれど、秘密にしていた『氷血』を、よりにもよって右左危博士の前で使ってしまったことで、これを隠す必要がなくなったというのがある――これからはおおっぴらに使うことができる。その事実は、四国ゲームにおける自分達の生存率を、いくらかは上げるだろう。戦闘技術以外にも使い道はいくらでもある――『炎血』だって、本来は戦闘科学に属するそれではないのだ。

「ふうっ……とにかく、あの子の誤解を解かないと――」

果たして誤解かどうかはこの際ともかくとして、そう心に決め、氷上も飛んだ――右左危博士が向かった方向とは別の角度に、あの魔法少女を挟撃するために。

吉野川（ここにたどり着くまでに看板が何枚もあったので、川の名前は判明した）をずっと飛んできたこともあり、今やコスチュームによる魔法飛行もすっかり板に付いたものだった。

空を飛ぶし、火を使い、凍らせもし、思えば氷上竝生は、事情を知らない者が見るなら、四国にいる誰よりも、魔法少女らしくあるのかもしれなかった——成熟した年齢と、成熟した肉体のことさえ考えなければ。

それを考えないことは、誰よりも彼女にとって、不可能事だった。

4

昨日今日から空を飛び始めた氷上竝生や左右左危と違って、それなりに魔法少女としてのキャリアがある手袋鵬喜ではあったけれど、しかし杵槻鋼矢のように飛行訓練を特別に積んできたわけではなかったので、二人がかりで追われれば、いつかは捕まってしまわざるを得なかった。

それでも、相当時間逃げ続けることができたのは、『怖かったから』という気持ちの問題が大きいだろう——追ってくる様子からすると、どうやら生け捕りをもくろんでいるようだったけれど、そうなると、つかまったら何をされるかわからないという恐怖が募るばかりだったのだ。

　もしも固有魔法『ビーム砲』を使えるコンディションにあれば、やたらめったら四方八方に乱射していただろうが、『写し取り』ではどうにもできない――相手が魔法を使ってくれれば、それを打ち返すことができるのに。

　そういう意味では二名の魔法熟女がどうして魔法を使ってこないのか、手袋には不思議だった――魔法少女のコスチュームを着ているだけの部外者であるというところに思いが至る前に、とうとう、彼女の逃走劇は終わった。

　手袋の実感としては、三時間くらい逃げ続けたつもりだったが、実際に彼女がつかまるまでにかかった時間はおよそ三十分くらい――もしも氷上が『炎血』や『氷血』を、追跡にあたって際限なく使っていれば、もっと短い時間で捕まえられていたかもしれないけれど、しかし、これから友好的な関係を築きたいと思っている相手に、氷上としては『火』をちらつかせるのはできれば避けたかった。

　ただでさえ肌をちらつかせることで威嚇《いかく》してしまっているのだ――これ以上怯えさせては、会話が成立しなくなる。

　ゆえに、話を聞いてもらうためにも、相手を無傷で捕らえねばならなかったのだが――しかし、『炎血』こそ使わなかったものの、そして相手を傷つけこそしなかったものの、このミッションを滞りなく達成できたとは言いにくい。

相手が固有魔法を使えなくとも、対象が戦闘能力を持たない子供でも、人間を一人拘束するというのは、拘束し、勾引するというのは、なかなかの難事業なのだ——人間大の動物を一匹捕まえる作業をイメージしてもらえればわかりやすい。野性を失っているように思えても、人間だって動物で、大きさ相応の筋力を持っているのである。

手袋鵬喜の、追いついた後の抵抗もまた著《いちじる》しく——手足をばたつかせること甚《はなは》だしく、結局、氷上が手袋の両腕をひねりあげる形でつかまえたので、少女からすれば暴力的に身柄を拘束され、拉致されたという風な印象しか持たなかっただろう——肉体的損傷こそ与えずに済んだものの、心にダメージを与えなかったとは言い難い。

気持ち悪いだの変態だの露出狂だの、散々こちらを罵倒したのちに、怯えて泣いてしまった少女を辺りの民家に連れ込むにあたっては、泣きたいのはこちらだと思う氷上だった——戦闘には役に立たない右左危博士は、少女の実際的な拘束にあたっても、ほぼ無力だったし。

室内に入ることで、ようやく手袋はおとなしくなった——すんすん泣いてはいるけれども、諦めたのか疲れたのか、喚き散らすのはやめてくれたようだ。

家捜しをすれば、ビニールテープやガムテープくらいは見つかるとは思うが、氷上と右左危は、目配せで話し合った末、手袋を束縛するのはやめておくことにした。

一度鬼ごっこをした感想として、たとえ逃げられてもすぐに捕らえられるという実感を得ていたので、これ以上手袋にストレスを与えるべきではないという判断である。

狭い室内では魔法のコスチュームがあっても、飛行しづらいはず――という読みももちろんあるが、ともかく、氷上竝生と左右左危は、酸ヶ湯原作からの頼まれ仕事の第一段階を、道中トラブルはあったものの、見事成し遂げたということになる。なったところで、実は少々、彼女達は途方に暮れてもいるのだが。

あまり幸福な少女時代を送っていない氷上と、子育てに失敗している右左危博士では、このくらいの年齢の子供に対する接し方というのがよくわからないのだった。

氷上は兵隊タイプ、右左危博士は研究者タイプということで、それぞれタイプは違うのだけれど、しかし、『目標のために迷いなく躍起になれる』という点がおおよそ共通していて、そしてまた、『目標を達成したあとのことをあまり考えていない』というのも同じく共通点であり、とりあえず手袋鵬喜を捕らえてはみたものの、ここから彼女に、どうアプローチしたものかは、慎重に考えなければならなかった。

出会い頭に逃げられてしまうほどに警戒され、その上、力ずくで捕らえ、拉致し、軟禁状態においたというのであれば、この後、きちんと事情聴取ができるのか、こちらの話を聞いてもらえるのか、はなはだ疑問だった。

——というのが、氷上や右左危博士側、地球撲滅軍側の現状認識だったが、しかしこれはあくまでも彼女達から見た現状であり、捕らえられてしまった魔法少女、絶対平和リーグ側の手袋鵬喜からしてみれば、もちろん起こっている状況は同じにしても、ややそのことに対する認識は違っていた。

反射的に逃げ、空中でチェイスを繰り広げ、最終的には腕を捻りあげられ、こうして民家に閉じ込められた彼女ではあり、それはまったく歓迎できる事態ではなかったのだけれど、さすがに蓄積された疲労もあって、精神は落ち着いてきた。

飛行に疲労はなくとも、吉野川を上下往復し、その後、空を追い回されるという経験は、心を大きく消耗した——それで落ち着くことができるというのは、なんとも皮肉な現象でもあるが。

悪い状況ではあるけれど、最悪ではない。

手袋は現状を、そう思っていた。

分析できるほどの頭はないけれど、しかしどうやら、生け捕りにされて、変態的な虐待を受けるとか、そういう展開にはなりそうもないということはわかった——捕らえた手袋をよそに、二人で何やら話している様子からは、あまりここから先の、悲劇的な展開を予想させない。

もちろん、こうして捕虜にされてしまったことはとんでもなく不幸なのだが、現実問題として、一人で今の四国ゲームをプレイする、換言するところの『生きていく』ことに、限界を感じてもいたのだ。概ね無駄でしかなかった吉野川上り・下りを経て、そんな風に手袋は思っていた。

自分という生き物を保護するために、このように捕虜になるというのも、捨てた選択肢ではないかもしれない。

いや、捨てるも拾うも、取捨選択の権利は彼女にはないのだが。

しかし要するに、怯えて泣きながらも、一方で手袋鵬喜はしたたかに、この後も自分が生き残るための、生き続けるための戦略を練り続けていた——それは戦略とも言えないような稚拙な考えだったかもしれないけれど、しかし、この世で一頭しかいない絶滅危惧種が生き残るための健気な知恵には違いなかった。

目的はわからないが、自分を捕らえ、軟禁した正体不明の変態女二名を、隠れ蓑《みの》に利用できないものかと、手袋は沈思黙考していたのだった。

チームメイトの魔法少女『コラーゲン』を殺害して、香川県を飛び出した時点で、彼女には組織に対する帰属意識みたいなものはなくなっていたし、また、元々地球との戦争への参加意識も、モチベーションも薄い少女である。

極論、戦争がいつまでも続けばいいと思っていたくらいだ。

自身の特殊性だけを大事にしてきて。

今は自身の脆弱性を、守ろうとしている。

そういった手袋の、ある種の突出した自己中心性に気付いていない氷上や右左危博士は、当然のことながら、彼女とかみ合わない会話を、すれ違うコミュニケーションを、しばらくは強いられることになるのだった――

「…………」

と。

室内の明かりの下で、近距離で、ようやくはっきりと、相手の少女の様相を視認することができた氷上は、『どうやら、室長と同い年くらいの女の子のようだ』と思った。

ただ、氷上が室長と、曲がりなりにも良好な関係が築けているのは、互いにラインを引いて、非干渉を貫いているからというのがあり、そんな紳士的なラインをこの子と引くわけにはいかない――というか、あの室長は例として特殊過ぎて、まったく参考にならない。

強いて言えば、異性だから室長とはうまくやれているのだと思う――氷上には年の離れた弟がいたことも大きい。

同性の子供への接しかた？

そういうことで言うなら、氷上は年下の同性からは、むしろ嫌われるタイプだった

——加えて言うなら、明るいところで近くから、はっきりと姿が見えているのは、こちらからだけではなく、向こうからもだ。

ぴちぴちに魔法少女のコスチュームを着ている姿を、隠しようもなく年頃の女の子に見られている——しかもこのコスチュームは、この子のものだと言う。

そこを後ろめたく思ったり、変に恥ずかしがったりすると尚更みっともないと思い、私の今の姿には恥ずべきことなど一点もないとばかりに、氷上は腕を組んで背筋を伸ばして、少女に向いた。

堂々と。

変に身体をくねったり、猫背になったりして接するよりは、確かにそのほうがマシだったかもしれないけれど、変態度は若干増した。

「まず、確認させてもらうわ」

と、氷上は切り出す。

右左危博士と話し合った結果、渉外は主として氷上が行うことにした——順当に決めるならより年長者である右左危博士のほうが行うべき渉外ではあったけれども、しかしこの博士は己のコミュニケーション能力の低さ、もっとはっきり言えば性格の悪さを、決して自認していないわけではないようで、『子供に嫌われる竝生ちゃんと人間に嫌われる私とじゃあ、竝生ちゃんでしょう』とのことだった——ドングリの背比べもいいところだった。

まあ別に、手袋と仲良くなることが目的の渉外ではないので、嫌われようと気持ち悪がられようと、会話さえ成立すればそれでいいのだが。

「手袋鵬喜ちゃん——魔法少女『ストローク』で、いいのよね？」

「……はい」

涙を拭き、しゃくりあげる声を抑えて、少女は答えた——手袋鵬喜は、身をかがめ、自分の身体を守るようにしながら、顔をうつむけたまま、それでも視線だけをこちらに向けて。

——意外と。

と、思う。

いや、『意外と』と言うべきではないのかもしれない——彼女はこう見えても、絶対平和リーグのメンバーで、しかも魔法少女なのだから。

モルモットとしての性質が強いとは言え、それでも個人で校舎を破壊してしまうほどの実力者だ——その上、仲間殺しでもある。

だから、こんな状況にあっても、こちらを見る目から光が失われていなくとも、意外と言うべきではないのかもしれない。

どうしても初対面の印象に引っ張られるけれども、腫れ物に触るようにするのは

──それに、できもしない癖に優しくしようとするのは、控えておいたほうがいいかもしれない。

「手袋鵬喜です。手にする手袋に、月がふたつの鳥……喜ぶで、鵬喜です」

「ご丁寧にどうも──私は氷上竝生。氷の上で、氷上よ」

下の名前については、『竝』の字の説明が厄介なので省いた（字の形自体の説明は簡単だが、しかしそんなマイナーな漢字の存在を立証することが難しい）。

「私は左。左右左危よ」

と、斜め後ろから右左危博士が、自己紹介をする──漢字の説明をしなかったのは、彼女の場合は、説明したほうが却ってややこしくなる漢字を書くからだろう。

その後を氷上が引き継いで、

「私達は絶対平和リーグ魔法少女製造課課長、酸ヶ湯原作さんから依頼を受けて、あなたを保護しにきたのよ」

と言った。

やや表現が歪曲《わいきょく》されているし、加えて誇張もされているのだが、こういう言いかたをしたほうが話が早いだろうと氷上は判断した──事実、手袋はぴくりと、氷上の台詞に反応した。

もっともここには誤解があって、氷上は『絶対平和リーグ』や『魔法少女製造課課長酸ヶ湯原作』と言ったワードに、少女が反応したのだと思ったけれど、手袋鵬喜がもっとも反応を示したのは、氷上竝生が誇張して使った『保護』という言葉のほうだった。

こんな齟齬《そご》がこのあと、いくらでも起こる。

しかしまあ、大人に子供がわからず、子供に大人がわからないというのは、どこででも起こり得る当たり前のことなのだと言えば、当たり前のことなのかもしれなかった。

「私と左は」

氷上は自己紹介を続ける——右左危博士がこのとき、氷上から見て右側に立っていたので、いささかややこしかった。

まあ、相手から見れば左だ。

「地球撲滅軍から、特命を受けて四国にやって来て、魔法少女製造課と接触を持ったの——その際に、現在四国ゲームで孤立している手袋さんの救出を、彼から依頼されたの。ここまで、いいかしら？」

外交向けと言っても、あまり丁寧になりすぎないよう気をつけながら、氷上は言う。

「……はい。わかります」

その辺を受け、氷上は、「私達の目的は——」と話を進めた。

「四国の調査、それに四国に上陸した先遣隊の回収なんだけど——少なくともうち一名は、あなたと接点を持っているはずなの。心当たりはない？」

あることはわかっているのだが、これは訊きかたの難しいところだった。崩落した校舎を調査した、酸ヶ湯原作の話から判断するに、チーム『サマー』の壊滅自体は、たとえ地球撲滅軍の英雄がかかわらなかったとしても、いつかは起こっていたことなのだろうが、彼がそれを加速させてしまったことは、どうしたって否めない。

手袋が、その際、英雄少年と一戦交えたこともほぼ間違いなさそうだし、味方を手にかけるような羽目に陥ったのは、地球撲滅軍のせいだと逆恨みをしていてもおかしくはない。

というより、それを逆恨みと言えるかどうかは、判断の難しいところだ……そんな言葉はないにしても、正恨みかもしれない。少なくともデリケートな年頃の少女からすれば、すべてを氷上の上司のせいだと思っていても不思議ではない。

彼に復讐したいと思っていても……。

氷上は、そして右左危博士も、手袋鵬喜の心中を推し量ろうと、彼女を見据える——見据えられる側の手袋からすれば、その視線が痛い。

見透かされそうで、とかではなく、普通に痛がっている——手袋は見られるのが苦手だから。

「………………」

と、しばらく手袋は押し黙った末に、

「知っています……」

消え入るような声でそう答えた。

「お、お……同じような要求を受けました。同盟を結ぼうって……私はそれを承諾、して……、しまして、でも」

しどろもどろになりながら言う手袋——正直に言うと、あのときはいっぱいいっぱいだったので、彼女も『彼』と、どのような話をしたのか、よく覚えていないと言うのはあった。

相当の混乱状態にあった。

そもそも地球撲滅軍の英雄とは、第一印象からして、ロクなものではなかった——なにせあの少年は、チーム『サマー』のリーダーであった魔法少女『パトス』、秘々木まばらに……。

私の仲間に。

「……あ、あなた達は……どういう……」

おどおどしながら訊く手袋。

本人としては、これでも勇気を振り絞っているつもりだが、元々対人対話能力に欠ける彼女なので、その声は極小である。からからに乾いた雑巾《ぞうきん》を絞っているようなものだ——絞られているのは音声だった。

本当は『どういうつもりでそんな格好をしているのか』と訊きたかったのだけれど、それを訊きあぐね、結局、

「どういう——これから、どうするつもり、なんですか」

と、質問を強引に切り替えた。

そんなことを訊こうとは思っていなかったにしては、これはなかなかいい質問だと、自分を評価する手袋だった。

自己採点が甘い少女である。

対する氷上は、なんとなく、本当はそんなことを訊こうとしていたのではないだろうな、また、たぶん本当に訊きたいのは、このコスチュームのことなんだろうな、と敏感に察しつつも、口に出して訊かれるまではそれには触れずに会話を続けようと決めた。

堂々としていることが効を奏し、質問されづらい空気を作っているのかもしれない——だとすれば、もっと堂々としよう。

そう決めて、

「これからは、まあ、あなたにそのつもりがあるのなら、あなたのゲームクリアを、お手伝いさせてもらおうと思っているわ」

凛としてそう言った。

格好のことを除けば、まさしくクールビューティーな態度だった——いや、格好を含めてさえ、ともすると見蕩《みと》れてしまうような、堂々とした立ち振る舞いである。

後ろで左右左危が必死で笑うのを我慢しているらしいのを感じつつも、氷上は冷徹な表情を作って、少女に向かう。

コスチュームを着ていようと、魔法少女であろうと——地球と戦う組織の一員であろうと、こうして見る限りは、ただの女の子だ。

まあ、だから『ただの女の子』という看板を保つための、コスチュームのデザインなのだろうが……似合うかどうかはともかく。

「つまり、私達がどうするかは、あなたがどうしたいかによるわ——もちろん、話はもう少し、詳しく聞かせてもらうけれど。私達も仕事として、ここに来ているのだから」

本当はほとんど、『このままでは組織に反逆者扱いされる』という私情に基づいて四国まで来たきらいのある彼女達ではあったが、それこそそんなプライベートな私情を、初対面の子供に開示するような義理はない。

ビジネスライクで、しかも頼れる大人を演じきりたいところだ——的外れな衣装をものともしない、体当たり演技の見せ所である。

ちなみに彼女の上司も、手袋鵬喜と同盟交渉するときには似たようなことを考えていたことを、氷上竝生は知る由もない。

「じょ、……情報交換……、ってことですよね。で、でも、私は……何も、知りませんよ。あなた達の探している人って言うのが、……今、どこにいるのかも」

たどたどしく言う手袋鵬喜。

若干、解読するに難がある風だったが、『え？　なんて？』と聞き返すと黙ってしまいかねなかったので、氷上は澄ました顔をして、彼女の言葉に耳を傾ける。

「そ、そ……『そらからくう』？　って、名乗ってましたけれど……あなた達が探しているのは、その人ですか？」

「ええ。それが彼の名前」

コードネームは『グロテスク』。

と、首肯する——これで裏が取れた。

『恋風号』や『破壊丸』の残骸といった、状況証拠はこれまでも散見されていたものの、ようやく地球撲滅軍の英雄が四国にいたという、直接的な証言が取れた。

ここまで随分、かかってしまったものだ。

何も知らないと手袋は言ったけれど、それだけでも氷上としては、感謝したいくらいだった——握手して抱きしめたい気持ちにさえ駆られたが、しかしそんなことはおくびにも出さず、それが当然だというように、落ち着いた振る舞いを続ける。

「今、どこにいるのかわからないと言ったけれど——心当たりは本当にないの？」

「わ、わかりません……わ、私は、その人から逃げたようなものですし……」

「同盟を結んだのでは？」

「ど、同盟と言うより、私が、捕まっただけと言いますか……」

今みたいに、とぼそっと付け加えられたその言葉は、聞こえなかったことにする。

「目下探しているのは、その『グロテスク』なのだけれど」

氷上は話を先に進める——考えるのはあとにして、少女が現状に対応できずにいるうちに、できる限りの情報を引き出すことにした。

混乱しているのなら、混乱しているうちに、つまり考える暇を与えずに質問攻めにするというのは、情報収集のテクニックである——ここで一つ難を言うとするなら。

難を言うとするなら、氷上が思っているほど、このとき、少女・手袋鵬喜は、混乱もしていなかったし、現状に対応できずにいるわけでもなかったということだ。

ほぼフラットである。

味方ではないにしても、氷上達二名が、さしあたって『暴力的な敵でない』ということが確認できた今、極論、自己保全だけが現在の目的と言える手袋鵬喜には、慌てる理由がないのだ。

しかし一方で、混乱し、弱っていて、抵抗力が弱く、従順な振りをしておいたほうが、この場を生き残るには適していることも、本能的に彼女はわかっていて——言うなら脆弱性を偽装している。

御しやすく、与しやすい子供だと思ってもらったほうがいいと、無意識で判断している——案外それは、先日の『グロテスク』との同盟交渉において、学んだ姿勢かもしれない。

あのときは『グロテスク』に対し、拘束されようと、身ぐるみ剝がされようと、敵意満面で臨んだものだったが——その後、散々な経験をして、仲間殺しさえ経験して、心が折れたというべきか、それとも、よりしたたかになったというべきか。

ともかく、氷上が氷上で、上から目線のできる女を演じているように、手袋は手袋で、弱々しい捕虜を演じていた。

とんだロールプレイングゲームである。

それでももちろん、今彼女たちが参加している、強制参加させられている、四国ゲームよりはよっぽど健全だが。

「他にも教えて欲しい人物がいるの。あなたのチームメイトだった、魔法少女『パンプキン』のことなんだけれど」

ここは慎重に訊かなければならないところだ、と氷上は気を引き締める——正当防衛だったにしろなんだったにしろ、魔法少女『コラーゲン』というチームメイトを殺した、という事実は、手袋鵬喜の心に少なからず衝撃を与えているはずで、その件は、彼女が言い出すまでは、こちらからは切り出さないほうがいい。チームメイトであれ、あくまでも魔法少女『パンプキン』個人のことだけを訊いているのだと強調するように、氷上は、

「その子が、私達の仲間である『グロテスク』となんらかの関わりを持っている可能性が高いのよ——どう思う？」

と言った。

どう思う？ というのは、どうとでも答えられる、もしくはどうとでも取れるような曖昧な質問だが、あえて間口を大きく開いておいた——質問の答そのものよりも、答えるときの反応のほうを、重視して観察したかった。

「パ、『パンプキン』は……そ、そうですね、『パンプキン』なら……」

何か言い掛けて、手袋は、

「『パンプキン』は、私達のチームの中でも、特に浮いていましたから……、性格的に……も、そうですけれど、とうが立っていて……って、ごめんなさい」

謝られた。

『とうが立っていて』という表現が、それよりも更にとうが立っている氷上や右左危に対して失礼に当たると思い至ったらしい——不要な気遣いもいいところだった。

右左危博士の話によれば、剣藤犬个と同世代ということだったから、魔法少女『パンプキン』は、十七歳か、十八歳か、そんなところのはず——と思いながら、背後を振り返る。

今、右左危博士が着ているコスチュームこそ、魔法少女『パンプキン』のそれらしいのだが……、十代の頃の感覚を、もう氷上ははっきりとは思い出せないけれども、こういうデザインの服を着用できるぎりぎりの年齢ではないかと感じた。

「…………」

それを思うと、コスチュームを脱ぎ、他の二着とまとめて藤井寺の駐車場に隠していた、『恋風号』のペダルを漕いでいた彼女が、杵槻鋼矢なのではないか——という推測が、ここに生まれる。

四国ゲームの中で、コスチュームを脱ぐという英断をしたらしい彼女を、右左危博士は高く評価していたけれど、そのきっかけに、『元々大して着ていたい服じゃあなかったから』というのがあったのかも——もちろん、断言はできない。

三着のうち一着が『恋風号』に乗る彼女のものだったという保証はないのだ——そ

の辺りも当て推量である。

ただし、少なくとも目の前にいる少女が、あのときすれ違った少女と別人であることは確かだ——身体的特徴が違い過ぎる。

なにせ遠目だったから、『恋風号』の彼女の風体を細かく語るのは難しいけれども、あのときの後ろ姿は、中学生というより、高校生くらいと見たほうが——魔法少女は概ね、学校には通っていないとのことだから、それも基準だけれど。

しかし少なくとも、あの駐車場に魔法少女『ストローク』のコスチュームがあったということは、その辺りの事情を、まさにその人である手袋鵬喜は、実体験として知っているはずなのだ。

そのくだりが酸ヶ湯課長の話とそれが一定以上合致すれば、確からしさを得ることができるだろう——ただ、それこそ魔法少女『コラーゲン』との仲間割れの問題がそこに絡んでいることは間違いないので、訊き出しかたには可能な限り慎重にならざるを得ない。

「『パンプキン』は……、チーム『サマー』の一員ではありましたけれど、私は、ほとんど話したことがなくて……、話しても、冷たくあしらわれる感じで……、見切られてました。それは、私だけじゃなくて、チーム『サマー』の全員が……」

「……それで？」

先を促す。コメントはしない。

「四国ゲームで、私達は、ルールを集めて……、みんなで協力して四国から脱出しようとしていたんですけれど、でも『パンプキン』だけは、様子を見ている風でした——いえ、協力してくれなかったってことじゃないんですけれど……でも、……『パンプキン』は」

言葉を切って、手袋鵬喜は言った。

「『パンプキン』は私達を見捨てたんだと思います……、今となってはもう、そうとしか思えない。私は『コラーゲン』よりも、『グロテスク』よりも、『パンプキン』が憎い」

憎い。

その言葉ははっきりと口にされた。

考えないようにしていたことを、まとめないようにしていた気持ちを、とりとめなく話しているうちに、固めてしまった——そんな印象を、氷上は受けた。

やってしまったかな、と。

言葉にすることで、心が定まった。

彼女の憎しみの方向性が、こちらの身内である『グロテスク』よりも、絶対平和リーグの魔法少女『パンプキン』に向いたことは、組織人としては大いに喜ぶべきことなのかもしれないけれど、しかし、心を曖昧に濁し、結論を出さないようにしていたことを、考えさせてしまったのは、明らかに氷上の責だ――損得の問題だけで考えても、上司を捜索するための伝手とすべき相手に憎悪を抱かせてしまったことは、最悪ではなくとも、あまり歓迎すべき事態ではない。

なので、そんな憎しみは大したことではない、後回しにしてもまったく問題のないことだと言外に言おうと、あえて「ふうん。そうなんだ、私にも嫌いな人、いっぱいいるよ。こんな世の中だもんね」と、至極適当な頷きを見せて、氷上は、

「じゃあ、同盟を組んだり仲間だったりしたけれど、今はもう、『グロテスク』も『パンプキン』も、どこにいるか、なにをしているか――生きているか死んでいるかもわからないってことだ」

と、ここまで得られた情報を箇条書きにした。

こういう言いかたをするとなにも得られていない風でもあるけれど、しかし手袋は、

「あなた達の仲間の、『グロテスク』の生死は、確かにわかりませんけれど……『パンプキン』……は、生きていると思います」

と言った。

「そう教えてくれた人がいます……」

「……？　教えてくれた人？」

「え、えっと……」

言っていいのかどうか、迷うような仕草を見せる手袋鵬喜。辛抱強く、氷上は相手が言い出すのを待った――迷った時点で、黙ってはいられないだろうと思ったからだ。

案の定、手袋は語った――しかし、それ自体は案の定でも、語った内容には、氷上は驚かざるを得なかった。

それが、己のした経験と繋がったからだ。

「見たこともないような、黒いコスチュームを着た魔法少女で……魔法少女『スタンバイ』という、『木』を操る女の子でした」

5

その後も事情聴取は続き、かみ合わない会話はかみ合わないなりに成立し、氷上竝生と左右左危は四国ゲームの詳細を、手袋鵬喜は今まで不明だった地球撲滅軍側からの関与の正体と四国ゲームの根本を、知ることになった――とかく、全体図のみならず、自らのプレイ状況すらを把握するのが難しい四国ゲームにおいて、このような情報交換ができ、自分の立ち位置を客観的に把握できたことは、大きかった。

もっとも、氷上サイド手袋サイドも、互いに腹に一物抱えての情報交換なので、露骨な嘘こそついていないものの、提供する情報を虚飾していたり、あえて直接的でなく回りくどく言ったり、相手の間違いを正さなかったりもした——単純な腹の探り合いならば、人生経験の豊富な、それも凄惨な人生経験の豊富な氷上のほうが優位だったけれども、なにぶん手袋には、地元民の強さと、他者から見ればよくわからないとしか言いようのない、強固な自己保全意識があった。

しかしまあ、この手の渉外に、その手の裏舞台があるのは前提なので、怒鳴り合いになったり暴力的になったりすることなく、平和裡に『話し合い』を一段落させることができたのは、重畳《ちょうじょう》と評価すべきだろう。

もちろん、それでもまだ話は半分である。

まだ彼女達は、これからどうするかという指針を決めていない——氷上や右左危は、酸ヶ湯課長との取り決めで、手袋鵬喜、魔法少女『ストローク』の四国ゲームのクリアに向けたプレイをサポートすることになっているけれど、しかしそれも、手袋自身にクリアの意志があってこそだ。

話している限り、それは微妙だと氷上は思っていた——アイデンティティを改造されてしまって、全身の血を入れ替えられてしまっている氷上には、手袋のような人間の意識の高さ、もしくは低さを正しく理解することはできないのだけれど、少なくともこうして接してみた感覚を率直に述べれば、この少女が、四国ゲームに対して積極的であるとは思えなかった。

しかし、じゃあクリアする気がまったくないのかと言えば、必ずしもそうではない――話を聞いていると、一時はそういう気持ちにもなったようだが、それこそ黒衣の魔法少女『スタンバイ』と接触して以降は、まったくクリア欲がないというわけではないようだ。

クリア条件を、それまで四国からの脱出だと思っていたが、それでは単なるリタイアだと教えられたことが、手袋の考えを変えるきっかけになったのかもしれない――あるいは、『究極魔法』というキーワードが。

でなければ、吉野川の氾濫なんて危ない現象に、自ら近づいたりはしないだろう――と、氷上は読む。

ただその災害に、誘蛾のように引っ張られただけだと言うけれど、たとえそれもあったにせよ、単純に生きていたいだけならば、うろうろせずに大人しくしておくべきだったはずである。

……確かに、そこまで深い考えに基づいて行動する少女にも見えないが。

右左危博士の元伴侶であるドクター飢皿木や、酸ヶ湯課長がこの子の、どういうところをどういう風に買っていたのかが、氷上からすればさっぱりだった。

もちろんそんな嫌悪や軽蔑にも似た気持ちを、表に出すような氷上でもない――なあなあで動いているうちにこんな状況下に置かれてしまったのは、氷上だって一緒である。

自分がこの少女の立場だったなら、もっとうまく立ち振る舞ったはず――なんてのは、ただの岡目八目でしかないだろう。

「はーい。じゃ、この辺でいっぺん、水をいれましょっか。おなかすいたでしょ、二人とも」

と。

そこで右左危博士が、普段よりも気楽そうな調子で、そう提案した――瞬間、こんなときに何を言ってるんだと思ったけれど、しかし考えてみれば、それはいいアイディアだった。

氷上は四国に来て以来、何も食べていない――最後の食事は、ヘリコプターの中でのレーションだったか？　せめて水分だけでも摂取しておかないと、いざというときに『炎血』を使うことができなくなる。ガス欠ならぬ炎欠だ――なまじ魔法による飛行に体力の消耗がないため、ここまで食事を忘れていたけれど、一度意識させられてしまうと、空腹感は否定できない。

「手袋ちゃんも、その話じゃあ、最後に食事したのは、『スタンバイ』ちゃんと遭遇したっていう、朝の話でしょ——それじゃあ、もたないって。おなかすいてるとその子じゃなくともイライラするしね——寝食を忘れてゲームに興じるほど、ハマっちゃったらまずいってば」

そう言ってウインクする右左危博士。

なんだかざっくり、気勢を削がれた気持ちだった——手袋鵬喜がその提案をどのように受け止めたかは定かではないが。

ただの『怖い警官・優しい警官』と受け止めたかもしれない——実のところ、ここに優しい大人はいないのだが。

右左危博士の提案も、単に自分が空腹だったからという線もある。

「じゃあ、私がその辺のものを使って簡単に何か作っちゃいますね——手袋さん、苦手な食材はありますか？」

「…………」

ふるふる、と黙って首を振った。

情報交換を概ね終えても、やっぱり、打ち解けたという感じはなかった——しかし単純に怯えているという風ではなく、なんとなく、値踏みされているようにも思えた。

まさか料理の腕を値踏みされているわけではないだろうが——

「大丈夫よ。毒を入れたりしないから」

「……そう言っておいて、毒じゃないにしても何かを入れるつもりなら、やめておいたほうがいいです……、四国ゲームじゃ、それってルール違反になりますから」

「？　そうなの？」

毒殺禁止——ということか？

なんだかそれは、ピンポイントな『ルール』だ……、外部と連絡を取ってはならないという『ルール』や、『死んではならない』という『ルール』と比べると、えらく局所的と言うか——いや、そういうわけでもないのか？

外部との接触を禁じる『ルール』は、四国ゲームを運営する上では必須だとして、もしも『死んではならない』という『ルール』を、『自殺禁止』の規則だと解釈するなら、そこに『毒殺禁止』と並べても、さほど違和感はなく……。

三百万人もの被害者を出していることから、そんな風にはとても思えないけれど、案外四国ゲームというのは、被害者を出さないための制度は徹底している——とでも？

「………………」

いや、そんな仮説は、ひとつやふたつのルールが一致したからと言って、立てていいようなものではない――ただ、酸ヶ湯課長と再度話す機会があるようだったら、そのときぶつけてみてもいいかもしれなかった。

そんなことを考えつつ、

「ま、だったら尚更、そんな心配はしなくていいわよ」

と言って、氷上はキッチンに立つ――もしも手袋がした『値踏み』の目が、氷上の料理の腕を疑ってのものだったとすれば、心外である。

こんな肌がむき出しの、料理にはおよそ不向きな格好をしているからそんなことを言っても説得力はないかもしれないけれど、氷上は料理の腕には自信があった。

そもそも性格やキャリアよりも、その調理力を買われて、氷上は第九機動室副室長の座を手に入れたと言っても過言ではないのだ。

『世話係』として初代の剣藤犬个を除けば、次から次に首をすげ替えられていた英雄少年の側近として、氷上が一定期間以上活躍を見せているのは、ひとえに、彼を満足させるだけの料理の心得があるからと言っていい。

言ってて悲しくなるが。

できれば過言であってほしいが。

しかし手袋の話だと、かの上司も彼女を捕らえた際、料理を作ろうとしていたらしいが――つまり、あの調理実習室の痕跡が彼が奮闘したものであるという氷上の推理

(勘)が、まさかの正解だったということになるらしい。

結局、そのときは、彼の手料理を手袋が食することはなかったそうだが……それは命拾いしたものだと、氷上は密かに思うのだった。

あるいは毒扱いされて、『グロテスク』のほうが、ルール違反で死んでいたかもしれない。

「そう言えばー」

と。

冷蔵庫の中身を確認し、メニュー(というほど、大したバリエーションにはならないありあわせだ。冷蔵庫の中身も随分傷んでいた)を決めて早速作業に取りかかった氷上に、カウンターの向こう側から右左危博士が声をかけてきた。

今更、まず逃げはしないだろうけれど、しかし一応見張り役なのだから、手袋のほうを向いていて欲しい──というか、料理をしているときに、話しかけて欲しくない。

「あなたの先輩である剣藤犬个ちゃんは、うどんの作りかたを魔法少女『メタファー』こと、登澱證ちゃんから教わったとかって話だったわよ──竝生ちゃん、うどん、作れる?」

何の話だ。

どうでもいい情報に思えるが。

「作れなくはないですけれど……、しかし、香川県人相手にうどんを出すほどの度胸は、私にはありませんね」

「そう。でしょうね──あなたはそういう人よ、竝生ちゃん。無闇なチャレンジ精神とは無縁」

「………？」

ん？

なんだ、今、批判されただろうか？

氷上がいぶかしみ、問い返しかけたら、その切っ先をかわすように、

「ねえ、手袋ちゃん──」

と、久し振りに右左危博士が直接、魔法少女に話しかけた──びくっと、手袋鵬喜は反応する。

「──大歩危峡の破壊を、きみはどういう風に見たのかしら？　吉野川の氾濫には、どういう意味があったんだと思う？」

「わ、わかりません……私は、咄嗟に魔法だと思いましたけれど、でも、ひょっとすると、……た、ただの自然現象だったのかも」

それはないだろう。

と、氷上は料理の手を止めないまま、こっそりと思う。

はっきりしたことはわからないけれど、氷上達が機動ヘリで四国に到達する直前くらいに、そんな『災害』が起こっていたらしい──いわゆるポロロッカという自然現象。

しかしそれがただの自然現象だと考えるのは、相当の無理がある──ただでさえ四国ゲームという異変に見舞われているこの島で、更にそんな災害が起こるなど。

魔法──それもおそらくは、かなり強大な魔法と考えるべきである。そう、たとえば、山を動かすような──黒衣の魔法少女『スタンバイ』が使ったような。

チーム『白夜』。

右左危博士はそう言っていたか。

しかし……。

「ふむ。香川県をテリトリーにしていたきみには、すぐにはぴんとこなかったかもしれないけれど──大歩危峡って言うのはね、手袋ちゃん。絶対平和リーグの徳島本部があった……かもしれない場所なのよね」

さらり、と。

右左危博士が言った──競合組織の伏せられているアジトが、どこにあるのかというようなことを言った。

　ぎょっとして顔をあげる手袋——小娘と同じ反応を取っていては見識を疑われるので、氷上は自分もそれを知っていたような取り澄ました顔で、包丁を小刻みに動かし続ける。

「かもしれないよ、かもしれない——外部からわかることには限界があるわ。でも、案外それでも、内部にいるよりは、見えるものもあったりして——杵槻鋼矢や登澱證には、地球撲滅軍の歪みがよく見えていたように。その反応を見る限り、ただの誤報じゃなかったみたいね」

「あ……あそこに本部があるっていう噂は、確かに聞いたことがありましたけれど……じゃあ、やっぱりそこを破壊するのが目的で、誰かが吉野川を氾濫させた……っていうことなんですか？」

「いえ、それだと理屈が通らない——まあ、別に理屈なんてそんなに通らなくってもいいんだけれど、仮説として弱い。本部を破壊するのが目的だったんじゃなくて、本部を探ろうとする誰かを始末するのが目的——だったとかなら、どうかな。どうかしら？」

「ど、どうかしらって言われても……」

「あら、自分がどうなのかもわからないの？　あなたにとってそれくらい、自分や、自分の意識というのは大切なものじゃないのかしら——変わりたいって思ってるタイプ？」

「…………」

手袋は困ったように、起こした顔を再び俯ける——なんだかその様子は、右左危博士が自分の半分も生きていない女の子を、いたぶって遊んでいるようにも見えた。右左危博士の性格の悪さは、初対面の人間にも、年下の人間にも遺憾なく発揮されるので、だから尋問役（怖い警察官役）を氷上が引き受けたというような役割分担だったはずなのに、こんなに早く限界が来たか、黙っていられなくなったか。

……あるいは、暇なのだろうか？

右左危博士が料理ができるというような話は聞いたことがないので（そしてたぶん絶対できないので）、このような『調理時間』は、退屈をもてあますのかもしれない——いや、それにしては、話していることは、結構重要である。

吉野川氾濫の理由……。

大歩危峡、つまり徳島本部の破壊——もしも氷上が、そこに合理的な理由を求めるとすれば。

「ひょっとして……、そこにいたかもしれないということですか？　地球撲滅軍の……『グロテスク』か『悲恋』、あるいは……その関係者が」

氷上は言った。

なんとなく、横合いから手袋に助け船を出してしまったことが、よかったのか悪かったのかは、わからないが――

「うーん、まあ……つまり、魔法少女が魔法によって、吉野川を氾濫させたのだとすれば、それは――大歩危峡に限らず、河川の流れのどこかにいるであろう、『敵』を倒すためだったと思うのよね。さっき私達が『山』を相手に戦うことになったように、『川』と戦うことになった誰かがいたとするなら、それは魔法少女や、絶対平和リーグの関係者ではない――ように思える。おそらくもう実質上機能していなかっただろうとは言え、魔法少女が、自分達の本部を破壊しなければならないような羽目に陥るだけの理由が、あったのだとすれば――それは何なのかしら、ねえ？」

氷上の仮説を受けての言いなのだが、しかし、右左危博士は手袋のほうを向いたままだった。

「……四国ゲームをクリアしようとした誰かが、本部を調べようとしたから、では？」

氷上は、半ば無視されているようだと思いつつも、挫けずに言った――仮に、もしも氷上の上司がこの地において、四国ゲームをプレイしようとするなら、そういう横紙破りというか、ちゃぶ台返しというかをしそうではある。まともにプレイをするタイプではないだろう。

ただ、それは四国ゲームをクリアするためのプレイスタイルのひとつであり、そんな大規模な攻撃を受けるほどの反則行為とも思えないが……、そもそもそれが反則なら、『毒殺』などと同じように、爆死しそうなものだ。

氾濫攻撃を受けたということは、逆説的に、そのマリーシアでは罰されないはずなのだが……。

「どうも……ノイズが多くて、論点がはっきりしませんね。左博士、あなたは一体、何を仰りたいんですか？　このあと、絶対平和リーグの徳島本部を見に行こうという話ですか？」

「いえ、そこが綺麗さっぱり洗い流されたというのであれば、行く意味はないでしょうね。もちろん、何らかの痕跡は残っているかもしれないけれど、それを分析する機器もないからねえ――うふふ。こうなると確かに竝生ちゃんの言う通り、酸ヶ湯くんを拷問でもしておくべきだったかしら？　先のことを考え過ぎるのは、時と場合によってはよくないらしいわ」

「はあ……？」

「そういう意味では、やっぱり英雄少年に期待よね――場当たり的な彼がどんなミラクルを、この四国で起こしてくれているのか。それに、私の『悲恋』の運命もかかってくる――そろそろ晩ご飯、できた？　竝生ちゃん」

手袋を向いたままで右左危博士は言った――独り言のように喋りながら、さりげなく手袋の反応を窺っているのかと思っていたけれども、やっぱりただの、食事までの暇潰しなのだろうか？

身体に『炎血』の肉体改造を施されて以来、氷上と右左危博士は長いつき合いと言ってもよかったけれど、しかし、思えばこれくらい長時間、彼女と行動を共にしたことがない。

『家の中での左右左危』なんて姿、思えば初めてだ――共に、ちゃんとした食事を摂ろうというのも。

そうか、なんとなく、手袋鵬喜という少女を主体に考えていたけれど、自分は今から、左右左危という、自分の遺伝子を組み替えてくれた相手に、手料理を振る舞おうとしているのか――人生、何があるかわからない。

「…………」

かと言って、手を止めるほどのことでもない。

それを言うなら、弟を再起不能に追い込んだ英雄に、氷上は今仕えていて、箸の上げ下げに至るまで、彼の世話をしているのだから。

そう割り切って――割り切れないものの開き直って、

「料理はそんなすぐにはできません。あと一時間くらいかかります」

と言った。

「一時間!?」

と、手袋が今までで一番大きな声をあげた——そんな声が出せたのかと、驚いたのはむしろ氷上のほうだった。

右左危博士はさすがに大声をあげたり、大袈裟なリアクションを取ったりこそしなかったものの、信じられないというような顔をしてキッチンに向いていた——キッチンに向いて、目を剝いていた。

そんなリアクションをされる覚えはなかったので、はなはだ心外だった——しかし、三人しかいない状況で、二人から非難の視線を浴びせられれば、釈明しないわけにもいかない。

「いえ、だってほら……、限られた材料で、栄養バランスもちゃんと考えて作らないといけませんから」

「あの……竝生ちゃん。せっかく作ってくれてるのに文句をつけるようで申し訳ないんだけれども、こういうときは、なんていうのかな、ぱっと作ってくれないものかな」

いつもの意地悪を言われているのかと思ったが、これまで見たこともないような申し訳なさそうな顔をしているので、本気らしい——手袋鵬喜の表情も似たり寄ったりである。

なんだ、よかれと思って、こんな貧弱な食材と調理場で頑張っているというのに、どうして人の厚意を無にするようなことを言うのだろう。

「料理にこだわり過ぎるって言うのは、女子力が高いんだか低いんだか、よくわからないわね——レストランで食事が出てくるまで一時間かかったら、そんなの、暴動起きるわよ」

「レストラン級の調理施設があれば、私だって半分以下の時間でできますよ」

「まったく、こうして行動を共にしてみると、初めてわかる一面もあるものだわ」

さっき氷上が感じたようなことを、呆れ混じりに言う右左危博士。

気が合っているようで嫌だ。

「竝生ちゃんならきっと、香川県人でも満足するうどんを作れるでしょうよ」

「……はあ」

ほめ言葉なのか皮肉なのか微妙だ——いや、おそらくは皮肉八割か。

「水入りがとんだ長期戦になってしまったわね。まあいいわ、じゃあ手袋ちゃん、お話の続きをしよっか——これは大して重要なことじゃないから、本当は食事のあとで話そうと思ってたんだけれど、前倒しするね」

「は、はい……なんでしょうか」

一度空腹を意識させられてからの待ち時間に、絶望したような顔をしていた手袋鵬喜相手に、その絶望感を早めに切り上げた右左危博士が話しかける――このあたりは年の功か。

と言うより、それこそ寝食を忘れて研究に没頭することの多い職業柄、このくらいの絶食には、耐性があるのかもしれない。むちむちに魔法少女のコスチュームを着ている現状ではわかりづらいけれど、プロポーションから考えて、氷上同様（あるいは氷上よりも）皮下脂肪があるタイプではないはずなのだが……。

「実を言うと、私――ずっと前からあなたのこと、知ってたのよ。なぜなら、私の元旦那が、あなたと会っているから」

「え……」

小さな声で驚く手袋。

食事の準備にはあと一時間かかると言われたときと比べれば低い反応だが、まあそれは仕方あるまい。空腹は生理的な問題だ。

「飢皿木鰻って言うお医者さんなんだけれど――覚えてる？」

「…………」

答えこそしなかったものの、しかし、その表情で雄弁に、覚えていると語っていた――そう氷上は判断したけれど、同時に、右左危博士がレトリックを駆使して、まるでドクター飢皿木が手袋鵬喜を診断した際、自分はまだ彼と離婚していなかったような、紛らわしい言いかたをした。

右左危博士が手袋を『ずっと前から知っている』のは、単に、地球撲滅軍が手袋鵬喜に、粉をかけたことがあるからであって、飢皿木博士が彼女の元旦那かどうかは関係ないのだが。

その癖に抜け抜けと、

「縁って不思議なものよね——鰻くんが買ってた女の子と、こんな風に一緒にお夜食を食べようって言うんだから」

などと言う。

何言ってんですか左博士と、ギャグとして処理してしまいそうになったけれど、もしもそんな風に言うことで、少女の心を開こうとしているのであれば、邪魔をするべきではない。

あれだ、出身地が同じだとか、学年で言えば同じだとか、そんな風に言って共感を持たせようというテクニックだ——共通の知人がいるのは対話する上で、大きいかもしれない。

てっきり、ドクター飢皿木のことはこのまま伏せたままにしておくつもりなのかと思っていたけれど、気が変わったのだろうか？　それとも右左危博士は最初から、どこかのタイミングで切り出すつもりだったのか――

「そ、そうですか……は、はい。私は……、私はあの先生に、とても感謝をして……あの、飢皿木先生はお元気ですか？」

おずおずと、手袋は訊いた。

元旦那、というポジションの相手のことを、どれくらい訊いていいものか迷ったようだけれど、右左危博士の話しぶりから、これくらいは質問してもいいだろうと判断したようだ。

「ええ、とっても元気よ。私は最近は会えてないけれどね」

……対する右左危博士は、今度ははっきりと嘘をついた。

どういうつもりなのか、氷上にもはかりかねているうちに、右左危博士は、

「どんなことを言ってた？　あいつ。きみに」

と、自分からの質問に切り替えた。

「あいつは、どんな風にきみのことを分析したのかしら――」

「ど、どうって……、先生は、私にアドバイスをしてくれたんです。当時、私、小学校に入ったばかりで……」

手袋は、途切れ途切れではあったが、しかし堰を切ったように喋り始めた――その様子は、ようやくその件についてしゃべれる相手に出会えたという風だった。

「あまりクラスになじめなくって。でも、親はそれを私のせいみたいに思って、私に先生のカウンセリングを……、それで、すごく助かって、すごくすごく助かって。その後、私は、四国に転校したんですけど……」

「ふうん……」

頷く右左危博士——氷上も、聞くともなく聞きながら、そのときの診断結果が、資料として地球撲滅軍に保管され、残っていたのだろうと頭の中でつなぎ合わせる。

地球撲滅軍が彼女に粉をかけた時期というのは、確か『大いなる悲鳴』のあとのはずだ——当時の第九機動室室長と、剣藤犬个が、四国まで迎えに行き、そこで絶対平和リーグと軽く小競り合いになった、とか。

結果剣藤犬个は杵槻鋼矢や登澱證と情報交換をしあう仲になる——右左危博士が言っていたのはそんな話だった。

まあ、その際、当時の室長があっさり引いたのであれば、それほど手袋鵬喜にこだわるつもりが、地球撲滅軍にはなかったということなのだろうが——しかし、そうして見ると、思ったよりも数奇な運命を辿っている少女である。

なんだかんだとトラブルに見舞われながら、こうしてきっちり生き残っているあたり、持っているは持っているのかもしれない——酸ヶ湯課長が買う程度には。

「具体的には、どういうことを言ってた？　うちの元旦那は」

「えっと……、色んなことを、アドバイスしてくれましたけれど……、自分を守らなくちゃ、いけないとか……生存競争とか……私は私を」

保護しなくちゃならないとか。

絶滅危惧種を守らなくちゃならないとか。

言ってから、『はっ』としたように、口を噤む手袋——その動作の意味を、氷上は、一瞬、理解しかねたけれども、おそらくそれは、氷上や右左危博士相手に、絶対に言うつもりのなかったことなのだろう。

内心の一番深いところに関わる、というか。

プライバシーの極み——秘密。

氷上で言えば、ずっと隠していた『氷血』みたいなものか——氷上が聴取の中で引き出せなかった、手袋鵬喜のすべてではないにしても、彼女を分析するのに必要なキーワードを、右左危博士は元伴侶の名を介在させることによって、あっさりと引き出してみせたのだった。

改めて、恐ろしい——と言うか、おぞましい。

食事ができあがるまでの待ち時間で、単なる暇潰しのように、他人の心にずけずけ踏み込むのだから——ならばやっぱり、事情聴取は最初から、氷上ではなく右左危博士がやるべきだったのか？

いや、『怖い警官・優しい警官』ではないにしても、それは適材適所と言うべき話だろう――どんなに解剖がうまくとも、右左危博士をキッチンに立たせるべきではないのと同じだ。

「ふうん、保護ねえ。まあ、あいつの言いそうなことだわ。そう言えば手袋ちゃん、あいつが言ってたんだけどさ――」

と、当の右左危博士は、別段、手袋鵬喜を暴いたという風な達成感を見せず、そのまま話を展開する――如何にも前置きした通り、どうでもいい話をしていると言うように。

手袋は気まずそうにしつつも、気付かれなかったのだろうか、と、救いを求めるように、そんな雑談に応じる――『いたぶって』いるみたいだ、とさっき思ったけれど、これだと『もてあそんで』いると言ったほうが正確かもしれない。

その傍らで氷上は考える――手袋が語ったこと、手袋が幼少期に、ドクター飢皿木から語られたことの意味を考える。

個々のカウンセリングに、プライベートな精神分析に、それももう何年も前のレポートに、あまり深い意味付けをしても仕方ないかもしれないけれど――しかし、それが彼女、手袋鵬喜の根幹と考えるのではなく、その言葉を根幹とすべく、ここまで彼女が育ってきたのだとすれば――それを、ここから彼女をサポートしていく軸にすることができるかもしれない。

……サポート。

その言葉に、不意に、苦笑しそうになる。

氷上にも左にも、本当のところはこの魔法少女をサポートするつもりなんて毛ほどもなく、あくまでも英雄少年や人造人間『悲恋』への、足がかりにするだけのつもりに過ぎないのに。

あまり感情移入してしまわないように気をつけないと——と思う反面、結局それでは、年端もいかない少女を魔法少女にして実験台にしている絶対平和リーグと何ら変わらない。

憎き地球、悪しき地球を倒すため——人類を救うためならば何でもすると、そう決めているからこそ、地球撲滅軍も絶対平和リーグも、少年少女を戦地に送ることに躊躇しないけれど、しかし極まれに、氷上の中の冷静な部分が、呟かなくもない。

今、自分達のしていることが、しでかしていることが、本当に地球と戦う上でプラスになっているのかどうか——仲間を失いひとりぼっちになった少女を、騙して利用することが、どこでどうなって、人類を救うことに繋がっているのかどうか。

……考えても、答なんて出ない。

氷上は静かに首を振る。

考えても答なんて出ない――だったらと、そこで考えるのをやめるか、それとも、だけれど考え続けるのかで、その後の戦士としての未来が決まるのだろう。

氷上は、考えるのをやめた側だった。

この子は――そして。

あの子は一体、どちらだろう。

結局、氷上が三人分の夜食を作り終えるまでには、一時間以上かかってしまった

――得意なはずの調理時間さえ、ままならない。

6

食事をしながら、彼女達三人は翌日以降の方針を決めた――と言っても、勝手のわからない氷上や、現在方向を見失っている手袋には、言えるような意見はほとんどなかったので、ほとんど右左危博士の独壇場みたいな会議になってしまったけれども、少なくとも彼女が天才特有の暴走をしないよう、監視の役割くらいは果たせたと、氷上は思っている。

それに、なんだかんだ言いつつ、意見はなくとも決定権は少女、魔法少女、手袋鵬喜にあるので、全体的にはいいバランスの会議になったかもしれない。

手袋に、四国ゲームをクリアするつもりがあるのかどうかは、結局、話の中でははっきりしなかったけれども、氷上と左との合流を経て——自身を応援してくれる酸ヶ湯課長の存在を知って、少なくとも投げ出すつもりはなくなったようだ。

……その『応援』、あるいは『支援』を、自分を『特別扱い』してくれる誰かと受け取っているのが、手袋鵬喜の浅はかなところではあるが、彼女の年齢を考えればそれは純粋さと言うべきであり、あまり責められるものではない。

仮に、氷上が同じ立場だったなら、そんな『特別扱い』にはついつい、というより自然に、当たり前の動作で裏を読んでしまいたくなるけれど。

食事の後片づけも、氷上一人の役割だった——料理ができなくとも洗いものくらいできるだろうと思ったが、しかし右左危博士は手伝う素振りさえ見せなかった。

まあ、半端に手伝われるよりも自分でやってしまうほうが早いのは確かである——そもそも、今の四国の状況下で、食事の後片づけをする意味がどれくらいあるのか、という話だ。

ただし氷上が香川の中学校の調理実習室の痕跡から、自分の上司を感じ取ったように、食事の痕跡は、存在の証拠になってしまうので、後片づけにまったく意味がないわけでもない——完全に撒《ま》いたとは思うけれど、『木使い』、あの黒衣の魔法少女『スタンバイ』が、氷上達を追跡しているかもしれない可能性を考えるなら、洗い物を済ませておく意味はあるだろう。

手袋、右左危博士、氷上の順に風呂に入る。

念願と言うか。

氷上はここで、ようやく魔法少女のコスチュームを脱げたわけだ。

「洗濯機で洗っちゃっていいんでしょうか？　このコスチューム」

「それで傷んだりする素材じゃないでしょう……と、思うけれど、手袋ちゃん、どうなの？　普段はどんな風に管理しているの？」

「わ、私は手洗いをしてましたけれど……で、でも、これはそんなに頻繁に洗うようなものでもないですから」

「ふうん。じゃ、下着だけ替えとくって感じにしときますか。竝生ちゃんばかりを働かせてても申し訳ないから、私がみんなの分、その辺からかっぱらってきてあげるよ」

「その言いかただと、なんだか下着泥棒みたいですけれど」

ともかく、洗ってしまって、乾かないうちに、突如移動しなければならないような展開になることだって考えられるのだから、寝間着で寝るわけにも行くまい。

氷上や右左危博士を警戒する手袋が、コスチュームを脱ぎたがっていないことも感じ取ったので、氷上は、『このコスチュームは元々あなたのなんだから、あなたが今着ているそれと交換してあげようか?』と申し出るのもやめておいた――まあ氷上でも、誰かに着潰されてしまった自分の服を、今更着たいとは思わないだろう。

もっとも、好悪の問題はさておいても、彼女が着ている魔法少女『コラーゲン』のコスチュームは、現在、この場にあるコスチュームの中では唯一、マルチステッキがセットとなっている、固有魔法を使いうるものなのだから、手袋が自衛のために手放したくなく思っても当然だろう。たとえその固有魔法が『写し取り』という、他の魔法少女の固有魔法の存在あってのものだとしてもだ。

氷上が風呂を上がったときには、手袋は既に二階で就寝していた――てっきり、右左危博士も寝ているんじゃないかと思ったけれど、彼女はリビングでなにやら書き物をしていた。

「なんですか? それ」

「なにか」

答える気はないようだった――まあ仕事というか、研究活動の類だろう。今日一日の、四国ゲームのプレイ記録、則った言いかたをするなら、セーブデータといったところか。

あるいは氷上の『氷血』を、解析しているのかもしれない――だとしたら本人の目の前で堂々としたものだけれど、そのくらいのことはしそうな人である。

ただ、こう言ってはなんだが、やはりこの人は、デスクワークをしているのが一番似合うと思った——空を飛んで、バトルに参加するタイプの軍人ではない。らしくないことをしているのだ、今、彼女は。

氷上は肩をすくめ、そのままキッチンへと移動した——流れ作業のように、あすの朝食の準備に取りかかる。

「明日は、何時頃に出発しますか？　左博士」

「そうね——こうなると、焦っても仕方ない感じも出てきたけれど、でもだからと言ってのんびりともしていられないでしょう。そうなると、九時くらいかしら」

「はあ……」

となると、現在時刻と照らし合わせて、六時間も寝られたらいいところか——この環境で、どれくらい熟睡できるかはわからないけれど。

氷上は前線時代にどこでも深く眠れる訓練を受けているが、しかし、それも随分と昔の話だ——『氷血』を隠す必要がなくなったのだから、それで低体温になって無理矢理眠るという荒技を使えなくもないのだけれど。

「今頃どうしてますかね……室長は」

「それに、私の愛娘『悲恋』ちゃんは、ね。無事であることを祈るばかりだけれど——二人が無事であることはもちろんだけれど、四国が無事であるうちに、ことを収めたいわ」

「そうですね……、私達としては結局、手袋さんにゲームをクリアしてもらうしかないということでしょうか？　なんにせよ、ゲームさえ終われば、人数に任せた大々的な捜索も可能になるわけですから——魔法のアイテムを手に入れた以上、こそこそ隠れて行動する意味も、もうない……んですよね？」

「クリアして、四国ゲームを終わらせてしまうのが良案なのはその通りだけれど、その後、大々的な捜索に切り替えていいのかどうかは、迷うところね。というのは、私達の身は、手柄と引き替えに安泰であっても、『悲恋』ちゃんや英雄くんは、その限りじゃあなく……何らかの責任を取らされかねないわよね」

「…………」

ありそうな話だ。

『新兵器』、人造人間『悲恋』は暴走の咎を受け、研究が停止されるかもしれない——そして氷上の上司は、彼をやっかむ軍の上層部に、処分されてしまうかもしれない。

「単純に四国の異変を解決したいというのなら、『悲恋』ちゃんが暴れる前に誰かにクリアしてもらってゲームを終わらせるのがベストなんだけれど——いっそ私達がクリアしちゃってもいいんだけれど、でも、その後のことを考えると——」

「ああ……絶対平和リーグと地球撲滅軍の関係、ですよね？」

「そう。そしてそれだけじゃなく、『悲恋』ちゃんや英雄少年を、処分の手から逃れさせるためには——あの子達にも活躍の場を与えてあげたいのよね。幸い、私達の独断専行はそれなりの結果を出せそうだけれど、でも、このままだと、『あの子達の不手際を私達がフォローした』って形にしかならない。だから、あの二人に、なんらかの手柄をあげて欲しい——実績を持って、四国から帰還してほしい。現時点で私が考える、四国ゲームの理想的なエンディングは、私達のサポートのお陰で手袋鵬喜ちゃんがゲームをクリアし、絶対平和リーグは念願の究極魔法を手にし、それを取引材料に地球撲滅軍と合併する。そんな解決に、きちんと英雄くんと『悲恋』ちゃんが一定の役割を持ってかかわっているって感じかしら」

「け……結構な無茶ですね」

生きているかどうか、無事かどうかさえわからないのに、少なからず実績をあげていて欲しいとか——だが確かに言われてみれば、そうでなければ、結局、将来的に処分対象になるだけかもしれない。最悪第九機動室全体が、今回の件の責任を押しつけられることになるかも——

「そう、無茶……それに、これだって、本当に理想的なのかどうか、わからないわ。いっそ、私も竝生ちゃんも『悲恋』ちゃんも英雄くんも、まとめて絶対平和リーグ側に亡命するってほうが、簡単でいいかもしれない……。この案の一番無茶なところって、どこだと思う？」

「そりゃあ……、室長と『悲恋』に、解決に噛んでもらうってところじゃあないですか？　クリアしてから回収するほうが、どう考えても楽そうなのに……」

「うーん、まあ、実はそこはそうでもないと私は考えているのよ。もちろん死んでたり、殺されてたりしちゃあ無理だけれど、無事なのであれば、クリアに向けてなり、何なり、彼らも活動はしているはずだから――だから私が一番難しいと思うのは、手袋ちゃんをクリアさせるって点よ」

「え……」

そこは大前提なのでは？

確かに簡単なことではないのかもしれないけれど、そこを難しいと言い出してしまっては、理論が成立しなくなる。私達の立場でそれを難しいと言うのは、ゲームそのものが難しいと言っているのと同じだ――確かに右左危博士くらいの知能があれば、他人にクリアさせるよりも自分がクリアしてしまうほうがたやすいだろうが。

「いえいえ、そういうことじゃなくって……、酸ヶ湯くんや、あるいは元旦那と、正反対な印象を、私はあの子から受けたからって感じかな」

と。

右左危博士は不敵なまでににやりと笑い、天井を見る——その向こう側で、話題の少女は眠りについている。
「手袋鵬喜はもっとも、究極魔法を手に入れるべきではない人物かもしれない」

7

翌朝、三人は旅立つ。
再び香川県へ——絶対平和リーグ香川本部に向けて。

（第8話）
（終）

第9話「真実を照らし出せ！次なるターゲット」

0

金のために働くと言うのなら、それを格好よく言うべきだ。

1

氷上達が次の目的地を絶対平和リーグ香川本部としたのには理由がある——それはまあ、ないわけがないのだが。

大歩危峡の破壊、吉野川の逆流を、黒衣の魔法少女（なのか、それ以外の魔法少女なのか）の仕業で、地球撲滅軍の英雄を狙ってのものだったと、やや強引に仮定して——絶対平和リーグの徳島本部ごと狙ったのだと仮定して、更にその『水』による攻撃を英雄少年がどうにか回避、もしくは回避できないまでも生き残ったとして——ならばそのとき、彼はどうするだろうか？

屋上屋《おくじようおく》を架《か》すかのように、仮説に仮説を重ねた問いを、左右左危は氷上竝生に投げかけてきた——英雄の側近である氷上こそ、このシミュレーションをするにふさわしいというような訊きかただったけれど、しかし彼の考えや行動原理など、間近で見ていてもよくわからないというのが本音な氷上にしてみれば、結構な難題である。

唯一、英雄の行動を予測する際に、基準のようなものがあるとすれば、そこには一切のエモーショナルな判断が伴わないということ。

情緒なく、合理と効率を重視するということ——かつ、第三者から見れば、それが決して最善手とは見えず、しかも結果を出したあとでも、真似をしたいとも、真似ができるとも思えない策略であることが多いということだった。

ヒロイックに言えば自己犠牲的な、端的に言えば自殺行為のような作戦であることが多いからか——目的達成のためには周囲の犠牲や被害を躊躇しない代わりに、自身が犠牲になったり、被害を受けたりすることも恐れないとでも言うのか。

生き延びるために平気で死線をくぐる。

そんな信条を持つ者の心理をトレースするなら——絶対平和リーグ徳島本部の探索が失敗した以上、求めていた何かを更に求めて、より一層欲して、他の本部に向かうのではないか、という予測がかろうじて成り立つ。

普通に考えれば——氷上だったなら、近付くだけで、川が氾濫するレベルのセキュリティが働くような場所には、もう二度と近付こうとは思わないだろうけれど、そこで感情をオフにして、合理と効率で、かつある種の破滅願望も持った上で考えるならば、『セキュリティが働いたということは、セキュリティが働くだけの何かがあったのだろう』と推察し、探索先を、他県の本部に切り替える——という結論を、出せなくもない。

氷上から見れば、だから滅茶苦茶な結論ではあるが——勘案してみるに、あの少年ならば取りそうな、取りかねない作戦である。

らしいと言えば——らしい。

氷上の知る英雄の姿と、少なくとも矛盾はしない——となると、候補は三つ。

絶対平和リーグ香川本部。

絶対平和リーグ高知本部。

絶対平和リーグ愛媛本部。

このうち愛媛本部は総本部だそうだ——ならば、より重要な機密情報がそこにはあると見て、英雄はそちらに向かっただろうか？

総本部であるからこそ、あざとすぎるとあえて避けそうな気もするし、そこは五分五分という風にも思える——いくら合理と効率を感情オフで追求すると言っても、同じ関連施設なら、よりセキュリティが低いほうを狙うくらいの知恵はさすがにあるはずだ。

「手袋ちゃんならどうする？」

と、ここで右左危博士は少女に意見を訊いた――あまり参考になる意見が出てくるとは思えなかったけれど、しかし右左危博士はそうすることで、少女に、会議に参加している気にさせようとしたのかもしれない。

仲間意識、というか。

共犯意識を芽生えさせようとでも言うのか。

「わ、私だったら……単純に、近いところを目指すんじゃないでしょうか。ほら、だって、スピード勝負になってきますし……」

意外なことに、手袋がたどたどしく述べたその見方は、一考に値した――『近いところから順番に』というのは、いかにも氷上の上司がしそうな考えかただ。

タイプは違えど、やはり同世代と言うべきか――いや、案外、タイプも近いのかもしれない。右左危博士が暴いた手袋の本質、『自己保全』は――英雄少年のありかたと一部、かする。

一致はしないが、かすりはする。

傍目《はため》からは破滅願望を抱いているようにしか見えなくても、それでも何が何でも生き延びようという彼の姿と――違いは、だから、自分を大切にしているか、生きるためのただの道具と捉えているか、どちらかというところか。

「近さ……を重視するなら、大歩危峡から、愛媛本部は、一番遠いですよね。愛媛県のどこにあるのかにもよりますが……」

「その辺に関して、あまり私の情報網を当てにしてもらっても困るんだけれど——私は一応、愛媛本部は松山と聞いているわ」

右左危博士は言った。

松山——愛媛県の、どちらかと言えば左上のほうの都市だったはずだ。となると、大歩危峡からは明白に、相当な距離と考えていい——英雄少年がその時点で、総本部の位置を把握していたかどうかをおいておくなら、次の目的として、候補から外してもよさそうだ。

「残る高知本部と香川本部、このどちらかならば、室長は香川本部に向かうでしょう——一度経由して土地勘のあるところですし」

「そうね。そこまで細かい距離感覚が、四国に初めてくる英雄くんにあったとは思えないけれども、単純な距離で見ても、大歩危峡からなら、香川本部のほうが近いし——じゃ、私達はその後を追って、香川本部に向かうってことで」

仮に違っていたとしても、酸ヶ湯くんと合流できるだろうから、それでよしとしましょう——と、右左危博士は会議をまとめた。

答を言ってしまうと、彼女達が舵を切った方向は、彼女達の探す少年が向かった方向とは、正反対とは言わないまでも、九十度近く、ずれてしまった——総本部に向かわなかったというのは当たったが、英雄少年が向かったのは、香川本部ではなく高知本部だった。

どちらでも大差ないと思い、だったら一度通った香川県のほうにしようと考えたところまではドンピシャだったのだが、そこで英雄少年は『魔女』のアドバイスを受け、進路を変えたのである。

彼は。

彼らは高知県桂浜へと向かっていた。

こうして、自由度の高いゲームではしばしば起こり得る、的外れな行動をとることになった氷上達ではあったが、しかしながら、別の角度から見れば、つまりゲームの進行という意味では、このときの彼女達の選択が間違っていたとは、決して言えない。

そう間違いではなく——大間違いというべきかもしれない。

それは、なぜなら。

四国ゲームを管理・運営するチーム『白夜』に、つまり四国に存在する黒衣の魔法少女全員に、この日、香川本部への招集がかかったからである——かけたのは、もちろん。
魔法少女製造課課長――酸ヶ湯原作だった。

2

失敗は成功の母、と言う。

たぶん日本で生活していて、知らない者はいないと思われるほど一般的な、この諺の意味は、人は失敗をすることで、失敗を繰り返すことで、現在取っている手法の問題点に気付き、再度チャレンジする際にはその問題点を克服した上で挑み、結果いつかは成功を収める――というようなもので、つまり、一度や二度の失敗で諦めずに、むしろそれを肥やしとして困難に挑み続けた者が成功するのだと説いているのだと考えるべきだろう。

そんなことを言われても失敗するのは嫌だ、できることなら一度も失敗せずに成功したいというのが人間の心理ではあろうが、それができれば苦労はないと言う話で――失敗していないつもりの者でも、気付いていないだけで実は相当の失敗を積み重ねている。努力をしたことがないと嘯く天才が、他者から見ればどう考えても、悶え苦しみながら、寿命を削って、無数の『当たり前の幸福』を犠牲にしながら成功を収めているように。

なるほど、教訓である。

聞き飽きているからと言って聞き流してはならない深みが、確かにある——しかし一方、このありふれた諺からは、巷間《こうかん》言われているようなそんな意味合いとは、まったく違うもうひとつの顔を読み解くこともできる——それは『失敗することが、成功に向けての第一歩である』『失敗こそが成功の重要な通過点である』という解釈だ。

同じことを言っているようで、これは全然違う——失敗し、マイナスとなることで追いつめられた者が、やるしかなくなって、やる。失敗を取り戻すために、躍起になる——そんな劣勢からの姿勢こそが、意外と成功に繋がったりすることも、ままあるという話である。ゼロをプラスに持って行くよりも、マイナスからゼロに、そしてプラスに持って行こうという気持ちのほうが、必然、モチベーションが強くなるという、『普通』に対してコンプレックスを抱える者にとっては朗報となるようなこの説に共感できてしまっては、自身の今がマイナスであると認めるようなものなのだけれど——しかし、四国の魔法少女、手袋鵬喜にとっては、こんなに身につまされる諺はない。

安心は毒素。

落ち着いた平和においては、進歩も競争もなく、進化も生存競争もなく——ただただか細くすり減っていくだけで、だからこそ彼女は天変地異を望んでいた。

その望みは叶った。

天変地異は起こった——それも、二度にわたって。

一度目は有頂天になり、二度目はそんな高みから、地の底にまで叩きつけられた——今の自分を、プラスかマイナスかで言えば、それは大きなマイナスだろう。

間違いなく彼女は失敗した。

取り返しがつかないほどの失敗を——しかし、もしもその取り返しがつかないほどの失敗を取り戻せたとしたら、自分は一体、どれほどの高みに到達できるのだろう。

どれくらい有頂天になれるのだろう。

そう思う。

地球撲滅軍から来たという二人の大人と話し、四国ゲームをクリアできる可能性がわずかながら出てきたことを受けて、そんな欲も出てきた——そういう現金な自分を浅ましくも思うが、しかし自分の気持ちを制御できない。

もちろん、彼女がある程度、その気になってしまっていることは、二人の大人——氷上竝生と左右左危からそのようにそそのかされたからというのはあるけれど（彼女達には、とにかく四国の誰かを推戴《すいたい》して、四国の混乱を終わらせたい理由がある）、しかし、ただそそのかされるほどに、何も考えていない手袋でもない。

　氷上あたりから見れば、純真な、ある意味考えの足りない子供に見えても――しかし、子供は子供なりに考えているし、また、考えが足りない分、純真に小ずるくもある。

　四国の混乱を自分が抑えることができれば。

　天変地異を制御できれば。

　そして、四国ゲームの目的であるらしい究極魔法を、他ならぬ手袋が入手できたなら――そのとき初めて、手袋鵬喜は、己という存在を保護できたと言えるのではないだろうか。

　生存競争に勝ち抜いたと。

　己を守りきったと言えるのではないだろうか――ただただ翻弄されるばかりではなく。

　そのときこそ、手袋鵬喜は。

　死んでいった仲間達に報いられるのではないだろうか――この場合、『仲間達』に魔法少女『パンプキン』は含まれず、また、いっとう最初に想起されるのは、チームのムードメーカーだった登澱證ではなく、面倒見のよかった秘々木まばらでもなく、手袋自身が手に掛けた少女、魔法少女『コラーゲン』こと、早岐だった。

　彼女のためにも。彼女の分まで。

私は生きなければならない。

私を保護しなければならない。

殺人から数日を経て、そんな風に考えるように手袋はなっていた——そんな考え方が偽善的で、しかも何の生産性もないことを重々理解した上で、そこにモチベーションを見出そうとしていた。

そうでもしないと精神が持たないというのがあった——地球撲滅軍から来た二人の大人は、昨夜、手袋と会話し、会議するにあたって、その点を深く掘り下げることはなかった。

手袋鵬喜が早岐を殺したことについて、ほとんど話題にあげなかった——事務的に、しかし慎重に手袋を詰問した氷上はもちろん、おちょくるような態度で無神経に質問を投げかけてきた右左危博士も、その件にはほぼノータッチだった。

気遣い。

と言うよりは、そこに触れてしまえば、彼女達の大義名分が崩壊しかねないからと言うのがあったのだろう。仲間殺しの少女と仲間になるという選択を、説得力をもって提示することは難しい——だから脇に置いて、『ひょっとしたら詳しくは知らないんじゃないか』くらいの空気で、会談を押し通したのだろう——もちろん、下手に触れて、手袋がヒステリーを起こしては始末に負えないというのもあっただろうし。

やはり単純な同情もあったかもしれない。

手袋鵬喜という少女に対する、同情。

仲間に殺されそうになり、その仲間を、逆に殺してしまった少女に対する同情——まあ実際、これは氷上や右左危博士が大人だから、手袋という年下相手だからそう思うだろうというような話ではなく、もしも手袋が、そういう境遇にある人間を前にしたなら、老若男女問わず、やっぱり同じように、同情していただろう。

可哀想に、と。

哀れみもしただろう。

だけど知っている——他ならぬ手袋鵬喜は、手袋鵬喜が、別に可哀想ではないことを知っている。まったく可哀想じゃないことを知っている——熟知している。

わけもわからないまま正当防衛で、殺されそうになったから殺した——本当は殺したくなんかなかったけれど、四国ゲームで、疑心暗鬼の末におかしくなってしまった魔法少女『コラーゲン』の魔手から逃れるために、やむなく殺害した。

いいいいいいいいいい
なんて殺意じゃあなかったことを。

手袋鵬喜は知っている。

……殺さずに済ませることが、できただろうことを、誰よりもわかっている手袋には——自分を可哀想だなんて思えない。

首を絞める手を。

早岐の意識が落ちたのをわかった上で——手袋は緩めなかった。むしろとどめを刺すかのように、より強く、より強く、首の骨でもねじり折るかのように、握り絞めた。

怒り、だったのかもしれない。

信じていた仲間が、自分を殺そうとしたことが許せなかった——仲間意識を疑われたことが許せなかった。

信じてもらえないなんて。

信じられなかった。

だから——殺した。

とすると、逆説的に——結果から見れば、魔法少女『コラーゲン』が、手袋を殺そうとしたことには一定の論理性があったということにもなる。

追いつめられたり、一時の感情の高ぶりで、手袋は仲間を殺すような魔法少女だったのだから——殺意に対して殺意を返した。

己が生き残るために。

他者を排除することに躊躇がなかった。

いや、誰よりも知っていると言いながら、実のところ、我ながら不思議でもあるのだ――あんな風に軽やかに、無駄なく手際よく、向けられた殺意にああも反撃し、かわし、食らわし、殺すことができるなんて。

魔法少女は地球と戦うための戦士ではあるけれど、しかし魔法を使うという一点を除けばただの少女である――軍事訓練を受けるわけでもない、言うなら ど素人だ。その条件は相手も同じだったとは言え――事実として、早岐は手袋を殺し損なったし、手袋は早岐を殺してみせた。

種の保存――生存競争。

生物として生き残るための資質の、大きな一つが、他種族を滅ぼせる能力だと言うが――それが彼女にも備わっていたというのか？

眠れる才能なんてなかったと思ったけれど、実は手袋にはそんな才能が？

――種を滅ぼす魔法。

そんなことを――いつかどこかで言った。本人はまだその気付きに到っていないが、期せずして、今、彼女が目指している四国ゲームのクリア報酬は、そんな言葉と繋がってもいるのだった。

究極魔法。

……もっとも、今の手袋は、そんな物欲には支配されていない――あくまでもまだ、かつての仲間に報いるためだけに、四国ゲームのクリアを目指している。

大人二人の言葉をどこまで信じたものかは判断しかねるけれど、四国ゲームが絶対平和リーグの、何らかの『失敗』の結果なのだとすれば、組織の存続そのものが危うくなる——という点くらいは彼女にも理解できた。

それは——避けたい。

自分のためではなく、彼女達のために。

死んでしまった彼女達をよみがえらせることはできないけれど、せめてその死に、意味付けをしてあげたい。

死にはしたけれど、無駄死にではなかったと——そんな風に思ってあげたい。

これも所詮偽善だし、手袋が、自分の精神を平常に保つためにそれらしいことを思っていると、思っている振りをしているというだけのことでしかないのだろうけれど、それを自覚した上でも。

……精神を平常に保つためと言うなら、もうひとつ重要なのは、仲間に数えていない魔法少女『パンプキン』や、チーム『サマー』崩壊のきっかけとなった英雄『グロテスク』との接触を、できれば避けたいという点になるだろう。

そのときこそ、どうなってしまうかわからない——私が私でなくなってしまうかもしれない。早岐を殺したとき以上の殺意にまみれて、彼女や彼を、害そうとするかもしれない。

よしんばそれで目的を達成できたならまだしも、返り討ちに遭う可能性だって全然高い――特に『グロテスク』には既に一度、全力で挑んで敗北しているのだから。

大人二人は『グロテスク』を探しているようだけれど、うまくその捜索への同行だけは避けられないものか……、手袋としては、四国ゲームの最中、どこか、手袋とは関係のないところで、『グロテスク』や魔法少女『パンプキン』が、死んでいてくれればいいと思うのだが。

そんな不安を抱えつつも、しかし積極的に手を打つでもなく、手袋鵬喜は大人二人に先導されて、十月二十九日の午前中から、香川県へと向かって飛行していた。

舞い戻る、と言うか。

手袋からすれば都落ちみたいな気持ちだった――あれだけ躍起になって逃げた先に、また帰ることになろうとは思わなかった。

もっとも、香川は香川でも、現在の目的地は、これまで手袋が行ったことのない場所である――絶対平和リーグ香川本部。

チーム『サマー』は基本、香川県を中心に活動する魔法少女グループではあったけれど、下っ端である彼女達には、どこにその本部があるのかは隠されていた――知ろうとして知れるものではなかったし、知っている者は口を噤んでいたし、手袋に至っては知ろうともしなかった。

ぼんやりとした噂も、聞くたび忘れようと努めた。

それが正しい姿勢で、あるべきありかたで。

なんというか、そんな正体不明の組織に属して戦っていることを、格好良いと思っていた節がある――今から思えばお恥ずかしい限りだが、恥ずかしがっていても、過去の事実は覆らない。

しかし過去と言うなら更にその昔、小学生の頃の彼女だったなら、そんな『生き残るため』に必要な情報を、決して知らないままでは済ませなかっただろう。

絶対平和リーグという居場所を得て、心地よい餌場を得て、やっぱり緩んでいたのだろう――生存競争の必要のないぬるま湯で、手袋は退化していたのかもしれない。

生きるために、生き残るために。

努力をしなかった。

その結果が今に繫がっている――得たものは永遠だと信じていた。できた仲間は、ずっと仲間だと信じていた。

裏切られたし、裏切ったのだ。

……そもそも、そんな場所を、部外者である左右左危がとぼけつつもきっちり把握していたりするのだから、本部の場所なんて、公然の秘密のようなものだったのだろう――そんなものさえ教えてもらえていなかったというのだから、魔法少女の身分は、事実上、下っ端どころか奴隷同然だったのだとも言える。

結局、何が正しかったのかなんて、手袋の頭じゃあ考えつかないけれど、強いて言うなら絶対平和リーグに入ったあとも、そこがゴールだなんて考えずに、いざというときのために生き残るすべを模索し続けるべきだったのだろうか——そう、今となってはにっくき、魔法少女『パンプキン』のように。

チームメイトと距離を置き、あちこち意味もなくふらふらしているように見えて——誰よりも彼女が、生きることに貪欲だった。

登澱證や秘々木まばら、早岐すみかが生きることを怠けていたとは思いたくないけれど——結果にこうして、はっきり現れてしまっている。

かろうじて手袋が生存しているのは、昔取った杵柄ということか——それも首の皮一枚繋がっているだけ、という気もするけれど。

いや、彼女が独力で生き残ったと言えるのは、魔法少女『コラーゲン』の疑心暗鬼に殺意をもって答えたところまでで、そこ以降は——黒衣の魔法少女『スタンバイ』のことと言い、現在同行している大人二人のことと言い、魔法少女製造課課長、酸ヶ湯原作の計らいだ。

正直なところ、彼女は彼と会ったことさえちゃんとは覚えていないけれど——研修の最後に面接があったという記憶さえ朧《おぼろ》だ——会えば、思い出すことができるのだろうか。

自分が特別扱いされる理由。

そんなのがあるのだったら——教えて欲しいものだ。

ここまで失敗に失敗を重ねてきた私に、まだ、取り返せる余地があるのだとすれば
——大逆転の可能性があるのだとすれば。

……一発逆転があってこそ、ゲーム。

と。

「んん？　どうしたの？　手袋ちゃん。さっきから黙りこくっちゃって——何か悩み事があるんだったら、おねーさんが力になってあげるわよ？」

そこで左右左危が、飛行のペースを落として、手袋に並んで来た——なにやらもっともらしい口実を設けているけれど、手袋の口数が少ないのは昨日から一貫していることなので、心配しているような口振りは、単に話しかける契機だったのだろう。

そもそも手袋から見て右左危博士は、『おねーさん』ではない——違和感なく大人だ。いや、コスチュームに違和感はあるのだが。

「……なんでもないです」

右左危博士や氷上が、仮に手袋に同情しているのだとして——そんな誤解をしているのだとして、しかし手袋からすればその誤解を解く努力をする義務もないので、そ

れまで通りの対応で切り抜けようとする。

しかし、

「なんでもないってことはないでしょうよ——そんな暗い顔をして。言ってご覧なさいよ、話せば楽になるかもよ、ん？」

と、右左危博士はしつこい。

前を飛ぶ氷上は、そんな彼女を一瞬振り向いたが、処置なしとばかりにすぐ前を向いた——どうやら、こっちの大人は、そもそもこういう性格らしい。

困っている人や落ち込んでいる人を突っつくのが好きなのか——そんな相手を無視し続けるだけの精神力もなかったので、手袋は適当に、

「失敗は成功の母って言うじゃないですか」

と、その場しのぎに入った。

「あれってなんで母なのかなあって」

「ん？」

「いえ、だから、なんで父じゃなくて母なのかなって……失敗が成功のお母さんなんだとすれば、成功のお父さんは誰なんだろうって、そんなことを考えていました」

適当である。そんなことは考えてもいない——思いついたことをそのまま言って大人を煙に巻こうという、それこそ『昔取った杵柄』だったけれど、しかしいざ口に出

してみると、ちょっと好奇心をそそられる問いでもあった。

成功に必要な要素が、どうあれ失敗だと言うのなら——同じくらい必要な要素は、一体何だというのだろう？

「まさか単為生殖ってわけでもないでしょうしねえ——ふふふ。おもしろいことを考えるじゃない、手袋ちゃん。一児の母親としては考えてしまうわねえ——」

「……お子さんがいらっしゃるんですか？」

それはつまり、手袋の人生を決定づけた『お医者さん』との間に生まれた子供、ということになるのだろうか。

「ええ、もう死んじゃったけれど」

と、さらりと右左危博士は答えた。

「し、死——」

「まあ、私にも言い分はあるんだけれどね——客観的に見れば、つーかどう見ても、私が殺したようなものよ。手袋ちゃんは、ご両親を、『大いなる悲鳴』のときに亡くしてるのよね？」

子供を殺したようなもの、と、衝撃的な発言をしておきながら、あっさり次の話題に移る右左危博士——三百万人が死んだ土地の上空で、今更一人や二人の死を重く語っても、説得力はないかもしれないけれど。

手袋の両親についても、それは同じだ。

……いや、今となってはもう手袋は、あの両親の顔も覚えていない――まだしも、手袋鵬喜についての資料を持っているであろう、地球撲滅軍の左右左危博士のほうが、彼らについては詳しいんじゃないかと思われる。

正直、手袋は。

彼らの名前を漢字で書けるかどうかも……。

「誰しも人の子であり、いずれ人の親になる――とか？　ま、人類にそんな未来があるかどうかだけれど。地球側に『大いなる悲鳴』なんて超兵器があることがはっきりした現在、果たして人類に『次の世代』なんてものが――なーんて、今するような話じゃないか。成功の父親は何かってことだったわよね？」

「あ、は、はい」

別にその話題にこだわるつもりもないのだが――と言うより、あんまり話したくないのだが、右左危博士とは。

昨日のような失言がないとも限らない……。

「工夫のない――って言うか、つまんない答になっちゃうけれど、やっぱり成功の父親は成功なんじゃないの？　大抵、成功っていうのは連鎖するものだから」

「……成功と失敗から、新たな成功が生まれるわけですか」

「失敗は成功の母——という諺から、諺にありがちな男女差別的意味合いを見出すなら、最初からそういう暗喩を込めて成立していると言えなくもないわねえ。失敗は成功の父と言わず、母と言っている辺りに——成功と成功を掛け合わせたら、意外と失敗に繋がったりするのかも」

私達みたいに。

くつくつと、楽しそうに笑う右左危博士。

「私達が失敗したのは、子育てだけどねえ——手袋ちゃんにもしも将来があるのなら、私達の轍は踏んでほしくないものよ」

「…………」

子育て。

想像もつかないけれど、手袋がそんなことをする未来があるのだろうか——いや、自己保全を最大目的とする手袋の、行き着くところは、そこだ。

種の保存。

遺伝子を受け継ぐ子孫を残すこと——誰と?

自分が担当するのが、『成功』なのか『失敗』なのか、手袋にはわからなかった。

もちろん。

共に『失敗』という線もあるだろう。

3

障害物もなければエネルギー切れもない、魔法による上空飛行移動とは言え、先日の『木』のこともあった。慎重に周辺へ気を配りながらの徳島県―香川県ルートだったため、目的地に到着する頃には、もう夕方になっていた。

途中で何度か休憩を取ったこともあり、氷上の印象としては、思っていたよりも時間がかかったという感じだった――右左危博士は如何にも計画通りという顔をしているけれど、果たして内心はどうなのやら。

四国に来て、自分の同行者が理論派であると同時に、かなりのぶっつけ本番派であることも、なんとなくわかってきた氷上である――まあ、最悪のケースが起きなかっただけでも、ここはよしとすべきか。

最悪のケースとは言うまでもなく、例の黒衣の魔法少女――『スタンバイ』だったか――から、二度目の襲撃を受けることだったけれども、それはなかった。

もう一度『山』に襲われれば、たとえ『氷血』を駆使しようと生き残れる自信はなかったので、これには、胸をなで下ろした氷上である。

このスリーマンセルにおいて、唯一の戦闘担当と言える氷上は、勝手に重い責任を担っているのだった――ともあれ、彼女達。

氷上竝生、左右左危、手袋鵬喜という、なんと表現していいかわからない、ちぐはぐな三人組は、到着した。

絶対平和リーグ香川本部。

瀬戸大橋――の、四国側である。

「……この橋を渡ってしまえば、四国から出られるんでしょうか」

手袋がおずおずと、氷上と右左危博士、どちらにともなく訊く――それは氷上も考えてはいたことだった。

平時は、電車と自動車のみが渡れる橋だが、なにせこの緊急時――というか、異常時だ、魔法少女がその上を飛んで悪いということはないだろう。

「そうね。その場合はリタイアっていうことになるんだろうけれど――ま、それは私達の目的にはそぐわないわね」

と、右左危博士は素っ気ない。

この橋を渡れば、少なくとも死と隣り合わせな状態からは脱することができると言うのに、そんな誘惑にまったく囚われた様子もない。

「私達の目的は、四国ゲームの解析なのだから――ただまあ、この様子だと、あんまり期待はできないかな。英雄くんも、こっちに来たってわけじゃあなさそう」

「なさそうって……どうしてそう思うんですか？」

「んー、なんとなく？」

右左危博士はいかにも適当な風に答える。

「なんか、邪魔も入らずにここに来れちゃったし――破壊された様子もないし。もしも大歩危峡での調査活動に失敗して、こっちに来たんだとすれば、こっちでも、何らかのアクシデントが起こっていてもおかしくない――起こってなきゃおかしいくらいだと思うんだけど」

「……はあ」

「ま、もちろん色んな可能性が考えられるから、一概には言えないんだけれど――とりあえず、私達は私達で粛々と調査を行いましょうか。本部の内部調査を、ね。酸ヶ湯くんがいてくれたらいいんだけれど――」

一応、そんなことを言いながら、地面に降下していく右左危博士――しかしその態度は、如何にも駄目元と言いたげだった。

無駄を塗りつぶしていくのが研究者の本道、とでも――やっぱり、本人が認めようと認めまいと、天才と呼ばれるような人には、同じ景色を見ていても、見えるものが違うらしい。

羨ましいとは決して思わないが。

一度、その目で世界を見てみたいものだ、くらいのことは思う——思いながら、氷上は続いて降下した。手袋もそれに続く。

着地後、右左危博士が別段迷う様子もなく入っていった建物は、巨大な橋脚の近く（と言っても、それは上空から見た場合で、実際に着地して歩いてみると、そこそこ離れていた）にあった、いわゆる灯台だった。

「この灯台が、……本部なんですか？」

「うん。地下がそうなってる——はずなんだけど。ただ、なーんかキナ臭いのよね——ああ、灯台の中ってめっちゃ暑いから、覚悟しておいてね」

右左危博士は気もそぞろという風に、そう注意して、入り口に手をかける——灯台の扉には鍵がかかっていた。

無言で促されたので、氷上は『炎血』で、錠を焼き切る——中に入ってからの手順も同じで（本当に暑かった——血液の関係上、暑さには強い氷上だが）、地下施設への入り口についても、氷上がキーの役割をした。

便利使いをされているものだ。

てっきり、この先もそうやって調査を手伝わされるのだと思っていた矢先、

「竝生ちゃんは手袋ちゃんと一緒に、外で、誰かこないか見張っておいてくれるかしら」

と、右左危博士は言った。

「え……一人で大丈夫なんですか？」

「うん。たぶん、ここ、なんだかフェイクっぽいし。誰もいないっぽいしね——でも、だからって調べないわけにもいかないや」

罠があるなら、その罠の仕掛けかたからわかることもあるでしょう——と言って、するすると右左危博士は、地下へと降りていった。

追おうかと思ったけれど、熱気に押されて灯台内に入ってきてもいない手袋のことを思うと、彼女一人を残すわけにもいかず、結果氷上は出遅れた。ついて行きそこねる。

「……気をつけてくださいね！　何かあったら、大声で知らせてください！」

そう言って、氷上は焼き切った地下への出入り口を開けたままに、手袋のいる灯台の外に出た——この子を一人にすると、逃げてしまう可能性があることを思うと、見張りを任せるわけにもいかない。

未だ氷上は、手袋との距離の取りかたがわからなかった——飛行中にかわしていた会話を聞く限り、どうやら右左危博士は、少女との距離感をもうつかんだようだけれど。

その辺、不思議な人だ——人を大胆に巻き添えにしてくれたかと思うと、こういうときにはあっさりと単独行動に出たりもするし。

それに、私は手袋鵬喜が逃げることを警戒したけれど——あの人は、私が逃げることを警戒しないのだろうか？

そんなことを思う。

それを言い出したら、実のところ氷上が、英雄『グロテスク』を捜索する上で、内心不安に思っていることに、『これを機会に彼は亡命をもくろむんじゃないのか』というのがあった。

何せ『見えない英雄』だ。

助けを求めてくれたらともかく、雲隠れをしようとしているならば、見つけるのは相当難儀するだろう――この香川本部にいなくとも、納得というものである。

手がかりになりそうな、杵槻鋼矢の行方も知れないし……、かと言って、彼女を追うことは、手袋鵬喜が抵抗を示しそうである。

右左危博士が言うよう、ここに何の手がかりもないのだとすれば、この先、どうすればいいのか――仮に。

最大限にリスクを冒すとすれば――

「…………」

「ね、ねえ……氷上……さん」

と。

そこで声をかけられた――手袋から。

手袋鵬喜は顔を俯け、地面に向かって喋っているような有様なので、自分が話しかけられたのだと氷上が気付くまで、一瞬、間が必要だった。

「ん……え、何かな？」

うっかり、気遣うような調子で応えてしまった――すぐに取り直し、凜とした姿勢を心掛ける。段々セルフイメージを失いつつある氷上だが、それでも今できる限りのことはすべきだ――少なくとも外部に対しては。

体面、体裁、面子。

大事な言葉である。

「あ、あの……氷上さんは、どんな風に……、そうなったんですか？」

「？　そうって……」

魔法少女のコスチュームのことを言われたのかと思ったけれど、しかし手袋が訊いたのは、もっと大局的なことだったようだ。

「わ、私は……スカウトされて、絶対平和リーグに入って、研修を受けて、魔法少女になったんだけど……、そこで地球が敵だって教えられたんですけれど、あ、あなたは、どんな風に……、地球と戦おうと決意したんですか？　やっぱり、最初は、誰かに誘われて……」

「んー……いや」

適当に返事をして誤魔化そうかとも思ったが、右左危博士の地下調査も時間がかかるだろうし、ここで少女相手に信頼関係（もどき）を築いておくのも先を見越せば悪くはないと思い、氷上は正直なところを語ることにした——いや、正直なところを語るにしたって、氷上竝生が地球撲滅軍に入隊した経緯は、適当極まるものだった。

「誘われたというか、私の場合は、気がつけば入っていたって感じだね。でも、感覚的には手袋ちゃんと大差ないよ——こんな大きな話だとは知らずに、気がついたら後戻りができない位置にいた」

それは今だって変わらない。

ここでこうして灯台の見張りをしているのも、氷上が他のルートを知らないからだ。ずっと一方通行の道を歩んで、走って、こけつまろびつしながら、前進してきて——そうして辿り着いたのが、このポジションだった。

弟のせいという気もするし、右左危博士のせいという気もするし——すべてが悪しき地球のせいだと思うけれど、彼女の人生を滅茶苦茶にしたのは、やっぱり地球撲滅軍だったようにも感じる。

確かなことは、

「こういう環境に、適応するしかなかったって感じだよね、私は——私はとにかく必死に生きていただけで、思想とか、志とか、信念とか、そういうのはなかったよ」

だった。

手袋はそんな氷上の言葉をどんな風に聞いているのか、ちらちらと、時たまこちらを見はするものの、すぐに下を向いてしまう。

そんな反応には構わずに氷上は続けた。

聞こえているならそれでいいだろう。

「夢とか希望とか、誰かのためとか正義とか、そういうぼんやりとした志というか、ふわふわした理想みたいなものを掲げる組織ほど、その内側は酷い労働条件だと言うけれど――地球撲滅軍とか絶対平和リーグとかは、その代表例みたいなものよね。志の高さは人間性とは相容れないのか、それとも名目だけのただの搾取なのか……なんでこんなことに、いつからこんなことになったんだろうなあって、本当に思うよ」

「……………」

「いったいこの世の中に、なりたい自分になって、その自分のパフォーマンスを維持し続けている人間なんて奴が、いるのかしらね？　絶対平和リーグの上層部は、今回の件でほとんど死滅しちゃったでしょうし、地球撲滅軍の上層部は、たった一人の少年への対処に、汲々としている……、偉くなろうと、尊敬されようと、支配しようと、『結局、思い通りにならない』というストレスからは無縁ではいられない――私もあなたも、『どうしてこんなことになったんだろう』って、そんな風に思いながら生きて、そのうち死んでいくんでしょうね？」

なんだか途中から、当てつけみたいな口調になってしまった——やはりクールなセルフイメージを保てていない。

それこそストレスがたまっていたのだろうか？

そんなストレスを少女相手にぶちまけているのだとすれば、みっともないことこの上ない。

「何が正しいのかなんて、何が本当かなんて、個人じゃあつかみようがなくて、大きな流れを読むしかないけれども——ねえ、手袋ちゃん、あなたはこんなことを考えたことはない？　地球はどうしてわざわざ、人類を滅ぼそうなんてするのか。手間をかけてまで、わざわざ。こんな奴ら、ほっときゃ勝手に自滅すると思わない？」

今回、自ら三百万人、その数を減らしたように——とは、さすがに言わなかった。

それは絶対平和リーグの魔法少女に対して、あまりに当たりがきつすぎる。

なので、「環境破壊とか、食糧不足とか、温暖化とか寒冷化とか」と、一般論を並べた。

「どう考えてもあと一億年も持たないでしょ、こんな種族——『大いなる悲鳴』なんて使わなくっても。五十億年生きてる地球にとっちゃ、一億年や二億年、もう大した待ち時間でもないでしょうに」

「私は……、そういうのも全部、地球の策略だって習いました」

「そう」

なにぶん下を向いたままの発音なので、氷上には手袋のいう『習いました』が、『洗いました』に聞こえた——が、構わず頷いた。

洗脳という意味では間違っていない。

そういう教育は氷上も受けて——それを盲信できた時期もあったのだが、前線を引き、中枢に関わっている今では、それはとても難しい。

ただ、気付いたところで、単純には信じられなくなったところで、もう彼女には、後戻りができないのだった。

「私も、そうなんだと思う——そうじゃなくっちゃ説明のつかないことがたくさんある。だけど、それだけでは説明がつかないほど、人間は愚かで、ずるくて、小汚い」

「……小汚い、ですか」

困ったように、手袋は、少し笑ったようだった。角度的に表情がはっきり見えるわけではないけれど、確かに笑った——なるほど、滑稽ではある。

中学生くらいの子供を相手に、中学生みたいなことを言っている大人——氷上だって、そんな自分を自覚すると、吹き出してしまいそうだった。

距離感の難しい少女と、胸襟を開くことで打ち解けられればと思ったけれど、どうやら失敗してしまったようだ――まあ、こんなものだろう。

私なんて。

……それとも、人がこんなに愚かなのも、私がこんなに愚かなのも、地球の策略だとでも言うのだろうか？

陰謀に、いいようにされているだけだと――そう考えられたら、どれだけ楽だろうと思うし、正直、楽になりたいと思う。

楽にして欲しいとさえ。

「……要するに、私が『こう』であることに、確たる理由なんてないって話よ――気がついたらこうなってた。誰のせいでもない、私がこういう奴だったってだけ――こうなる以外の道があったとも思えないもの」

「じゃ、じゃあ……氷上さん。もしも」

と。

そこで手袋は質問を改めた。

「もしも――地球との戦争が終わったら、そのあとは、何をしたいですか？」

4

「戦争が終わったら、そのあとは、何をしたいですか？」

氷上竝生には知る由もないことだが、手袋鵬喜にとって、この問いの持つ意味は重要極まる――かつて、チームメイトと自分との、戦争に対するスタンスの違いを思い知らされた問いだからだ。

チームメイトにはそれぞれ、戦争終了後の『夢』があった――手袋にはなかった。

戦争の終結は、手袋にとっては生存エリアの消滅を意味したからだ――自分という種族が、落ち着いて生きていられる場所がなくなってしまう。

いや、それはもう、戦争が終わるのを待たずに消滅してしまったのだが。

四国ゲームによって。

死と隣り合わせのこの過酷さには、手袋どころか、魔法少女の大半が対応できなかったわけだけれど――ともかく、あのとき。

チームメイトの彼女達は、仲間ではあるけれど、しかし、決して同族ではないことを、手袋は思い知った。

彼女達は違うし――私は違う。

夢があるのなら、その夢を叶えたあとのことも考えるべきだったのだと、今にして思う――あのとき、答えることのできなかった手袋だけれど、ちゃんとその後、直後に、胸を張って答えられる未来を思いついていれば、現状がこんな有様にはなっていないように思う。

あのときの無回答と現状の悲惨さに、果たしてどのような論理的繋がりがあるかは説明できないし、突き詰めれば『そんなことは考えていようといまいと同じ』な、大きな運命の流れだったのかもしれないけれど、手袋にとって、これは真実だった。

自分がろくに考えなかったから、こんなことになったのだと——つまりは自責であり、自虐である。

生き残りたい、生き続けたいと思いながら、生きて何をしたいのかを、考えるのをうっかり忘れていた彼女としては。

だから——氷上に訊かずにはいられなかった。

この会話を始めたきっかけは、ただ、間を持たすためという気持ちも強かったけれど、こうなってみると、最初から手袋は、この質問を氷上に投げかけてみたかったのかもしれなかった。

訊く相手は別に、右左危博士でもよかったのだろうが——ともかく、自分よりも長く生きている大人に、訊いてみたかった。

チームメイトが述べていた『夢』は、どちらかと言えば子供っぽいものばかりだったけれど、ずっと戦争を続けてきた大人は、どんな風に未来を捉えているのか。

手袋や登澱、早岐や秘々木から見た未来を生きている大人の意見を訊きたかった。

「……戦争が終わったら、か。そうね」

と、氷上は少し、考える風にする。

意外な質問だったからか、それとも、真面目に答えるべきと判断したからか、即答を避けて、一拍置く。

手袋は相手を見ないままに、答を待った。

……だが、氷上と右左危博士、どちらに訊いてもいいと思っていたのなら、手袋はこの質問を、まだしも右左危博士のほうに投げかけるべきだっただろう。彼女ならばきっと、『適当』に納得できる、いい具合の回答を述べてくれたことだろう——それが本気かどうか、どこまで本気かはわからないにしても。

研究者である彼女ならば、戦争中であれ平時であれ、やることはさして変わらないからだ——しかし、氷上は前線を引いているとは言え、戦士であり、軍人である。

戦争が終われば、生きかたを変えねばならない立場の人間だった——そして生きかたを変えるには、彼女はいささか真っ直ぐすぎて、その上、ひねくれていた。

「もしも地球との戦争が終わったら——ああ、もちろん、人類側の勝利で終わったらって意味よね？　人類が負けて滅んでいたら、その場合の未来はないわけだし」

「は、はい」

「そのときは」

氷上は言った。極めて爽やかに。

「自殺するわ。やっと死ねるじゃない」

5

氷上の視点から見れば、その後、きっかけもなく急に黙り込んでしまった手袋に、あえてこちらから話しかける理由も見つからず、その後は沈黙のままに、二人は灯台の見張りを続けた——考えてみれば、見張りが立つべき灯台を、こうして見張っているという現状は、やや面白くもあった。

そんな面白味を感じる余裕が生じるほどに、異常はない——右左危博士のいうように、この香川本部に罠がしかけられているとしても、少なくとも、氷上達を誘い込んで襲撃をかけるというような、そういう類のトラップではないらしい。

夜襲をかけるタイミングは既に逸しているように思う——もちろん、油断はできない。こちらがそう判断したところに攻撃を仕掛けてくる腹積もりかもしれない。

黒衣の魔法少女『スタンバイ』に対して見せた死の偽装が、思いの外効果を発揮しているということか。

ただ、氷上としては、もしも右左危博士の探索の成果があがらないようであれば、いっそ、ここで襲撃を受けたほうがこちらとしても好都合だ、くらいのことを考え始めていた――手袋からの質問で中断されてしまっていたけれど、『最大限にリスクを冒すならば』――だ。

四国ゲームでの正しい振る舞いは、『なるべく危険を避けること、リスクを他プレイヤーに押しつけること』なのだろうけれど（おいしいとこ取り戦略だ）、クリア以外にも目的を持つ、しかも後発の氷上達としては、もうそんなことは言っていられない。

順当に考えればここから先は、香川本部が空振り（罠？）だったなら、次は高知本部か、愛媛総本部に、向かうというのが定石なのだろうが、そんな地道なプレイスタイルよりも、よっぽど手っ取り早い横紙破り――ゲームで言うところの裏技があるとすれば、それは。

黒衣の魔法少女。

チーム『白夜』。

四国ゲームを管理・運営する側の彼女達と戦い、そして生け捕りにすれば――ゲームを優位に進める方法を聞き出せるかもしれないし、そして、四国全体を把握している彼女達は、氷上達が探す英雄『グロテスク』や人造人間『悲恋』の場所を知っている公算が高い。

各県の本部を調査したり、杵槻鋼矢を探すよりもよっぽど効率がいい名案に見える——のは、もちろん、いい面ばかりに目を向けているからだ。

実行するとなると、まず『生け捕り』というのが至難だろう——黒衣の魔法少女『スタンバイ』の、山を動かすような戦いかたを思い出すだけでもそう思う。

吉野川の氾濫、枯渇も、彼女達の誰かの仕業だとして……そんな自然現象そのものみたいな魔法少女相手に、『炎血』と『氷血』だけで、対抗できるものなのか？殺していいというのならばまだしも、生け捕りなんて……少なくとも、積極的に推し進めたい案ではない。

向こうが襲撃をかけてきたときにのみ、一考に値する受け身の案である——なので氷上は現在、夜襲がないことにほっとしつつも、同時に、それが期待外れでもあるかのような、複雑な心境にあるのだった。

まあ……夜襲となると、相手も一人で来てくれるとは限らないし、あんな魔法少女を二人も三人も相手にすることを思えば、このまま何事もなく明日を迎えられたほうがいいのか……。

氷上達に何もなくっても、上司が何事もなく過ごしているとは限らないが——と。

色々考えつつも、結局のところ灯台の前で棒立ちになっているだけの氷上に、そして手袋に、後方から、

「おーうい」

と、声がかかった——声の出元は、灯台の中である。

振り向くも、別に右左危博士が地上にあがってきたわけではないらしい——地下から呼びかけているようだ。

二人が移動して、地下への入り口をのぞき込むと、下から、

「概ね探索終わったよー。見張りはもういいから、二人とも、降りてきてー」

と、更に声がした。

なんだかお気楽な調子ではあるが、それを受けて氷上と手袋は、順番に地下へと降りた——氷上が先に梯子を降り、手袋がそれに続く形だ。

地下に広がる秘密基地——となれば、どんなものかと、やや童心に返ってしまう氷上だったけれど、降り立ってみると、存外普通というか、想像の域を出るようなものではない、通常の事務施設という印象を受けた。

本部とは言っても、あくまでアジトの中枢というだけで、大勢の人間が詰めかけるような場所ではなかっただろうから、手狭な印象を受けるのも、当然と言うべきか。

「キッチンや、寝泊まりできる部屋もあるみたいだから、今夜はここで休みましょう——ああ、やっぱり誰もいなかったわ。みんな死んだのか、それとも撤退したのか」

応接室——があるとも思えないので、会議室だろうか、ともかく、椅子とテーブル

がある部屋へと、右左危博士が氷上と手袋を誘導し、そして一息ついた。

何もなかったとは言え、見張りで立ちっぱなしで数時間というのは、決して楽な仕事ではなかった——飛行は疲労しないのに、立っているだけで疲れるというのは、矛盾を感じずにはいられないけれど。

手袋もそれは同じらしく、脚を伸ばしてぐったりしている——少女の身には辛かろう。あるという『寝泊まりできる部屋』とやらに、先にやって寝かせてあげたいところだが、さすがに右左危博士の調査結果を、彼女とて聞きたいだろう。

もっとも、右左危博士の振る舞いや口調をただ受ける限り、あまり成果があったとは思いにくいが……。

「とりあえず、見張っている間には、異常はありませんでした」

と、先に報告する氷上。

「そう。それはよかった。まあ、途中からは大して心配もしていなかったけれど……、ここはなんだか罠っぽいって言ったけれど、それは訂正するわ、竝生ちゃん。罠っていうか、お膳立てされたヒントって感じだった」

「ヒント？　ですか？」

「うん。なんて言うのかな。有益な情報がないわけじゃなかったんだけれど、如何にもわざと残されてるっていうか、これみよがしに用意されているっていうか……、半端じゃない『待ってました！』感なのよねえ」

「……はあ」

『待ってました！』感というのが、どういう感なのかが、氷上にはわかりにくい――有益な情報があったというなら、それはそれでいいようにも思えるけれど、そんな単純な話ではないのだろうか？

お膳立てされたヒント――だとすると、お膳立てした誰かがいるということか。情報が残されていること自体が違和感、というのは、かろうじてわからなくもないけれど……。

「でも、偽の情報っぽいってわけでもないんですよね？」

「うん……、いえ、フェイクがまったくないでもないけれど、それは昔からある当たり前の用心って風だし。ああ、そうだ、先に言っておくけど、竝生ちゃん、あとでこの地下にある資料、全部焼き払っておいて。こき使っちゃって悪いわね」

「いえ、それは今更ですが……、いいんですか？　焼き払って」

「いいわよ、もう大体覚えたし――有益ではあっても重要じゃない資料ばっかしだし。ただ、見る者が見て、それぞれの情報をつなぎ合わせれば、意味が生じてくる――ように、配置されているのが、なんだか嫌らしくって、嫌い」

嫌い。

と、右左危博士は完全な感情論を口にした。

……どうやら、あまり楽しい探索ではなかったようだ。資料を焼き払っておいて、というのも、やや当てつけみたいな気持ちもあるのかもしれない。そういうところ、子供じみたところのある博士である――今は格好も子供じみているが。

「こうなると明日以降のために早く寝たいから、さくさく話を進めると――新しく判明したこともいくつかあるけれど、基本、これまでの仮説が色々と裏付けられたって感じね。デメリット表示も先にしておくけれど、竝生ちゃん、私達の探している英雄や『悲恋』が、ここに立ち寄った形跡はやっぱりなかった――その意味でもここは外れだった」

「そうですか……」

途中から、半ばわかっていたことではあったけれど、右左危博士の口から改めてそう言われると、落胆を禁じ得ない。

「となると、高知か、それとも愛媛に向かったと読むべきなんですかね」

「でしょうね――可能性が高いのは高知かな。どちらかと言えばの話だけれど。もっとも、高知本部がどこにあるのかを、英雄くんがどうやって知るのかって問題はあるけど――それは徳島本部のときから、同じ疑問だしね」

「……高知、にしても、愛媛にしても」

と、そこで手袋が発言した――口を挟む機会をこれまで窺っていたという風だ。

「四国の左側は、激戦区だと聞いています……、右側の私達は、情報不足だったってことですけれど、情報がちゃんとあった左側は、それで必要以上に、緊迫しちゃった、とか……」

「……ふうん。だとすると、うちの英雄くん、今頃どうしてるのかねえ」

右左危博士は、とぼけるようにそう受ける――誰から聞いたのか、とは、訊かない。氷上も訊かなかった――訊くまでもなく、今となっては手袋にとっての一番の怨敵、杵槻鋼矢であることは、なんとなく察せられたからだ。

ちなみに、この頃、地球撲滅軍の英雄が『どうしているのか』と言えば、まさしく高知県の魔法少女グループ、チーム『スプリング』と、同盟を結んでいる頃である――また、ようやく、遅ればせながら四国に上陸した人造人間『悲恋』との合流も、数時間前に果たしていて。

そういう意味では役者が、ようやく揃った四国であった。

手袋鵬喜のみならず、氷上達にとっても重要なる魔法少女、杵槻鋼矢もまた、愛媛県の魔法少女グループ、チーム『オータム』への加入を終えていて、激戦区である四国の左側も、いい具合に煮詰まっていて――そこに立ち会わずに済んだことが、このスリーマンセルにとってよかったのか悪かったのかは、まだこの時点では、判別がつかない。

神のみぞ知る――否。

管理者のみ知る、か。

「ま、英雄くんの動向について、私達の今後の指針についてはあとで考えるとして、まずはここでの調査結果を踏まえた上での、現状をとりまとめるわね。情報の更新、最新版ってことで、竝生ちゃんにとっては既に知っている事情もいくつか混じってるけど、ご静聴ください」

と、右左危博士は、切り替えるように手を打ってから、言った。

その様子からは、多少の疲れも感じる――まあ、外で立ちっぱなしだった氷上よりも、そう広くないとは言え、地下施設を一人で探索していた彼女のほうが、疲労は強いかもしれない。まして、その疲労が徒労だったかもしれないと言うのであれば、尚更だ。

「四国ゲームは絶対平和リーグが、地球を倒すための『究極魔法』を手に入れるために行った実験の、暴走の結果――ちなみにこの『究極魔法』の正体を示す資料はなかった。どういう効果のある魔法なのかは不定なのかもしれない。本来は瀬戸内海の島を舞台に行う予定だった四国ゲームの規模は、暴走の結果拡大し、四国全土がステージとなった――ゲームの基本スタイルは、収集系。四国に蔓延した八十八のルールを、すべて把握するのがクリア条件」

「八十八……」

ルールを収集することがクリア条件、というのは既に聞いていたが、具体的な数を、氷上はここで初めて聞いた――八十八。

星座の数でもあるが、四国で聞くと、やはり札所の数を思わせる――何か関連づけられているのだろうか？

いや、それよりも単純な数だ。

八十八――結構な数である。

四国ゲームが現在も継続している以上、そのルールをすべて集めた者はいないのだろうが、それも無理からぬ――プレイしているうちに、ルール違反を犯してしまえば、爆死のリスクが待っているのだから。

こうして未だ、氷上や右左危、手袋の身が無事であることを思えば、普通にしている分には、そうそうルールに抵触するものではないらしいが、ルールを探るとなると、当然、抵触するリスクを冒すことにはなるだろう……。

「………」

手袋は黙って、息を呑む。

彼女は当初、情報封鎖により、四国ゲームを地球が仕掛けた脱出ゲームと理解し、ルールの収集を、あくまでも四国から外に出るための手段として行っていたのだから、その薄氷渡りと言うか……、迂闊なプレイスタイルで生き残ってきた奇跡を、改めて噛みしめているのかもしれない。

実際、それは大したものなのだ。

四国ゲームの全体像を知らずに生き残っている魔法少女は、四国広しといえどもたった二人——地濃鑿と、手袋鵬喜だけなのだから。

地濃には杵槻鋼矢のサポートがあったことを思えば、手袋鵬喜の今日までの『生存』は、正に奇跡めいている、本来ありえない可能性と言ってもよかった。

だからこそ。

「八十八……のルールの、すべてではなくとも一部とか、ここに記録として残されてなかったんですか？」

「なかったわ。と言うより、ルールの設定はランダムで行われたようね。主催者側も管理者も、魔法少女製造課も、八十八のルールの全貌は把握していないと見える——その辺は、ブラックボックス、とでも言えばいいかしら？　四国ゲーム自体が儀式であり、ひとつの魔法のようなものだから……、未知なのよ」

「未知……ですか」

「『魔女』のことを思うと、ロストテクノロジーと言ったほうが正確なんだけれどね——求めている『究極魔法』にしたって、要するに、『魔女』の固有魔法をイメージしているんでしょうし。その辺は、箱を……ブラックボックスを開けてみないとわからないけれど」

ああ、もちろん『魔女』についての資料もなかったわ——と、右左危博士は付け加えた。何が『もちろん』なのかまではわからないけれど、確かにそれを聞くと氷上も、施設に残されていた資料・情報は、選別というか、取捨選択されているような印象を受けた。

部外者である右左危博士や氷上と言った地球撲滅軍に対して、公開可能な資料だけを残しておいたような——否。

こちら側に流したい情報だけを、新しく配置しておいたかのようでさえある——だとすれば、それは、何の目的で？

「…………」

氷上は静かに、手袋のほうを見る——そう。

この孤立した魔法少女を、手厚く保護するため——か？

黒衣の魔法少女『スタンバイ』を派遣したり、氷上達をサポートに送り込んだりしたのと同じように——魔法少女製造課課長酸ヶ湯原作が、こちらの、手袋と合流して以降の次なる動きを読んで、この施設の状況を整えておいた……とか？

可能性は……高い。

揃えられたヒントに意図があるとするなら——ただ、酸ヶ湯課長がどうしてそこまで手袋鵬喜を寵愛するのか、その点がどうしても氷上には得心しづらかった。四国で現在生き残っている、他の魔法少女は、そんなに頼りないものなのだろうか？

ゲームマスターとしての領分をはみ出した依怙贔屓は、四国ゲーム全体を歪めかねないと思うのだが——それともそれは、部外者の素人考えなのだろうか？

「ま、この辺までは私も、四国に来る前から、なんとなくわかっていたことではあったけれど——まったく新しい情報もあったわよ。現在、四国と外部とを遮断しているバリアー……のようなものがあって、それを張っているのも、やっぱり魔法少女なんだって」

「バリアー……衛星写真や監視カメラの映像を、実際のものと食い違わせている原因、ですか」

「そう。それはどうやら、それ自体では四国ゲームとは無関係みたい。絶対平和リーグがぎりぎりで発動させたセーフティーネット……じゃないわね、隠蔽工作ってところかしら。魔法少女『キャメルスピン』って子らしいんだけど」

「はあ――」

と、生返事をする氷上。

別にその魔法少女に限らないが、どうにも魔法少女のコードネームというのは、ピンと来ないものがある。

『焚き火』や『醜悪』のような、わかりやすさがない。

『ストローク』とか『コラーゲン』とか『パンプキン』とか『スタンバイ』とか……愛情が感じられないと言うか、適当につけられているようだ。ちゃんと聞けば、ちゃんとした由来もあるのかもしれないけれど……『キャメルスピン』？　スケートの技か何かだったか。

それも、ファンシーなデザインのコスチュームと同じく、魔法少女に威厳を持たせないための、意味のない適当なネーミングをしている、ということだと推察できるが――

「知ってる？　手袋ちゃん」

右左危博士の問いに、首を振る手袋。

聞いたこともない、というより、バリアーのこと自体、知らなかったという風である。

「そう――でしょうね。どうもこの子、どこのチームにも属していない魔法少女みたいだから」

「どこのチームにも属していないってことは、つまり、魔法少女『スタンバイ』とかと同じ、チーム『白夜』の一人って意味ですか？」

「いえ、チーム『白夜』でさえない……そして四国ゲームに参加もしていないみたい。特別扱いというか……、例外的な魔法少女みたいね。それもそのはず――この子、資料を読み解く限り、体制側みたいだから」

「体制側？」

「そう。チーム『白夜』の更に上――酸ヶ湯くんに次ぐか、同格くらい。究極魔法を得るための実験を行った、実行犯の一人と言ってもいいかもしれない――竝生ちゃんは酸ヶ湯くんをラスボスって言ったけれど、その肩書きが似合うのは、むしろこの子のほうかもね」

だって、と右左危博士は言う。

「もしも資料に嘘がなければ――魔法少女『キャメルスピン』は、絶対平和リーグが作り出した、最初の魔法少女なのだから」

6

最初の魔法少女。

と言われて、氷上はそれをどういう意味に受け止めたものか、迷う——プロトタイプという意味なら、それは大して重要視すべきではないようにも思うからだ。

その後、実験に実験を重ねて作り上げた最新型——たとえばここにいる手袋鵬喜——のほうが、魔法少女としては、よっぽど完成に近いということになる。

だが、その魔法少女『キャメルスピン』が、四国全土に影響を及ぼすような魔法の使い手で、外部のすべてを——世界中を欺いているのだとすると、軽視はできない。

魔法少女の開発が、魔女を目指してのものだとすれば、スタート地点であるその子は、魔女からもっとも遠い位置にいるはずなのだが……、いや、『その子』という表現が正しいのかどうかも、そうなると怪しい。

絶対平和リーグがいつから魔法少女の開発に、魔法の研究に取り組んでいたのかは氷上の立場からではわからないけれど、しかし、去年や一昨年ではないはずだ。

最初の魔法少女は、当時少女だったとしても、今は一体、何歳になるのだ……？

まさか氷上や右左危博士のような姿の『前例』が、既に絶対平和リーグにいたという話なのだろうか——だが、魔法少女とは、つまるところコスチュームとマルチステッキのことを指し、それを行使するのが誰かというのは、ある意味関係ないとも言える。

だとすれば最初の時点からは『中身』が代替わりしているかもしれない……けれど、右左危博士の言う『最初』のニュアンスは、そうではなかった。

あくまでも、それが大本。

そこからすべてが始まったというような――ラスボスなんてゲームめいた言いかたをするよりも、はっきりと元凶と言ったほうがいいようなニュアンスを感じた。

「そうね――今の四国は、その子が夢見た理想郷なんじゃないかって思うわ。いえ、ディストピアかしら。現状の四国異変、四国ゲームの厄介なところは、誰の思い通りにもなっていない、イレギュラーによる事態だから、とにかく『読み』にくいって点なんだけれど、それでもあえて、誰かの意志をそこに見るなら――魔法少女『キャメルスピン』の意志が、もっとも色濃く反映されている。……ただし、それもまた、一枚岩と言うわけではない――これは、私にとっても計算外なことだったし、こんな情報を流されてもちょっと困るって感じね。できれば知らずに済ませたかった」

「……好奇心の固まりみたいな左博士が、そんなことを仰いますか」

「いえ、これは歳かしらね。私も昔ほど、面白そうってだけの動機じゃ動けなくなってきたわ――もちろん、四国ゲームをクリアするにあたって、そのバリアーを考慮してプレイするのとしないのとでは、スタイルが大きく変わってくるでしょうけれど。さっき言った思想設計を読み解くだけでも、変わってくる――この資料をここに残した奴の、計らいはそんなところでしょ」

ありがたいことに、ご親切に教えてくれたってわけよ、と右左危博士は言う――嫌がらせを受けたみたいな口調だったが。

「……他にも複数、そういう、チームに所属しない魔法少女がいると考えるべきでしょうか？」

「そうね。最初から二人目の魔法少女とか、三人目の魔法少女とか――いても不思議じゃない。例外が一人だと考える理由は、今のところないわ。だけど、そんな例外があんまりたくさんいても、特殊性を損なうわよね――少なくとも、他の魔法少女の存在を裏付ける資料はなかったわ。……実験に関わる具体的な記録もね。なーんか、ぽっかり抜けてるって感じ」

「意志……と言いますか、示唆を感じるのは確かですね」

と、氷上はとりあえず、不穏な魔法少女『キャメルスピン』のことを置いて、そう頷く――四国全土に影響力を持つ、ある種四国ゲームに匹敵する魔法力を発揮している人物を、気にせずにいるのは難しいけれども、しかし今すぐ、どうこうできるような相手ではない。

ラスボスであろうと、元凶であろうと。

今の氷上達に手が出せる相手ではない。

現状、実際的にできる話は、次なる目的地だ——この絶対平和リーグ香川本部の探索は、無価値ではなかったものの、氷上にとっても右左危博士にとっても、不満の残るものだったとして。

「その辺りは、ご自身で探索をなさった左博士のほうが感覚的に理解されたと思いますが——その示唆は、これから私達に、どんなプレイを促していますか？」

「如何にも、四国の左側を目指せってところかしら。その先に更なる手がかりがあると、言わんばかり——地球撲滅軍が誇るひねくれ者としては、従いたくなくなるわ」

「………………」

地球撲滅軍もそんなことを誇ってはいないと思うが、氷上は黙って先を聞く。

「もっとも、このお膳立てをした奴が、それも読みに含めているかもしれないと思うと、もう身動きが取れなくなっちゃうわね——先に、あといくつか、判明したことがあるから、それを全部開示しておくわね」

そう言ってから右左危博士が羅列したのは、四国ゲームの、八十八のルールのうち、基礎的ないくつかだった。

それを押さえておけば、とりあえず『初見殺し』のような死にかたはないという、チュートリアルみたいなルールが、十個足らず。

なるほど、意志を感じる。

こんなところでゲームオーバーになってもらっては困るという意志を——何を考えている、酸ヶ湯原作は？

「……いや、念のための確認ですけれど、左博士、ここをお膳立てしたのって、酸ヶ湯さんでいいんですよね？　私達と、あの中学校で別れたあとに、私達の行動を読んで、ここをセッティングしたと考えて——」

「んー。微妙……」

当然、肯定してもらえると思っていただけに、否定するなら否定するできっぱりと否定すると思っていただけに、その玉虫色の返事は、リアクションに困るものだった。

「基本、そう思うんだけど……、むしろ流れを読むと、そうとしか考えられないんだけど、ただ、私が知っている酸ヶ湯くんらしくないって言うかね。こんな搦め手を使ってくるタイプじゃなかったんだけど——しばらく会わないうちに変わっちゃったってことかしらねえ」

搦め手しか使わないみたいな右左危博士が言うと、独特の説得力のある意見だったが、しかし第三者である氷上には、やっぱりその感覚は十全に伝わってこなかった。

そうとしか考えられないのだったら、そう考えてしまっていいように思うけれど

——

「そうね。酸ヶ湯くんが変わっちゃったんだとすれば、旧友としてはちょっぴり寂しいってだけかも。性格の悪い奴は、この世に私だけでいいって思いたいからねえ」

「すごいことを思いたいんですね……」

「その仮説に則って、一つ訂正しておくならば、すべてが計算ずくだったとすると、中学校で私達と会ったときには、もうここのセッティングは終わっていたんじゃないかしら」

「あそこで会ったのは偶然じゃない……ってことですか？　確かに出来過ぎという気はしましたが……」

「いえ、私が言いたいのは、酸ヶ湯くんはああいう偶然を待っていたんじゃないかということ——四国ゲームの開始以来、偶然の起こりをずっと待っていて、それがようやく昨日起こった……まあ、それにしたって、妙に用意周到なんだけれどさ。なーんか、奇妙な先見性って言うか。まるで」

まるで未来予知でもしているみたい、と。

ぼそっと右左危博士は呟いた——未来予知？

それも『魔法』——だろうか？

「あとは……、細々した情報がないでもないけど、些細なことばっかりね。あ、絶対平和リーグの上層部は、やっぱり壊滅状態にあるみたい。事実上、魔法少女製造課課長の酸ヶ湯くんがトップにあるみたいってのは、読み通りね」

「……となると、彼が何を企んでいるにしても、ゲーム後の展開を見据えると、あまり無下にはできませんね」

「そういうことね。彼が示している方向性を、完全に無視するわけにはいかない――政治的判断が必要って奴よ。ここを間違うと、後々計り知れないダメージになる――まあ、そのときには私や竝生ちゃんは、修羅場を退却しているはずだけれど」

「少し……、とっちらかっちゃった感がありますから、シンプルに選択肢だけで考えましょうか」

氷上は言う――右左危博士にとって、判断が難しいだけで、状況自体はそれほど複雑な状況ではないかもしれないが、自分や手袋には、少々ごちゃついて来た。

こうなると、ゲームでいうコマンド方式でまとめてみたくなる。

「今日、ここで一泊するのは確定として……、明日の朝以降の行動ですよね。①高知本部を目指す。②愛媛総本部を目指す。③その他……」

指折り数える――このうち、①と②が、ここに残されたヒントから、本来進むべき道となる。順当ではあるけれど、右左危博士としてはやや気持ちの悪い選択肢だと言う。

「かと言って、③を選ぶならば、それなりの根拠と言いますか、必然性が必要になるということですよね。あとで理由が説明できる程度には」

「うん。ま、必然性とまでは言わないわ。そうね、たとえば③Aの選択肢として、このまま瀬戸大橋を渡って外に出ちゃう、なんてのはありだと思う——私達が怖じ気づいて逃げちゃったってパターン」

「怖じ気づいて……逃げますか？　あなたが」

「考えられなくはないでしょ。窮地にあたって自分がどんな行動をとるかだなんて、私本人にだってわからないわよ」

「はあ……」

「ま、今のところ、この選択肢はないけどね——『悲恋』ちゃんと英雄くんのことがあるから。一例よ、これくらいの理由付けでいいっていう……というわけで、意見を募りたいわけ。選択肢③の、B案C案D案を」

　手袋ちゃん、どう？

　と、右左危博士は氷上ではなく、手袋のほうへと話を振った——こういうときは、価値観の凝り固まっている大人よりも子供の自由な発想を頼ったほうがいい、なんて、それこそ価値観の凝り固まった、典型的なことを考えたわけでもあるまいが。

　子供の発想が自由かと言えば決してそんなことはなく、大人よりもずっと、狭い世界に閉じ込められ、囚われているのだが——しかし、だからと言って自分の案があったわけでもない氷上は、右左危博士と揃って、手袋の答を待つ。

ひょっとすると右左危博士には、手袋ならば――という、年齢に関係のない読みがあるのかもしれないというほのかな期待を抱きつつ。

果たして手袋は、

「じゃ、じゃあ……折衷案なら、どうでしょうか。間を取るといいますか……」

と、提案した。

大人二人の視線を浴びながら提案しただけでも大したものだが（氷上は実のところ、手袋は考えた挙句、何の案も出せないのではないのかと思っていた）、しかし、氷上にはその意味がはかりかねた――妥協案？　間をとる？　つまり高知と愛媛の間を取るということだろうか――その中間地点に何かがあるのか？

「あ、いえ、そうじゃなくって……瀬戸大橋を渡って外に行くっていうのと、外に行かないっていうのの、間……です」

「……？　だから、それってどういう――」

「ああ、なるほど。妙案だわ」

まだ氷上の理解が及ばないうちに、右左危博士が膝を打った――いや、実際に打ったわけではないけれど、感心したようにそう受けた。

「確かにそれはアリ――だし、しかも相手の意表もつけるかも。いくつか、クリアしなくちゃいけない課題はあるけれど……、ふふ。さすがは、私の元旦那が評価した女の子ね。酸ヶ湯くんが贔屓するだけのことはある――のかしら？　手袋ちゃん」

値段を計るようなことを言っているけれど、一定以上に手袋の回答を評価する右左危博士――だから、その案がどんな案なのか、氷上にはまだ見当もつかないのだが。

出て行くと出て行かないの間？

四国から片足だけ踏み出すのか？

「じゃなくってさ、竝生ちゃん」

そこでようやく右左危博士が翻訳してくれた。

「手袋ちゃんが言っているのは――四国ゲームの舞台である四国からは脱出して、だけど本州には渡らずに、『間』つまり瀬戸内海にある島に着陸しようって言ってるのよ」

「し、島？　で、でも――」

確かに意表をつく案だ。

自分の中身をどれくらいひっくり返しても、そんな案は出て来ないだろう――ないパターンだ。折衷案という意味もわかった。

手袋からそんな案が出てきたのは、彼女がいわゆる地元民だからだろう――もちろん知識として、瀬戸内海には大小様々な島があることは知っているけれども、こういうときにさっと思いつくほどのなじみがない。

そういう意味で、右左危博士が手袋に話を振ったのは、結果的には正解とも言えるが——しかし、それはその案に、たとえ牽強付会であれ、必然性があればの話だ。

示されているルートからは外れられるかもしれないけれど、どうしてそんな行動をとったのかの説明は、ただ本州に渡るよりも難しいように思えるのだが？

「いいえ、必然性ならあるわ——しかも、こじつけじゃあない必然性。とびっきりの。これはたぶん、酸ヶ湯くんにしろ誰にしろ、相手のミスでしょ……ほら、さっき言ったの、覚えてない？　そもそも四国ゲームは、瀬戸内海の島を舞台に行う予定だったって」

「あ」

「つまり、本来の舞台であるその島の調査をする——という名目で、一度、四国ゲームから外れるというのは、立派な理由よ。実際、そこには何かがある公算が高いしね——『悲恋』ちゃんや英雄くんの目標からは、一時的に遠ざかる形にはなるけれど、言うほど後退するほどでもなく、かつ、クリアを目指してはいる——よくこんなこと考えついたわね、手袋ちゃん」

「い、いいえ、私、そこまで考えたわけじゃ……、思いつきを言ってみただけで……」

照れていると言うより、ただただ恐縮しているように、体を縮める手袋。どういうつもりで言ったにしても、お手柄には違いないのだが、それを誇らしく思っている様子はない。

「竝生ちゃんからの反論もないようだし……、決まりね。明日は四国ゲームの本来の実験場へ向かいましょう——どうなるかはわからないけれど、少なくとも一旦、最初の魔法少女が作るバリアーの外に出られるというだけでも、私はナイスアイディアって気がするわ」

7

その後も議論はあったが、結局、方針は変わらなかった——四国ゲームの原点を調査するという『急がば回れ』的な案は、この三人組の性格にも合っていた。

ただ、方針がそうと決まって不動だったならば、明日の朝からなんて悠長なことを言わずに、彼女達はさっさと出発すべきだった——夜の帳《とばり》に紛れて旅立つべきだった。

このような複数の人間が入り混じるゲーム的状況において、何がベストな選択肢なのかなんて、およそ決められたものではないけれど、結果論で言うならば、氷上がコマンドを①②③と刻む前に、今夜、ここにとどまるべきか否かを、まず議論すべきだったのだ。

議論していたところで、むろん、わかるはずもないのだが——絶対平和リーグ香川本部に、この夜、まさしく。

チーム『白夜』。

『火』『木』『風』『土』の固有魔法を行使する、黒衣の魔法少女が四方から迫っていることなど。


（第９話）

（終）

第10話 「『炎』VS.『風』『土』『火』! 空に到る戦い」

0

大抵のゲームは、参加人数を集めるまでが難しい。クリアよりもスタートが。

1

魔法少女『スペース』——虎杖浜《こじょうはま》なのか。
固有魔法『風』。
魔法少女『シャトル』——国際《くにぎわ》ハスミ。
固有魔法『水』。
魔法少女『スクラップ』——好藤《すいとう》覧《らん》。
固有魔法『土』。
魔法少女『スタンバイ』——誉田《ほんだ》統子《とうこ》。

固有魔法『木』。

魔法少女『スパート』――灯籠木《とうろぎ》四子《よんこ》。

固有魔法『火』。

以上、五名がチーム『白夜』のメンバーである――言うまでもなく彼女達は、絶対平和リーグの中でも特別な立場にある魔法少女で、四国ゲームに対して、参加者ではなく管理者として関わる、モルモットならぬ体制側の者達ではあるけれど、しかし、魔法少女である以前に人間であり、戸籍こそ消滅しているものの、生まれ持った本名があるという点においては、登澱證や杵槻鋼矢、手袋鵬喜や地濃鑿、あるいは忘野阻《わすれのはばみ》や忘野塞《ふさぎ》となんら変わらない。

人間としての名前を持たない、生まれついての魔法少女と言えば、唯一、現在四国と外世界を遮断するバリアーを張る魔法少女『キャメルスピン』だけなのだ――最初の魔法少女にして、人として生まれていない彼女しか。

とはいえ、彼女達チーム『白夜』もまた、本名で呼び合うことは滅多にない――お互いの本名を覚えているかどうか、知っているかどうかも怪しい。コードネームで呼び合うことが特別感を生むというのはあるだろうし、互いの『人間らしさ』を忘れるために、それは必要なことなのかもしれない――記号として戦うことを要求される彼女達には、記号としての名前が必要であり、本名なんて不必要なのだとも言える。

その意味では、記号としてのありかたをもっとも徹底しているのが彼女達チーム『白夜』であるとも言える——四国ゲームに、管理者側として参加していると言っても、死と隣り合わせ、爆死と抱き合わせの状況は、知ってか知らでか実験に参加する魔法少女達と何ら変わらないのだ。

実際魔法少女『シャトル』は、杵槻鋼矢に殺されている——その上でチーム『白夜』には、四国ゲームのクリア報酬である『究極魔法』を入手する権利がないのである。

権利を放棄している——それが管理者の条件。

ある種、ぞっとするほど無欲と言うか……、決死でありながら無私の姿勢で、四国を縦横無尽に駆け回っている彼女達。

『風』『水』『土』『木』『火』。

五つの自然を操る彼女達。

黒衣の魔法少女達。

現状における絶対平和リーグの最高傑作であり、地球に対する究極の切り札とも言える彼女達、チーム『白夜』の集結をかいくぐることが、氷上竝生、左右左危、手袋鵬喜の三人組が次なるステージへ移行するための絶対条件である——それは控えめに言って、不可能に限りなく近い条件であるように思われた。

2

交渉問題。

いわゆるゲーム理論のバリエーションだが――ここに百枚のコインがあったとする。人物Aと人物Bで、このコインをシェアするとして、人物Aは、分け前の割合を、自由に決めることができる――自分の取り分を何枚、相手の取り分を何枚と、好きに決めていい。ただし、その割合を、人物Bが承認する場合に限り、だ――もしも人物Bが、取り分が気に入らないとか何とかで百枚のコインの分けかたに不満を述べた場合、百枚のコインは第三者、たとえば人物Cに没収され、人物Aも人物Bも、コインを一枚も手に入れることができない。

そんなルール。

取り決め。

この場合、人物Aは人物Bに、どういう割合でのコインのシェアを申し出ればいいか――どれくらいの割合での分け合いを提案すれば、人物Bは、それを承認してくれる期待値が高いだろうか？

まあ、囚人のジレンマと比べれば、実際生活でも似たようなシチュエーションのありそうな思考実験ではある――なんとなく、五十枚五十枚で公平に分け合うのがベストなようにも思えるし、反故にされないよう、相手の取り分をやや多めにするほうが安全策にも思えるし、あるいは少々欲をかいてこちらをやや多めに、60：40や、70：30くらいの割合で申し出ても、人物Bは受けてくれるかもしれない――なんて、それこそ『交渉』の余地を探りたくもなるかもしれない。

さながら心理テストのように、解答者の人格が見えてしまいそうにも思えるこの問題には、しかし理論的な解答、つまり正答があって、意外に思われるかもしれないが、それは99：1で分けるという提案なのだ。

人物Aが九十九枚、人物Bが一枚。

こんな極端で、不公平な答でいい――なぜなら、こんな提案であっても、人物Bにとっては、メリットのある提案であることに違いはないからだ。この提案を放棄すれば、人物Bにはコインは一枚も手に入らない。最大利益を追求し、最高成果を追求する、人物Bにとっての論理的な解答は、人物Aの提案を、１００：０のとき以外は、すべて受ける――なのだ。

ならば人物Aも、人物B同様に最大利益と最高成果を追求し、容赦なく99：1と提案すべきなのである。

よって『交渉問題』の正答は、『人物Aは人物Bに対し、99：1のシェアを提案する』――なのだが、ただし『囚人のジレンマ』とは違った意味で、この正答はどうにも実際的ではない。

　ゲーム理論の理想論パターン。

　意外に思われるかもしれないどころか、論外にさえ思える——似たような状況があったとして、人物Bの立場に立ってみれば、そんな提案をされたなら、損を承知で申し出を蹴ってしまうのが人情というものではないだろうか？

　そこで軽んじられることは、短期的には利益になっても、長期的には損失となる——一度、その条件を退けておけば、今度似たようなシチュエーションを迎えたとき、有利な条件での『交渉』が可能になるかもしれない。

　なんて、そんな理屈もないでもないが、単純に取引自体が業腹であるというのが、まず先行するだろう。

　人は、時と場合によっては、自分が不当に損をすることよりも、他人が不当に得をすることのほうが、許せなかったりするものなのだ——いや、これは不当な時、不当な場合に、限らないことかもしれない。

　人として。

　自分の不幸には耐えられても、他人の幸福には耐えられないのも、人間の愛すべき一面である——『相手の気持ち』、プライドやコンプレックスを考慮すると、この

『交渉問題』の難易度は格段にアップする。

解答不能の難題となる。

50：50だって断られかねないし、逆にいっそ、1：99の申し出をしたところで、腹に一物あるんじゃないかと疑われれば、取引は成立しないだろう——人物Aと人物Bの人間関係、位置関係を問う問題へと変貌を遂げる。

誰が相手だったら50：50と申し出るか、誰が相手だったら99：1と、誰が相手だったら1：99と申し出るか、そんなことを考えてみるのも自分のコミュニケーション能力と向き合うようで一興だろう——さて、と言ったところで、地球撲滅軍不明室室長、左右左危博士である。

あとから彼女の、四国ゲームに対するかかわりかた——いうならプレイスタイル、そのプレイ記録を第三者が参照したとき、十月二十九日の夜における彼女の判断に対する評価は、まっぷたつに割れることだろう。

いや、まっぷたつではない——大半の識者は、それこそ99：1に、右左危博士は判断を誤ったと見るはずだ。

変に意地を張らずに、絶対平和リーグ香川本部で示唆されていた通りに、素直に高知か愛媛に向かっておけばよかったのではないかという意見が大勢を占めるはずだ——単純に利益のみを追求するならば、そうすべきだったのだ。

これに対する明確な返答を、彼女は持たない。

どうしてもと釈明が必要だと言うなら『なんとなく、誰かの思惑通りになるのが嫌』という、子供みたいな答を返すことになる――そしてそれを、右左危博士は間違っているとは思っていない。

悪い取引を持ちかけられたわけではない。

むしろ与えられるだけの情報を与えられ、至れり尽くせりのお膳立てだったと言ってもいい――『交渉問題』で言うならば、1：99とまでは言わないけれど、30：70くらいの取引をもちかけられたようなものだ。

受けておくべき、断る理由が見つからない、絶妙の提案である――ように思えてしまうのが、彼女にとっては気持ち悪かった。

本能的に拒絶したかった。

どちらかと言うまでもなく理論派で、シビアに確率の高いほう高いほうを選択するのが右左危博士の基本スタイルではあるけれど、しかし、感情をまったく無視できるほどに悟りを開いているわけではない――時には勘や直感に頼ることもある。

それで負けるときもある。

賭博師気取りの娘のように。

ただ、ここ一番のときには振り切って感情的になってしまうのもひとつの手だと右左危博士は思っている。

人間を相手にするときは、こちらも人間的でなければならない。

それゆえに、彼女は機械生命の開発に力を入れていたりもするのだが、それはまた別の話として――とは言え実際問題、選択に値するいい代案がなければ、そのまま相手の提案を呑んでいた公算が強い。

こちらに利のある提案をされておきながら、まるっきりそれを拒絶してしまうのは、やっぱり後々の関係を考えればうまくないからだ――20：80、30：70では足りないと、身の程も弁えず胴欲《どうよく》な姿勢を見せたなんて、既成事実を作られてしまってもたまらない。

なので、右左危博士にとっても氷上にとっても、ない発想だった手袋の『折衷案』は、降って湧いたような妙案だった。どう転ぶかわからないという意味では名案とまでは言い難いが、少なくとも誰かの意のままになっている現状という急場を凌ぐことだけは確実にできる。

だから右左危博士が手袋鵬喜を誉めたのは、決していつもの適当ではない――誉めると同時に、彼女に対する警戒度をまたしてもやや上げたことも事実だけれど。

まあ、『四国ゲーム』のそもそもの実験場に向かう』という戦略自体は、あのままばらく考え続けていれば、氷上からはともかく、右左危博士からは出てきていたかもしれないのだが――しかしこういうことは早い者勝ちだ。

あとから何を言っても、負け惜しみである。

ただものじゃあないと、言わざるを得ない――こんなことなら四国に来る前に、飢皿木診療所で手袋鵬喜のカルテでも読んでくればよかったと思う右左危博士だった。

もちろん、とっくに廃棄されているだろうが……、しかし、杵槻鋼矢や登澱證のほうばかりに気を取られ、手袋鵬喜のことをおろそかにしていたのは失敗だったと、認めざるを得ない。

と言うより、生存競争の激しい魔法少女の世界で、まだ生きているかどうかも怪しいと思っていた……。

進路を瀬戸内海の島に向けて取ったのは、少なくともその決め手になったのは、だから、その案が手袋から出てきたからというのはあったかもしれない――自分で思いついていれば、単に却下していた線もある。

験をかつぐ、ではないが。

ここまで四国を、四国ゲームを曲がりなりにも生き延びてきた彼女に乗っておくことにした――最後まで乗るには、いささかリスキーな泥船ではあるけれども。

……むろん、反則手ではないものの、ゲームに対して取るには奇策であることには違いがない。レーシングゲームで、コースの外を走ってショートカットしようとするようなものだ――うまい手ではないし、うまくいっても、よっぽど鮮やかに決めない限りは、反感を買うことは間違いのない手法だし、ならば右左危博士としては、ここは鮮やかに決める必要があった。

それ以前に、課題も多い。

絶対平和リーグ香川本部に残されていた手がかりの示唆から大きく外れるルートなのだから、当然のことながら、そもそもの実験を行う予定だった瀬戸内の島というのが、どこの島のことを指すのかは、現状、不明なのだ。

まずは島の特定から始めなければならない――それが山積みの課題の一合目である。

「事前の調査によれば、四国ゲーム……四国における異変の影響力は、四国島本島から外には及んでいません。つまり、瀬戸内の島々には、このような異変は起きていないということです――もちろん、橋で繋がっていたり、フェリーが行き来していたりしますので、まったくの無関係とは参りませんが。それに、いつどんな影響が及ぶかわからない、地域的には『四国』に含まれる島々ですからね――既に住民の避難は完了しているはずです。無人島という意味では、今やどの島も、現状の四国と変わりありません」

と、昨夜、氷上は言っていた。

「どのくらいの規模で、絶対平和リーグがそもそもの実験を行うつもりだったのかにもよりますが——数百の島が瀬戸内にはありますからね。そのうちひとつを特定するのは、至難の業かと思われますが……」

確かに至難だった。

というより、はっきり言って、特定は事実上不可能である——情報があまりにも足りな過ぎる。極秘で行われるはずだったであろうその実験に対する情報封鎖は、何もこの場に限ったことではないだろう——事実、四国で起こる異変を、その実験の失敗を、右左危博士は、あるとき以降、常時、四国に向けてアンテナを張っていたにもかかわらず、つかめなかった。

が。

特定は無理でも推定はできる。

極秘であるということは、極秘にしうる場所だったということだ——自分ならばどうするか、他人ならば何ができないか、四国ゲームには何が必要か、何が優先され、何がないがしろにされるか、利便性は、交通経路は。

考える。

推理する。

突き詰めていけば、数百を数十に絞り込める——数十を数個にまで絞り込めれば、あとは総当たりで構わない。

施設の性格を考えればあって当然ではあるのだが、地下施設の書庫に地図があったのが幸いした——もちろん、そんな推定にしたって、簡単なことではなく。

総当たり可能な数まで、候補の島を絞り込むのに、結局、翌日の昼近くまでかかった——この作業に関しては手袋はもちろん、氷上にも手伝いようがなかったので、未明から始めて昼前に終わったというのは、むしろ予想よりもだいぶん早く終わったくらいである。

さて、ぎりぎりまで寝かせている二人を起こしに行こう——と、自分はほとんど寝ていないのに仮眠を取ろうともせず、即座に行動に移ろうとする右左危博士。

眠ければ飛びながら寝ればいいとさえ思っている——そんな鳥みたいな真似をしようとさえ思っている。

思ったよりは時間がかからなかったとは言え、それでも時間をかけてしまったことは事実である——巻き返したい。

奇策を取ることにしたがゆえの課題というのが、まさしくそこだったからだ——もしもお膳立てされていた通りに高知、愛媛に向かうのであれば、昨夜中とは言わないまでも、今日の早朝には、出立できていたのだ。

にもかかわらず、正午近くまで、彼女達はこの瀬戸大橋近くの灯台にとどまることになった――そのリスクを、右左危博士が認識していなかったわけではない。

むしろ強く認識していた。

だからこそ、実験島の推定を終えて、直後に、ろくに食事も摂らずに出発しようという段取りを組んだのだが――しかしながら。

しかしながら、一歩。

あるいは一手、遅かった。

一人こもって、数時間作業をしていた会議室の片づけを終え、外に出ようとしたそのとき――二人を起こしにいこうとしたそのとき、

「……あんた、何？」

と。

扉が向こうから開いて――部屋に、黒衣の魔法少女が入ってきた。

3

今回、地球撲滅軍からやってきた彼女達の不運を数えれば、きりがない――右左危博士個人をとってみても、開発中だった『愛娘』を強引に稼働させられそうな運びとなったところから始まり、部下からクーデターを起こされたり、その末に『愛娘』の

暴走を止められなかったり、もう一度同じことがあったとしてもとてもじゃないが対処できないであろう巡り合わせが数限りなくあった——氷上にしてみれば、そんな右左危博士に呼び出されたことがことの発端、不幸の始まりではあるのだが、専横極まる右左危博士だって、決して思い通りになって今に至っているわけでもない。

不運を数えれば、きりがない。

が、しかし——数えるに足りないほど、幸運がなかったというわけではない。それは不幸中の幸いかもしれないけれど、たとえば、四国に到着してそうそう、『恋風号』に乗る杵槻鋼矢とニアミスしたことは、策や知略でどうにかなるようなものではない、ハッピーな出来事だった。

それには及ばない、ささやかな具合ではあるけれども、チーム『白夜』を複数、相手取ることになるという、四国ゲームをプレイする上では最大限に困難な、常識では考えられないこの状況下においても、果たして誰の幸運なのか、救いがまったくなかったわけでもなかった。

その代表的なひとつが、このとき、会議室のドアを開けたのが、チーム『白夜』に属する黒衣の魔法少女の中でも、『スペース』だったことである——『風使い』の魔法少女、『スペース』。

徳島県の空で、地球撲滅軍の英雄と遭遇している黒衣の魔法少女であり、そう考えると、ほとほと地球撲滅軍と縁のある魔法少女だったが、しかしこの幸運は、チーム『白夜』の構造上、一種の予定調和でもあった。

避けられない必然。

そもそもチームとは言うものの、四県に分布する季節名のグループとは違って、彼女達の場合、一枚岩で活動していない――それぞれがそれぞれの競争相手であったり、ライバルであったりする、個人活動を主体としており、チームどころか、ペアで活動することだって滅多にない。

エリートゆえのワンオフ意識が強く、つまりここで、五人揃って香川本部に現れるということはなかったのだ――五人揃おうにも、そもそもこの日の時点で、一名、魔法少女『シャトル』が、欠けているのだが。

そうは言っても、ここで現状の残る四名全員が、同時に現れたのなら、さしもの右左危博士でも『詰み』だった。

その場合、彼女達が一枚岩ではない、意見や立場の異なる四人であることが、切り抜ける一番の障害になっただろう。

そして現れたのが『風使い』の『スペース』以外でも、切り抜ける難易度は格段に違ったはずで――ただ、こうして彼女が灯台に『一番乗り』したことも、予定調和と言えば予定調和であり、ハッピーではあっても、単純にラッキーではなく、起こるべくして起こったことだ。

既に故人である『水使い』の『シャトル』については考えるまでもなく——、現状、香川本部への集合がかかったとは言え、チーム『白夜』のメンバー、それぞれの所在地はばらけていて、灯台到着までにかかる時間はまちまちである。

たとえば、山を動かすような形で右左危博士達を狙った黒衣の魔法少女『スタンバイ』は、香川に向かう前に、四国の左側で行われている春秋戦争の終結を、見届けなければならなかった——さすがにその仕事を投げ出して香川に向かうわけにはいかなかった。

ゆえに現状、まだ高知県の龍河洞《りゅうがどう》あたりから彼女は動けていない——そのポジショニング自体は、右左危博士達には知る由もないことだったが、つまり事実上、黒衣の魔法少女『スタンバイ』との二度目のバトルという出目に関しては、彼女達は考えなくてもいい。

さすがにこの灯台から遠過ぎる。

彼女がここに到着する頃には、右左危博士達はまったく違う位置にいるか——それとも、既に敗北したあとか、だ。敗北の仕方にはバリエーションがあるだろうが。

『スタンバイ』に比べれば、他のチーム『白夜』のメンバーはフットワークが軽い状況にあり、そこだけ取り上げれば『土使い』の黒衣の魔法少女『スクラップ』や、

『火使い』の黒衣の魔法少女『スパート』が、灯台への一番乗りを果たしていても不思議ではなかった――別段、『スペース』が、香川本部に対して一番近いポジションにいたというわけではないのだから。

一番近いポジションにいたのが誰かと言えば、実は『スパート』だったのだが――しかしチーム『白夜』のリーダーである彼女は、性格的にあまり『急ぐ』ということをしない。わざとのんびりこそしなかったものの、そんなに飛ばして、灯台へ向かわなかった。

二番目に近い位置からスタートしたのが、この招集をメンバーに言って回った黒衣の魔法少女『スクラップ』で、この件に関して言えば、彼女は任務に対して、忠実だったし、誠実だった――にもかかわらず、『スタンバイ』を含めて考えても一番遠い位置にいた黒衣の魔法少女『スペース』が、誰よりも先行して到着できた理由は、言わずもがな、彼女が『風使い』だからである。

『風』を利用し、『風』を読み。

誰よりも速く飛行できるからである。

今更重ねて言うまでもなく魔法少女は全員、空を飛ぶことができるけれど、その中でも最速なのが、飛行魔法に固有魔法を重ね合わせられる彼女なのだ――与えられた固有魔法のショボさゆえに、『飛行を磨く』という選択を見せた魔法少女『パンプキン』でも、無風状態ならばともかく、十全に風のある状態での飛行では、『スペース』とは勝負にはならなかった。

だから。

当たり前なのだ、ここで会議室の扉を開けたのが——左右左危と対面した黒衣の魔法少女が、他の誰でもなく、『風使い』の彼女、『スペース』であったことは。

「……あんた、何？」

という、直截的な質問を投げかけてきたのが、『スペース』であったことに——もちろん、『スペース』も灯台内部に入るにあたり、入り口の鍵が焼き切られていたり、地下施設への扉が溶けていたり、何らかの異変を予感してはいたのだろうが、それにしたって、魔法少女のコスチュームを着た、三十代の女性というキャラクターの登場までを、予期してはいなかったことが、『誰？』ではない『何？』という質問に、よく表れていた——それを見逃す右左危博士ではない。

見据えて、分析する。

右左危博士にしてみれば、完全に想定外の状況での、しかも氷上の『炎血』『氷血』の助けを期待できない一人ぼっちの状況での、黒衣の魔法少女との遭遇だったが、そこですべてを投げ出したりはしない。

投げやりにはならない。

戦えないなら戦えないなりの戦いかたがある――勝機があるなら、それを逃さない。逃さないというか、この場合は逃げ道を探すことになるのだけれど――意表をつかれた遭遇であることが、お互い様であることが、こちらにとっての救いであることに間違いがあるはずもなかった。

決してこの灯台がトラップであり、誘い込まれた右左危博士達を捕らえるためにやってきた刺客というわけではない偶然の、不幸な出会いであるならば――

「……なんだと思うかしら？　ふふ」

と、右左危博士は不敵に笑ってみせた。

大声をあげて、氷上を呼ぶという選択も思いつかないでもなかったけれど、それをやった場合、彼女が駆けつけてくるまで、生きていられる自信がなかった――まだ黒衣の魔法少女を、個別に認識できる段階にはない右左危博士だが（存在は四国上陸以前から知っていても、近くで見たことは一度もない）、仮に最悪のケースとして、目の前の少女が一度戦った『木使い』だったとすれば、あの破壊力を至近距離で数秒だって逃れられるはずもない。

もっとも、『スタンバイ』ではない可能性が高い、という計算は立っていた――単純に手袋から聞いた特徴と違うというのは、その理由ではない。口で語る人相なんて、当てになったものじゃない――そうじゃなくて、あのとき、問答無用で攻撃してきた『スタンバイ』のスタンスと、何はともあれまずは質問してきた目の前の少女のスタンスに、ズレを感じたからだ。

同一人物とは思えない。

まあ、同じ黒衣である以上、同レベルの固有魔法が使えるはずと考えるべきなので、助けを呼べない、呼ぶべきでないというのは、相手が誰だって同じことなのだが……。

「当ててみなさいよ、チーム『白夜』」

こちらの持っている情報を露骨に臭わせてみせる——だから実際には現状、目の前の少女を『見抜いて』いるのは、その属性くらいなのだが、これで勝手に相手が深読みしてくれたなら、めっけものである。

「当ててみなさいよと言われても……今のところ、ただの変質者にしか見えないんだけれど……ねえ？」

探るように言いながら、黒衣の魔法少女『スペース』は『スペース』で、不敵な笑みを浮かべる——不敵で、この場には不適な笑み。

混乱し、逆上して攻撃してくるタイプではないらしい（話を聞く限り、手袋鵬喜はこのタイプだ）——彼女が話し合いのできる穏健派だとすれば、それは素晴らしいことだった。

右左危博士がそう思ったように、『スペース』が穏健派……というか、チーム『白夜』の中では比較的、話の通じる相手であったことが、この場合の幸運ではあった——けれど、穏健であるという性格上の問題だけで、『スペース』はこのとき、右左危博士を攻撃しなかったわけではない。

彼女の立場は、性格を凌駕する。

性格上よりも、立場上のほうが大切だ——つまり、それでも固有魔法を、ここできなり使わなかった理由が他にもあった。

それは彼女が『風使い』で、ここが室内ということだ——室内であろうと、空気がある以上『風』は起こせるけれど、やはり屋外ほどの効果は発揮できない。

もしも彼女のチームメイトに『火使い』がいなければ、焼き切られた錠などから不審を、もっと強く感じ取って、他の『白夜』メンバーが来るまで室内には入らないというような選択もできただろうが——最大のパフォーマンスを発揮できない状況で、いつも通りの行動を取るには慎重であるべき、というのが『スペース』の考えかただった。

この考えかたに、救われた。

むろん、この考えかたが間違っているということではない——これで彼女は、何も損をしたわけではない。ただ、状況が右左危博士に利したというだけだ。

しかし奇妙な巡り合わせ——いや、歯車のかみ合わなさを、このとき、『スペース』が感じていなかったわけではないのだ。

なぜならつい最近、これと似たような経験を、『スペース』はしたところだったからである——同じように室内で、場合によっては攻撃すべき対象と出会ったのだ。

そう、その対象は——その魔法少女は。

「……魔法少女『パンプキン』のコスチュームよね、それ。ぱつぱつで、わかりづらくなってるけど、たぶん」

「あら、あなた、あの子のこと、知ってるの——それは何より」

何が何よりなのかはともかく、答えながら右左危博士は、一旦立った椅子に座り直した。精神的な余裕を見せるための振る舞いだった——もしも、いざバトルとなったならば、立っていようと座っていようと、右左危博士にとっては大して変わらない。

もちろん、悪い意味で。

ならばより大きな態度を取ることは、失敗しようと恥ずかしいだけなので、別にやって損になるわけもない——できることは全部やる。

「私、『パンプキン』ちゃんの友達でさ——それで、お洋服を貸してもらったってわけ」

「真面目に答える気はない、と……ふうん。一人……なわけがないと思うけど……、部外者、よね……？」

　こちらの反応を窺いながら、『スペース』は言う――乱暴なタイプでなかったのは助かったが、その分聡そうなタイプであることは、右左危博士にとってはマイナス要因だった。

　友達だからコスチュームを貸してもらったというふざけた答も、そこまであっさり切り捨てられるものでもないはずなのだが……、ひょっとして杵槻鋼矢がコスチュームを捨てた理由に、この子が噛んでいたりするのだろうか？

　さすがにそこまでは読み切れない……、しかしこうなると、魔法少女『パンプキン』のことについては、あまり余計なことは言わない方がいいのかもしれない。

「…………」

　しばし勘案するように黙り、それから魔法少女『スペース』は、一旦背後を窺った――誰も来ていないことを確認したようだ。

　右左危博士から見れば、それは氷上や手袋と言った、自分にとっての援軍が来るかどうかを、彼女は警戒したのだと思ったが――事実はそうではなく、『スペース』は、自分の仲間……、チーム『白夜』の、黒衣の魔法少女達が来るかどうかを確認したのだった。

　援軍――を、待ったわけでは、しかもない。

どちらかと言えば、彼女は来ていないことを望んでいたので、仲間が来ないかどうかを確認したとも言える。

そして、期待通りにまだ誰も、『スタンバイ』も『スクラップ』も『スパート』も来ていないことを認めた後に、

「……もしも、これからする質問に、とぼけずに正直に答えてくれるなら、見逃してあげてもいいわ、おねーさん――先に正直言わせてもらうと、あなたが何者で、どういう経緯でここにいるのかなんて、知りたくもないわ」

と言った。

「……へえ？」

右左危博士にとっては想定外の提案である。どんな風な口八丁で、つまりは嘘をついてここを逃れようかを考えていた彼女にとっては、その道を封じに来られたという印象だったが。

引っかけか、単なる話術か、しかし……。

しかし目の前の少女が、どうにも現状に、『億劫さ』みたいなものを感じているのは、その様子からは観察された。

わかりやすく言うと、『見なかったことにしたい』と言いたげな……。

「このままここでにらみ合いを続けていると、あと三人、私みたいな奴がここに集ま

ってくるわよ……、だけどそいつらは私と違って、あんたを見逃してくれたりはしないでしょうね。これは断言できる……だからのらりくらりとかわしてないで、さっさと決めたほうがいいわよ、おねーさん。私の質問に答えるか、それとも、このままっと益のない問答を続けるか」

「……ここで、約束の保証を求めるのは、ばかばかしいでしょうねえ」

と、とりあえずは即決即断を避けながら、相手が『バトル』を選択に入れていないことの意味を考える——戦いをできれば避けたいというニュアンスを感じた。

この交渉問題はどう解いたものだろう？

質問に答えるだけで見逃してくれるという、表面だけを見れば、ほとんど0：100くらいまで譲ってもらえているように見え、反発心をさておいても、直感的に受け入れにくい提案ではあるが——相手側にもそう提案せざるをえない事情があるのだとすれば、単純な0：100とも言えなくなる。

たとえをかぶせるならば、百枚のコインを渡されるものの、コインの全体枚数がわからないような状況だ——コインは全部で百五十枚かも、二百枚かも、千枚かもしれない。

強気な交渉に出るなら、このピンチをチャンスと見、より多くを求め、更なる譲歩を相手から求めるという手もないではないのだが——

「まあ……こんなおばさんをおねーさんと呼んでくれた敬老精神を評価して、好意に甘えて逃がしてもらっちゃおうかしら」

右左危博士はそう言った。

そんなことを言っても氷上は絶対に信じないだろうけれども、共に行動する仲間がいる状況では、そこまで強気に出られないと判断したのだ——これはこれで、シビアな判断なのだが、確かに信憑性が薄い。

正直に答えるという条件に、どこまで応じられるかは未知数ではあったけれど、そんな内心まで公開するほど、お人好しでもない。

「おねーさん、あの女装少年の関係者？」

「…………」

知り合いに女装少年はいない。

だけれどももちろん、そこは地球撲滅軍が誇る頭脳の持ち主、左右左危である——一瞬で繋がった。

かの英雄少年が、どこの誰のものかはともかく、魔法少女のコスチュームを奪い、それを着用して四国ゲームをプレイ中であること——しかも言いかたからして、まだ存命のようである。

なるほど、年齢に合わないファッションセンスを披露している自分に対して、動揺しつつも一定の理性を保って対話を続けているのは、そういう『前例』を知っているからか——そこから連想し、その関係者と見て取ったのかどうかはわからないが。

まあチーム『白夜』が四国ゲームの管理者側なら、絶対平和リーグの関係者全員というのは不可能でも、魔法少女製造課や、現在四国ゲームに参加している者の顔くらいは把握していそうなものだ——コスチュームがたとえ魔法少女『パンプキン』のものでなくとも、右左危博士を部外者と見て取るのは、当然でもある。部外者同士を繋げて考えるのも、また当然……。

面白いので女装云々は氷上には黙っておこうと考えてから、

「そうね、彼の関係者よ——私達は彼を迎えに来たの」

正直に答えられる質問でよかった、と、思いつつ、右左危博士はそう言った。いちいち、自分の推理を確認したりはしない——時間の無駄だ。

「そう……わかった。わかったわ。じゃ、行っていいわよ。この部屋で一分だけ目を閉じていてあげるから、出て行って頂戴。逆だるまさんが転んだって感じね」

「あら。質問って、ひとつだけ？」

「ええ」

頷いて、右左危博士の、テーブルを挟んだ対面に座る『スペース』。そして本当に目を閉じる——まあ、目を閉じても、彼女は『風』を感じることができるのだが。

テーブルの上を片づけていたせいでこの部屋で彼女と遭遇してしまったのだが、こうなると、地図やら資料やらを、いちいち几帳面に片づけておいてよかった。

この先の目的地を知られずに済む。

氷上に焼却処分を依頼していたのがふいになるが、結果オーライと言うべきか。

「わかっていたことを、わざわざ確認したって感じだけれど……ただ逃がしはしなかったっていう実績がほしかったわけ？　あとから来るお仲間に説明できるだけの」

「そんなところよ」

誤魔化しもせずに『スペース』は言う。

「正直、あの女装少年に会って以来、当方は大変でね――これ以上のトラブルは御免なのよ。迎えに来たっていうなら、さっさと連れて帰ってくれないかしら」

「……そう。こっちでも色々やらかしてるのね、彼ってば」

たぶん、連れて帰ってくれというのは本気のお願いだろうな、と思いながら右左危博士は、相手の気が変わらないうちにと、開け放されていた扉から廊下に出る。

この扉は忘れずに閉じなければならない。

正直に答えつつも、言いかたで右左危博士は、自分の同行者のうち一名が絶対平和リーグ所属の魔法少女『ストローク』であることを隠したが――それを知ってなお、この黒衣の魔法少女が右左危博士達を見逃してくれるかどうかはわからない。

ドアを閉めて、廊下を通るときに彼女の顔を見られないようにしないと——

「……交渉に応じてくれて嬉しいわ」

と、去ろうとする右左危博士に、目を閉じたままで黒衣の魔法少女『スペース』は言った。

「私にとってのトラブルの連鎖は、あの女装少年に提案を蹴られたところから始まっているからね——ねえ、彼っていつもああなの？　頑なで、私の提案なんて、頭っから聞く気がないって感じだったんだけど」

「……どういう状況での交渉だったのかはわからないけれど、決して頭が固い頑固者ってわけじゃないわよ」

右左危博士は答える。

彼ならば1：99の交渉でも、反発心なく受け入れるかもしれないと考えながら——ちなみに、それがどういう状況だったのかと言えば、地上から遥か上空数百メートル、提案を蹴れば殺されかねないという状況だった。

そんな状況で、女装少年は、決して悪くない提案を蹴ったのである。

「そう……いや、それがずっと不思議だったんだけど。じゃあ、初対面のつもりだったけれども、案外、どこかで恨みでも買っていたかな——単純に嫌われてたのかも」

「嫌うなんて感情が、彼にあるとは思わないけどね——もしもそうだとしたら、あなたはよっぽどのことをしたんでしょう。教えられる機会があるかどうかはわからないけど、一応、訊いておいてあげるわよ。あなた、名前は？」

「チーム『白夜』の魔法少女『スペース』。『風使い』の『スペース』よ。あなたの名前は——訊かないでおくわ」

「そう」

訊かれたら、ここは交渉の範囲外と見て、偽の名前と肩書きを名乗るつもりだっただけに、うまくかわされたと思ったけれど、右左危博士はそれを顔には出さず、

「じゃ、縁があったらまた」

と、扉を閉めた。

閉めた扉の向こうから、「ないことを祈っているわ」という返事があった——正直に言うと、それは右左危博士の側も、同じ気持ちだった。

4

軽く見ていたところはあった。

決してなめていたわけではないし、魔法という未知のパワー自体を、警戒していたつもりだったけれど、しかし、コスチュームを着てステッキを持てば誰でも使えると

いうシンプルな性格上、それを着用する魔法少女自体を、どうしても二の次の警戒対象にしてしまっていたところが、右左危博士をしてもあった。

黒衣の魔法少女『スタンバイ』の山を動かす攻撃を食らっても、その魔法の規模には息を呑んだが、しかし逆に言えば、そんな魔法を使っても、たった二人の部外者を殺せなかったという意味で、魔法少女の『少女』の部分を、左右左危は軽く見ていたところはあった。

彼女達はあくまでも、一様に実験台であり。

絶対平和リーグにとっての消耗品なのだと。

魔法を重くとらえ、少女を軽く見ていた——それは杵槻鋼矢や登澱證に対してもそうだったが、その考えは切り替わった。

手袋鵬喜に対する評価も、更に変えなければならないと思った——それくらい、黒衣の魔法少女『スペース』との出会いは、そしてダイアローグは衝撃的だった。

子供に対する見方が変わってしまいそうだった——まあ、これまでだってロクな評価をしていたわけではないけれども、より偏見に満ちてしまいそうである。

英雄少年が彼女を疲れさせていてくれたことが、私にとっての一番のハッピーだったかもしれないと、助けにきたはずの彼に助けられたみたいなことを思いながら、左右左危は仮眠室の二人をそっと起こして、即座に灯台の外へと連れ出した。

二人はわけがわからないという風だったけれど、右左危博士は施設内での説明は避けた——『スペース』が言っていた、灯台に黒衣の魔法少女が他にも集まりつつあるというのがはったりでなかったのなら、ことは一秒一刻を争う。

あの様子だと、『スペース』は口を閉ざしてくれるわけでもなさそうなので、追っ手がかかるかもしれない——となると、灯台から出るだけでなく、できるだけ遠くにも離れておきたい。

氷上と手袋の二人は、右左危博士が何を急いでいるのかわからないままに、しかし非常事態であることは察し、彼女を問いつめることなく、従った——流されやすい性格の二人だったことが、この場合は吉と出たわけだ。

流されやすい二人でなければ、そもそもここにはいないのだが——ともかく、三人は絶対平和リーグ香川本部を、このようにして離脱した。

と言っても、空は飛ばなかった。

黒衣の魔法少女が続々、集まろうとしている場所で飛行するのは危険過ぎるからだ——実際、既に一度、飛行中を襲われるという経験を、彼女達はしている。

よって、コスチュームの高機能を思えばまさかの、徒歩での山間移動となった——昨夜、想定していたのとはまったく異なる出発だったし、前線を引いたとは言え、日頃からトレーニングジムに通っている氷上はともかく、肉体を鍛えていない少女の手袋や、インドア派の右左危博士には、かなりきつめの道程だった。

が、目くらましという点においては、山の中を移動するというのはとりあえず、悪くない——黒衣の魔法少女『スタンバイ』の固有魔法『木』のことが、山中では当然ながら気になるが、しかし見つかったらおしまいなのは、山の中を歩いていようと空の上を飛んでいようと同じだと、右左危博士は腹をくくった。

……当然ながら後日、魔法少女『スペース』は、自分が遭遇した謎の『おねーさん』が、地球撲滅軍不明室の室長だったことを知るのだが、それを聞いても、

「じゃ、何はともあれ、あのときは逃がしといてよかったわね」

と、己の判断を後悔しなかった——地球撲滅軍と絶対平和リーグの後々の関係を考えれば、そのクラスの人間を殺すのはまずい、むしろ恩を売っておくべきという政治的な判断ももちろんあったけれど、そんな相手と衝突せずに済ませることができたのは、彼女にとっても同じなのだ。

強者同士は戦わない。

強者は生きるために弱者を食べ、弱者は生きるために強者に向かう——これもまたゲーム理論の一種みたいなものではあるが、左右左危と『スペース』は、それを地でいく二人だった。

もっとも。

厳密にはこれは、強者は強者と戦いたがらないという意味であって、戦わざるを得ない状況だって生じないわけではなく――彼女と彼女の間に、今後の四国ゲームで、それがないという保証はまったくなかった。

が、とにもかくにも右左危博士一行は――一味というべきか――チーム『白夜』のひとり、黒衣の魔法少女『スペース』との遭遇を、かろうじて乗り切ったのである。

この時点でもまだ、黒衣の魔法少女『スタンバイ』は、高知県龍河洞から離れられないでいるので、彼女とのバッティングは、やはり考えなくてもいい――ゆえに、あと二人。

黒衣の魔法少女『スクラップ』と『スパート』をかいくぐらなければ、右左危博士達は、次の目的地へ向かうことはできない――どころか、命さえも危ない。

『スペース』のような穏健派が珍しいというのは、本人の言う通りだろう――問答無用で攻撃してくる『スタンバイ』のやりかたが、スタンダードだと思われる。

右左危博士が受けた印象としては、黒衣の魔法少女は同じ実験台と言っても、基本的には『誰でもいい』と思われている魔法少女と違って、本人の資質で選ばれている――今度、誰かと遭遇したなら、それをかわすのは難しい。

だから、無理を押しての地上路だった。

派手な衣装も、こうなるといっそ脱いでしまいたいくらいだったけれど、しかしながらいざというときの防御力や移動力のことを考えると、それはできなかった。

瀬戸大橋からだいぶん離れた辺りで、右左危博士は歩くペースをようやく落とし、

「んじゃ、手短かに説明するけど——今結構ピンチだから」

と、氷上と手袋に、現状をかいつまんで述べた。口調がいつも通りなので、そんなに重さを帯びなかったが、それを聞いて氷上は、

「よ……よく生き延びられましたね、私達」

と、当時寝ていた自分を恥じるように言った——そのピンチを乗り切った右左危博士に感心しつつも、それを素直に表したくないという心情が見え隠れする。

事情は違えど、同じように一度、黒衣の魔法少女との遭遇を体験している手袋は、そのときとの事情の違いを計りかねるのか、反応に困っている——絶対平和リーグに属する彼女にとっては、黒衣の魔法少女は決して敵ではないのだから。

ただし、あのときの黒衣の魔法少女『スタンバイ』の、完全にこちらを見下した態度は、彼女にとっても思い出して気分のいいものではなく——あれを味方と思うのにも無理があった。

生き残るためには——絶滅を避けるためには。

できる限り避けたい生物種だった。

もちろん、手袋にだけはいざというとき、『投降』という選択肢があることは、氷

上も右左危博士も認識していて——ともすれば、そんな彼女を取引材料にすることも可能かもしれないと把握しつつも、二人はそれを口にしなかった。

その辺りの加減は難しい。

加えて言うならば、氷上と右左危博士の間でさえ、厳密にはそこまでの意志の統一はなされていないのだから——

「まだ生き延びちゃあいないわ。あと何人か……、黒衣の魔法少女を乗り越えなきゃいけない。このまま山の中を移動していれば、見つからないとは思うけれど……、欲を言えばこの辺りで足を止めて、地上からその姿を捉えたいところね」

「欲を言うのはやめましょうよ……そういうことなら、もっと離れたほうがいいと思います」

遭遇した際には、矢面に立って戦うことになる氷上の意見は慎重だった——それに反対する気持ちは、むろん、右左危博士にもない。

少なくとも、『死にたくない』というごく当たり前な一点においては、この三人の意見は完全に一致しているのだ——当たり前のことのようでいて、実はこの程度のことですら、意見が一致しないチームはある。

自殺志願としか思えないような勝負に仲間をつきあわせる者も、世界には多数いる——地球撲滅軍にも絶対平和リーグにもいて、だからこんな現状を迎えている。

「あの……ひ、左さん。島は……特定できたんでしょうか」

と、そこで手袋が訊いた。

ここで訊くのは、やや的を外しているというか、場違いな質問でさえあったが、しかしそれどころではないと思いつつも、言われてみれば氷上にも気になることではあった。

「ああ、うん——私が考える条件に合う島を、十個くらいまで絞り込んだわ。近いところから順番に巡ろうと思ってたんだけれど……海からは、むしろ離れる方向に来ちゃってるわね」

そんな手柄話はさっと終わらせて、右左危博士は今々のことを考える。

今日、最初に遭遇した黒衣の魔法少女があの『スペース』だったことは幸運だった——だが、そんな幸運が連鎖するとは思いにくい。

むしろ確率の揺り返しがありそうと言うか、今後は逆の目が続きそうでもあるけれど——この考えかたは、ギャンブラーの考えかたтака。

彼女の娘が気取っていたような——

「じゃあ、このままひたすら逃げるって線は継続するとして、それでも一応……、念のため、いざというときの対策はしておきましょうか。竝生ちゃんの『炎血』は頼れるとしても、とにかく黒衣の魔法少女達の固有魔法はスケールが大きいようだから

——手袋ちゃん」

と、右左危博士は少女に向いた。

「マルチステッキ——『ナッシングバット』だっけ？　準備しておいてもらえるかしら」

5

左右左危は優れた頭脳の持ち主ではあるが、その頭脳は一度に複数のことを考えるのが苦手なタイプの頭脳だった。

そのあたりが彼女が、自分を天才と認めない理由かもしれないけれど、なので、このように、逃げつつも、遭遇したときの案を考えるというようなことをするのは、実は結構珍しい。

思い通りに行くときは、だからこれ以上なくハマるのだが、外したときは目もあてられないというのが、左右左危の生きかた、戦いかただった——そういう意味では危機管理が苦手とも言える右左危博士の、しかしこのリスクの分散は、結果として効を奏した。

このとき、彼女はギャンブラーである娘を思いだしたから——と、感傷的になるには、しかし無理がある。

そもそも彼女の娘だって地球撲滅軍の超大穴、英雄少年にオールインした挙句、その命を落としてしまったのだから。

要するに、ここで逃げるのみに専心せず、山中で戦闘になった際のシミュレーションをしながらの徒歩行軍になったのは、右左危博士のただの気まぐれ、あるいは強敵と出会ってしまったから生じたブレの産物だったのだけれど――しかし、だからと言ってその用心が役に立つ局面が訪れたことを単純に喜ぶことは、右左危博士はもちろん、氷上にも手袋にもできなかった。

できるわけがない。

当たり前だ、黒衣の魔法少女とは、遭遇しないほうがいいに決まっているのだから――発見されないに越したことはなかったし、念のための用心なんて、役に立たないのが一番よかったのだから。

だが、避けることはほとんど不可能に近かった――黒衣の魔法少女『スクラップ』から身を隠すことは、地上を歩いていた彼女達には極めて難しかった。

地上。

即ち『土』の上を歩いている彼女達には。

「…………！」

ぬっと。

そのとき、手が――突き出てきた。

地面から、である――彼女達の歩む、道なき道を遮るように、地中から少女の手が、腕が現れたのだ。

さながらゾンビでも蘇ったかのような光景に、三人全員が息を呑んだ――悲鳴を上げなかったのが不思議なくらいだ。

地上を歩いていれば、空を飛ぶよりも安全――なのは間違いなかったが、しかしそれも相手によりけりである。

たとえば、土の中から這い出てくるような魔法少女を相手にするならば――当然、地面を歩くべきではなかった。

響く足音に気付き、わざわざ地上に様子を見に来るような相手だったなら、尚更である。

「ん……んん？」

土にまみれながら、やがて全身、ずずずと地中から現れた彼女、チーム『白夜』所属の黒衣の魔法少女『スクラップ』は、一瞬、自分の目を疑ったようだった。

『スペース』にとって最速の移動が、『風』に乗っての空中移動だとするなら、『スクラップ』にとっての最速の移動は、地中を『土』の魔法で移動することだった――これは彼女にとって、空を飛ぶよりも速い。

空に障害物がないとは言っても、しかし空気抵抗の問題は残る——その抵抗をなくせるのが『スペース』なのだが、しかし、『スクラップ』にとっては、『土』が障害にならないのだから、当然と言えば当然である——隠密性の高さもまた、説明するまでもない。

だが、響いてきた足音から、相手の正体が見えるほどに、細やかに『土』を使えるわけでもない彼女は、地上に出てくる以前に、相手の正体を看破していたわけでもなく、せいぜい、三人組が山中を歩いている——くらいの前提しか持たずに、氷上達を見た。

結果——混乱する。

魔法少女のコスチュームを着た大人二名と、他一名……、あまりにも正体がわからな過ぎる。かろうじて、コスチュームの判別はできる——魔法少女『パンプキン』のそれと、魔法少女『ストローク』のそれ。

唯一、二人の陰に隠れるように立っている他一名のコスチュームは、まだよく見えないが……、彼女は、通常の魔法少女？

いや、通常でない魔法少女がいることのほうがおかしいのだ——

「くっ……なんぞね、おまんら！」

叫び——雄叫び。

魔法少女『スクラップ』はマルチステッキを抜き、前方の『敵』に向けた——既に『土』の魔法は発動している。

ここで右左危博士は、やはり先程の黒衣の魔法少女『スペース』は、特殊だったことを知る——と言うより、これが当たり前の反応だと思う。

混乱し、逆上し、攻撃する。

対話なく、問答無用でぶちかます。

殺す相手と話をしない——戦士の基本だ。

前面に手袋を歩かせていればこの展開ではなかったかもしれないけれど、しかし作戦上、これはやむを得なかった——彼女はたまたま、『スクラップ』から見えない位置にいたのではなく、氷上と右左危博士で挟むようにして、大人の体で二人がかりで周囲から更に、見えにくくしていたのである。

その姿というより。

そのコスチュームを隠すために。

魔法少女『コラーゲン』——『写し取り』の魔法を隠すために。

「マルチステッキ『ナッシングバット』……！」

「！」

気付く。弱々しいその消えるような声に。

気付いたときには、既に『スクラップ』は、山を動かしている——『木使い』の『スタンバイ』の場合は、厳密には山に自生する木々を一挙大量に操作していたのだが、『スクラップ』の場合は、本当に山そのものを本当に動かす。木々をむしろ飲み込んで、大袈裟でなく、大地を極端に歪めている——周辺の山々を一気にここに寄せ集めて、『スクラップ』は『敵』を、数億年後に発掘される化石にしてしまうつもりだった。

それくらい、少女にとって、氷上と右左危博士の姿は、衝撃的な絵面だったのだとも言えるが——だが、そこまでの大規模、『スクラップ』にとってのほぼ最大規模の魔法を使おうとしたことで、タイムラグが生じた。

魔法少女『コラーゲン』の固有魔法『写し取り』を、発動させるに足るタイムラグが——しかし、それがどうした！

凡百の魔法少女だったら——魔法少女は百人もいないが——ここで相手の持ち出した切り札に怯んでしまったかもしれないが、しかし『スクラップ』は、黒衣の魔法少女である。

魔女により近い位置にいる魔法少女。

選ばれたという自負がある——手袋鵬喜の中では折れてしまった信念があり、この固有魔法を、自分以上に使いこなせる者がいるわけがないと確信している。

たとえ『写し取り』で魔法を真似られようと——相手が同様に『土』を操ろうと、その『土』ごと飲み込んでしまう自信があった。

ゆえに怯むどころか、より思いを込めて、より意気込んで、彼女は『土』を、『山』を、『大地』を引き寄せた——実際、彼女の読みは、その一点においては正しかった。

『写し取り』の魔法を、己の固有魔法として使っていた魔法少女『コラーゲン』本人ならばまだしも、手袋はこのときが、この固有魔法を実践する最初である——同じ魔法であれ、同じように使えるわけもない。

否、『ビーム砲』の魔法でさえ、使いこなしていたとは言えない彼女なのだから、ここで『スクラップ』の『土』を使ったところで、哀れ操りきれなかったおしよせる大量の土砂に、埋められていただろう。

誰よりもこの『土』の固有魔法を使いこなせるのが自分であり、たとえ相手が『写し取』ってきてもノープロブレムだとする『スクラップ』の自負は、判断は、だから正しい——とても正しい、しかしながら。

それを『それがどうした！』と喝破できるのは、相手が『写し取』った魔法が、あくまでも彼女の魔法だった場合である——そうではなかった場合、彼女の自信は空回りする。

すぐには、何が起こったのかわからなかった。

鮮やかな手品でも見せられた気分だった――しかし、見せられたのは手品ではなく、魔法だと、遅蒔《おそま》きながら気付く。

今にも土砂に飲み込まれそうだった三人の姿が、『ぱっ』と消えたのだ――正に飲み込まれたのかとも思ったが、手応え（土応え？）はなかった。

あったのは空振り感だ。

取り逃がしたと悟った――真上だ。

前後左右から迫り来る大地から、逃走できる経路があるとすれば唯一そこにしかなく――だが、いくら魔法少女が空を飛べるとは言っても、瞬間芸さながらの、あんな超スピードでの脱出ができるものなのか？

それこそ……。

「それこそ、『風使い』の『スペース』のようがじゃね……」

だが、彼女の飛行速度は、あくまでも『風』の魔法があってこそだ――空気のブーストを受けて、『スペース』はあの超スピードを実現している。

ならばあの魔法少女は――チーム『サマー』の魔法少女『ストローク』だったか？――『スペース』の『風』を『写し取』って、周りの二人を連れて逃げたのか――いや、『写し取り』の魔法が、他者の魔法を写し取るのには、距離や時間の制限があったはずだ。

この場に『スペース』がいない以上、『風』の魔法を使えるわけがない……ならばいったい、どうして？

どうしてうちは——連中を取り逃がした？

「…………」

黒衣の魔法少女『スクラップ』は、答を見つけられないままに空を見上げたが——もうどこにも、三人の姿を見つけることができなかった。

当然だろう。

あの土砂を逃れえるスピードで飛行できるならば、もう見える範囲にいるはずがない——魔法少女として平均的な速度でしか飛行できない『スクラップ』には、彼女達を追う手段がない。

つまり左右左危、氷上竝生、手袋鵬喜のスリーマンセルは、接敵した二人目の黒衣の魔法少女『スクラップ』を、見事にかわしてみせたのだった——今、『スクラップ』の手元に残っているのは、寄せ集めた周辺の大地を、元に戻せるかどうかという課題だけだった。

細かい作業は苦手である。

6

自分がどうして敵――と言うか、不審者三名（うち二名は変質者）を取り逃がしてしまったのか、とうとうわからなかった黒衣の魔法少女『スクラップ』ではあったが、しかし彼女は惜しいところまで行っていた。

特に、『風使い』であるチームメイト、『スペース』を連想したのは本当に悪くなかった――実際、左右左危も、まさしく彼女から、その着想を得ていたのだから。

そもそも右左危博士は、ラッキーとかハッピーとか、そういう確率的なものをあまり信じていない――というより、引きみたいなものがこの世に法則としてあるなら、自分はその引きが相当弱いほうだと考えている。

だから、数いる黒衣の魔法少女の中で、地下施設で会ったのが『スペース』だったことを、単純な幸運としては受け取っていない。

見様によっては、自分の身に舞い降りた幸運を素直に受け取れないひねくれ者ということになるのだが、ともかく彼女は分析した――あの灯台に黒衣の魔法少女が続々集結するというのであれば、どうして一番乗りが、他でもない穏健派の『スペース』だったのか。

もちろん、いろんな要因があって、一概には言えないし、理由をひとつに決めつけるのは逆に危険でさえあるけれど——最後に名乗ったとき、彼女が『風使い』だと言っていたことを、要因から外す必要は、別にないだろう。

『風使い』。

であるがゆえに、風をブーストに飛行してきたから、彼女はいち早く灯台に到着したのではないか——右左危博士はそう推理した。

魔法に魔法を重ねる。

それが可能であることを、右左危博士はそこで認識した——迂闊というなら『スペース』が迂闊だったということになるのだろうけれども、しかし彼女にしてみれば、自分が『風使い』であることも、風を利用して飛行していることも、既に地球撲滅軍の英雄、女装少年にバレてしまっているのだから、彼の関係者であることを表明した右左危博士に隠す意味はなかった。

それが結果としてチームメイトである『土使い』の足を引っ張ったとしても、そんなのは『風使い』の知ったことではなかった。

ただ、絶対的有利な地表で対象を逃した『スクラップ』を間抜けだったと思うだけだ——自分が、自分のステージである空において、対象を逃がしたのと同じくらいには。

それに、あくまでも『風使い』の『スペース』は、右左危博士に着想を与えたに過ぎない――たとえ真似ようとしても、『風使い』以外には、同じことはできない。マルチステッキ『ナッシングバット』が『風』を『写し取』っていない以上、あの窮地からの脱出・飛行には、別のブーストを用意しなければならなかった。それも、時間・場所の制限なく、用意できるブーストを。

果たしてあのとき、手袋鵬喜――魔法少女『ストローク』が写し取った魔法が何かと言えば、それは本来、写し取るまでもない魔法だった。

飛行――である。

魔法少女ならば誰でも使える、基本技能・基本性能――それを彼女は『写し取』った。

要するに自分自身が使う魔法を、倍加したのである――重ね掛け。そんな手袋に、氷上と右左危博士はしがみついた。むろん、自分達も最高速度での飛行を心掛けるが――しかし、手袋鵬喜は、その倍の速度で飛ぶ。

倍の魔法で、倍の速度で。

通常魔法『飛行』と固有魔法『飛行』で舞い上がる――全力で飛びつつ、全力でしがみついていなければ、氷上も右左危博士も、振り落とされてしまいかねなかった。

苦境からの脱出案としてはこれ以上なく、大地に飲み込まれる化石化からは辛くも逃れたものの、失敗していた絶対的な可能性もそれなりに高い案ではあって、そういう意味ではやはり、使わずに済むのならそれ以上はない奇策だった――それに、成功したところで、決してノーダメージではない。

ノーダメージでは済まない。

黒衣の魔法少女『スクラップ』の目と手の届かない場所まで、一息に飛翔し、移動したのはよかったものの……、

「手袋ちゃん……大丈夫？　左博士……」

と。

氷上竝生は、朦朧とする意識の中かろうじて訊いたが、返事はなかった――今更落胆するまでもない、それは半ば予想していたことだった、だって二人はもう、自力で飛行していないのだから。

氷上がそれぞれの肩に背負っているような状況だ――ぐったりして、死んでいるんじゃないかとさえ思える。

密着しているゆえに、ダイレクトに彼女達の心臓の鼓動を感じるから、生きていることはわかるのだが――少なくとも健康優良なバイタルにあるとは思えない。

それは氷上自身も同じだった。

気を抜いたら失神してしまいそうだ――飛行をまったくコントロールできず、あち

こちふらふらした挙句に、現在、なんとかホバリング状態を保っている。

せめて、このまま、ゆっくりと地面に降りていければ……と、思うものの、それもまたままならない――ブースト飛行の影響で、手袋の気絶からだいぶん降下したとは言え、まだ、雲をいくつか越えている位置だ。

今、氷上が意識を失えば、三人とも命はない――命はないどころか、この高さから落下すれば、体の一片も残るまい。

「くっそう……いっつもこういう役回りだなあ、私……」

言葉遣いの乱れを、直す気にもなれない――しかしまあ、自分だけでも意識が残って、よしとすべきだろう。

あんな急加速・急発進に、訓練を受けていない人間の体が、脳が、耐えられるわけがないのだから――ついでに滅茶苦茶な高度にまで飛翔したことによる低酸素低気圧の、高山病にまでかかってしまったかもしれない。

あのままあそこにとどまっていたほうが、ひょっとしたらマシだったんじゃないかというような、潰滅的な大ダメージだ――かつて戦闘訓練を受け、かつ肉体改造を施されている氷上だからこそ、なんとかこうして、朧気ながら意識を保っていられるのだった。

「いや……まあ……、あのまま山に呑まれていたよりは、それでもいくらかマシなのか……なんとか三人とも、生き残れたことには違いはないんだし……」

命あっての物種だものね、と力なく呟き、氷上は右左危博士と手袋を背負い直す――コスチュームの効果ゆえか、重さは感じないのだが、それでも人間大の大きさのものを、片方は子供とは言え、二つも抱えるのは生半ではなかった。

バランスが取りづらい――ただでさえ、三半規管の機能がまったく回復していないというのに。右左危博士のほうは落としてしまおうかと、全然思わなかったと言えば嘘になるけれど、もちろん実行はしない――その自制心だけでも、自分を偉いと誉めてあげたくなる。

ただ、氷上は気丈に、自分を誉めるのではなく励ますように、

「……これで、黒衣の魔法少女が他にいたとしても、全員振り切ったでしょう……いったい今、どこにいるのか……どこの上空を浮遊しているのかはわからないけれど……、着地したら、休む……それで予定通りのコースに戻れる……」

と、今後のスケジュールを確認した――ああでも、ひょっとしたら、今、真下に地面がない可能性もあるのか。

真下は海という可能性。

かすんでよく見えないけれど、太平洋まで飛んでしまったかも……その場合はどうすればいいのだろう？

弱っているからか、氷上はそんな不安に駆られたが、さすがにこれは取り越し苦労の杞憂だった——事実を言えば、彼女達は今現在、香川県を脱し、愛媛県と高知県の県境あたりの遥か上空を浮遊しているのだった。要するに、四国の真ん中くらいを飛んでいる——海に落下する心配は、まったくない位置である。

ただ。

別の心配はあった——し、その心配は現状、現実のものとなりつつあった。

地上を歩いていて、黒衣の魔法少女と遭遇したパターンの脱出方法はうまくハマった——彼女達は見事に、黒衣の魔法少女『スクラップ』から逃げ切った。

から、逃げ切った。

しかしそもそも、彼女達が地上を歩いていた理由が、『身を隠すため』だったのだ——山林から飛び出し、遮蔽物なき空へと舞った彼女達は、当然ながら、衆目に晒されることになる。

失礼、衆目と言えるほどの目の数は、今の四国にはないのだけれど——しかし、たとえたった一対であろうとも、超スピードによる飛行を終えた彼女達をとらえる目があれば。

そしてその目が、黒衣の魔法少女のものであったならば——未だ氷上達は、危機のまっただ中にいるのだった。

「とにかく、意識を……クリアに……保つ……保つことっ……、はっ……はあ、はあ、はあ、はあ、はあ――はああっ!?」

期せずして、氷上の意識はクリアになった――それもそのはずである、いやむしろ、自分は気を失い、夢でも見ているのかと思った。

先程まで、空を飛んでいたはずなのに――今。

今、彼女達は海の中にいた。

海に落下するまでもなく、火の海の中に。

7

チーム『白夜』のリーダー、黒衣の魔法少女『スパート』の性格は、そのコードネームに反して、非常に働きたがらない突き詰めた怠け者と表現すれば、それでほとんど足る――だから場合によっては、『スペース』が右左危達を見逃したように、彼女もまた、右左危達を見逃していた可能性もあったかもしれない。

しかし、そんなぐうたらで穀潰《ごくつぶ》しな彼女が、チーム『白夜』のリーダーの大役を任されているのは、決して絶対平和リーグから、身の丈に合わない過大評価を受けているからではない。

ことチーム『白夜』に関する限りは、絶対平和リーグ、そして魔法少女製造課は、選出判断を誤らない。

ここぞというときを外さないから。

彼女はリーダーなのである。

機を見るに敏であり——また火を見るに敏なのがチーム『白夜』のリーダー、『火』の魔法少女『スパート』なのである。

そしてやるとなれば徹底的だ。

消し炭も残さない。

『スクラップ』がしたような、あるいは先日、『スタンバイ』がしたような、大規模ではあっても、大雑把なやりかたはしない——より大規模に、しかし隙間なく。

炎を天に昇らせる。

そのまっただ中にあった氷上にはわかるはずもなかったが、そのとき、四国の中央全体が——四国のおよそ六分の一の土地面積が燃え盛った。

たとえ飛行の魔法を二つ重ねても——『風使い』の『スペース』でさえも逃げきれないであろう範囲で、黒衣の魔法少女『スパート』は、炎を突き上げたのだ。

その炎は、当然のことながら四国を包むバリアーを突き破り、世界中から観測されることになり、外界に『大騒ぎ』を与えることになるので、そういう意味では彼女はここで、あまりに徹底的にやり過ぎたとも言える——が、それはとりあえず、まだ先の話であり。

ましてや渦中にいて、火中にある氷上からしてみれば、知るかと悪態をつきたくなるような話でしかなかった。

八方隙間なく火に囲まれた彼女が、それでも背負った二人と共に、消し炭になることなく生きていられるのは、魔法少女のコスチュームが持つ防御力のお陰——などではもちろんなく、彼女の内部に流れる『炎血』のお陰である。

それがなければ、コスチュームごと、この世から消滅していただろう——もっとも今使っているのは、否、朦朧としている中、反射的に使っていたのは、『炎血』ではなく『氷血』だった。

強制的に自分の周辺を急速冷却し、焼死を避けたのだが——しかし、こんなもの、あと数分も、否、一分も持たない。

ショックで意識は、たぶん一時的に回復したけれども、しかしこれはどんなはっきりした意識で考えても、打つ手がない。

スケールが違い過ぎる。

たぶん、『木使い』や『風使い』、『土使い』がいたのと同じように、『火使い』の魔法少女がいたのだろうことは想像に難くないけれど、しかし、これで、同じ『火』を使う者同士なのだから勝負になるはず、なんて言われても、氷上はそれによし来たとは返せない。

むしろ馬鹿じゃないのかと言い返したくなる——こんな大火事、『炎血』に制限を設けていなかった、弟だって起こせない。

これを仮に、科学と魔法との夢の対決だったとするならば、ジャッジの必要なく、魔法に対する科学の完全敗北だった。

『炎血』は、『火』の魔法に敵わない。

氷上にはこんな炎を制御することなどできないし、しかしだからと言って、この火の海からの脱出も無理だ。

氷上には把握できないほどの広範囲で行われている、この『焼き討ち』——一分やそこらで、包囲網の外にまで出られっこない。

ならば唯一ある光明は、ここにとどまり、余計な消耗を避けながら耐え続け、この炎の柱が収まるのを待つ——炎の柱が燃え尽きるのを待つという案だが、しかし氷上は既に知っている。

魔法のエネルギーが無尽蔵であることを、身をもって知っている——だから待つとすれば、相手が『もう十分だろう』と思うまでだ。

思い起こせば、一度はその手で、『木使い』から逃れた氷上である——だが、こんな徹底的な焼き討ちを強行する魔法少女、黒衣の魔法少女が、果たしてやめ時を見誤るだろうか？

「…………っ」

いや。

それ以前の問題だ。

木に襲われるのと、火に襲われるのとでは、意味が違う——火は、ただ氷上達を包囲するだけではない。

酸素を消費するのだ。

当然、同様に酸素を消費する——しなければならない氷上にとっては、これはそれ以前の問題どころか、大問題だった。

『氷血』で一分程度ならば炎を避けることができても、こんな大炎の中にいれば、それにも達せず、窒息死する。

普通の火事でも、焼死よりは窒息死のほうが圧倒的に多いと言うが——まさしくその現象が、氷上を襲おうとしていた。

クリアになった意識が、再び朦朧となる——酸欠だ。

「くっ……あっ……ううっ……」

意識を失った瞬間、氷上は飛行不能となり、落下する——同時に『氷血』の効果も切れるので、炎に焼かれ、地表にまで落ちることはないだろうが、影も形も残らないという意味では、結果として同じ——こうなれば。

こうなればもう、破れかぶれになるしかなかった——いちかばちかに賭けるどころか、捨て鉢になるしかなかった。

無駄とわかっている抵抗をするしかなかった——意外なことに、クールビューティーと呼ばれ、またそれを気取る彼女には、ここで潔く諦めて死ぬなんて考えは微塵もなかった。

全部出し切って。

空っぽになって死ぬ。

そう決意した。

右左危博士や手袋には、そんな往生際に付き合わせてしまって悪いが——それが彼女、氷上竝生の生き様だった。

生き様であり、死に際だった。

「うあ……ああ！　ファイヤー・ボール・アース！」

『炎血』を。

身体中の体液を振り絞って、からからになるまで引き絞って、氷上は炎球を己の真下——巨大なる炎柱の出所へと放った。
まるで、地球ごと焼き尽くさんばかりに。

8

もしもの話。

これも結局、所詮はもしもの話でしかないが——もしも氷上が、ここで一秒でも長く自分が生き延びるために、自分だけでも助かるために、左右左危や手袋鵬喜を、投げ捨てるようなタイプのキャラクターだったならば、その目論見はきっと叶い、彼女は確かに一秒、長く生き続けただろう。

そしてそれだけだっただろう。

いつか左右左危が言っていたように、自分がどういう人間かなんて、そのときになってみなければわからないものだ——氷上竝生はどうやら、どんな窮地にあっても、それがどんなにつくき仇敵であろうとも、あるいは一昨日知り合ったばかりの少女であろうとも、肩に背負った弱っている者を切り捨てられないキャラクターだったらしい。

自分に恨みを持つであろう氷上に対して、しかし大した警戒もせずに背を向けて飛行していた右左危博士の行動は、ならば結局、正しかったということになる——そしてそれが、彼女を一秒から先も、生き延びさせる結果になった。

氷上竝生。

コードネーム『焚き火』の放った火の玉は、四国の六分の一を覆う巨大な炎の柱を——一瞬で焼き払った。

炎を炎で焼き払った。

使ったこともない彼女の全力が。

そして死力が。

あるいは地球撲滅軍不明室の科学力が、魔法の炎を凌駕したのだ——と言えば、物語としては美しいのだが、しかし事実には反する。

事実は、

「マルチステッキ『ナッシングバット』……」

と。

氷上同様に、突如炎に包まれた際のショックで、徐々に意識が覚醒しつつあった手袋が、ぎりぎり、間に合ったのだ——要は彼女は、彼女達は、二人がかりの物量で、黒衣の魔法少女『スパート』の炎を焼き払ったのである。

防ぐには、同じく黒衣の魔法少女『シャトル』の水しかないと言われていた『スパート』の炎の柱を、黒衣でない魔法少女、手袋鵬喜の助けが、押し潰したのだ。チーム『サマー』所属の仲間殺し、魔法少女殺しの魔法少女——魔法少女『コラーゲン』の固有魔法『写し取り』。

で、『写し取』った、『スパート』の炎を、氷上の渾身の火球に重ね合わせた——これが単純に、魔法少女『ストローク』対黒衣の魔法少女『スパート』という勝負だったならば、慣れの問題、資質の問題、才能の問題で、後者の圧勝だっただろう。

下から迫り来る炎を、多少ならば弱めることはできたかもしれないけれど、それは同時に、数秒後に迫り来る窒息をより早く招く結果になっていたかもしれない——だが、『魔法』プラス『科学』だったなら。

その足し算は、かろうじて黒衣の魔法少女『スパート』の炎の総量を超えた——二対一という人数に任せて、氷上達は四国の中心部に発生した大火事を消火せしめたのだった。

言うならただの力業で、エモーショナルな要素はまったく皆無なのだけれど、しかし唯一、この数の勝利からロマンを感じ取る者がいて、手袋から見てそれが反対側の肩にいる右左危博士だった。

なぜならこれは、四国ゲーム史上初めて実現した、科学と魔法の夢のコラボレーションだったからだ——科学者として、それに感動しないわけがなかった。

ただし今の彼女はそれどころではなく、霞む意識で、それをかすかに捉えたに過ぎないのだけれど——今まで不可能と思われていた科学と魔法の重ね合わせの成功を、この間近で、専門家である彼女が目撃したことは、当然ながら、四国ゲームの今後を左右することになる。

今後はさておき、今は今の話だけをすると、炎で炎を焼き払っても、それはあくまでもこの瞬間だけのことに過ぎなかった——魔法のエネルギーは無尽蔵。

黒衣の魔法少女『スパート』は、この後、二の矢三の矢ならぬ、二の火三の火を続けて放つこともできた。簡単だ、手にしていたマッチをこすれば、それが火種となる。

土や水、木とは違って、マッチ一本火事の元——だ。

もちろん彼女は、マッチ売りの少女ではなく魔法少女である。

その場合、氷上が『炎血』をほぼ使い切って、空っぽになってしまっている以上、『写し取り』にまだ不慣れな手袋が一人で対応することになってしまい、恐らくは『スパート』が押し切るというリザルトを迎えただろう——が、彼女はそうしなかった。

「向こうがエネルギー切れなら……こっちは時間切れだねえ」

安全圏から遠隔操作で、あれだけの炎を操っていた彼女は、しかし、あっさりとここで退却を決意した——やるべきときにやるべきことを徹底的にやる魔法少女『スパート』は、やるべき『時』が過ぎてしまえば、もうただのやる気のない女の子に戻っていた。

「ま、あの『スタンバイ』が仕留め損なったらしい奴らを、私が仕留められなくとも、別に恥じゃあないしね〜」

もう気持ちは、集合場所である香川県瀬戸大橋のたもとの灯台へと向いていた——ただし、そんなことをいいながら、その目はまだ、ゆっくりとふらふら降下していく、氷上達を向いていた。

その目には。

らしからぬ炎が宿っていた。

「覚えといてやるよ——だから、覚えとけよ」

9

黒衣の魔法少女『スパート』が、追撃をせずに撤退した理由はシンプルである——高火力高威力の炎の柱を、あの規模で発生させれば、当然ながら、四国のどこからだって観察できる光源となる。

そんな異常な現象が起これば、何があったのかと興味を引かれて寄ってくる者がいても、それは当然だ——土台、火事に野次馬は付き物だ。

だからそういう野次馬が現れる前に勝負を一撃で、瞬間焼却でつけなければならなかったのだ——だからそれが叶わなかった時点で、『スパート』はあっさり諦めて、退却したのである。

最後まで抵抗を示した氷上とは、対照的な冷め具合だった——結局、氷上竝生と黒衣の魔法少女『スパート』のファーストコンタクトは、水入りでの引き分けで物別れとなり、決着は先送りされることになった。

とは言え、たとえ怠け者の『スパート』でなくとも、ここでの退却は、黒衣の魔法少女であれば、至極当然でもあった——四国ゲームの管理者である彼女達は、基本的には、プレイヤーの行動に関与できないのだから。

焼け野原に近付いていく『一、一団』が魔法少女の集団であることが見て取れた以上は、もうあそこに炎を起こすわけにはいかない。

幸運だったのは、氷上や右左危博士の場合と違って、その『一団』が、遠目には、そう違和感もなく見えたことだろう——面倒臭がりな『スパート』が、他の黒衣の魔法少女と違って、個々のコスチュームを区別して覚えていないことも、この場合は救いだったかもしれない。

ともあれ魔法少女『スパート』は、因縁を残しつつも、その場から去っていった——それは即ち、氷上達からすれば、危機がようやく去っていったということでもあった。

「か……はっ……」

しかしすべてを出し切った氷上は、もうほとんど、惰性で動いているようなものだった——焼け野原の中心。

四国に新たに出現した平野の中心に、ようやく着陸した彼女は、ようやく二人を肩から下ろした——それで終わってしまいそうだった。

文字通りに肩の荷を下ろしたところで、氷上は地面に突っ伏した。

もう『炎血』も『氷血』も使えない——どころか、二度と立ち上がれそうにない。

どうやら追撃はないようだが……、追撃されるまでもなく、氷上はこのまま、ゲームオーバーを迎えることになりそうだ。

死んだら……私の死体も、ルール違反のかどで爆発するのかな……だとすれば、もうひと頑張りして、二人のそばから離れないと……巻き添えにしてしまう。

最後の最後に、そんなお人好しなことを考えてしまう自分に、心底失笑したときに——私の人生は滅茶苦茶だったけれど、でも私は多少は、いい奴だったらしいと滑稽に思ったときに、『とんっ』と、音が聞こえた。

『とんっ』『とんっ』――と、連続して、音が。

着地音が聞こえた――地面に接していたから気付かざるを得なかった。『土使い』の魔法少女が、足音で氷上達を把握したように――誰かが、誰かが、誰か達が、ここに来たことに。

黒衣の魔法少女か。

そう思った――ならば絶体絶命だ。

手袋一人ではどうにもなるまい――まだ覚醒していない右左危博士は、論じるまでもない。

ならばヒロイックに、誰よりも死にかけである自分が、爆弾となって敵を道連れにするしかない――ここまでいい奴ぶったんだ、せめてそれを、押し通そう。

一度格好つけたんだ。

最後まで格好つけよう。

そう思い、立ち上がれないまでも上半身を起こした氷上だったが、しかし、そこにいたのは、黒衣の魔法少女ではなかった。

朦朧とした氷上には知る由もなかったが、『スペース』と『スクラップ』、『スパート』をかいくぐった今、黒衣の脅威は既になかったのだ――もう一人四国にいる黒衣の魔法少女『スタンバイ』は、春秋戦争の終結を見届け、さすがにもう集合場所の灯台に向かい始めてはいたものの、先程消火した炎の柱を、むしろ避けた。

炎柱を、チームメイトの魔法だと知っている彼女には、その正体を確かめにいく必要がなかったからだ——逆に言うなら、今、氷上竝生の前に降り立ったのは、それを確認する必要があった『一団』だった。

と言っても、チーム『オータム』とチーム『スプリング』の春秋戦争が終わった今の四国において、四国ゲームをプレイしている『一団』なんて、もはやたったひとつしかなかった。

五人……？

地面を通して聞こえた足音は三人分だったけれど……、うち二名は、他の誰かに背負われて来たのだろうか？

はっきりしない視界で相手の人数を確認し、疑問が頭をよぎるが、そのまま通り過ぎていくだけだった。

もう、何も見えないし、何も考えられない——相手が何人であろうとも、とにかく一人でも多く道連れに、巻き添えにするだけだ。

守りの炎。

両腕と両膝を使って、地面をカタパルトに己を発射するようにして、氷上は一団の、先頭のひとりに飛びついた——ほとんどスピードのなかったそんな突貫を、相手が避けようともしなかったことが不思議だった。

まるですがりついてしまったみたいで、まるで受け止めてくれたみたいで、まるで抱き留めてくれたみたいで――いや、実際には相手はただ、避けられなかっただけなのだ。

知り合いのそんな変わり果てた姿に。

絶句していただけなのだ。

彼女の体重を支えきれずにふらつきながら、自爆覚悟で飛びついた相手は混乱した風に、

「ひ――氷上さん⁉　なっ……なんて格好してるんですか、あなた！」

と、叫んだ。

「…………」

そんな丁寧語で話されるのは久し振りだったし――空々空《そらからくう》のそんな大声を聞くのは、これが初めてだった。

それだけで。

見えなくても、考えられなくとも――声が聞けただけで、氷上竝生は泣きたいくらいに、ここまでのすべてが報われたような気がしたのだった。

年下の上司の言葉に、年上の部下は答えた。

「いい格好してんですよ、放っといてください」

10

むろん、そんな再会の一方で、杵槻鋼矢と手袋鵬喜が、左右左危と『悲恋』が再会しているーーついでのように地濃鑿も手袋鵬喜と再会しているのだが、彼女は彼女をさっぱり覚えていない。

というわけで、十月三十日、午後五時。

氷上竝生、左右左危、手袋鵬喜のスリーマンセルと、空々空、杵槻鋼矢、地濃鑿、酒々井かんづめ、人造人間『悲恋』の一団が、ようやくのこと、合流した。

（第10話）

（終）

（悲録伝に続く）

10月26日	10月27日	10月28日	10月29日	10月30日
手袋鵬喜と 交戦。	杵槻鋼矢と 徳島県上陸。 →宿坊で休憩。 鳴門に 向かう途中 『スペース』に 襲われて、 鋼矢とはぐれる。 酒々井かんづめ・ 地濃鑿に出会う。 夜、 大歩危峡に 移動。	死、復活。	夕刻、 桂浜に到着。 18時 悲恋上陸。 『スクラップ』と 接触、 春秋戦争の 終結を請け負う。 夜半、 龍河洞(高知本部) 到着。	春秋戦争 終結。 17時、合流。
空々空と 出会い、 同盟を結ぶ。	空々空と はぐれる。	『シャトル』を 殺害。	チーム 『オータム』の 一員になる。	春秋戦争 終結。 17時、合流。
空々空と 交戦し、 『コラーゲン』を 殺害後、逃走。	徳島を捜索。 夜は民家で 就寝。	『スタンバイ』と 接触。 午後、 吉野川の激流。 氷上、 左と出会う。		17時、合流。
朝、 氷上が 左のもとへ。 同盟を もちかけられる。		氷上、 ふたたび 左のもとへ。 →悲恋の 暴走発覚。 →そのまま 四国へ。 『スタンバイ』と 交戦。	香川本部着。	『スペース』 『スクラップ』 『スパート』と 交戦。 17時、合流。

西暦	2012年		2013年			
日付	10月25日	10月	5月27日	5月28日	10月1日	10月25日
空々空	『大いなる悲鳴』		飢皿木鰻との面談。	剣藤犬个と同居開始。（〜6／28まで）		香川県上陸→登澱證と出会う。秘々木まばらと交戦。
杵槻鋼矢	『大いなる悲鳴』				四国ゲーム開始。	
手袋鵬喜	『大いなる悲鳴』	地撲から接触。			四国ゲーム開始。	
氷上竝生 左右左危	『大いなる悲鳴』					夜中、左右左危が氷上竝生に接触する。

本書は二〇一四年七月、小社より講談社ノベルスとして刊行されました。

|著者| 西尾維新　1981年生まれ。2002年に『クビキリサイクル』で第23回メフィスト賞を受賞し、デビュー。同作に始まる「戯言シリーズ」、初のアニメ化作品となった『化物語』に始まる〈物語〉シリーズ、「美少年シリーズ」など、著書多数。

悲業伝《ひごうでん》
西尾維新《にしおいしん》
© NISIO ISIN 2023

講談社文庫
定価はカバーに
表示してあります

2023年8月10日第1刷発行

KODANSHA

発行者――髙橋明男
発行所――株式会社　講談社
東京都文京区音羽2-12-21　〒112-8001
電話 出版（03）5395-3510
販売（03）5395-5817
業務（03）5395-3615

デザイン―菊地信義
本文データ制作―講談社デジタル製作
印刷―――凸版印刷株式会社
製本―――加藤製本株式会社

Printed in Japan

落丁本・乱丁本は購入書店名を明記のうえ、小社業務あてにお送りください。送料は小社負担にてお取替えします。なお、この本の内容についてのお問い合わせは講談社文庫あてにお願いいたします。
本書のコピー、スキャン、デジタル化等の無断複製は著作権法上での例外を除き禁じられています。本書を代行業者等の第三者に依頼してスキャンやデジタル化することはたとえ個人や家庭内の利用でも著作権法違反です。

ISBN978-4-06-529844-2

講談社文庫刊行の辞

二十一世紀の到来を目睫に望みながら、われわれはいま、人類史上かつて例を見ない巨大な転換期をむかえようとしている。

世界も、日本も、激動の予兆に対する期待とおののきを内に蔵して、未知の時代に歩み入ろうとしている。このときにあたり、創業の人野間清治の「ナショナル・エデュケイター」への志を現代に甦らせようと意図して、われわれはここに古今の文芸作品はいうまでもなく、ひろく人文・社会・自然の諸科学から東西の名著を網羅する、新しい綜合文庫の発刊を決意した。

激動の転換期はまた断絶の時代である。われわれは戦後二十五年間の出版文化のありかたへの深い反省をこめて、この断絶の時代にあえて人間的な持続を求めようとする。いたずらに浮薄な商業主義のあだ花を追い求めることなく、長期にわたって良書に生命をあたえようとつとめるところにしか、今後の出版文化の真の繁栄はあり得ないと信じるからである。

同時にわれわれはこの綜合文庫の刊行を通じて、人文・社会・自然の諸科学が、結局人間の学にほかならないことを立証しようと願っている。かつて知識とは、「汝自身を知る」ことにつきていた。現代社会の瑣末な情報の氾濫のなかから、力強い知識の源泉を掘り起し、技術文明のただなかに、生きた人間の姿を復活させること。それこそわれわれの切なる希求である。

われわれは権威に盲従せず、俗流に媚びることなく、渾然一体となって日本の「草の根」をかたちづくる若く新しい世代の人々に、心をこめてこの新しい綜合文庫をおくり届けたい。それは知識の泉であるとともに感受性のふるさとであり、もっとも有機的に組織され、社会に開かれた万人のための大学をめざしている。大方の支援と協力を衷心より切望してやまない。

一九七一年七月

野間省一